中國語言文字研究輯刊

二二編

許學仁 主編

第26冊

清華簡中鄭國事類簡集釋
及其相關問題研究（中）

鄭楡家 著

花木蘭文化事業有限公司

國家圖書館出版品預行編目資料

清華簡中鄭國事類簡集釋及其相關問題研究（中）／鄭榆家
著 -- 初版 -- 新北市：花木蘭文化事業有限公司，2022〔民
111〕
目 10+220 面；21×29.7 公分
（中國語言文字研究輯刊　二二編；第 26 冊）
ISBN 978-986-518-852-8（精裝）
1.CST：簡牘文字　2.CST：研究考訂
802.08　　　　　　　　　　　　　　　　　110022451

ISBN-978-986-518-852-8

9 789865 188528

中國語言文字研究輯刊
二二編　　第二六冊　　　　　　ISBN：978-986-518-852-8

清華簡中鄭國事類簡集釋
及其相關問題研究（中）

作　　者　鄭榆家
主　　編　許學仁
總 編 輯　杜潔祥
副總編輯　楊嘉樂
編輯主任　許郁翎
編　　輯　張雅淋、潘玟靜、劉子瑄　美術編輯　陳逸婷
出　　版　花木蘭文化事業有限公司
發 行 人　高小娟
聯絡地址　235 新北市中和區中安街七二號十三樓
　　　　　電話：02-2923-1455／傳真：02-2923-1452
網　　址　http://www.huamulan.tw 信箱 service@huamulans.com
印　　刷　普羅文化出版廣告事業
初　　版　2022 年 3 月
定　　價　二二編 28 冊（精裝）　台幣 92,000 元　　版權所有·請勿翻印

清華簡中鄭國事類簡集釋
及其相關問題研究（中）

鄭楡家　著

目

次

〔十〕故（古）之人又（有）言曰：『為臣而不諫，卑（譬）若饙而不戜（醯）。』

清華簡整理者：「戜」字從戉得聲，試讀為「醯」，《說文》：「醬也。」〔註84〕

石小力：「饙」字首見，疑為「饋」字異體。〔註85〕

魚游春水：饋而不戉，所謂的「戉」恐怕是「貳」？「戉」裡頭的兩「橫」，跟「戉」寫法不同。〔註86〕

蕭旭：從來從皀從貴。《說文》：「皀，穀之馨香也。」「來」乃「麥」之古字。從來從皀會意穀、麥，從貴得聲。從酉從弍。疑是「膩」字異體。《說文》：「膩，上肥也。」簡文有二說：①「饋」指祭祀。古人祭祀當以肥澤之犧牲。《新序・雜事一》：「中行寅將亡，乃召其太祝，而欲加罪焉。曰：『子為我祝，犧牲不肥澤耶？且齋戒不敬耶？使吾國亡，何哉？』」又《雜事二》：「（晉文公）還車反，宿齋三日，請於廟曰：『孤少犧不肥，幣不厚，罪一也……』」饋而不膩，是說雖然祭祀但犧牲不肥澤，沒有誠心，以比喻為臣而不能忠心進諫。②「饋」指贈人食物。《管子・形勢解》：「訾者，多所惡也。諫者，所以安主也。食者，所以肥體也。主惡諫則不安，人訾食不肥；故曰：『訾食者不肥體也。』」《家語・禮運》：「合之以仁，而不安之以樂，猶獲而弗食；安之以樂，而不達於順，猶食而不肥。」饋而不膩，是說饋食於人而不能肥其體，亦用以比喻為臣不能進諫以安其主。後一說更佳。〔註87〕

程燕：「（太伯甲4）」右旁不是「戉」，應該是「貳」，亦見於郭店簡：「（郭店・五行48）」郭店簡文可與《詩經・大雅・大明》「上帝臨女，無貳爾心」相比勘，故釋「貳」是毋庸置疑的。「饋」指進食於人。《周禮・天官・膳夫》：「凡王之饋，食用六穀，膳用六牲。」鄭玄注：「進物於尊者曰饋。」孫

〔註84〕清華大學出土文獻研究與保護中心編，李學勤主編：《清華大學藏戰國竹簡（陸）》下冊，頁120。

〔註85〕石小力（清華大學出土文獻讀書會）：〈清華六整理報告補正〉，清華大學出土文獻研究與保護中心：http://www.ctwx.tsinghua.edu.cn/publish/cetrp/6842/2016041605294 0099595642/1460755813610.doc，2016年4月16日。

〔註86〕魚游春水：簡帛研讀 » 清華六《鄭文公問太伯》初讀（第14樓），簡帛論壇：http://www.bsm.org.cn/bbs/read.php?tid=3346，2016-04-18。

〔註87〕蕭旭：簡帛研讀 » 清華六《鄭文公問太伯》初讀（第54樓），簡帛論壇：http://www.bsm.org.cn/bbs/read.php?tid=3346，2017-07-06。

詒讓正義:「此謂膳夫親進饋於王也。」「不貳」,義為沒有兩樣,相同。《韓非子‧難三》:「君令不二,除君之惡,惟恐不堪。」簡文「為臣而不諫,卑若饋而不貳」意謂:作臣子的如果不能進諫,就如同進來的食物沒有什麼兩樣,亦即與普通人沒什麼異樣。〔註88〕

曹方向:「饋而不二」,可能是說饋食之物過於簡陋(可能是數量太少,也可能是味道單一),背離常規。這和大臣徒居其位,不思匡輔,背離人臣之道,兩者應該說是有相似之處的。所以說是「為臣而不諫,譬如饋而不二」。大致文意可以解釋為:大臣不進諫,稱不上大臣;猶如饋食只有一種食物,稱不上饋食。〔註89〕

蘇建洲:「君所謂可而有否焉,臣獻其否以成其可。君所謂否而有可焉,臣獻其可以去其否」表示為臣當諫。若大臣唯唯諾諾,惟君王是從,猶如「以水濟水,誰能食之?若琴瑟之專壹,誰能聽之」,只有一種味道,一種聲音,則令人食不下嚥,聽不悅耳,只有「五味」、「五聲」兼備才能成就一道好菜與美好音樂。「饋而不二」是說所進獻的食物只有一種,味道單一。說得更白是:臣下當進諫不同的意見,君王才能聽到不同的聲音;猶如進獻的食物要多種,君王才能吃到不同的味道。〔註90〕

子居:饋當指饋祀,《尚書‧酒誥》:「爾尚克羞饋祀。」《周禮‧春官‧大宗伯》:「以饋食享先王。」皆是。「弍」則為副貳,為主祭者的副手。〔註91〕

桂珍明:饋,饋食,進食於人。《說文‧食部》:「饋,餉也」,《周禮‧天官‧膳夫》:「凡王之饋,食用六穀,膳用六牲。飲用六清,羞用百有二十品,珍用八物,醬用百有二十甕」。鄭玄註:「進物於尊者曰饋」,孫詒讓《正義》則結合所「饋」之對象指出:「此謂膳夫親進饋於王也」。從字義方面分析,「饋」作動詞指進食於人。「饋」用作名詞,可指「食物」,如《管子‧弟子職》:「先生將食,弟子饌饋」;亦可指「飲食之事」,如《儀禮‧既夕禮》:「燕

〔註88〕程燕:〈清華六考釋三則〉,簡帛網:http://www.bsm.org.cn/show_article.php?id=2525,2016年4月19日。

〔註89〕曹方向:〈清華六饋而不二試解〉,簡帛網:http://www.bsm.org.cn/show_article.php?id=2529,2016年4月22日。

〔註90〕蘇建洲:〈《清華六‧鄭文公問大伯》「饋而不二」補說〉,簡帛網:http://www.bsm.org.cn/show_article.php?id=2535,2016-04-26。

〔註91〕子居:〈清華簡鄭文公問太伯(甲本)解析〉,中國先秦史網站:http://xianqin.byethost10.com/2016/05/01/327,2016年5月1日。

養、饋、羞，湯沐之饌如他日」，「饋」鄭玄註：「朝夕食也」。「卑（譬）若」，即好像，好比。從「為臣而不諫，卑（譬）若饋而不二」整句子結構來看，「卑（譬）若」前後兩部分存在本喻關係，即「為臣而不諫」為本體，「饋而不二」為喻體。此處旨在借喻體以解釋本體，二者存在對應關係，句式結構基本一致。簡文說「臣」之「不諫」與「饋」之「不二」情形相似，前者為本體，後者為喻體，且喻體是「以食為喻」。「饋而不二」旨在說明臣下與君主思想同質化或阿諛奉承而不諫君上，一味地曲意逢迎君主之政教言行，導致君上沒有辦法吸取不同的意見改正過失，正如膳夫饋食於王而不成「五味」一樣，是求同而不求諸多異質事物及思想之「和」。「饋而不二」即膳夫進食於君而所調食物味道單一。第 4 號簡整句的意思是說：作為臣下對於君主為政之得失而不諍諫，就好比膳夫饋食而調味單一一樣。膳夫調味單一，如「以水濟水」不能使食物之味道有根本的改變，因為這還需要「水、火、醯、醢、鹽、梅」等多種異質材料相互調劑以成味。君主為政，其善政有不完備的地方，其惡政中有合理之處，皆需要臣下根據實際情況提供不同的思想或事物以勸諫之、規正之、引導之，此亦即行太史伯所說「擇臣取諫工，而講以多物」。「饋而不二」主要是出於「質」的區分，即在有無其他的味道以調劑食物之味道口感，強調的食物味道之多寡而不在量之多少。〔註 92〕

薛后生：可往「弍」（或者就是「戌」，參《包山楚簡》文字編 228，〈繫年〉137 等，可解釋為下邊飾筆拉長為一橫，弍本從戌得聲）上考慮。即使確實是「弍」，亦可往「壹」聲字上考慮，貳，壹相通，請參：孟蓬生《戌／日字音釋》。意思可能就是，饋給你食物，你又不吃之類的。「𩚛」這個字應該就是「吃」一類的意思，而且還得考慮與前面的「諫」押韻。〔註 93〕

梁園客：𩚛應該是醎字，醎，古同「鹹」。醎從咸聲，咸，和也，古注裡常見。且諫、醎押韻。《古文字詁林》的「咸」字有寫為𠕁的（見〈古陶文字徵〉所引）與𩚛字的右邊相似。這樣的話，這句話的意思和押韻都合。〔註 94〕

〔註 92〕 桂珍明：〈清華六《鄭文公問太伯》「饋而不二」引喻考論〉，復旦大學出土文獻與古文字研究中心：http://www.gwz.fudan.edu.cn/Web/Show/2786，2016/5/2。

〔註 93〕 薛后生：〈清華六《鄭文公問太伯》「饋而不二」引喻考論〉第 1 樓，復旦大學出土文獻與古文字研究中心：http://www.gwz.fudan.edu.cn/Web/Show/2786，2016/5/2。

〔註 94〕 梁園客：〈清華六《鄭文公問太伯》「饋而不二」引喻考論〉第 3 樓，復旦大學出土文獻與古文字研究中心：http://www.gwz.fudan.edu.cn/Web/Show/2786，2016/5/3。

王寧：「饋」當即饋食，古有二義：一是祭祀，《儀禮・特牲饋食禮》：「特牲饋食之禮」，鄭注：「祭祀自孰始，曰饋食。饋食者，食道也。」二是饗食賓客，《禮記・曲禮上》：「主人親饋」，疏：「饋，謂進饌也。」「䤒」字當從諸家說分析為從酉式聲，此字目前的出土文獻和傳世文獻中為首見，由聲求之，可能是「醴」之或體，「豊」、「式」古音來日旁紐雙聲、同脂部疊韻音近。古書中「醴」通「禮」的例子甚多，「不禮」之語古書習見。古人饋食都有一整套的禮儀，故《儀禮》中有《特牲饋食禮》、《少牢饋食禮》，饋食而不禮，饋食就不符合標準。這是用類比的方式說明為臣者必須進諫的道理：為臣者如果不進諫，就不算稱職；就像饋食如果不循禮，就不符合標準。〔註95〕

王瑜楨：從偏旁分析法來看，簡文此字從來、𦥑、貴，「來」、「𦥑」都是義符，表示與麥、食物一類有關；「貴」是聲符，即「饋」的異體字。「饋」應釋為「烹調」。分析為從酉、從咸，字應隸作「䤒」。原考釋所釋的「䤒」字，右旁看起來像是「式」，其實應是「咸」的訛省。「口」旁訛為「二」形。「醎」字，應是為飲食「咸和」所造的專字。以烹調食物比喻為政，最有名的例子是伊尹以滋味說湯，《史記・殷本紀》：「伊尹名阿衡。阿衡欲奸湯而無由，乃為有莘氏媵臣，負鼎俎，以滋味說湯，致于王道。」食物如果五味不和，庖人就要想辦法調整；人君施政有偏失，臣子要勸諫，使之導回正軌。鄭文公要在太伯死前向太伯請教為政之道，太伯回答說：「毋言而不當。古之人有言曰：『為臣而不諫，譬若饋而不醎。』」太伯的意思是：「希望我不會講話不恰當。古人說：『為臣而不勸諫，就像烹調的食物五味不調和（而不處理）。』（所以我應該要勸諫，但是不能講話不恰當）」〔註96〕

朱忠恒：「古之人有言曰：為臣而不諫，譬若饙而不䤒。」意思是：古人有說：「作為臣子而不進諫，就好比進食於王，食物卻只有一種。」言其單一。〔註97〕

胡乃波：「饋」當釋「祭品」，「貳」可從程燕說，為「不同，有差異」之意。因為古代神靈眾多，為了盡可能的獲得所有神靈的保佑，同時體現自己

〔註95〕王寧：〈清華簡六《鄭文公問太伯》（甲本）釋文校讀〉，復旦大學出土文獻與古文字研究中心：http://www.gwz.fudan.edu.cn/Web/Show/2809，2016/5/30。
〔註96〕王瑜楨：《清華大學藏戰國竹簡（陸）鄭國史料三篇研究》，頁216、217、218。
〔註97〕朱忠恒：《清華大學藏戰國竹簡（陸）集釋》，頁71。

的誠心，祭品往往種類繁多，差異大。而「不貳」應釋為「沒有差異、一樣」之意。《孟子・滕文公上》：「從許子之道，則市賈不貳。」祭品「不貳」被認為是不尊重神靈的行為，神靈會降下災禍。「為臣而不諫，卑（譬）若饋而不貳」是說：作為大臣如果不向君主進諫，就像祭祀時祭品單一，會受到懲罰。〔註98〕

筆者茲將各家對「」之說法表列於下：

表 3-2-8：「」諸家異說表

	訓
石小力	饋
蕭旭	1. 祭祀　2. 贈人食物
程燕、桂珍明	進食於人
子居	饋祀
王寧	1. 祭祀　2. 饗食賓客
王瑜楨	饋：烹調
胡乃波	饋：祭品

表 3-2-9：「」諸家訓讀異說表

	訓　讀
整理者	讀「醢」
蕭旭	膩
程燕、胡乃波	貳：不同，有差異。
子居	副貳，為主祭者的副手。
薛后生	「吃」一類的意思
梁園客	醎（古同「鹹」）
王寧	醴（通「禮」）

按：《古文字通假字典》：「故（魚見 gu）讀為古（魚見 gu）。長沙子彈庫戰國楚帛書乙篇：『曰故黃熊……』故讀為古。」〔註99〕《管子・侈靡》：「是故之時，陳財之道，可以行今也。」《古文字通假字典》：「又（之匣 you）讀

〔註98〕胡乃波：《清華簡〈鄭文公問太伯〉（甲本）集釋》，頁16。
〔註99〕王輝：《古文字通假字典》，頁67。

為有（之匣 you）。殷墟甲骨文《粹》六九二：『自今辛至于來辛又大雨。』
《京》三一六三：『己巳卜，王貞：其又禍。』又讀為有。」〔註 100〕有言：
有善言、有名言。《論語・憲問》：「有德者必有言，有言者不必有德。」《孟
子・離婁上》：「自暴者，不可與有言也；自棄者，不可與有為也。」諫：規
勸、諫諍。《論語・里仁》：「事父母幾諫，見志不從，又敬不違，勞而不怨。」
卑、譬皆支部可通。「卑」讀「譬」亦見於《郭店楚簡・老子甲》：「卑（譬）
道之才（在）天下也，猷（猶）少（小）浴（谷）之與江海。」〔註 101〕、《清
華一・皇門》：「卑（譬）女（如）主舟，輔余于險，臨余于淒（濟）。」〔註 102〕
譬若：譬如。《逸周書・皇門》：「譬若畋犬，驕用逐禽，其猶不克有獲。」《史
記・魏公子列傳》：「公子喜士，名聞天下。今有難，無他端而欲赴秦軍，譬
若以肉投餒虎，何功之有哉？」饋從「進食於人」之說。𦅫從「釋貳」之說。
《王力古漢語字典》：「貳：變異、不一樣。《詩・小雅・都人士序》：『古者長
民，衣服不貳。』」〔註 103〕

翻譯：古時的人有名言說：「做臣子卻不諫諍譬如進食於人卻沒有變異。」

昔	虗（吾）	先	君	逗（桓）	公
逡（後）	出	自	周		

〔十一〕昔虗（吾）先君逗（桓）公逡（後）出【四】自周，

清華簡整理者：鄭始封君為鄭桓公友，周屬王子，宣王母弟，宣王時始
封。鄭在姬姓邦國中出封在後，故曰「後出」。《左傳》昭公十六年子產曰：「昔
我先君桓公與商人皆出自周。」《左傳》僖公二十四年富辰言鄭有「厲、宣之
親」，「於諸姬為近」。〔註 104〕

〔註100〕王輝：《古文字通假字典》，頁 11。
〔註101〕先秦甲骨金文簡牘詞彙資料庫：http://inscription.asdc.sinica.edu.tw/c_index.php。
〔註102〕先秦甲骨金文簡牘詞彙資料庫：http://inscription.asdc.sinica.edu.tw/c_index.php。
〔註103〕王力：《王力古漢語字典》，頁 1324。
〔註104〕清華大學出土文獻研究與保護中心編，李學勤主編：《清華大學藏戰國竹簡（陸）》
下冊，頁 120。

馬楠：桓公為周厲王子，宣王母弟，幽王時為周王朝司徒。《國語·鄭語》云「幽王八年而桓公為司徒，九年而王室始騷，十一年而斃」〔註105〕

子居：《史記·鄭世家》：「鄭桓公友者，周厲王少子而宣王庶弟也。宣王立二十二年，初封友于鄭。」由鄭桓公為「周厲王少子而宣王庶弟」不難判斷，當周宣王封鄭桓公時，鄭桓公至少已是二十多歲，而至幽王之死時，鄭桓公至少已有近六十歲，是克鄶攻虢已在其晚年。〔註106〕

程浩：簡文講桓公「後出自周」，「後出」之謂，整理報告認為乃是由於鄭在姬姓邦國中出封在後。另外一種理解就是，「後出」乃是與〈鄭世家〉「友初封於鄭」中的「初封」對言，「初封」與「後出」是鄭國本身前後的縱向比較。《左傳》昭公十六年載子產語：「昔吾先君桓公與商人皆出自周」，這裡的「出周」講的就是桓公從宗周的初封地東遷伊洛的這件事。〔註107〕

雲間：關於鄭桓公後出一節，史記沒錯。後出只能是說桓公帶隊伍拼到最後，才從長安撤出來。〔註108〕

王寧：「前出」即先出，則所謂「後出」者，是指鄭桓公初封於鄭，其封邑在周王畿之內，後出自周，才開拓東方的鄭國。《史記·鄭世家》《索隱》云：「鄭，縣名，屬京兆，秦武公十一年『初縣杜、鄭』是也。又《系本》云：『桓公居棫林，徙拾。』宋忠云：『棫林與拾皆舊地名』，是封桓公乃名為鄭耳。至秦之縣鄭，蓋是鄭武公東徙新鄭之後，其舊鄭乃是故都，故秦始縣之。」棫林是周王畿內地，拾即十，即東方的虢、鄶等十邑。〔註109〕

郝花萍：簡文中太伯通過追述鄭國自初封以來歷代國君的功績和鄭國由弱變強的發展歷程欲達到勸誡文公追慕先君、克己節慾、任用賢良的目的。「昔吾先君桓公後出自周，以車七乘，徒三十人，鼓其腹心，奮其股肱，以協於庸偶，攝冑擐甲，攫戈盾以造勳。」這便是桓公的第一大功績。作為鄭

〔註105〕馬楠：〈清華簡《鄭文公問太伯》與鄭國早期史事〉，頁85、86。

〔註106〕子居：〈清華簡鄭文公問太伯（甲本）解析〉，中國先秦史網站：http://xianqin.byethost10.com/2016/05/01/327，2016年5月1日。

〔註107〕程浩（清華大學出土文獻讀書會）：〈清華六整理報告補正〉，清華大學出土文獻研究與保護中心：http://www.ctwx.tsinghua.edu.cn/publish/cetrp/6842/201604160529400099595642/1460755813610.doc，2016年4月16日。

〔註108〕雲間：簡帛研讀 » 清華六《鄭文公問太伯》初讀（第25樓），簡帛論壇：http://www.bsm.org.cn/bbs/read.php?tid=3346，2016-04-20。

〔註109〕王寧：〈清華簡六《鄭文公問太伯》（甲本）釋文校讀〉，復旦大學出土文獻與古文字研究中心：http://www.gwz.fudan.edu.cn/Web/Show/2809，2016/5/30。

國第一任君主，他受封時鄭國國力是最為弱小的時候，僅有「車七乘，徒三十人」，幾乎難以讓人置信。「後出」當是強調鄭之始封較晚，起步艱難，但晚封的鄭很快得以發展，在諸侯國中立足並站穩了腳跟，始封君鄭桓公為此所作的努力，自不待言。〔註110〕

王瑜楨：「後出」是指桓公從宗周的初封地東遷伊洛的這件事。〔註111〕

朱忠恒：桓公自周東遷伊洛，是為「後出」，此時實力尚很弱小，只有很少的戰車和步兵，創業艱難。〔註112〕

胡乃波：「後出」指的是鄭國在其他諸侯國之後被周分封，建國時間晚。周宣王二十二年（前806年）封周厲王幼子友於鄭，史稱鄭桓公，鄭正式立國，是西周最後分封的諸侯國。是時，鄭仍屬周畿。桓公三十三年（前774年）遷徙到東虢，號稱新鄭（今河南省新鄭一帶），故有「後出」之說。《史記·鄭世家》：「鄭桓公友者，周厲王少子而宣王庶弟也。宣王立二十二年，友初封於鄭。」〔註113〕

按：虗亦見於《曾姬無卹壺》：「虗（吾）安茲漾陵」〔註114〕、《郭店楚簡·緇衣》：「人唯（雖）曰不利，虗（吾）弗信」〔註115〕。「遙」亦見於《郭店楚簡·性自》：「樂事谷（欲）遙（後）」〔註116〕、《郭店楚簡·成之》：「亓（其）先也不若亓（其）遙（後）也」〔註117〕。「後出」從整理者「出封在後」之說。

翻譯：從前我先王鄭桓公較後從周出封

以	車	七	鞏（乘）	徒	卅=（三十）
人	故（鼓）	亓（其）	腹	心	畬（奮）

〔註110〕郝花萍：《清華大學藏戰國竹簡（陸）鄭國三篇集釋》，頁59。
〔註111〕王瑜楨：《清華大學藏戰國竹簡（陸）鄭國史料三篇研究》，頁228。
〔註112〕朱忠恒：《清華大學藏戰國竹簡（陸）集釋》，頁71。
〔註113〕胡乃波：《清華簡〈鄭文公問太伯〉（甲本）集釋》，頁17。
〔註114〕殷周金文暨青銅器資料庫：http://bronze.asdc.sinica.edu.tw/rubbing.php?09710。
〔註115〕先秦甲骨金文簡牘詞彙資料庫：http://inscription.asdc.sinica.edu.tw/c_index.php。
〔註116〕先秦甲骨金文簡牘詞彙資料庫：http://inscription.asdc.sinica.edu.tw/c_index.php。
〔註117〕先秦甲骨金文簡牘詞彙資料庫：http://inscription.asdc.sinica.edu.tw/c_index.php。

亓（其）	胁（股）	扰（肱）			

〔十二〕以車七篳（乘），徒卅=（三十）人，故（鼓）亓（其）腹心，奮（奮）亓（其）胁（股）扰（肱），

子居：此處所言車七乘，當是車十乘之訛，車十乘則是鄭桓公有十大夫，《國語·鄭語》：「虢鄶受之，十邑皆有寄地。」也正對應于十大夫之地。〔註118〕

無痕：「故」可讀為「敷」，「敷其腹心」即古書中的「布其腹心」，《左傳·昭公二十六年》：「敢盡布其腹心及先王之經，而諸侯實深圖之。」古聲字和甫聲字傳世古書及出土文獻均有相通例，可參高亨《古字通假會典》，第863、866頁；白於藍《戰國秦漢簡帛古書通假字彙纂》第224頁。〔註119〕

心包：文獻有「腹心不完」（《韓非子·外儲說左上》）的表達，可與「故（固）其腹心」對看。〔註120〕

清華簡整理者：相類文句如《左傳》昭公二十一年：「華貙以車十五乘、徒七十人犯師而出。」「股」字詳趙平安《關於及的形義來源》（《中國文字學報》第二輯，商務印書館，2008年，第17～22頁）。腹心、股肱古書習見，如《詩·兔罝》「赳赳武夫，公侯腹心」，《左傳》僖公二十六年「昔周公、大公股肱周室」。〔註121〕

石小力：當隸定作「扰」，乃「肱」之形近訛字。古文字中「厷」與「右」誤書之例偶見。〔註122〕

郝花萍：《詩·兔罝》「赳赳武夫，公侯腹心」中「腹心」當是同心同德之謂，指極親切可深信的人，與如今所說的「心腹」近似。簡文中「腹心」當是指至誠的心。《左傳·宣公十二年》：「君之惠也，孤之願也，非所敢望也。

〔註118〕子居：〈清華簡鄭文公問太伯（甲本）解析〉，中國先秦史網站：http://xianqin.byethost10.com/2016/05/01/327，2016年5月1日。

〔註119〕無痕：簡帛研讀 » 清華六《鄭文公問太伯》初讀（第6樓），簡帛論壇：http://www.bsm.org.cn/bbs/read.php?tid=3346，2016-04-17。

〔註120〕心包：簡帛研讀 » 清華六《鄭文公問太伯》初讀（第50樓），簡帛論壇：http://www.bsm.org.cn/bbs/read.php?tid=3346，2016-08-05。

〔註121〕清華大學出土文獻研究與保護中心編，李學勤主編：《清華大學藏戰國竹簡（陸）》下冊，頁121。

〔註122〕石小力：〈清華簡第六輯中的訛字研究〉，《出土文獻》，2016年10月31日，頁191。

敢布腹心，君實圖之。」《左傳・僖公二十六年》「昔周公、大公股肱周室」，「股肱」為輔佐、捍衛之意，詞性屬動詞，同《漢書・路溫舒傳》「故大將軍受命武帝，股肱漢國。」一句中的「股肱」。但簡文中「股肱」顯然是作為名詞的，當指大腿和胳膊，代指整個軀體。「奮其股肱」當是振奮軀體之意。整理者對「腹心」、「股肱」的釋意似有不妥。〔註123〕

王瑜楨：「故亓（其）腹心」，讀「故」為「鼓」。由於，此時臣子們已為腹心，不必於戰前再「固」或「布」，戰前要做的動作往往是「鼓舞士氣」，因此讀「鼓」為佳。〔註124〕

胡乃波：「敷」就是「布」的意思。「敷」、「布」、「鋪」音近意通，為同源詞，不當以通假為例。「敷其腹心」為「布其腹心」之意。《書・君奭》：「公曰：前人敷乃心，乃悉命汝，作汝民极。」孔安國傳：「前人文武布其乃心為法度，乃悉以命汝矣，為汝民立中正矣。」《戰國策・趙策一》：「今日之事，臣固伏誅，然願請君之衣而擊之，雖死不恨。非所望也，敢布腹心。」「故」可讀為「敷」，「故亓腹心」即古書中的「布其腹心」，意思是與士兵推心置腹。〔註125〕

朱忠恒：以，憑借，仗恃。《韓非子・五蠹》：「富國以農，距敵恃卒。」徒，步兵，兵卒。《詩・魯頌・閟宮》：「公徒三萬。」《左傳》隱公九年：「彼徒我車，懼其侵軼我也。」杜預注：「徒，步兵也。」先秦戰車的乘法，通制皆為一車甲士三人。《國語・晉語三》：「梁由靡御韓簡，虢射為右。」鄭玄認為是「左人持弓、右人持矛、中人御。」三人成一字型橫排列於車前。七十人是戰車編制中的最低的步卒限額。「以車七乘，徒三十人」之中的「徒」應指步兵，不包含車上的甲士。三十人比最低的步卒限額少了近半，也說明鄭國此時的實力弱小。「故」讀「固」。故、固皆為魚部見母，古書中亦有許多相通之例。《國語・周語上》：「而咨於故實。」《史記・魯周公世家》「故」作「固」。固，專一，堅定。《廣韻・暮韻》：「固，一也。」《國語・周語上》：「吾聞夫犬戎樹惇，帥舊德而守終純固，其有以禦我矣！」韋昭注：「固，一也。言犬戎循先王之舊德，奉其常職，天性專一，終身不移。」固，在此亦可作安定。《國語・魯語上》：「晉始伯而欲固諸侯，故解有罪之地以分諸侯。」韋

〔註123〕郝花萍：《清華大學藏戰國竹簡（陸）鄭國三篇集釋》，頁60。
〔註124〕王瑜楨：《清華大學藏戰國竹簡（陸）鄭國史料三篇研究》，頁228。
〔註125〕胡乃波：《清華簡〈鄭文公問太伯〉（甲本）集釋》，頁17、18。

昭注：「固，猶安也。」腹心，肚腹與心臟，皆人體重要器官，亦比喻賢智策謀之臣。《詩・周南・兔罝》：「肅肅兔罝，施于中林；赳赳武夫，公侯腹心。」鄭玄箋：「此罝兔之人，行於攻伐，可用為策謀之臣，使之慮事，亦言賢也。」《孟子・離婁下》：「君之視臣如手足，則臣視君如腹心。」股肱，比喻左右輔佐之臣。《書・益稷》：「臣作朕股肱耳目。」「以車七乘，徒三十人，固其腹心，奮其股肱，以⋯⋯」意思是：「憑借七乘車，三十個步兵，堅定核心策謀之臣，振奮股肱之臣，來⋯⋯」〔註126〕

筆者茲將各家對「故」之訓讀表列於下：

表3-2-10：「故」諸家訓讀異說表

故	訓　讀
無痕	讀「敷」
王瑜楨	讀「鼓」
胡乃波	讀「敷」訓「布」
朱忠恒	讀「固」訓「專一、堅定」

按：乘亦見於《清華二・繫年》：「與兵車百乘（乘）」〔註127〕、「齊侯晶（參）乘（乘）以內（入）」〔註128〕。《王力古漢語字典》：「乘：車輛。一車四馬為一乘。《詩・小雅・六月》：『元戎十乘，以啟先行。』」〔註129〕《漢語大字典》：「徒：步兵、兵卒（周代盛行車戰，車上的兵稱『甲士』，車後跟著步行的兵叫『徒』）《左傳・昭公二十五年》：『帥徒以往。』」〔註130〕《古文字通假字典》：「故（魚見 gu）讀為固（魚見 gu）《戰國策・趙策一》：『故自以為坐受上黨矣。』《史記・趙世家》故作固。《論語・子罕》：『固天縱之將聖。』《論衡・知實》引固作故。」〔註131〕固：堅守、安守。《論語・衛靈公》：「君子固窮，小人窮斯濫矣。」「腹心」從「賢智策謀之臣」之說。奮亦見於《郭店楚簡・性自》：「則舀女（如）也斯奮（奮）」〔註132〕、《上海博物館藏

〔註126〕朱忠恒：《清華大學藏戰國竹簡（陸）集釋》，頁72、73。
〔註127〕先秦甲骨金文簡牘詞彙資料庫：http://inscription.asdc.sinica.edu.tw/c_index.php。
〔註128〕先秦甲骨金文簡牘詞彙資料庫：http://inscription.asdc.sinica.edu.tw/c_index.php。
〔註129〕王力：《王力古漢語字典》，頁7、8。
〔註130〕《漢語大字典》，頁884。國學大師：http://www.guoxuedashi.com/zidian/_5F92.html。
〔註131〕王輝：《古文字通假字典》，頁67、68。
〔註132〕先秦甲骨金文簡牘詞彙資料庫：http://inscription.asdc.sinica.edu.tw/c_index.php。

戰國楚竹書‧三德》：「卉木須時而句（後）畬（奮）」〔註133〕。奮：振奮、發揚。《詩‧大雅‧常武》：「王奮厥武，如震如怒。」拡亦見於《上海博物館藏戰國楚竹書‧周易》：「折丌（其）右拡（肱）」〔註134〕「股肱」從「左右輔佐之臣」之說。

翻譯：憑藉七車二十八馬，步兵三十人，使他的賢智策謀之臣堅守，使他的左右輔佐之臣振奮

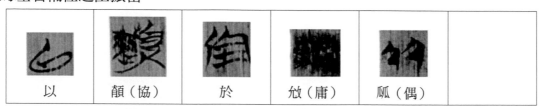

| 以 | 顏（協） | 於 | 㢋（庸） | 瓜（偶） | |

〔十三〕以顏（協）於㢋（庸）瓜（偶），

東山鐸：懷疑「顏」或是「類」字，訓為「善」。上博簡《周易》簡44有個字，疑為「類」字異體，另外一部分是「惟」，「類」、「惟」都是聲符。彼字之筆勢結構與此有相似之處。本篇簡文的抄手（據整理者所說，甲乙二本為同一抄手）在依樣葫蘆時並不嚴謹，如甲本簡9的「同」字，乙本簡8明顯少寫了一筆。又如，甲本簡5「股肱」之「股」字，右部「及」字形的標準寫法應當是豎筆向下一筆貫通的，此處顯然是抄手抄錯了，抄成「殳」字形了。具體字形可對比〈繫年〉中的「死」、「殳枼」所從的「殳」與「溢」所從的「及」字形。《詩‧大雅‧皇矣》「克明克類」鄭玄箋：「類，善也。勤施無私曰類。」〔註135〕

徐在國：顏乙本作「獣」，此字當從「肰」聲，「肰」與一般「肰」字寫法相比，只是「犬」、「肉」的偏旁位置不同而已。顏，從「頁」，「肰」聲，疑讀為「勸」。「肰」，日紐元部字；「勸」，溪紐元部字。「勸」，獎勉；鼓勵。《國語‧越語上》：「國人皆勸，父勉其子，兄勉其弟，婦勉其夫。」〔註136〕

苦行僧：顏或可理解為從「犬」，「顅」聲，釋為「獿」。〔註137〕

〔註133〕先秦甲骨金文簡牘詞彙資料庫：http://inscription.asdc.sinica.edu.tw/c_index.php。

〔註134〕先秦甲骨金文簡牘詞彙資料庫：http://inscription.asdc.sinica.edu.tw/c_index.php。

〔註135〕東山鐸：簡帛研讀 » 清華六《鄭文公問太伯》初讀（第38樓），簡帛論壇：http://www.bsm.org.cn/bbs/read.php?tid=3346，2016-04-27。

〔註136〕徐在國：〈清華六《鄭文公問太伯》簡記一則〉，簡帛網：http://www.bsm.org.cn/show_article.php?id=2519，2016-04-17。

〔註137〕苦行僧：簡帛研讀 » 清華六《鄭文公問太伯》初讀（第35樓），簡帛論壇：http://

　　黃聖松、黃庭頎：簡文「顉」字之字形，徐氏字形甚確，然訓釋尚有可商。「顉」、「猒」主要從「狀」，疑讀為「猒」。「狀」字上古音為日母元部，「猒」為影母談部。《說文》：「猒，飽也，從甘、從狀。」《上博簡》多見「猒」、「厭」相通之例，如〈緇衣〉：「我龜既猒（厭）」，〈詩論〉：「以道交，見善而傚，終乎不猒（厭）人」，〈從政〉：「持善不猒（厭）」。傳世典籍「厭」字可訓為壓迫、迫近，如《荀子・儒效》：「遂選馬而進，朝食於戚，暮宿於百泉，且厭於牧之野。」唐人楊倞《注》：「厭，壓也，迫近。」有時或直接作「壓」，如《左傳》成公十六年：「甲午晦，楚晨壓晉軍而陳。」楊伯峻《春秋左傳注》：「楚軍清早逼近晉軍營壘布陣。」《國語・晉語六》：「鄢之役，荊壓晉軍，軍吏患之，將謀。」此皆為確證。〔註 138〕

　　清華簡整理者：顉，疑即「協（）」（見清華簡〈尹誥〉）省形，從犬、肉，頁為聲符。敊，從夊（終）得聲，讀為「庸」。《左傳》昭公十六年子產曰：「昔我先君桓公與商人皆出自周，庸次比耦以艾殺此地，斬之蓬蒿藜藋，而共處之。」〔註 139〕

　　子居：此字或即「黱」字，讀為「展」，訓為誠，《詩經・小雅・車攻》：「允矣君子，展也大成。」鄭箋：「展，誠也。」上文稱「敷其腹心」，這裡稱「展於庸偶」，正相關聯。〔註 140〕

　　石小力：右部與「夊（終）」不類，且左半亦非「允」旁，故釋「敊」不確。該字當由、、三部分組成，其中（丩）為聲符，古音見母幽部，疑可讀為禪母幽部之「仇」或羣母幽部之「逑」。「仇、逑」與「偶」同義連用，表示與之匹偶之人或者國家。〔註 141〕

　　明珍：似為「烏鴉」之「烏」的專字，與「烏／於」字形近。〔註 142〕

www.bsm.org.cn/bbs/read.php?tid=3346，2016-04-24。

〔註 138〕黃聖松、黃庭頎：〈《清華六・鄭文公問太伯》箚記（二）〉，簡帛網：http://bsm.org.cn/show_article.php?id=2631，2016-09-14。

〔註 139〕清華大學出土文獻研究與保護中心編，李學勤主編：《清華大學藏戰國竹簡（陸）》下冊，頁 121。

〔註 140〕子居：〈清華簡鄭文公問太伯（甲本）解析〉，中國先秦史網站：http://xianqin.byethost10.com/2016/05/01/327，2016 年 5 月 1 日。

〔註 141〕石小力（清華大學出土文獻讀書會）：〈清華六整理報告補正〉，清華大學出土文獻研究與保護中心：http://www.ctwx.tsinghua.edu.cn/publish/cetrp/6842/20160416052940099595642/1460755813610.doc，2016 年 4 月 16 日。

〔註 142〕明珍：簡帛研讀 》 清華六《鄭文公問太伯》初讀（第 29 樓），簡帛論壇：http://www.

王寧：該字乙本作「頯」，可見此字的確是從「狀」，二者的不同在於一個作上下結構，一個是左右結構；「頁」、「夂」當是義符，則「狀」當為聲符。甲本之字，很可能是「赧」之或體，《說文》：「赧，面慙而赤也。從赤㞷聲。周失天下於赧王。」段注：「趙注《孟子》曰：『赧赧，面赤心不正皃也。』司馬貞引《小爾雅》曰：『面慙曰赧。』……《尚書中候》『赧』為『然』，鄭注云：『然讀曰赧。』」可見「然」、「赧」古音近通用，以其為面色，故從「頁」。乙本此字當即「躝」字，「夂」本倒之（止、趾）形，與從足會意當同。《說文》無此字，《玉篇》云「蹂躝也」；《廣韻·上聲·二十八獮》：「躝，踐也，續也，執也，緊也。」《集韻·上聲六·二十七銑》：「躝、跈、趁：蹈也，逐也。或作跈、趁。」又《上聲六·二十八獮》：「躝，踐也。」此字即後世踩躝之「躝」。此處當用為踐伐意，可能當徑讀為「踐」。「烏」原字形作「𠃌」，此字當為「烏（於）」的一種特殊寫法，不能拆分而說。「瓠」原整理者讀「耦」，是，然「烏耦」義不可解。「耦」通「偶」，故疑「烏偶」意同於漢代人常言「烏合之眾」之「烏合」，《爾雅·釋詁》：「偶，合也。」言如烏鴉之合集，似聚實散，是指鄭桓公開拓的東方十邑等地。《國語·鄭語》載史伯對鄭桓公說：「其濟、洛、河、穎之間乎！是其子男之國，虢、鄶為大，虢叔恃勢，鄶仲恃險，是皆有驕侈怠慢之心，而加之以貪冒。君若以周難之故，寄帑與賄焉，不敢不許。周亂而弊，是驕而貪，必將背君，君若以成周之眾，奉辭伐罪，無不克矣。若克二邑，鄔（當作「鄢」）、弊、補、舟、依、𪩘、歷、華，君之土也。」正是說鄶、虢等國雖為鄰國而不團結，故稱之為「烏偶」。簡文言「鼓其腹心，奮其股肱，以躝於烏偶」，就是帶領心腹股肱之人踐伐奪取十邑。〔註143〕

黃聖松、黃庭頎：「瓠」字尚見《上博六·平王與王子木》簡1「城公鄭瓠聽於疇中」，及《上博八·命》簡9「必內（入）瓠之於十友又厽（三）」。復旦吉大讀書會指出，〈平王與王子木〉 字讀為「遇」，〈命〉篇則可讀為匹偶之「偶」。「偶」在文獻或作「耦」，《左傳》桓公二年：「嘉耦曰妃，怨耦曰仇，古之命也。」易言之，「仇耦」可指關係不佳的匹耦之國。考慮到前後文意，此段

〔註143〕王寧：〈清華簡六《鄭文公問太伯》（甲本）釋文校讀〉，復旦大學出土文獻與古文字研究中心：http://www.gwz.fudan.edu.cn/Web/Show/2809，2016/5/30。

文字先敘鄭桓公「以車七乘，徒卅人，鼓其腹心，奮其股肱」，爾後又「籥胄轉甲，免戈盾以嬨（造）勛」，故「以厭於仇耦」當是描述鄭桓公發起軍事行動，「以車七乘，徒卅人」向臨近國家迫近與攻擊。〔註144〕

王瑜楨：「![字]」像二人相次之形，從「勹」省聲，就是「次」字的異體。「以顏於![字]瓜」可讀為「以摶於次耦」。摶，聚集，《商君書·農戰》：「凡治國者，患民之散而不摶也。」「以摶於次耦」意思是：「團聚夥伴們一起」。〔註145〕

朱忠恒：「以猷於述偶」意思是：來向臨近的國家迫近攻擊。〔註146〕

胡乃波：「顏」字從黃聖松、黃庭頎之說，讀為「厭」，「厭」即「壓」字古文。《說文》：「厭，筓也。」段注：「筓者，迫也。此義今人字作『壓』，乃古今字之殊。」![字]，隸定為「耦」，通「偶」，指代敵國。烏鴉外出，成群結隊，但紀律性極差，用來比喻鄭國的敵人，軍隊實力弱，突出先君時期軍容之盛。「故亓腹心，畜亓胇拔，以顏於烏瓜」讀為「敷其腹心，奮其股肱，以厭（壓）於烏偶。」意思是與其士兵推心置腹，振奮肱股之士的士氣，以強大的兵力壓迫對方的烏合之眾。〔註147〕

筆者茲將各家對「![字]」、「![字]」、「![字]」之訓讀表列於下：

表 3-2-11：「![字]」諸家訓讀異說表

![字]	訓　　讀
東山鐸	類：善
徐在國	讀「勸」訓「獎勉、鼓勵」
苦行僧	釋「獲」
黃聖松、黃庭頎	讀「猷」通「厭」。厭：壓迫、迫近。
整理者	協
子居	讀「展」訓「誠」
王寧	「赧」之或體
胡乃波	讀「厭」。「厭」即「壓」字古文。

〔註144〕黃聖松、黃庭頎：〈《清華六·鄭文公問太伯》箚記（二）〉，簡帛網：http://bsm.org.cn/show_article.php?id=2631，2016-09-14。

〔註145〕王瑜楨：《清華大學藏戰國竹簡（陸）鄭國史料三篇研究》，頁229。

〔註146〕朱忠恒：《清華大學藏戰國竹簡（陸）集釋》，頁75。

〔註147〕胡乃波：《清華簡〈鄭文公問太伯〉（甲本）集釋》，頁19、20。

表 3-2-12：「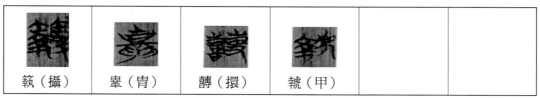」諸家訓讀異說表

	訓　　讀
整理者	讀「庸」
石小力	讀「仇」或「逑」訓「與之匹偶之人或者國家」
明珍、王寧	烏
王瑜楨	「次」字的異體

表 3-2-13：「」諸家訓讀異說表

	訓　　讀
整理者	讀「耦」
王寧	讀「耦」通「偶」。偶：合。
胡乃波	隸定為「耦」，通「偶」，指代敵國。

按：從「讀厭訓壓迫、迫近」之說。厭：迫近。《周禮‧春官‧巾車》：「厭翟，勒面繢總。」從「烏」之說。從「讀耦通偶訓合」之說。《管子》：「烏合之眾，初雖有歡，後必相吐，雖善不親也。」

翻譯：以迫近於（敵方）烏合（之眾）

簎（攝）	韋（冑）	轉（攠）	虢（甲）		

〔十四〕簎（攝）韋（冑）轉（攠）虢（甲），

子居：簎讀為「接」，故為「接冑被甲」。〔註148〕

ee：轉整理認為從「喜」從「專」，讀為「攠」，屬誤認字形，其實是「從艸從豆從口從卑」或「從喜從屮從卑」，屮是受喜的影響而類化。喜就是鼓，甲與戰爭有關，故加戰爭常用的「鼓」形。轉實從「卑」聲讀為「被（或披）」。「被甲嬰冑」、「被甲冒冑」古書常見。〔註149〕

〔註148〕子居：〈清華簡鄭文公問太伯（甲本）解析〉，中國先秦史網站：http://xianqin.bye thost10.com/2016/05/01/327，2016 年 5 月 1 日。

〔註149〕ee：簡帛研讀 » 清華六《鄭文公問太伯》初讀（第 5 樓），簡帛論壇：http://www. bsm.org.cn/bbs/read.php?tid=3346，2016-04-17。

此心安處是吾鄉：籔似可讀為「繛」。繛者，繫也。（故訓匯纂，1768 頁）繛冑與嬰冑同意。〔註 150〕

明珍：為「鼙」字。〔註 151〕

清華簡整理者：籔，字又見上博簡《簡大王泊旱》，彼讀為「箑（篓）」。簡文「籔」疑讀為章組葉部之「攝」，訓為「結」。䛐，從專得聲，讀為「摜」，《說文》：「貫也。」《左傳》成公二年：「摜甲執兵。」《國語・吳語》：「夜中乃令服兵摜甲。」〔註 152〕

暮四郎：籔讀為「攝」可信，上古「執」聲、「聶」聲之字可通。但「攝」訓為結似不妥當。據《故訓匯纂》，「攝」訓為結僅見於《莊子・胠篋》「則必攝緘縢」，用在此處不符合文義。，有學者指出其實是「從艸從豆從口從卑」或「從喜從中從卑」，中是受喜的影響而類化。喜就是鼓，甲與戰爭有關，故加戰爭常用的「鼓」形；字從「卑」聲讀為「被（或披）」。有學者在此基礎上進一步釋作「鼙」。包山簡 145 有「鼙」字作，與當是同一字。後者右上部的「中」形，如學者所指出，是受「鼓」上部「中」形的影響而類化。「鼙」讀為「被（或披）」的證據是：上古「卑」聲、「皮」聲的字都可以和「罷」聲的字通用。（張儒、劉毓慶：《漢字通用聲素研究》，第 492、569～570 頁。）包山簡之字為姓氏，有學者讀為「卑」，（參看陳偉等著《楚地出土戰國簡冊[十四種]》，第 70 頁注釋[96]。）或可讀為「裨」，《論語・憲問》有「裨諶」，《左傳》襄公二十八年有「裨竈」。「攝」似當訓為持。當然，冑一般是戴在頭上，但有時也會取下持於手中。同時，「攝」、「被」可能存在互文關係，所以「攝」不必非得理解為拿在手上，理解為一般意義的持即可。〔註 153〕

紫竹道人：「籔冑鼙甲」可讀為「笠冑蓑甲」（《上博（二）・容成氏》簡 14、15 兩見「籔（笠）」。籔說不定就是「笠」的異體），「笠」「所以禦暑雨」，「蓑」為蓑衣、雨衣。此句意謂以盔頭為斗笠、以鎧甲為蓑衣，表明先君武公時篳路

〔註 150〕此心安處是吾鄉：簡帛研讀 » 清華六《鄭文公問太伯》初讀（第 34 樓），簡帛論壇：http://www.bsm.org.cn/bbs/read.php?tid=3346，2016-04-24。

〔註 151〕明珍：簡帛研讀 » 清華六《鄭文公問太伯》初讀（第 27 樓），簡帛論壇：http://www.bsm.org.cn/bbs/read.php?tid=3346，2016-04-22。

〔註 152〕清華大學出土文獻研究與保護中心編，李學勤主編：《清華大學藏戰國竹簡（陸）》下冊，頁 121。

〔註 153〕暮四郎：簡帛研讀 » 清華六《鄭文公問太伯》初讀（第 21 樓），簡帛論壇：http://www.bsm.org.cn/bbs/read.php?tid=3346，2016-04-19。

藍縷，枕戈待旦，兵不卸甲，把甲冑當作日常衣帽穿戴，隨時準備上陣。〔註154〕

苦行僧：籔當讀為「戴」。籔從「竹」，「執」聲，「戴」從「異」聲，「執」聲字與「異」聲字可以輾轉相通。「執」聲字與「立」聲字可通，如陳劍先生將上博簡〈容成氏〉簡14、15中的「蓻」讀為「笠」；「立」聲字與「異」聲字可通，如古書中「翌日」之「翌」多寫作「翼」。〔註155〕

薛後生：籔冑披甲，其中籔可以考慮讀為「緝」，《文選・王儉（諸淵碑文）》「元戎啟行，衣冠未緝」，李善注引《爾雅》讀為「輯」，訓為和，似有問題。聲音上有〈容成氏〉簡37「乃執兵禁暴」之「執」，孫飛燕讀為「戢」為例，又可補其他音韻材料如，執與十通，《呂氏春秋》「蟄蟲始眾」高誘注：「蟄讀如《詩》文王之什」，《郭店・緇衣》簡34「文王緝熙敬之」之「緝」從咠從十雙聲。《詩經・螽斯》「宜爾子孫，蟄蟄兮」，毛傳：「蟄蟄，和集也」，馬瑞辰引《說文》「卙卙盛也」云「與蟄蟄同」，段注云「與卙卙義同」。「揖揖兮」，「蟄蟄兮」且押韻。卙亦是甚十雙聲。〔註156〕

王寧：「甲」原字作「虢」，簡11「君而甲（狎）之」之「甲」同，乃鎧甲之「甲」的專字，由金文之「甲」作「」（伯晨鼎，《集成》2816）者演變而來。〔註157〕

單育辰：虢可以說就是「羅」，實從「卑」聲而讀為「被（或披）」，「卑」幫紐支部，「被」並紐歌部，「披」滂紐歌部，「卑」與「被（或披）」韻部屬旁轉，聲紐並屬唇音，古音很近。古書多見「被甲嬰冑」（《穀梁傳・僖公二十二年》《墨子・兼愛下》）、「被甲冒冑」（《戰國策・韓策一》）、「被甲蒙冑」（《史記・張儀列傳》）等，與「籔冑羅（被）甲」一語極為相近。〔註158〕

王瑜楨：讀「戴冑披甲」，比較合於披掛上陣、衝鋒殺敵的情境。〔註159〕

〔註154〕紫竹道人：簡帛研讀 » 清華六《鄭文公問太伯》初讀（第23樓），簡帛論壇：http://www.bsm.org.cn/bbs/read.php?tid=3346，2016-04-20。

〔註155〕苦行僧：簡帛研讀 » 清華六《鄭文公問太伯》初讀（第30樓），簡帛論壇：http://www.bsm.org.cn/bbs/read.php?tid=3346，2016-04-22。

〔註156〕薛後生：簡帛研讀 » 清華六《鄭文公問太伯》初讀（第41樓），簡帛論壇：http://www.bsm.org.cn/bbs/read.php?tid=3346，2016-05-04。

〔註157〕王寧：〈清華簡六《鄭文公問太伯》（甲本）釋文校讀〉，復旦大學出土文獻與古文字研究中心：http://www.gwz.fudan.edu.cn/Web/Show/2809，2016/5/30。

〔註158〕單育辰：〈清華六《鄭文公問太伯》釋文商榷〉，《語言研究集刊》，2017年01期，頁309、310。

〔註159〕王瑜楨：《清華大學藏戰國竹簡（陸）鄭國史料三篇研究》，頁235。

朱忠恒：「𥱧」讀為「笠」，斗笠。〔註160〕

胡乃波：𥱧，讀為「笠」。《說文》：「笠，簦無柄也。」《急就篇》：「竹器簝笠𥲔篝篨。」顏注：「簝、笠皆所以禦雨也。大而有把，手執以行，謂之簦。小而無把，首戴以行，謂之笠。」「笠」為「首戴以行」，「冑」亦為首戴，二者用法相似。「笠」與「冑」連用，可解釋為「以笠為冑」，正好也符合鄭國先君當時的現狀，與「以車七乘，徒三十人」相呼應。而且「𥱧」、「笠」、「戴」三字在字音上皆可通，從聲韻上也為其提供了證據。「蕁甲」與「笠冑」對應，可解釋為「以蕁為甲」，比喻條件艱苦。〔註161〕

筆者茲將各家對「𥱧」、「![字]」之說法表列於下：

表 3-2-14：「𥱧」諸家訓讀異說表

𥱧	訓 讀
子居	讀「接」
此心安處是吾鄉	讀「繫」訓「繫」
整理者	讀「攝」訓「結」
暮四郎	讀「攝」訓「持」
紫竹道人、朱忠恒、胡乃波	讀「笠」
苦行僧、王瑜楨	讀「戴」
薛後生	讀「緝」

表 3-2-15：「![字]」諸家異說表

![字]	讀
ee、暮四郎	讀「被（或披）」
整理者	讀「擐」

按：《古文字通假字典》：「𦰩（緝照 zhi）讀為攝（盍審 she），緝盍旁轉，照審旁紐。馬王堆帛書《老子》甲、乙本《德經》：『蓋聞善執生者，陵行不〔避〕矢（兕）虎，入軍不被甲兵。』執通行本作攝。」〔註162〕筆者從「𥱧讀攝訓持」之說。《王力古漢語字典》：「攝：執持。《左傳·成公十六年》：『臨

〔註160〕朱忠恒：《清華大學藏戰國竹簡（陸）集釋》，頁76。
〔註161〕胡乃波：《清華簡〈鄭文公問太伯〉（甲本）集釋》，頁21、22、23。
〔註162〕王輝：《古文字通假字典》，頁775。

事而食言，不可謂暇，請攝飲焉。」杜預注：『攝，持也。』」〔註163〕鞏亦見於《包山楚墓270》：「皆晢鞏（胄），紫縢。」〔註164〕、《清華一‧耆夜》：「人備（服）余不鞏（胄）」〔註165〕《說文》：「胄，兜鍪也。」《左傳‧僖公三十三年》：「左右免胄而下。」所從之「卑」同 （郭.緇.23），筆者從暮四郎「讀被」之說。《王力古漢語字典》：「被：披在身上或穿在身上。《論語‧憲問》：『微管仲，吾其被髮左衽矣。』」〔註166〕《韓非子‧五蠹》：「言戰者多，被甲者少也。」虢亦見於《清華二‧繫年》：「七歲不解虢（甲）。」〔註167〕、「于宋，曰：『爾（弭）天下之虢（甲）兵。』」〔註168〕《異體字字典》：「甲：古代軍人所穿護身衣物，以皮革或金屬片製成。《孟子‧梁惠王上》：『兵刃既接，棄甲曳兵而走。』」〔註169〕

翻譯：持頭盔穿鎧甲

兊（攫）	戈	盾	以	媜（造）	勛

〔十五〕兊（攫）戈盾以媜（造）【五】勛。

　　清華簡整理者：兊，清華簡《金縢》用作「穫」，簡文讀為「攫」，《說文》：「握也。」「媜」字從早得聲，試讀為「造」，《書‧君奭》鄭注：「成也。」〔註170〕

　　徐在國：「兊」，應釋為「刈」，讀為「挈」。上古音「刈」，疑紐月部字；「挈」，溪紐月部字。二字聲紐均屬於牙音，韻部相同。「乂」讀為「挈」應該沒有問題。「挈」，有「執」義，如《漢書‧韓信傳》：「後陳豨為代相監邊，辭信，信挈其手，與步於庭數匝。」〔註171〕

〔註163〕王力：《王力古漢語字典》，頁404。
〔註164〕先秦甲骨金文簡牘詞彙資料庫：http://inscription.asdc.sinica.edu.tw/c_index.php。
〔註165〕先秦甲骨金文簡牘詞彙資料庫：http://inscription.asdc.sinica.edu.tw/c_index.php。
〔註166〕王力：《王力古漢語字典》，頁1211。
〔註167〕先秦甲骨金文簡牘詞彙資料庫：http://inscription.asdc.sinica.edu.tw/c_index.php。
〔註168〕先秦甲骨金文簡牘詞彙資料庫：http://inscription.asdc.sinica.edu.tw/c_index.php。
〔註169〕《異體字字典》：https://dict.variants.moe.edu.tw/variants/rbt/home.do。
〔註170〕清華大學出土文獻研究與保護中心編，李學勤主編：《清華大學藏戰國竹簡（陸）》下冊，頁121。
〔註171〕徐在國：〈清華六《鄭文公問太伯》簡記一則〉，簡帛網：http://bsm.org.cn/show_article.php?id=2519，2016-04-17。

　　子居：據《國語‧鄭語》：「桓公為司徒，甚得周眾與東土之人，問于史伯曰：王室多故，余懼及焉，其何所可以逃死？史伯對曰：⋯⋯其濟、洛、河、穎之間乎！是其子男之國，虢、鄶、為大，虢叔恃勢，鄶仲恃險，是皆有驕侈怠慢之心，而加之以貪冒。君若以周難之故，寄孥與賄焉，不敢不許。周亂而弊，是驕而貪，必將背君，君若以成周之眾，奉辭伐罪，無不克矣。」可見所謂「車十乘，徒三十人」只是說的鄭桓公的直系臣屬，實際上鄭桓公用以克鄶的主要軍事力量是成周之眾，這自然是因為「桓公為司徒，甚得周眾與東土之人」的緣故。〔註172〕

　　暮四郎：讀為「攫」恐怕難以成立。典籍中無「攫」表示握義的實際用例。而且《說文》所謂「握也」，實際上是捕取之義。張衡〈西京賦〉：「抄木末，攫獑猢。」《廣韻‧陌韻》：「攫，手取也。」或可讀為「舉」。中山王鼎銘文：「蒦（與）其汋（溺）於人施（也），寧汋（溺）於淵。」《大戴禮記‧五帝德》：「舉干戈以征不享、不庭、無道之民。」〔註173〕

　　此心安處是吾鄉：似可讀為「扜」，尺蠖，出土文獻作尺汙、尺扜或斥汙（白於藍《通假字彙纂》，2012年，259頁），是從蒦、於者可以通假（又可參湯炳正《釋「溫蠖」》，收入《屈賦新探》）。《說文》：「扜，指麾也。」然則（扜）戈盾者，指揮戈盾也。《玉篇》：「扜，持也。」，訓持戈盾也可以。〔註174〕

　　ee：〈鄭文公問太伯〉甲本簡6、〈鄭文公問太伯〉乙本簡5「勛」字皆從「才」，整理者未隸定出。〔註175〕

　　王寧：此字上部當是象手持禾穗形，和「及」的字形在構造上有相通之處，疑本是從殳從禾省，「殳」即「芟」之初文，象手持刈鉤（銍或鎌）刈割之形，禾省即禾上端相當於禾穗的部分，其字形乃象手持刈鉤刈取禾穗形，因為刈鉤部分與禾穗部分形近且重疊，所以均用一「人」形筆表示，「及」

〔註172〕子居：〈清華簡鄭文公問太伯（甲本）解析〉，中國先秦史網站：http://xianqin.byethost10.com/2016/05/01/327，2016年5月1日。

〔註173〕暮四郎：簡帛研讀 » 清華六《鄭文公問太伯》初讀（第21樓），簡帛論壇：http://www.bsm.org.cn/bbs/read.php?tid=3346，2016-04-19。

〔註174〕此心安處是吾鄉：簡帛研讀 » 清華六《鄭文公問太伯》初讀（第37樓），簡帛論壇：http://www.bsm.org.cn/bbs/read.php?tid=3346，2016-04-27。

〔註175〕ee：簡帛研讀 » 清華六《鄭文公問太伯》初讀（第13樓），簡帛論壇：http://www.bsm.org.cn/bbs/read.php?tid=3346，2016-04-18。

在上又加一筆作「」(《管仲》23)、「」(郭店・語四・5),上面正作反作無別,其全形作「」(郭店・唐・15)、「」(郭店・唐・19),即象刈取禾穗形,傳抄古文中也有類似的寫法,頗似「秉」字。所以「及」當即刈穫之「刈」的本字,因為被假借為逮及字,音轉入緝部,乃月、緝二部通轉疊韻相近之故。「」字上部當與「及」類似,只是在左下加一飾筆,與「及」上所加的一筆均類同,有標誌或區分的作用,此字當非「刈」而含義與之相同,根據清華簡〈金縢〉用之為「穫」而言,此即「穫」之本字,《說文》:「穫,刈穀也」,段注:「穫之言獲也。刈穀者,以銍以鎌。」就是以刈鉤收割莊稼的意思,比較符合字形之構造,下面所從的當是「刀」,乃綴加的義符。原整理者讀「攫」訓「握」當可從。「造」簡文作「媢」,從女早聲,此字當即曹姓之「曹」的或體,金文中或作「嬠」(竈友父鬲),從女棗聲,疑為同一字,故此字當釋「曹」。原整理讀「造」,又引《書・君奭》鄭注:「成也」。按:「造勛」以整理者注當為「成勛」義,即成就功勛(然古書不見有「造勛」之語,存疑)。〔註176〕

單育辰:是「獲」一類的音。〔註177〕

王瑜楨:張崇禮〈釋楚文字「列」及從「列」得聲的字〉一文指出「刈」與「穫」其實是同源詞。在本篇讀「攫」、「挈」、「舉」、「扞」均可通讀,筆者傾向讀為合乎「戈盾」這種武器的「舉」。〔註178〕

朱忠恒:「以造勛」應是一個動賓短語。造,在這裏訓為建立,動詞。《增韻・皓韻》:「造,建也。」《書・康誥》:「用肇造我區夏,越我一二邦以修。」「攫戈盾以造勛」意思是:握著戈盾來建立功勛。〔註179〕

胡乃波:「造」,釋「成也」。《左傳・成公十三年》:「文公恐懼,綏靜諸侯,秦師克還無害,則是我有大造於西也。」杜預注:「造,成也,言晉有成功於秦。」此處指鄭國先君成就功勛。〔註180〕

筆者茲將各家對「夗」、「媢」之訓讀表列於下:

〔註176〕王寧:〈清華簡六《鄭文公問太伯》(甲本)釋文校讀〉,復旦大學出土文獻與古文字研究中心:http://www.gwz.fudan.edu.cn/Web/Show/2809,2016/5/30。
〔註177〕單育辰:〈清華六《鄭文公問太伯》釋文商榷〉,頁310。
〔註178〕王瑜楨:《清華大學藏戰國竹簡(陸)鄭國史料三篇研究》,頁236、237。
〔註179〕朱忠恒:《清華大學藏戰國竹簡(陸)集釋》,頁77、78。
〔註180〕胡乃波:《清華簡〈鄭文公問太伯〉(甲本)集釋》,頁24。

表3-2-16：「尢」諸家訓讀異說表

尢	訓　讀
整理者、王寧	讀「攫」訓「握」
徐在國	釋「刈」讀「挈」訓「執」
暮四郎、王瑜楨	讀「舉」。
此心安處是吾鄉	讀「扜」訓「揮」或「持」

表3-2-17：「媒」諸家訓讀異說表

媒	訓　讀
整理者、胡乃波	讀「造」訓「成」
王寧	釋「曹」
朱忠恒	造：建立

按：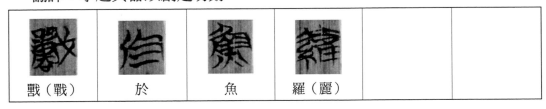筆者從「讀舉」之說。舉：拿起。《楚辭·九歌·東君》：「青雲衣兮白霓裳，舉長矢兮射天狼。」戈盾：泛指兵器。《左傳·昭公二十五年》：「臧氏使五人以戈楯伏諸桐汝之閭。」《周禮·夏官·旅賁氏》：「掌執戈盾，夾王車而趨。」媒筆者從「讀造」之說。《王力古漢語字典》：「造：創建。《呂氏春秋·古樂》：『故樂之所由來者尚矣，非獨為一世之所造也。』」〔註181〕「勛」乃「勳」之古字。勳：功勞、功勛。《書·大禹謨》：「爾尚一乃心力，其克有勳。」

翻譯：拿起兵器以創建功勛

戰（戰）	於	魚	羅（麗）		
戰（戰）	於	魚	羅（麗）		

〔十六〕戰（戰）於魚羅（麗），

清華簡整理者：「於」與「以」同義，見《詞詮》（第431頁）。「魚麗」為陣名，《左傳》桓公五年（鄭莊公三十七年）：「曼伯為右拒，祭仲足為左拒，原繁、高渠彌以中軍奉公，為魚麗之陳。」或說為地名。〔註182〕

子居：既然稱「戰於魚麗」，自當以魚麗為地名。筆者以為，魚麗之地，或

〔註181〕王力：《王力古漢語字典》，頁1437。

〔註182〕清華大學出土文獻研究與保護中心編，李學勤主編：《清華大學藏戰國竹簡（陸）》下冊，頁121。

即後世所稱五池溝。《水經注‧渠水》:「渠水右合五池溝。溝上承澤水,下流注渠,謂之五池口。渠水又東,不家溝水注之,水出京縣東南梅山北溪。」可見五池溝在不家溝水之西,約在今鄭州市西南,蓋即今鄭州市的賈魯河上游一帶。〔註183〕

　　王寧:簡文言「戰於魚羅」,則魚羅必為地名,言為陣名非是。《左傳‧桓公五年》所言鄭人所為之「魚麗之陣」,學者討論頗多,多根據「魚麗」的字面意思作解,但根據簡文的記載看,很可能本是指鄭桓公在魚麗作戰時所用的一種陣法,此戰獲勝而得二邑,對鄭人開拓東方具有里程碑式的意義,故鄭人將這種陣法稱為「魚麗之陣」,即是指魚麗之戰所用之陣法,亦有紀念先君功烈之意,由此而言,其陣法如何當與「魚麗(羅)」的字面含義無關。〔註184〕

　　悅園:「戰於魚羅」之「羅」當讀為「陵」,魚陵即左傳襄公十八年「楚人伐鄭,次於魚陵」之魚陵,在今河南省襄城縣西南。〔註185〕

　　尉侯凱:「戰於魚陵」確實發生在河南襄城,那麼戰後鄭國所獲得的鄾、邸二地當在襄城附近。〔註186〕羅,讀為「陵」。陵、羅同為來紐,二字雙聲,當可通用。「魚陵」在今河南省襄城縣西南,春秋時期該地屬於鄭國。〔註187〕

　　郝花萍:「魚羅」作為陣法,在周鄭繻葛之戰中曾被鄭國使用過。《後漢書‧蓋勳傳》云:「勳收餘眾百餘人,為魚羅之陳。」似此陣法後漢仍有之。魚羅陣的特點是「先偏後伍」、「伍承彌縫」。即將戰車布列在前面,將步卒疏散配置於戰車兩側及後方,從而形成步兵協同配合、攻防靈活自如的整體。這個戰陣能在車戰中充分發揮步兵的作用,可以彌補戰車的縫隙,更有效地殺傷敵人。這樣的編隊形如魚隊,故名魚羅。不過簡文「戰於魚羅」,魚羅當為作戰地點。〔註188〕

〔註183〕子居:〈清華簡鄭文公問太伯(甲本)解析〉,中國先秦史網站:http://xianqin.byethost10.com/2016/05/01/327,2016年5月1日。

〔註184〕王寧:〈清華簡六《鄭文公問太伯》(甲本)釋文校讀〉,復旦大學出土文獻與古文字研究中心:http://www.gwz.fudan.edu.cn/Web/Show/2809,2016/5/30。

〔註185〕悅園:簡帛研讀 » 清華六《鄭文公問太伯》初讀(第49樓),簡帛論壇:http://www.bsm.org.cn/bbs/read.php?tid=3346,2016-05-31。

〔註186〕尉侯凱:〈《鄭文公問太伯》(甲本)注釋訂補(三則)〉,簡帛網:http://bsm.org.cn/show_article.php?id=2569,2016-06-06。

〔註187〕尉侯凱:〈讀清華簡六箚記(五則)〉,《出土文獻》,2017年4月30日,頁127。

〔註188〕郝花萍:《清華大學藏戰國竹簡(陸)鄭國三篇集釋》,頁66。

王瑜楨：「於」作為介詞，也可以引進動作行為的工具、憑藉、依據。「於」相當於「用」、「憑藉」的句例並不算少。「戰於魚羅（麗）」的意思是：憑藉著魚麗戰法。〔註189〕

朱忠恒：尉侯凱說可從，「魚羅」或是「魚陵」。「戰於魚陵」意思是：在魚陵交戰。〔註190〕

按：《王力古漢語字典》：「於：在。《論語・憲問》：『子路宿於石門。』」〔註191〕「魚麗」應為地名，然於何處待考。

翻譯：在魚麗作戰

虛（吾）	〔乃〕	膅（獲）	鄟（函）	邨（訾）

〔十七〕虛（吾）〔乃〕膅（獲）鄟（函）、邨（訾），

清華簡整理者：鄟，《說文》「東」從马聲，「讀若含」。試讀為同從马聲之「函」。疑地在函冶，春秋時為晉國范氏邑，《國語・晉語九》公序本、《說苑・貴德》「范、中行有函冶之難」。或地在函陵，今河南新鄭。邨，讀為「訾」，地在今河南鞏縣。《左傳》文公元年衛成公「使孔達侵鄭，伐綿、訾及匡」，非此鞏縣之「訾」。〔註192〕

子居：函當即函陵，今河南新鄭市新村鎮望京樓（《新鄭文史資料第8輯古今地名專輯》第142頁，政協新鄭市委員會編，1999年10月。），而非函冶，函冶在河南孟州市北，此時鄭桓公勢在攻鄶，不能北有函冶之地。邨，疑在子節溪附近，子節溪在今河南新密市西，發源於新密尖山下寺溝，子節或即邨之緩讀。《水經注・洧水》：「洧水又東，襄荷水注之。水出北山子節溪，亦謂之子節水，東南流注於洧。」若此推測不誤，那麼函、邨二地正好大致在鄶國的東、西兩側夾鄶而守，距離也大致相當。〔註193〕

〔註189〕王瑜楨：《清華大學藏戰國竹簡（陸）鄭國史料三篇研究》，頁244、245。

〔註190〕朱忠恒：《清華大學藏戰國竹簡（陸）集釋》，頁78。

〔註191〕王力：《王力古漢語字典》，頁420。

〔註192〕清華大學出土文獻研究與保護中心編，李學勤主編：《清華大學藏戰國竹簡（陸）》下冊，頁121。

〔註193〕子居：〈清華簡鄭文公問太伯（甲本）解析〉，中國先秦史網站：http://xianqin.byethost10.com/2016/05/01/327，2016年5月1日。

王寧：當讀為「吾乃獲郱（依）、訾（莘）輨車」，依、訾是鄭桓公最早以武力佔領的二邑。韋昭說「桓公之子武公，竟取十邑之地而居之」，認為是鄭武公時候才取居十邑，這個看法是不正確的，十邑在鄭桓公時期就已經被鄭人佔據并立國了。〔註194〕

薛后生：膰後一字所從之形又見于《晉侯蘇鍾》一地名（字從四中），裘錫圭與何琳儀兩位先生都讀為「范」，懷疑此地乃鄭地之「氾」也。〔註195〕

王寧：「郱」原整理者讀「函」，此字當釋「郱」，即《國語・鄭語》所載鄭桓公所獲東方十邑中的「依」；「邨」原整理者讀「訾」，認為是《左傳・文公元年》「（衛成公）使孔達侵鄭，伐緜、訾及匡」的「訾」，是也，亦即《鄭語》十邑中的「莘」，字或作「華」，均「莘」之誤字，「莘」、「訾」音近可通，是同一個邑名。〔註196〕

圖 3-2-1：鄭桓公東遷相關地名示意圖〔註197〕

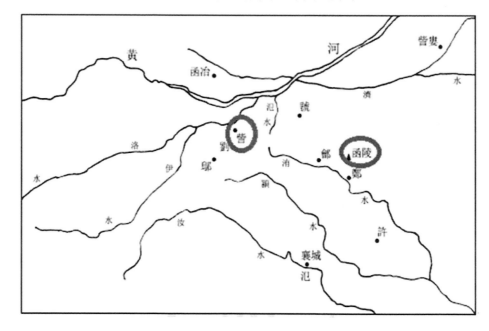

吳良寶：鄭桓公在滅鄶之前獲得的地是「函（函陵）」而非「氾」的可能性

〔註194〕王寧：〈清華簡六《鄭文公問太伯》「函」「訾」別解〉，復旦大學出土文獻與古文字研究中心：http://www.gwz.fudan.edu.cn/Web/Show/2801，2016/5/20。

〔註195〕薛后生：〈清華簡六《鄭文公問太伯》「函」「訾」別解〉第 1 樓，復旦大學出土文獻與古文字研究中心：http://www.gwz.fudan.edu.cn/Web/Show/2801，2016/5/20。

〔註196〕王寧：〈清華簡六《鄭文公問太伯》（甲本）釋文校讀〉，復旦大學出土文獻與古文字研究中心：http://www.gwz.fudan.edu.cn/Web/Show/2809，2016/5/30。

〔註197〕見吳良寶：〈清華簡地名「郱、邨」小考〉，《出土文獻（第九輯）》，中西書局，2016年 10 月，頁 180。

要大。《左傳》成公十三年「鄭公子班自訾求入于大宮」，江永《春秋地理考實》云：「奔許而自訾求入，則訾當在鄭南，非縣訾之訾。」或推定「在今河南新鄭縣與許昌市之間」，或定在今河南新鄭縣南。從鄭桓公東遷之初的形勢看，簡文邨也可能是《左傳》成公十三年的這個「訾」邑。〔註198〕

劉光：函冶之地在今河南孟縣西北。訾，在今河南鞏縣，兩地都在成周附近，在東周之初均為周王室之屬地。由此可見簡文的「造勳」，當理解為鄭桓公為平王東遷作一定的準備；再進一步說，鄭桓之克鄶而居是為東遷的周王室立一藩屏。〔註199〕

尉侯凱：郍讀「氾」，鄭地。氾在春秋時屬鄭國，且距魚陵不遠。位於襄城的氾、魚陵不僅均屬鄭國領地，而且鄭人在兩地活動比較頻繁。〔註200〕

朱忠恒：「吾乃獲函、邨（訾）。」這句話意思是：我們於是獲得了函、邨兩地。乃字甲本中間斷裂，乙本無缺。從鄭與函陵距離和方向看，函為函陵之說較可信，吳良寶說可從。〔註201〕

胡乃波：⬛字左側為「邑」，右側為「東」（韋聲）。「邑」為表意部件，「東」為表音部件，隸定為「郣」。上古音中，「郣」與「依」皆為影母微部字，可通。宋本《玉篇》：「郣，於畿切，殷國名。《呂氏春秋》曰：湯立為天子，商不變肆，親郣如夏，高誘曰：郣，讀如衣，今兗州人謂殷氏皆曰衣。」「依」為鄭國十邑（虢、鄶、櫟、鄢、莘、鄔、補、黑柔、依、舟）之一。另，史書記載，鄭桓公時期，鄭國強奪虢、鄶、櫟、鄢、莘、鄔、補、黑柔、依、舟十邑。其中「莘」邑當為簡文中的「⬛」。〔註202〕

筆者茲將各家對「⬛」之訓讀表列於下：

表3-2-18：「⬛」諸家訓讀異說表

⬛	訓　讀
整理者	讀「函」

〔註198〕吳良寶：〈清華簡地名「郍、邨」小考〉，頁180、182。

〔註199〕劉光：〈清華簡《鄭文公問太伯》所見鄭國初年史事研究〉，頁32。

〔註200〕尉侯凱：〈讀清華簡六劄記（五則）〉，頁128。

〔註201〕朱忠恒：《清華大學藏戰國竹簡（陸）集釋》，頁80。

〔註202〕胡乃波：《清華簡〈鄭文公問太伯〉（甲本）集釋》，頁27、28。

薛后生	氾
尉侯凱	讀「氾」
王寧、胡乃波	釋「郹」即「依」

按：縢亦見於《清華二‧繫年》：「縢（獲）哀侯以歸。」〔註203〕「函」以距「郿」較近之「函陵」較為可能，筆者從「函陵」之說。邮从「此」，此、訾皆為「支」部可通，筆者從「讀訾」之說。

翻譯：我國於是獲得函陵、訾兩地

輹（覆）	車	闍（襲）	猋（介）	克	郿
寙=（迢迢）					

〔十八〕輹（覆）車闍（襲）猋（介），克郿寙=（迢迢），

暮四郎：「覆」應該解釋為敗。「覆車」是說覆敗敵車，與前文「獲⋯⋯邮」都是戰鬥的結果。〔註204〕

王寧：「輹車」本意當是在車軸上纏皮革絲繩之類加固車軸，這裡相當於加固、維修車輛之意，表示奪取此二邑，得以在此駐軍休整。〔註205〕

胡乃波：「襲」為「掩其不備，發動進攻」之意。《左傳‧莊公二十九年》：「夏，鄭人侵許。凡師，有鐘鼓曰伐。無曰侵，輕曰襲。」杜預注：「掩其不備。」《國語‧周語中》：「二十六年，秦師將襲鄭。」韋昭注：「輕曰襲。」此處指鄭桓公遮擋戰車，掩人耳目，輕裝突襲，攻下制邑。〔註206〕

徐在國：「覆」有覆蓋；遮蔽義。《呂氏春秋‧音初》：「帝令燕往視之，鳴若謚隘，二女愛而爭搏之，覆以玉筐。」「覆車」即遮蔽戰車。疑闍當為「襲」字繁體，贅加「門」。「襲」字，意為出其不意的進攻。《春秋‧襄公二十三年》：

〔註203〕先秦甲骨金文簡牘詞彙資料庫：http://inscription.asdc.sinica.edu.tw/c_index.php。

〔註204〕暮四郎：簡帛研讀 » 清華六《鄭文公問太伯》初讀（第19樓），簡帛論壇：http://www.bsm.org.cn/bbs/read.php?tid=3346，2016-04-19。

〔註205〕王寧：〈清華簡六《鄭文公問太伯》（甲本）釋文校讀〉，復旦大學出土文獻與古文字研究中心：http://www.gwz.fudan.edu.cn/Web/Show/2809，2016/5/30。

〔註206〕胡乃波：《清華簡〈鄭文公問太伯〉（甲本）集釋》，頁29。

「齊侯襲莒。」杜預注：「輕行掩其不備曰襲。」𣴎，讀為甲介之介，《詩·清人》「駟介旁旁」，襲介猶云被甲。或說𣴎為表二水之間的地名。〔註207〕

黃聖松、黃庭頎：筆者翻檢傳世文獻，未見典籍有「襲甲」一詞。且《左傳》「襲」字之後多為地名，如成公十七年《傳》：「楚公子橐師襲舒庸」，哀公四年《傳》：「為一昔之期，襲梁及霍。」由此推知，整理小組所舉意見，後者較前者合理。然「𣴎」指何地？筆者遍查典籍與地圖，未見從「水」、從「介」之地，則此字或可讀為從「水」、「介」聲。傳世文獻與出土資料所載「介」、「㓞」二字多有異文，如《老子》七十九章：「是以聖人執左契而不責人」，馬王堆帛書甲本「契」作「介」、乙本作「芥」。《孟子·萬章上》「夫公明高以孝子之心不若是恝」，《說文》「恝」下引作「忿」。進一步分析，從「介」、從「㓞」之字又與從「制」之字多有異文，如《周易·睽卦》「其牛掣」，阜陽漢簡本「𢺴」（掣）作「絜」，《說文·手部》「瘛」字《繫辭》引「掣」作「瘛」，又云：「今作瘛。」據此論之，「介」可與「制」相通，則簡文此句應釋為「覆車襲制」，可語譯為：鄭桓公以埋伏之兵車襲擊制邑。《左傳》隱公元年：「及莊公即位，為之請制，公曰：『制，巖邑也，虢叔死焉。佗邑唯命。』」楊伯峻云：「虢指東虢，制當為其屬地。……《漢書·地理志》臣瓚注云：『鄭桓公寄帑與賄於虢、會之間。幽王既敗，二年而滅會，四年而滅虢』，此蓋據《竹書紀年》，虢叔之死亦在此年。」鄭莊公即位時，武姜因偏愛幼子共叔段而為之請「制」。「制」原屬東虢領地，位於鄶之西北，後為鄭國所滅，並納入鄭國版圖。《史記·鄭世家》：「二歲，犬戎殺幽王於驪山下，並殺桓公。鄭人立其子掘突，是為武公。」據此則鄭桓公在犬戎入鎬京時卒於變亂，其子即位是為鄭武公。日人瀧川龜太郎《史記會注考證》：「因王室多故，感史伯之言，寄帑與賄於虢、鄶等十邑。桓公死幽王之難，其子武公與平王東徙，卒定十邑之地以為國，河南新鄭是也。然則桓公始謀，非身得也。武公始國，非桓公也。」瀧川氏此見乃依文獻記載而發，傳統認為鄭國東遷於新鄭，乃鄭武公「始國」而「非桓公也」。然〈鄭世家〉又云：「桓公曰：『善。』於是卒言王，東徙其民雒東，而虢、鄶果獻十邑，竟國之。」則司馬遷提出不同說法，認為鄭桓公時已將此十邑「國之」，不待其子鄭武公時方併而有之。簡

〔註207〕徐在國：〈清華六《鄭文公問太伯》箚記一則〉，簡帛網：http://bsm.org.cn/show_article. php?id=2519，2016-04-17。

文記載鄭桓公「襲制」、「克鄶」云云，正與司馬遷之說相應，可佐史公之見。
〔註 208〕

清華簡整理者：覆，《左傳》隱公九年「君為三覆以待之」，杜注：「伏兵也。」閟，從門、袞。「袞」又見清華簡〈楚居〉、〈繫年〉，即「襲」字，《文選》李善注引《說文》：「襲，重衣也。」猋，讀為「甲介」之「介」，《詩・清人》：「駟介旁旁。」襲介猶云被甲。或說「猋」為表二水之間的地名。《國語・鄭語》史伯對鄭桓公，謂濟、洛、河、潁之間，「其子男之國，虢、鄶為大……若克二邑，鄔、弊、補、舟、依、縣、歷、華，君之土也。若前華後河，右洛左濟，主芣、騩而食溱、洧，修典刑以守之，是可以少固」。鄭桓公「乃東寄帑與賄，虢、鄶受之，十邑皆有寄地」。鄶為妘姓國，見《鄭語》。又《周語中》襄王欲取狄人女為後，富辰諫曰：「昔鄢之亡也由仲任……鄶由叔妘。」韋注：「鄶，妘姓之國。叔妘，同姓之女為鄶夫人。唐尚書云：『亦鄭武公滅之，不由女亡也。』昭謂《公羊傳》曰：『先鄭伯有善乎鄶公者，通于夫人以取其國。』此之謂也。」《韓非子・說難》：「昔者鄭武公欲伐胡，故先以其女妻胡君，以娛其意」，「胡君聞之，以鄭為親己，遂不備鄭，鄭人襲胡，取之」。胡在河南郾城，疑與其事相混。而《內儲說下》以為鄭桓公取鄶，古本《竹書紀年》亦云晉文侯二年，桓公「伐鄶，克之」。䣓，甲本左下從「皀」，上半從楚文字「庿」字，下半即「刅」，《集韻》以為「饗」字，試讀為從刀得聲之「迢」，訓為迢遰懸遠。鄶在所謂「溱、洧之間」，與函、訾等地相去迢遠。〔註 209〕

馬楠：「克鄶」同於《韓非子》的記載，《韓非子・內儲說下》云鄭桓公取鄶：「鄭桓公將欲襲鄶，先問鄶之豪傑、良臣、辯智、果敢之士，盡與姓名，擇鄶之良田賂之，為官爵之名而書之。因為設壇場郭門之外而埋之，釁之以雞豭，若盟狀。鄶君以為內難也，而盡殺其良臣。桓公襲鄶，遂取之。」〔註 210〕

〔註 208〕黃聖松、黃庭頎：〈《清華六・鄭文公問太伯》劄記（二）〉，簡帛網：http://bsm.org.cn/show_article.php?id=2631，2016-09-14。

〔註 209〕清華大學出土文獻研究與保護中心編，李學勤主編：《清華大學藏戰國竹簡（陸）》下冊，頁 121、122。

〔註 210〕馬楠：〈清華簡《鄭文公問太伯》與鄭國早期史事〉，《文物》，2016 年 3 月 25 日，頁 86。

A   B

ee：《鄭文公問太伯》甲本簡6：「克鄶A（廟食），如容社之處」，乙本簡5作B形，A及B下有合文符。按AB上面從[宀＋苗]，下面從「飤」，不過「飤」所從的「人」訛為「刀」形，A的「刀」形又進一步訛變成「刃」，如上博二〈魯邦大旱〉簡6的「飤」就已近於「刀」形。AB應讀為「廟食」，《史記・滑稽列傳》：「廟食太牢」、《漢書・淮南衡山濟北王傳》：「高皇帝之神必不廟食於大王之手」，皆是典籍中的「廟食」用例。〈鄭文公問太伯〉是說鄭克鄶之後始得地以為祖先之廟以供血食，正好與後面的「如容社之處」緊密銜接。從此處看，鄭之東遷後之始都即應在鄶地，古人已多言及。〔註211〕

子居：覆當訓奇襲，《孫子兵法・行軍》：「獸駭者，覆也。」李筌注：「不意而至曰覆。」杜牧注：「凡敵欲覆我，必由他道險阻林木之中，故驅起伏獸。駭，逸也。覆者，來襲我也。」淼當即㳠，《說文・㳠部》：「㳠，二水也。」鄶在溱、洧相會處，故言襲㳠。另《左傳・成公元年》：「齊侯曰，余姑翦滅此而朝食。」「輹（覆）車閟（襲）淼（介），克鄶嚻＝」當是說清晨以戰車出擊奇襲鄶師于兩水之間，攻克鄶國後吃早飯，以表示戰事的快捷順利。〔註212〕

楊蒙生：嚻很可能是一個從叀得聲的字，從字形右下部的刀或刃旁形體判斷，它很可能是前引斷字的一種古文寫法；字形上部的宀旁很可能如天、中、福、集、家諸字從宀的異體那樣，是贅加的羨符；（何琳儀：《戰國文字通論（訂補）》，江蘇教育出版社2003年，第216頁。）字形中部由中、田組合而成的形體則很可能即是叀字的上部形體；左下部的食或皀形則可能是叀旁下部斷開後，受從食或皀之字（如飤）的類化作用所致。換而言之，簡文此字很可能是斷字古文劉的一種訛誤後的繁化寫法。簡文此字可釋為劗。由於它與專字並諧叀聲，故在簡文中可讀為專；簡文「嚻＝」很可能是「專斷」

〔註211〕ee：簡帛研讀 » 清華六《鄭文公問太伯》初讀（第33樓），簡帛論壇：http://www.bsm.org.cn/bbs/read.php?tid=3346，2016-04-23。

〔註212〕子居：〈清華簡鄭文公問太伯（甲本）解析〉，中國先秦史網站：http://xianqin.byethost10.com/2016/05/01/327，2016年5月1日。

二字合文，其意或與《左傳》昭公十九年「晉大夫而專制其位」中的專制一詞相接近；它們所處的簡文可通讀為「昔吾先君桓公……戰於魚羅（麗），吾[乃]臘（獲）函、訾；覆車襲淼（介）、克鄶，勳＝（專斷）女（如）容社之尻（處），亦吾先君之力也」，句意是說鄭桓公經過努力，獲得函、訾、介、鄶諸地，滅諸小國，專居其地而置鄭之社稷。自此，鄭國在東遷之後有了自己穩固的地盤和發展基礎。自此之後，鄭國經武公、莊公的連續開拓，最終「主芣、騩而食溱、洧，修典刑以守之」（《國語‧周語》），成為東方諸侯之統帥和周王室的重要依憑。〔註213〕

薛後生：「勳＝」或當讀為「輾轉」，《焦氏易林‧歸妹之》「輾轉東西，如鳥避丸」，《采風曲目》有「輾轉之賓」，其中「輾」用「廛」字表示。〔註214〕

問道：從形體上看似乎也可看作「傳食」二字合文。〔註215〕

王寧：淼疑是「灉」字的異構，此讀為「虢」。鄭桓公在王室凋敝後離開宗周，繼續實行東方經略，最終在晉文侯的幫助下滅掉了鄶、虢，基本完成了建立新鄭的計劃。酈道元《水經注‧洧水》引《竹書紀年》曰：「晉文侯二年，同惠（助）王子多（友）父伐鄶，克之，乃居鄭父之丘，名之曰鄭，是曰桓公。」根據《鄭語》的記載，鄭桓公在幽王八年才聽從史伯之言確定開拓東方，則其滅鄶、居鄭父之丘不可能是在晉文侯二年，也不可能是在周幽王二年，只能如臣瓚所引者是在幽王既敗後二年（周平王二年，前769），並於此時正式立國名「鄭」；滅虢則是幽王既敗後四年（周平王四年，前767），其滅鄶、滅虢都是在晉文侯的幫助下才完成。此後鄭桓公再無事跡可言，可能在他滅虢之後不久就去世了。簡文言「襲虢克鄶」，先言「襲虢」，用「襲」不用「滅」，當非滅虢。《左傳‧隱公元年》載鄭莊公說：「制，巖邑也，虢叔死焉」，可能鄭桓公是先襲伐了東虢，取得了其土地，虢叔退守制邑，則東虢並沒有被滅；之後鄭桓公滅了鄶，又過了兩年，才攻伐制邑，虢叔被殺，東

〔註213〕楊蒙生：〈讀清華六《子儀》筆記五則——附《鄭文公問太伯》筆記一則〉，清華大學出土文獻研究與保護中心：http://www.ctwx.tsinghua.edu.cn/publish/cetrp/6831/2016，2016年3月22日。

〔註214〕薛後生：簡帛研讀 » 清華六《鄭文公問太伯》初讀（第22樓），簡帛論壇：http://www.bsm.org.cn/bbs/read.php?tid=3346，2016-04-20。

〔註215〕問道：簡帛研讀 » 清華六《鄭文公問太伯》初讀（第24樓），簡帛論壇：http://www.bsm.org.cn/bbs/read.php?tid=3346，2016-04-20。

虢才算正式滅亡，故《竹書紀年》記載是幽王既敗後二年滅鄶，四年滅虢。另，![字]乃「庿（古文廟）」、「飤」的合文。「廟食」蓋是指廟食者，即鄭國已故的先人，在宗廟中歆享，故稱「廟食」。〔註216〕

黃聖松、黃庭頎：《說文》：「斷，截也。從斤從𢇍。𢇍，古文絕。𠸩，古文斷從𣌭。𣌭，古文叀字。《周書》曰：『𠸩𠸩猗無他技。』劕，亦古文。」《集韻》亦謂「斷」古作「劕」，由是可知「𠸩」、「劕」即「斷」之古文。簡文甲本「𣴎𠀔=」上部應分析為從宀、叀聲，下部從𣌭、從刀。乙本此字下半雖從食、從刀，但應為𣌭之訛誤，故「𠀔=」即釋為「斷斷」。此外，《說文》亦提及「𣌭，古文叀字」，而「斷」與「叀」聲字關係密切，楚簡「劕」字有不少通假為「斷」之例。如〈曹沫之陣〉：「五人以伍，一人有多，四人皆賞，所以為劕（斷）。」〈三德〉：「毋壅川，毋劕（斷）瀆。」〈語叢二〉：「強生於性，立生於強，劕（斷）生於立。」據此推之，「𠀔=」在「斷」之古文上增添「叀」旁，其因當是疊加聲符，簡文應讀為「斷斷」。《尚書・秦誓》：「昧昧我思之，如有一介臣，斷斷猗無他技，其心休休焉，其如有容。」《禮記・大學》亦引上述〈秦誓〉之文，漢人鄭玄《注》謂「斷斷」為「誠一之貌也。」清人孫星衍云：「此言如有一概臣，其心專一，無他技巧，其心休美，寬大如有所容納也。」則「其如有容」之意為「寬大如有容納」，謂人氣度寬闊、有容乃大。簡文「斷斷如容」當如〈秦誓〉之文，形容鄭桓公「斷斷」誠一而「如容」寬大。故此處前後文句應斷句為：「以覆車襲制、克鄶，斷斷如容。」至於後文「社之處，亦先君之力也」，乃言社稷之立處，是我先君鄭桓公之力也。〔註217〕

劉光：克鄶時間諸說列表如下：

表 3-2-19：鄭克鄶之年諸家異說表〔註218〕

出　　處	觀　　點
《古本竹書紀年》	晉文侯二年（前779）

〔註216〕王寧：〈清華簡六《鄭文公問太伯》（甲本）釋文校讀〉，復旦大學出土文獻與古文字研究中心：http://www.gwz.fudan.edu.cn/Web/Show/2809，2016/5/30。

〔註217〕黃聖松、黃庭頎：〈《清華六・鄭文公問太伯》箚記（二）〉，簡帛網：http://bsm.org.cn/show_article.php?id=2631，2016-09-14。

〔註218〕劉光：〈清華簡《鄭文公問太伯》所見鄭國初年史事研究〉，頁31。

《今本竹書紀年	周幽王二年（前 780）
《漢書‧地理志》引臣瓚說	周幽王既敗二年（前 769）
《史記‧鄭世家》《國語‧鄭語》	未明確說，然均以為在周幽八年之後。並且以滅鄶東遷為鄭武公。

經考證鄭國克鄶之年，當為周幽王既敗二年，晉文侯十二年，即西元前 769 年。簡文的「乃獲函、訾，克鄶」應當是對鄭桓公東遷路線的一個描述。[註219]

王瑜楨：「輹」即「復」，意思是「返回」。「輹」左旁加「車」，表示強調是「車輛返回」，「輹車」的意思就是「戰車返回」。「猋」，地名，地望待考。「輹車襲猋、克鄶」，意思是：「戰車返回時，就趁便偷襲了猋、攻克了鄶」。「寱=」字，為「廟食」二字之合文。「廟食」，本義為「在廟中被祭祀，享用血食」，在這裡代指國君的宗廟。[註220]

朱忠恒：猋，地名。讀為甲介之介。斷句為：「輹（覆）車闀（襲）猋（介）、克鄶」意思是：遮蔽好戰車，出其不意地襲擊介地，滅掉鄶國。[註221]

筆者茲將各家對「」、「猋」、「寱」之訓讀表列於下：

表 3-2-20：「」諸家訓讀異說表

	訓　讀
暮四郎	讀「覆」訓「敗」
王寧	加固、維修
徐在國	覆：覆蓋、遮蔽
子居	覆：奇襲
王瑜楨	「輹」即「復」：「返回」

〔註219〕劉光：〈清華簡《鄭文公問太伯》所見鄭國初年史事研究〉，頁 32、34。「關於鄭克鄶的時間，史書記載莫衷一是，相關記載羅列如下：1.（晉文侯）二年，同惠王子多父伐鄶，克之。乃居鄭父之邱，名之曰『鄭』，是曰桓公。（古本《竹書紀年》引自《水經注‧洧水注》）2.（周幽王）二年晉文侯同王子多父伐鄶，克之。乃居鄭父之邱，是為鄭桓公。（今本《竹書紀年》）3.『幽王既敗，二年而滅鄶，四年而滅虢，居於鄭父之邱，是以為鄭桓公。』（《漢書‧地理志》注引臣瓚說）關於第 1 條史料，『同惠』當作『周厲』、『多父』之『多』為『友』之訛字，鄭桓公當周厲王之子，而非宣王之子。另，幽王既敗二年，據《史記‧十二諸侯年表》當為晉文侯十二年。」（見氏著：〈清華簡《鄭文公問太伯》所見鄭國初年史事研究〉，頁 31、32。）

〔註220〕王瑜楨：《清華大學藏戰國竹簡（陸）鄭國史料三篇研究》，頁 256、257。

〔註221〕朱忠恒：《清華大學藏戰國竹簡（陸）集釋》，頁 81。

表 3-2-21：「叒」諸家訓讀異說表

叒	訓　　讀
徐在國、整理者、朱忠恒	讀「介」
黃聖松、黃庭頎	介通「制」
子居	枺
王寧	「灙」之異構，讀「虢」

表 3-2-22：「劚」諸家訓讀異說表

劚	訓　　讀
整理者	讀「迢」訓「迢遞懸遠」
楊蒙生	釋「勪」讀「專」

表 3-2-23：「」諸家訓讀異說表

	訓　　讀
楊蒙生	「專斷」二字合文
薛後生	讀「輾轉」
問道	「傳食」二字合文
王寧	「庿（古文廟）」、「飤」的合文。「廟食」蓋是指廟食者，即鄭國已故的先人，在宗廟中歆享。
黃聖松、黃庭頎	釋「斷斷」：誠一之貌也。
王瑜楨	「廟食」二字之合文。廟食：代指國君的宗廟。

　　按：《異體字字典》：「輹：古代車箱下與軸鉤連之木器。《說文解字·車部》：『輹，車軸縛也。』」〔註222〕《易》：「輿脫輹」。闠筆者從「讀襲」之說。叒筆者採「地名」之說，然為何處待考。克：戰勝、攻下。《左傳·僖公四年》：「以此攻城，何城不克？」《左傳·隱公元年》：「鄭伯克段于鄢。」《玉篇》：「克，勝也。」筆者從「廟食的合文」之說。《漢語大詞典》：「廟食：謂死後立廟，受人奉祀，享受祭饗。《史記·滑稽列傳》：『廟食太牢，奉以萬戶之邑。』」〔註223〕

　　翻譯：使車軸加輹，偷襲叒攻下鄹，立廟享受祭饗

〔註222〕《異體字字典》：https://dict.variants.moe.edu.tw/variants。

〔註223〕《漢語大詞典》第 3 卷，頁 1275。國學大師：http://www.guoxuedashi.com/zidian/_8F39.html。

女（如）	容	袿（社）	之	尻（處）	亦
虐（吾）	先	君	之	力	也

〔十九〕女（如）容袿（社）之尻（處），亦虐（吾）先君之力也。

清華簡整理者：《鄭語》言鄭桓公「乃東寄帑與賄，虢、鄶受之，十邑皆有寄地」，或即簡文所謂「容社之處」。〔註224〕

子居：原文的「女」當讀為「汝」，「容社之處」即是指「鄭父之丘」。

〔註225〕

程浩：「輹（覆）車闀（襲）淥（介），克鄶鬳＝（迢迢），女（如）容袿（社）之尻（處），亦虐（吾）先君之力也。」部分解決了長期以來關於滅鄶者是桓公還是武公的糾葛。簡文明言桓公滅鄶，與《竹書紀年》相合而與《鄭世家》桓公死於驪山的說法衝突。桓公在幽王十一年蒙難驪山時可能并沒有死難（首倡桓公未死於驪山的是沈長雲先生，見沈長雲：《鄭桓公未死幽王之難考》，《文史》第 43 輯，北京：中華書局，1997 年，第 244～247 頁），而是已經東遷立國。《鄭世家》載兩周之際史事多本自《國語·鄭語》，而《鄭語》未嘗言桓公死事，只是在篇末講「幽王八年而桓公為司徒，九年而王室始騷，十一年而斃」。這句話實際上是《鄭語》作者對幽王之難的簡要總結，主要是為了證明史伯的話得到了應驗。這裏的「十一年而斃」主語自然是幽王，并不是司馬遷所理解的桓公。既然鄭桓公未死於驪山，那麼《竹書紀年》「幽王既敗，二年而滅鄶，四年而滅虢」的記載也便沒有太多疑問了。〔註226〕

王寧 A：當讀作：「戰於魚羅，吾[乃]獲函、訾輹車；襲虢克鄶，斷斷如容社之居」這是說鄭桓公戰於魚麗，鄭人得以在函、訾維修車輛，表示奪取了此

〔註224〕清華大學出土文獻研究與保護中心編，李學勤主編：《清華大學藏戰國竹簡（陸）》下冊，頁 122。

〔註225〕子居：〈清華簡鄭文公問太伯（甲本）解析〉，中國先秦史網站：http://xianqin.byethost10.com/2016/05/01/327，2016 年 5 月 1 日。

〔註226〕程浩：〈清華大學出土文獻讀書會〉：〈清華六整理報告補正〉，清華大學出土文獻研究與保護中心：http://www.ctwx.tsinghua.edu.cn/publish/cetrp/6842/20160416052940099595642/1460755813610.doc，2016 年 4 月 16 日。

二邑；之後又襲虢克鄶，使新地完整一體，像個可以容納國社的居地，即像一個國家的樣子。蓋古之立國必有社，建立國社才表示國家的正式建立，「容社之居」就是建有社的國家。〔註227〕

王寧B：如，當訓往。「容社」之「容」甲、乙本均作「宎」，從宀公聲，即《說文》中所載「容」之古文，為容納、容受之意。蓋鄭桓公初居棫林，乃周王畿內的采邑，不能建立國社，即無容社之地；後來佔領了東方十邑之後，居於鄭父之丘，有了容社之所，才國名為「鄭」，並建立了國社，表示正式立國，即《禮記·郊特牲》所謂「家主中溜而國主社，示本也」；而其舊地棫林亦得名「鄭」，所謂「舊鄭」，後來成為秦國的縣。新鄭建立後，廟食（在宗廟中享受祭祀）的鄭先人們也都遷到此新鄭，即所謂「廟食如容社之居」。建國立社在鄭桓公時期均已經完成，故曰「亦吾先君之力也」。〔註228〕

郝花萍：「戰於魚麗，吾[乃]獲函、訾，覆車襲介，克鄶迢迢，如容社之處」這是鄭桓公的第二大功績。《史記·鄭世家》云：「二歲，犬戎殺幽王於驪山下，並殺桓公。」司馬遷認為桓公卒於平王東遷之前。鄭桓公死後，「鄭人共立其子掘突，是為武公」。平王東遷時鄭武公與秦襄公、晉文侯共同護送平王定都雒邑，並將鄭國同周王室一起東遷，定都在新鄭（今河南新鄭北）一帶。清華簡〈繫年〉云：「周亡王九年，邦君諸侯焉始不朝于周，晉文侯乃逆平王于少鄂，立之於京師。三年，乃東徙，止于成周。」鄭玄《毛詩譜·王城譜》：「晉文侯、鄭武公迎宜咎于申而立之，是為平王。以亂故，徙居東都王城。」可知迎立平王的還有鄭武公。傳統上一般認同鄭國東遷是自鄭武公始，而〈鄭文公問太伯〉這篇簡文則明確記載鄭國第一代國君鄭桓公就已經「獲函、訾」、「克鄶」，開始了東遷啟疆的進程。幽王八年（前774年），桓公任王朝司徒，曾向太史伯問當時形勢，策劃向東方遷徙拓展之事。在王室多故、大難將至的形勢下，鄭桓公「東徙其民雒東，而虢、鄶果獻十邑，竟國之。」《史記·鄭世家》《集解》云：「韋昭曰：『後武公竟取十邑地而居之，今河南新鄭也。』」《左傳·昭公十六年》載子產語：「昔我先君桓公與商

〔註227〕 王寧：〈由清華簡六二篇說鄭的立國時間問題〉，復旦大學出土文獻與古文字研究中心：http://www.gwz.fudan.edu.cn/Web/Show/2777，2016年4月20日。

〔註228〕 王寧：〈清華簡六《鄭文公問太伯》（甲本）釋文校讀〉，復旦大學出土文獻與古文字研究中心：http://www.gwz.fudan.edu.cn/Web/Show/2809，2016/5/30。

人皆出自周」，《國語‧鄭語》韋注：「桓公，鄭始封之君，周厲王之少子，宣王之弟桓公友也。」宣王封之於鄭，在西都畿內棫林之地，即今陝西華縣西北。周幽王之亂，桓公將家室財寶寄存於虢、鄶之間，其後因取二國之地，都於今之河南新鄭縣。杜注云：「桓公東遷，並與商人俱。」梁玉繩言：「《國語》、《漢地志》、鄭《詩譜》及孔《疏》，而知史公之說非也。桓公封於宗周畿內棫林之地，京兆鄭縣是，所謂舊鄭也。因王室多故，感史伯之言，寄帑與賄於虢、鄶等十邑。桓公死幽王之難，其子武公與平王東徙，卒定十邑之地以為國，河南新鄭是也。然則桓公始謀，非身得也。武公始國，非桓公也。武滅虢、鄶，非王徙之而獻邑也。十邑中八邑各為其國，非虢、鄶之地，無由獻之也。」與簡文對讀可知，清代學者梁玉繩的解讀仍有待考證，難為確論。〔註 229〕

王瑜楨：「社」，古代的社神，《禮記‧王制》：「天子祭天地，諸侯祭社稷，大夫祭五祀。」社神代表土地。「容社之凥」讀為「容社之處」。「如」釋為「與」，作連接詞用，《儀禮‧鄉飲酒禮》：「公如大夫入。」王引之《經義述聞》以為「如」當釋為「與」，「鬲=（廟食）女（如）容祂（社）之凥（處），亦虐（吾）先君之力也」，意思是：設立宗廟與「社」的地方（代指國都），也是我們先君的功勞。〔註 230〕

朱忠恒：容，容納。《詩經‧衛風‧河廣》：「誰謂河廣，曾不容刀。」簡文從楊蒙生說，斷讀為：「覆車襲淼（介）、克鄶，鬲=（專斷）女（如）容社之凥（處），亦吾先君之力也。」意思是：覆蓋好戰車，襲擊介地、滅掉鄶，專居其地而置鄭之社稷，也是我們先君的功勞啊。意指桓公被封之初，居於棫林，土地狹小，又在周王畿內的采邑，不能建立土地神的祭祀之所，後來獲得了東方十邑，滅了虢、鄶後，地盤擴大，終於可以立社祭祀了。程浩所說桓公並未死於犬戎之亂是有道理的。〔註 231〕

筆者茲將各家對「▨ 容社之處」中「▨」之訓讀表列於下：

〔註 229〕郝花萍：《清華大學藏戰國竹簡（陸）鄭國三篇集釋》，頁 70、71。
〔註 230〕王瑜楨：《清華大學藏戰國竹簡（陸）鄭國史料三篇研究》，頁 257、258。
〔註 231〕朱忠恒：《清華大學藏戰國竹簡（陸）集釋》，頁 83、84。

表 3-2-24：「![字]容社之處」中「![字]」諸家訓讀異說表

![字]	訓　讀
子居	「女」讀「汝」
王寧	「如」訓「往」
王瑜楨	「如」釋「與」

　　按：《古文字通假字典》：「女（魚泥 nǚ）讀為如（魚日 ru）。鄂君啓車節：『女馬女牛女德（特），屯（純）十以當一車。』女讀如。」〔註232〕「如」筆者從「釋與」之說。「容」筆者從「容納」之說。《易・師》：「君子以容民畜眾。」社：土地神。《說文》：「社，地主也。」《國語・魯語上》：「故祀以為社。」力：功勞。《論語・憲問》：「桓公九合諸侯，不以兵車，管仲之力也。」《周禮》：「事功曰勞，治功曰力。」

　　翻譯：和（能有）容納土地神的地方，也是我先王的功勞

![字] 枼（世）	![字] 及	![字] 虗（吾）	![字] 先	![字] 君	![字] 武
![字] 公	![字] 西	![字] 譀（城）	![字] 沶（伊）	![字] 閞（潤）	![字] 北
![字] 遶（就）	![字] 郊（鄔）	![字] 鄮（劉）	![字] 縈	![字] 厄（軛）	![字] 鄆（蔦）
![字] 竿（邘）	![字] 之	![字] 國			

〔二十〕枼（世）【六】及虗（吾）先君武公，西譀（城）沶（伊）閞（潤），
　　　　北遶（就）郊（鄔）、鄮（劉），縈厄（軛）鄆（蔦）、竿（邘）
　　　　之國，

〔註232〕王輝：《古文字通假字典》，頁 104。

　　馬楠：據簡文可知鄔、劉、蒍、邘四城在武公時已為鄭國城邑。而到了莊公時期，不僅取得了蘇忿生之田溫、原，更伐戎救齊，打通了東擴的道路。可見兩周之際，鄭國的勢力範圍不僅局限於黃河以南、成周以東的「溱洧之間」，更包含了黃河以北、太行山以南、後歸於晉國的南陽地區，對淇衛形成了極大威脅。〔註233〕

　　孟躍龍：「閟」當讀為「關」，「洢（尹）閟」即著名的「伊闕」。「北邊」之「邊」當訓為「至」或「到」，與傳世文獻中的「造」、「俶」、「揻」音義相近。從地理位置來看，「伊闕」處於周鄭的邊境，為兵家必爭之地。簡文「世及……來見」大意是說，鄭武公於伊闕築城，向北延伸至鄔（郎）、鄑（劉）一帶，扼住了郢（蒍）、竿（邘）等國南下的咽喉地帶，魯、僊（衛）、鄹（蓼）、鄁（蔡）等國都前來朝見。〔註234〕

　　清華簡整理者：《左傳》隱公十一年（周桓王八年、鄭莊公三十二年）：「王取鄔、劉、蒍、邘之田於鄭，而與鄭人蘇忿生之田：溫、原、絺、樊、隰郕、攢茅、向、盟、州、陘、隤、懷。」是鄔、劉、蒍、邘四地原為鄭邑，即簡文之郎、鄑、郢、竿。鄔，妘姓，見《鄭語》。典籍或作「鄢」，《鄭語》史伯對鄭桓公所言十邑之「鄔」，公序本作「鄢」；《周語中》「昔鄢之亡也由仲任」，韋注：「鄢，妘姓之國，取仲任氏之女為鄢夫人。唐尚書曰：『鄢為鄭武公所滅，非取任氏而亡也。』」劉在今河南偃師西南，周匡王封劉康公於此。郢（毀），曉母微部字，讀為匣母歌部之「蒍」，地在河南孟津縣東北。邘在今河南沁陽縣西北。〔註235〕

　　薛後生：「營軛」顯然與文獻常見之「還轅」意義相類，表示周遊，馳騁一類的意義，縈（營）有環繞義。不過耕部字與元部字常相通。《詩・杕杜》「獨行睘睘」，《文選・思玄賦》引「睘」作「嫈」。《閔予小子》「嬛嬛在疚」，《說文》引「嬛」作「嫈」。《韓非子・五蠹》「自環者謂之私」，《說文》「厶」處引作「營」。《荀子・禮論》「設掩面儇目」，「儇」借作「帽」，《士喪禮》「帽目」注：「帽讀若詩云『葛藟縈之』之『縈』，古文『帽』為『涓』」（「帽」一

<hr />

〔註233〕馬楠：〈清華簡《鄭文公問太伯》與鄭國早期史事〉，頁86。
〔註234〕孟躍龍：〈清華簡「伊閟」即「伊闕」說〉，簡帛網：http://bsm.org.cn/show_article.php?id=2521，2016-04-18。
〔註235〕清華大學出土文獻研究與保護中心編，李學勤主編：《清華大學藏戰國竹簡（陸）》下冊，頁122。

般歸入錫部，耕部的入聲。），又如聲訓字，《周楠・樛木》「葛藟縈之」，《傳》：「縈，旋也」，《說文》「縈，收卷也」，等等。如此，「縈（營）」讀為「還」好像亦可。〔註236〕

子居：洢即伊水，澗即澗水，「西城伊、澗」即是指鄭武公輔佐周平王東遷洛陽時曾修城於洛陽。另「郟」無由訛為「鄢」，故可確定這裡的「郟」當為「鄔」而非「鄢」。鄔、劉二邑，據《左傳・隱公十一年》杜預注：「二邑在河南緱氏縣，西南有鄔聚，西北有劉亭。」由於按舊說鄔、劉皆在伊川之東，所以「北就鄔、劉」的說法就明顯有了問題，該句似是本當原為「北就蔿、邢，縈輈郟、劉」才與地理位置相符。〔註237〕

blackbronze：「縈」應讀為「營」，表示經營。〔註238〕

王寧：此簡文言「鄔」是鄭武公時期才獲得的城邑，那麼就可以解決《國語・鄭語》中史伯所言十邑中的「鄔」的問題，這個字明道本《國語》作「鄔」，《史記・鄭世家》的《集解》、《索隱》引、宋庠本都作「鄢」，徐元誥先生《國語集解》即從明道本作「鄔」而不從宋庠本。然簡文明言鄭武公時期才「北就鄔、劉」，是鄭武公時才滅鄔，則鄭桓公時期所取得的十邑中必定沒有「鄔」，那個字應當作「鄢」，即《左傳・隱公元年》「鄭伯克段于鄢」的「鄢」，今河南省許昌市鄢陵縣，作「鄔」蓋誤。「縈」是纏繞義，「縈輈」即纏繞車輈。古人用鞃或轉綁縛或纏裹車輈，鞃是綁車輈的皮條，轉是纏裹車輈的皮帶，使用時間長了會斷裂鬆動，則需要重新纏裹，即所謂「縈輈」，其實也是維護、維修車輛的意思，即用在蔿、竿二地維護車輛表示佔領了這兩個地方。〔註239〕

黃聖松、黃庭頎：「營」作動詞解可釋為度量，如《儀禮・士喪禮》：「筮宅，塚人營之。」鄭玄《注》：「營，猶度也。」《說文》云：「戹，隘也。從戶乙聲，亦作厄。」簡文「厄」字應讀為「益」，二字上古音皆為影母錫部，典籍常見從「益」與從「厄」之字異文現象。如《左傳》昭公元年：「所遇又

〔註236〕薛後生：簡帛研讀 » 清華六《鄭文公問太伯》初讀（第40樓），簡帛論壇：http://www.bsm.org.cn/bbs/read.php?tid=3346，2016-05-04。

〔註237〕子居：〈清華簡鄭文公問太伯（甲本）解析〉，中國先秦史網站：http://xianqin.byethost10.com/2016/05/01/327，2016年5月1日。

〔註238〕blackbronze：簡帛研讀 » 清華六《鄭文公問太伯》初讀（第32樓），簡帛論壇：http://www.bsm.org.cn/bbs/read.php?tid=3346，2016-04-22。

〔註239〕王寧：〈清華簡六《鄭文公問太伯》（甲本）釋文校讀〉，復旦大學出土文獻與古文字研究中心：http://www.gwz.fudan.edu.cn/Web/Show/2809，2016/5/30。

阨」，陸德明《經典釋文》謂「阨」又作「隘」。又定公四年《傳》：「還塞大隧、直轘、冥阨」，陸氏謂「阨，本或作隘。」由是可證從「厄」與從「益」之字可為通假，有增益之意。僖公十八年《傳》：「梁伯益其國而不能實也，命曰新里，秦取之。」《集解》釋「益其國」為「多築城邑」，「新里」即其所「益」之城邑。「國」、「邑」有時可互用，如《左傳》常見自稱己國為「敝邑」。又昭公十八年《傳》：「許不專於楚，鄭方有令政，許曰：『余舊國也。』鄭曰：『余俘邑也。』」《集解》：「許先鄭封。隱十一年鄭滅許而復存之，故曰『我俘邑』。」在此稱許國為「邑」，亦是以「邑」稱「國」之例。簡文「營厄（益）蔿、邘之國」句式頗類《傳》之「益其國」，如是則可譯為：「度量而增益蔿、邘之城邑。」〔註240〕

晁福林：「鄔」在今河南偃師縣西，「劉」在今河南偃師縣南，「蔿」在今河南孟津縣東北，「邘」在今河南省沁陽縣西北，皆為臨近衛國之地。〔註241〕

郝花萍：「縈軛」之「軛」當為「控制、束縛」義。「縈軛蔿、邘之國」就是說鄭武公時期鄭國已控制了「蔿、邘之國」。〔註242〕

王瑜楨：「城」釋為佔地築城。「汦閈」讀為「伊闕」。「還轅」的意思應是指「回車」，如《孔叢子·記問》「巾車命駕，將適唐都。黃河洋洋，悠悠之魚，臨津不濟，還轅息鄹」。縈，直接依本字解即可，意思是「迴旋纏繞」，如《詩經·周南·樛木》：「南有樛木，葛藟縈之。」「厄」讀為「軛」或「扼」，控制的意思，「縈扼」就是「包圍控制」，「縈（營）厄（扼）鄧（蔿）竿（邘）之國」就是「包圍控制了蔿、邘兩國」。「蔿國」在鄭武公「縈厄」的時候，應屬一個「國」，後來可能是被鄭武公佔領，魯隱公十一年（鄭莊公三十二年）時被周桓王收回，後來賜給子國為食邑。〔註243〕

朱忠恒：城，築城。《詩·小雅·出車》：「王命南仲，往城於方。」就，訓為趨向，往……去。縈、營，皆為韻母耕部。且多有相通例。縈，圍繞，纏繞。《公羊傳·莊公二十五年》：「以朱絲營社。」《釋文》：「營本亦作縈。」

〔註240〕黃聖松、黃庭頎：〈《清華六·鄭文公問太伯》箚記〉，簡帛網：http://www.bsm.org.cn/show_article.php?id=2628，2016-09-07。

〔註241〕晁福林：〈談清華簡《鄭武夫人規孺子》的史料價值〉，《清華大學學報（哲學社會科學版）》，2017年5月15日，頁130。

〔註242〕郝花萍：《清華大學藏戰國竹簡（陸）鄭國三篇集釋》，頁72。

〔註243〕王瑜楨：《清華大學藏戰國竹簡（陸）鄭國史料三篇研究》，頁265、266、268。

縈，在簡文中似不必釋為「營」，直接如字讀即可。厄、軛，皆為影紐錫部，二字可通。軛，謂用軛駕在牛馬頸上。《管子・問》：「牽家馬軛家車者幾何乘？」在這裏可引申為束縛、管轄、統治。縈軛，包圍環繞、管轄統治。指形成了壓倒性的統治優勢。「厄（軛）」下一字當分析為從兒從土從邑，隸定為「鄖」。字以兒為聲，疑讀作蔿。從兒從土從邑之字，與蔿音近可通作。「世及吾先君武公，西城伊闕，北就鄖、劉，縈軛蔿、邘之國」這幾句話意思是：到了我們先君武公這一代，向西在伊闕築城，向北（疆域）到達了鄖、劉，包圍了蔿、邘等國。〔註244〕

胡乃波：東周時月外同音，以外為月。戰國文字「閒」，月外相混導致閒閼混用。在上古音中，月為疑母月部字，閼為溪母月部字，月閼古音相通，故借「閒」為「閼」有很大可能。伊闕：地名。在今河南洛陽市南，即春秋周闕塞。因兩山相對如闕門，伊水流經其間，故名。《左傳・定公八年》：「秋，晉士鞅會成桓公，侵鄭，圍蟲牢，報伊闕也，遂侵衛。」《水經注・伊水》：「伊水又北入伊闕。昔大禹疏以通水，兩山相對，望之若闕，伊水歷其間北流，故謂之伊闕矣。《春秋》之闕塞也。」另，從王寧先生觀點，「縈軛」即纏繞車軛，表示佔領「蔿、邘」。此二地位置險要，為咽喉之地，鄭武公佔領「蔿、邘」之後，勢力壯大，使得魯衛等國不得不忌憚鄭國的國力，故有「魯、衛、蓼、蔡來見」之說。〔註245〕

筆者茲將各家對「」、「」之訓讀表列於下：

表 3-2-25：「」諸家訓讀異說表

	訓　　讀
薛後生	「縈（營）」讀「還」
blackbronze	「縈」讀「營」
王寧	「縈」：纏繞
黃聖松、黃庭頎	「營」：度量
王瑜楨	縈：「迴旋纏繞」
朱忠恒	縈：圍繞、纏繞。

〔註244〕朱忠恒：《清華大學藏戰國竹簡（陸）集釋》，頁86。
〔註245〕胡乃波：《清華簡〈鄭文公問太伯〉（甲本）集釋》，頁33、34。

表 3-2-26：「![圖]」諸家訓讀異說表

![圖]	訓　　讀
黃聖松、黃庭頎	「厄」讀「益」：增益
郝花萍	「軶」：「控制、束縛」
王瑜楨	「厄」讀「軶」或「扼」：控制
朱忠恒	厄通「軶」：引申為束縛、管轄、統治。

按：枼亦見於《王孫遺者鐘》：「枼（世）萬孫子，永保鼓之。」〔註246〕、《冉鉦鍼》：「萬枼（世）之外」〔註247〕世：父子相繼。《字彙》：父子相代為一世。《公羊傳・文公十三年》：「世室世世不毀也。」《周禮・大行人》：「世相朝也。」《廣雅》：「及，至也。」《左傳隱公元年》：「不及黃泉，無相見也。」城筆者從「築城」之說。《左傳・昭公二十三年》：「今吳是懼而城於郢。」闕從門從外。「外」、「闕」皆為「月」部可通，筆者從「讀闕」之說。遪亦見於《上海博物館藏戰國楚竹書・容成》：「百里之中，率天下之人遪（就）奉而立之，以為天子。」〔註248〕、《上海博物館藏戰國楚竹書・曹沫》：「不速，亓遪（就）之不附，亓啟節不疾，此戰之幾（忌）。」〔註249〕就：趨向。《莊子・齊物論》：「不就利，不違害。」《楚辭・九章・哀郢》：「去故鄉而就遠兮。」「郍」為「鄔」之異體字。劋從酉，酉、劉皆「幽」部可通，筆者從劋「讀劉」之說。縈從「纏繞」之說。厄讀「軶」亦見於《睡虎地秦簡・法律答問》：「者（諸）侯客來者，以火炎其衡厄（軶）。」〔註250〕、《毛公鼎》：「虎冪熏裏、右厄（軶）……」〔註251〕筭、邟皆「魚」部可通。從「厄讀軶訓控制」、「筭讀邟」之說。另，從整理者「鄍讀蔫」之說。

翻譯：傳到我先王鄭武公，向西築城伊闕，向北趨向鄔、劉，纏繞控制蔫、邟二國，

〔註246〕殷周金文暨青銅器資料庫：http://bronze.asdc.sinica.edu.tw/rubbing.php?00428。
〔註247〕殷周金文暨青銅器資料庫：http://bronze.asdc.sinica.edu.tw/rubbing.php?00428。
〔註248〕先秦甲骨金文簡牘詞彙資料庫：http://inscription.asdc.sinica.edu.tw/c_index.php。
〔註249〕先秦甲骨金文簡牘詞彙資料庫：http://inscription.asdc.sinica.edu.tw/c_index.php。
〔註250〕先秦甲骨金文簡牘詞彙資料庫：http://inscription.asdc.sinica.edu.tw/c_index.php。
〔註251〕殷周金文暨青銅器資料庫：http://bronze.asdc.sinica.edu.tw/rubbing.php?02841。

魯	躗（衛）	鄝（蓼）	鄒（蔡）	莍（來）	見

〔二十一〕魯、躗（衛）、鄝（蓼）、鄒（蔡）莍（來）見。

清華簡整理者：《左傳》莊公二十一年（周惠王四年、鄭厲公二十八年），鄭厲公平王子頹之亂，惠王「與之武公之略，自虎牢以東」。是武公時已至虎牢（制）以東。蓼為偃姓國，皋陶之後，文公五年（楚穆王四年）為楚所滅，地在今河南固始縣。〔註252〕

子居：徐少華《古蓼國歷史地理考異》（《荊楚歷史地理與考古探研》第27～45頁，北京：商務印書館，2010年11月。）提出春秋時有三個蓼國，並稱河南固始縣的蓼國為東蓼，認為屬庭堅之後，為姬姓，所說或是。此時鄭武公當已南滅胡國而東至虜延，故同姓的南方蔡國、蓼國，東方衛國、魯國前來聘問。這也說明在鄭武公時期，鄭、衛、魯、蔡、蓼五國很可能實力大致相近，而以鄭國實力為最強。〔註253〕

王瑜楨：「蓼」有三個國家：西蓼是己姓；固始的「東蓼」是姬姓，不是偃姓；只有舒蓼才是偃姓國。原考釋所指應即舒蓼。〔註254〕

朱忠恒：鄔，在今河南偃師縣西。劉，在今河南偃師西南。蔿，在河南孟津縣東北。邗，在今河南沁陽縣西北。皆為臨近衛國之地。也有可能本來就是衛國的地盤。鄭國在擴展疆域的過程中不可避免會與衛國發生衝突。鄭衛兩國矛盾尖銳。結合〈鄭武夫人規孺子〉篇與本篇簡文，魯、衛、蓼、蔡等國都前來朝見，推測很可能是武公居衛三年、回到鄭國之後，鄭衛之間爆發過戰爭，鄭國獲勝，衛國等國不得不來朝。見，謁見，拜見。《左傳》莊公十年：「十年春，齊師伐我。公將戰。曹劌請見。」「魯、衛、蓼、蔡來見。」這句話意思是：魯、衛、蓼、蔡等國國君來謁見。指鄭國在國際鬥爭中佔了上風。〔註255〕

〔註252〕清華大學出土文獻研究與保護中心編，李學勤主編：《清華大學藏戰國竹簡（陸）》下冊，頁122。

〔註253〕子居：〈清華簡鄭文公問太伯（甲本）解析〉，中國先秦史網站：http://xianqin.byethost10.com/2016/05/01/327，2016年5月1日。

〔註254〕王瑜楨：《清華大學藏戰國竹簡（陸）鄭國史料三篇研究》，頁270、271。

〔註255〕朱忠恒：《清華大學藏戰國竹簡（陸）集釋》，頁87。

　　按：氊亦見於《清華二‧繫年》：「大敗氊（衛）師於睘」〔註256〕、《清華七‧晉文公入於晉》：「建氊（衛），成宋」〔註257〕。《古文字通假字典》：「鄝（幽來 liao）文獻或作蓼（幽來 liao）。鄝本古國，亦作蓼。《左傳‧文公五年》：『楚子燮滅蓼。』釋文：『蓼字或作鄝。』」〔註258〕郗亦見於《清華一‧楚居》：「王自郗（蔡）復鄩。」〔註259〕、《清華二‧繫年》：「楚靁（靈）王立，既縣陳、郗（蔡）」〔註260〕。柔亦見於《清華二‧繫年》：「君柔（來）伐我」〔註261〕、《上海博物館藏戰國楚竹書‧周易》：「其柔（來）復，吉。」〔註262〕《王力古漢語字典》：「見：謁見、拜見。《論語‧季氏》：『冉有、季路見於孔子。』」〔註263〕《書‧大禹謨》：「負罪引慝，祗載見瞽瞍，夔夔齋慄，瞽亦允若。」

　　翻譯：魯、衛、蓼、蔡國來謁見。

枼（世）	及	虐（吾）	先	君	臧（莊）
公	乃	東	伐	齊	蘄
之	戎	為	敿（徹）	北	鹹（城）
郘（溫）	原				

〔二十二〕枼（世）及虐（吾）先【七】君臧（莊）公，乃東伐齊蘄之戎
　　　　　為敿（徹），北鹹（城）郘（溫）、原，

〔註256〕先秦甲骨金文簡牘詞彙資料庫：http://inscription.asdc.sinica.edu.tw/c_index.php。
〔註257〕先秦甲骨金文簡牘詞彙資料庫：http://inscription.asdc.sinica.edu.tw/c_index.php。
〔註258〕王輝：《古文字通假字典》，頁 199。
〔註259〕先秦甲骨金文簡牘詞彙資料庫：http://inscription.asdc.sinica.edu.tw/c_index.php。
〔註260〕先秦甲骨金文簡牘詞彙資料庫：http://inscription.asdc.sinica.edu.tw/c_index.php。
〔註261〕先秦甲骨金文簡牘詞彙資料庫：http://inscription.asdc.sinica.edu.tw/c_index.php。
〔註262〕先秦甲骨金文簡牘詞彙資料庫：http://inscription.asdc.sinica.edu.tw/c_index.php。
〔註263〕王力：《王力古漢語字典》，頁 1246。

　　王寧：「戕」是戰國文字特別是楚簡文字中常見的一個字，從口、從戈、
爿聲，或曰從戕聲，《古文四聲韻》裡以為即古文「臧」，故此字目前普遍認
為即「臧」字，如《古文字詁林》即隸此字形於「臧」字下，《楚系簡帛文字
編（增訂本）》亦把此字形出字頭為「臧」。但楚簡中也沒有用之為「臧」者，
均用為「壯」或「莊」。「戕」可能就是從甲骨文用為人名的「」（合 33107）
字加聲符「爿」繁化而來的（「臧」亦加「爿」為聲符），到小篆裡省減口符
作「戕」。戕（戕）、槍、刅（創）、壯（傷也）古皆音近，實同一詞之分化，
故先秦文獻用「戕（戕）」為謚號的「莊」或莊嚴之「莊」，包山簡言「戕敢
為位」（2.224、225）即「莊嚴為位」；秦漢以後「戕」這個字形逐漸被廢棄
了，只在傳抄古文裡被用為「臧」，也當是音近假借，而非是「臧」字。故此
字如果必定要釋為通行字的話，也當釋「戕」，讀為「壯」或「莊」，段玉裁
於《說文》「莊」下注：「古書『莊』、『壯』多通用」。〔註 264〕

　　劉光：「齊讙之戎」應當與《左傳》所記「北戎」無涉，當為己姓，在春秋
初年是以今山東曹縣附近為中心，其活動範圍大致在：魯國以西，鄭國以東的
濟水流域及其附近地區。另，「齊之戎」當即「濟水之戎」。「齊」當讀為「濟」。
〔註 265〕

　　黃聖松、黃庭頎：簡文「乃東伐齊讙之戎」記鄭莊公之事，考諸《左傳》，
鄭莊公在位期間與「戎」相關史事有二。一是隱公九年《傳》：「北戎侵鄭。
鄭伯禦之。……戎人之前遇覆者奔，祝聃逐之，衷戎師，前後擊之，盡殪。
戎師大奔。十一月，甲寅，鄭人大敗戎師。」一是桓公六年《傳》：「北戎伐
齊，齊侯使乞師於鄭。鄭太子忽帥師救齊。六月，大敗戎師，獲其二帥大良、
少良，甲首三百，以獻於齊。」至於簡文所載為何者？本句之後簡文又述及
「吾逐王於葛」，此事見載桓公五年《傳》：「秋，王以諸侯伐鄭，鄭伯禦之。……
戰于繻葛。」此段簡文歷數鄭國數世國君事蹟，乃以時間先後為序，知「乃
東伐齊讙之戎」當以隱公九年《傳》為準。另「北戎」之族屬，清人江永《春
秋地理考實》：「按：《釋例》杜以北戎、山戎、無終為一，皆為今直隸之永平
府。地去鄭甚遠，何以侵鄭？此北戎當在河北。莊二十八年之大戎、小戎，

〔註 264〕王寧：〈清華簡六《鄭文公問太伯》（甲本）釋文校讀〉，復旦大學出土文獻與古文
　　　　字研究中心：http://www.gwz.fudan.edu.cn/Web/Show/2809，2016/5/30。
〔註 265〕劉光：〈清華簡《鄭文公問太伯》所見鄭國初年史事研究〉，頁 31、33。

今考其地在太原之交城。成元年之茅戎，在解州平陸，北戎蓋此等戎耳。」《左傳會箋》與《春秋左傳注》皆從江永之說，「大戎」、「小戎」在今山西太原之交城，「茅戎」則在今山西平陸。然「北戎」又見僖公十年《經》：「夏，齊侯、許男伐北戎。」《集解》：「北戎，山戎。」杜預明確指出「北戎」為「山戎」，《春秋左傳注》謂其地在今河北盧龍一帶。江永、竹添光鴻及楊伯峻咸以為，若以「山戎」釋「北戎」，距離鄭國過於遼遠，當難以侵鄭。舒大剛《春秋少數民族分佈研究》徵引相關文獻分析，認為「春秋時期，自今河南濮陽、蘭考以東，山東曹縣、成武以北，泰安、濟寧、魚臺以西的豫東魯西地區，經常有山戎居住和出沒其間。其中濮陽的戎州，曹縣的戎城，成武的楚丘是山戎的集中居住區。」知「山戎」未必僅盤據於河北盧龍一帶，今河南東部與山東西部亦是春秋時「山戎」活動地區。簡文謂鄭國「東伐齊鄼之戎」，配合《左傳》與舒大綱之說，東向而伐「齊鄼之戎」應無疑義。簡文之「齊鄼之戎」應是「山戎」，「齊鄼」是「山」之緩讀。「山」字上古音為山母元部，「鄼」字所從「雚」聲字皆是曉母元部，二字韻部相同。「齊」字上古音為從母脂部，然「齊」又常通讀為「齋」，「齋」字上古音為莊母脂部。「山」字上古音聲母為山母，與「齋」字聲母莊母同屬正齒音，發音位置極為接近。據上文說明可證「山」字應可緩讀「齊鄼」，簡文「齊鄼之戎」當即文獻之「山戎」。〔註266〕

清華簡整理者：《左傳》隱公九年（鄭莊公三十年）：「北戎侵鄭，鄭伯禦之……大敗戎師。」桓公六年（鄭莊公三十八年）：「北戎伐齊，齊使乞師於鄭。鄭大子忽帥師救齊。六月，大敗戎師，獲其二帥大良、少良，甲首三百，以獻於齊。」似北戎居於鄭、齊之間，與曹、衛間處，與山戎（今河北盧龍縣）、大戎小戎（今山西交城縣）、茅戎（今山西平陸縣）非一，或與隱公二年會魯侯於潛、隱公七年伐凡伯於楚丘之戎有關。齊鄼之戎疑即北戎，或處於濟水與斟灌之間，斟灌在今河南范縣東南與山東交界處。徹，《詩·十月之交》「天命不徹」，毛傳：「道也。」溫、原為周桓王所與鄭人蘇忿生之田，分別在今河南溫縣、濟源縣北。〔註267〕

〔註266〕黃聖松、黃庭頎：〈《清華六·鄭文公問太伯》箚記〉，簡帛網：http://www.bsm.org.cn/show_article.php?id=2628，2016-09-07。

〔註267〕清華大學出土文獻研究與保護中心編，李學勤主編：《清華大學藏戰國竹簡（陸）》下冊，頁122。

劉偉浠：從曷、攴之字。整理者將右邊隸作「育」，實當隸作「曷」，該字于以往楚簡曾見。〔註268〕

明珍：「為敝（徹）」似應釋讀為「使其撤退」。「為」釋為「使」，見《易經・井卦》：「井渫不食，為我心惻。」王弼注：「為，猶使也。」「徹」釋為「撤退、撤除」，見《儀禮・鄉射禮》：「乃徹豐與觶。」鄭玄注：「徹，猶除也。」〔註269〕

子居：徹訓為治，《詩經・大雅・公劉》：「其軍三單，度其隰原，徹田為糧。」毛傳：「徹，治也。」北戎得名自邶地，即原居於邶地之戎，在朝歌之北，大致活動範圍在鄭、衛、齊三國的北境。山戎則在黃河之南，魯、曹、南燕之間，而非是整理者所言「今河北盧龍縣」。山戎之所以會被誤指到盧龍，就是因為齊桓公救燕的傳說，而事實上，齊桓公所救的，當為姞姓南燕，地在河南省延津，《左傳・莊公三十年》：「冬，遇於魯濟，謀山戎也。以其病燕故也。」所記即此。姬姓燕國在《春秋》與《左傳》中恒稱「北燕」，而與單稱「燕」的南燕相別，故可知莊公三十年提到的燕當是南燕。《左傳・定公十年》：「晉人遂殺涉佗，成何奔燕。」是南燕最後見於史冊，蓋此後不久南燕即滅國，因此到戰國時期，誤以齊桓公所救之燕為當時尚存的姬姓北燕，才導致後世將山戎之地指在盧龍。整理者以「斟灌在今河南范縣東南與山東交界處」，該說同樣出於後人附會，斟灌、斟尋即在尋地的斟氏和在觀地的斟氏，二者皆在河洛地區，而與此處的鄼地無關。此處的鄼地當即鄼地，《說文・邑部》：「鄼，魯下邑。從邑虇聲。《春秋傳》曰：齊人來歸鄼。」所引即《春秋・定公十年》：「齊人來歸鄆、讙、龜陰田。」清代江永《春秋地理考實》卷一：「讙，《經》：齊侯送姜氏於讙。杜注：魯地，濟北蛇丘縣西有下讙亭。《匯纂》：今濟南府肥城縣西南有故城，《水經注》云：俗訛為夏暉城。今按：肥城，今屬泰安府。」故可知鄼地在今山東肥城縣西南的汶水北岸。整理者言「齊鄼之戎疑即北戎」則當是，此時的形勢當為，北戎被山西赤狄的擴張所迫，不得不南下侵襲鄭國、齊國，但一再被鄭莊公所敗，遂不得不竄逃于中原各國之間，至《春秋・僖公十年》：「夏，齊侯、許男伐北戎。」此後北

〔註268〕劉偉浠：簡帛研讀 » 清華六《鄭文公問太伯》初讀（第 52 樓），簡帛論壇：http://www.bsm.org.cn/bbs/read.php?tid=3346，2016-08-23。

〔註269〕明珍：簡帛研讀 » 清華六《鄭文公問太伯》初讀（第 29 樓），簡帛論壇：http://www.bsm.org.cn/bbs/read.php?tid=3346，2016-04-22。

戎即不復見，蓋已消亡。〔註270〕

　　王寧：「乃東伐齊酄之戎為徹」：原整理者指出此指《左傳·隱公九年》及《桓公六年》鄭國大敗北戎之事，是也。此兩次敗北戎均發生在鄭莊公時期。「齊」當讀為「濟」，「酄」字原簡文上從艸，蓋繁構。《說文》：「酄，魯下邑。從邑雚聲。《春秋傳》曰：『齊人來歸酄。』」段注：「《春秋經·定十年》：『齊人來歸鄆、讙、龜陰之田。』鄆，《公羊》作『運』；讙，三經、三傳皆同，許作『酄』，容許所據異也。應劭注《前志》引《春秋·哀八年》『取酄及闡』，字亦作『酄』。賈、服：『鄆、讙二邑名。』《左傳·桓三年》杜注曰：『讙，魯地。濟北蛇丘縣西有下讙亭。』」楊伯峻先生認為：「讙在今山東寧陽縣西北三十餘里。」其地在古濟水附近。北戎原居北方，後內侵中土，與中土諸國雜居，亦常與諸夏相互攻戰侵伐。「齊酄之戎」蓋即居於濟水與酄之間的戎人，其地在鄭國東部，故曰「東伐」。徹，疑當讀為「烈」，《方言》三：「班、徹，列也。燕曰班，東齊曰列。」《箋疏》：「蔡邕《獨斷》：『漢制：子弟封為侯者謂之諸侯，群臣異姓有功封者謂之徹侯。後避武帝諱改曰通侯。法律家皆曰列侯。』是徹與列義同。」「徹侯」又作「列侯」，蓋因「徹」、「列」透來旁紐雙聲、同月部疊韻音近也。「列」、「烈」古音同。「為烈」謂建立功業。《孟子·萬章下》：「殷受夏，周受殷，所不辭也，於今為烈，如之何其受之？」又《禮記·表記》：「後稷，天下之為烈也，豈一手一足哉！」〔註271〕

　　黃聖松、黃庭頎：「為歠」當獨立成句，「歠」當讀為「徹」，有「取」義。《毛詩·豳風·鴟鴞》：「迨天之未陰雨，徹彼桑土，綢繆牖戶。」毛亨《傳》：「徹，剝也。」《孟子·公孫丑上》引此詩，漢人趙岐《注》：「徹，取也。」清人王念孫謂「徹與撤通」，知「徹」、「撤」皆有「取」義。至於簡文「為徹」者何？即「北城溫、原」與「東啟隤、樂」。隱公十一年《傳》：「王取鄔、劉、蒍、邘之田於鄭，而與鄭人蘇忿生之田：溫、原、絺、樊、隰郕、欑茅、向、盟、州、陘、隤、懷。」周桓王取鄭國「鄔、劉、蒍、邘之田」，而予鄭國蘇忿生之田十二邑。《傳》所載「鄔、劉、蒍、邘之田」，正與簡文記述鄭武公「北就鄔、劉，營厄（益）蒍、邘之國」相符。簡文又言「北城溫、原」與

〔註270〕子居：〈清華簡鄭文公問太伯（甲本）解析〉，中國先秦史網站：http://xianqin.bye thost10.com/2016/05/01/327，2016年5月1日。

〔註271〕王寧：〈清華簡六《鄭文公問太伯》（甲本）釋文校讀〉，復旦大學出土文獻與古文字研究中心：http://www.gwz.fudan.edu.cn/Web/Show/2809，2016/5/30。

「東啟隤、樂」，其中三邑又見《傳》載蘇忿生十二邑之列，此段文字可與隱公十一年《傳》證合。《傳》以周桓王角度描述，故言「王取鄔、劉、蒍、邘之田於鄭」。簡文則從鄭莊公立場言之，故謂「為敽（徹）溫、原、隤三邑；意指以鄭武公時開拓之鄔、劉、蒍、邘四邑，換取原屬蘇忿生之溫、原、隤三邑。又「乃東伐齊鄯之戎」應是隱公九年《傳》「北戎侵鄭」一事，此句「為敽（徹）」則謂隱公十一年《傳》周桓王取鄭國四邑之事。簡文又載桓公五年《傳》周、鄭「戰于繻葛」，相關史事確實依時序先後排比，亦可旁證本文所論。〔註272〕

郝花萍：《史記·鄭世家》云：「三十八年，北戎伐齊，齊使求救，鄭遣太子忽將兵救齊。」簡文所指即此事。徹，《說文·攴部》：「徹，通也。」《左傳·成公十六年》：「潘尫之黨與養由基蹲甲而射之，徹七札焉。」楊伯峻注：「徹，穿透。」「東伐齊鄯之戎為徹」當指鄭討伐齊鄯之戎成功，鄭齊之間戎敵逃散盡去，使得鄭國和齊國之間再無障礙，道路通暢。另《左傳·隱公十一年》謂：「王取鄔、劉、蒍、邘之田於鄭，而與鄭人蘇忿生之田——溫、原、絺、樊、隰郕、欑茅、向、盟、州、陘、隤、懷。」此「溫、原」當即簡文所謂「溫、原」之地。〔註273〕

王瑜楨：齊鄯當屬今山東省。「徹」應與徹制有關。〔註274〕「東伐齊鄯之戎為徹」，意思是指東伐齊鄯之戎，並且把其地收為己有，命令齊鄯之戎耕田以為鄭國的稅收。〔註275〕

朱忠恒：敽，讀為「徹」，訓為開拓治理。「世及吾先君莊公，乃東伐齊鄯之戎為徹」意思是：到了我們先君莊公這一代，於是向東討伐齊、鄯的戎族作為功績。〔註276〕

〔註272〕黃聖松、黃庭頎：〈《清華六·鄭文公問太伯》箚記〉，簡帛網：http://www.bsm.org.cn/show_article.php?id=2628，2016-09-07。

〔註273〕郝花萍：《清華大學藏戰國竹簡（陸）鄭國三篇集釋》，頁74、75。

〔註274〕徐中舒：公田私田原來都是屬於原始公社中公有的財產，公劉時代周部族征服這些原始的農業公社，徹取公社土地十一分之一作為公田謂之徹，徹是徹取，如詩「徹彼桑土」，即是徹取之意。《大雅·篤公劉》之詩曰：「度其隰原，徹田為糧。」這是徹法的開始。（見氏著：〈試論周代田制及其社會性質〉，《徐中舒歷史論文選集》，北京：中華書局，1998年9月，頁848。轉引自王瑜楨：《清華大學藏戰國竹簡（陸）鄭國史料三篇研究》，頁274。）

〔註275〕王瑜楨：《清華大學藏戰國竹簡（陸）鄭國史料三篇研究》，頁274。

〔註276〕朱忠恒：《清華大學藏戰國竹簡（陸）集釋》，頁88。

胡乃波：「武散臧祉」之「散」、「祉」同義，當訓作「功業」。〔註277〕

筆者茲將各家對「」之訓讀表列於下：

表3-2-27：「」諸家訓讀異說表

	訓　讀
明珍	徹：撤退、撤除
子居	徹：治
王寧	「徹」讀「烈」
黃聖松、黃庭頎	「散」讀「徹」訓「取」
郝花萍	徹：通
王瑜楨	「徹」應與徹制有關
朱忠恒	散讀「徹」，訓「開拓治理」
胡乃波	「散」，訓「功業」

按：臧亦見於《郭店楚簡・窮達》：「出而為命（令）尹，遇楚臧（莊）也」〔註278〕、《清華二・繫年》：「楚臧（莊）王立十又四年，王會者（諸）侯于厲」〔註279〕。乃：就、於是。《史記・屈原賈生列傳》：「乃令張儀佯去秦，厚幣委質事楚。」《古文字通假字典》：「齊（脂從 qi）讀為濟（脂精 ji）。《禮記・祭義》：『齊齊乎其敬也。』《公羊傳・桓公八年》何休解詁引『齊齊』作『濟濟』」〔註280〕筆者從「齊讀濟，訓濟水。酄即鄭」之說。「戎」筆者從「北戎」之說。為：當作。《墨子・公輸》：「子墨子解帶為城，以牒為械。」「徹」筆者從「道」之說。《爾雅・釋訓》：「不徹，不道也。」

翻譯：傳至我先王鄭莊公，就向東討伐濟水、酄間之北戎當作通道，向北築城（於）溫、原二邑

徙（遺）	鄝（陰）	橿（鄂）	宋（次）		

〔註277〕胡乃波：《清華簡〈鄭文公問太伯〉（甲本）集釋》，頁35。

〔註278〕先秦甲骨金文簡牘詞彙資料庫：http://inscription.asdc.sinica.edu.tw/c_index.php。

〔註279〕先秦甲骨金文簡牘詞彙資料庫：http://inscription.asdc.sinica.edu.tw/c_index.php。

〔註280〕王輝：《古文字通假字典》，頁532。

〔二十三〕徙（遺）鈝（陰）、櫺（鄂）宋（次），

朱忠恒：遺，交付之意。《詩·邶風·北門》：「王事敦我，政事一埤遺我。」毛傳：「遺，加也。」〔註281〕

清華簡整理者：遺，訓為給予、交付，或訓為《說文》「亡也」。次，乙本作「事」。鈝，讀為「陰」，疑即平陰津，地在河南孟津東北。鄂在山西鄉寧縣。句謂交付陰、鄂之事。似指鄭武公、莊公本為周卿士，有職事在王家，周桓王奪鄭莊公政，莊公遂不朝。《左傳》隱公六年（鄭莊公二十七年）：「翼九宗五正頃父之子嘉父逆晉侯於隨，納諸鄂，晉人謂之鄂侯。」晉曲沃之亂，周桓王數遣虢國伐曲沃，鄭莊公未與其事，或即簡文所謂「遺陰、鄂事」。〔註282〕

石小力：所謂「櫺」字作「」，乙本簡7作「」。今按，該字即桑樹之「桑」，從木，喪聲。〈鄭文公問太伯〉之桑字不過將楚簡中常見的上下結構改易為左右結構，故而導致誤釋。〔註283〕

馬楠：全句都是講莊公的功績：「乃東伐齊灌之戎為徹，北城溫、原，遺陰喪次，東啟隤、汜，吾逐王於葛。」因而把「遺」訓為給予、交付，用乙本「次」作「事」，讀為「遺陰、鄂事」。〔註284〕

子居：「遺」當讀「隤」，「鈝」當讀「陘」，「桑」當讀「向」，「次」當讀「緒」，皆為《左傳·隱公十一年》：「王取鄔、劉、蒍、邘之田於鄭，而與鄭人蘇忿生之田：溫、原、絺、樊、隰郕、欑茅、向、盟、州、陘、隤、懷。」所列的周桓王交換給鄭莊公的蘇忿生之田。〔註285〕

暮四郎：「次」可能是指住所、軍隊駐紮地之類意義。〔註286〕

〔註281〕朱忠恒：《清華大學藏戰國竹簡（陸）集釋》，頁89。

〔註282〕清華大學出土文獻研究與保護中心編，李學勤主編：《清華大學藏戰國竹簡（陸）》下冊，頁122、123。

〔註283〕石小力（清華大學出土文獻讀書會）：〈清華六整理報告補正〉，清華大學出土文獻研究與保護中心：http://www.ctwx.tsinghua.edu.cn/publish/cetrp/6842/20160416052940099595642/1460755813610.doc，2016年4月16日。

〔註284〕馬楠：（清華大學出土文獻讀書會）：〈清華六整理報告補正〉，清華大學出土文獻研究與保護中心：http://www.ctwx.tsinghua.edu.cn/publish/cetrp/6842/20160416052940099595642/1。

〔註285〕子居：〈清華簡鄭文公問太伯（甲本）解析〉，中國先秦史網站：http://xianqin.byethost10.com/2016/05/01/327，2016年5月1日。

〔註286〕暮四郎：簡帛研讀 » 清華六《鄭文公問太伯》初讀（第1樓），簡帛論壇：http://www.bsm.org.cn/bbs/read.php?tid=3346，2016-04-16。

　　王寧：「陰」原字從邑金聲，原整理者讀「陰」，是。字形又見包山簡 2.180，用為地名。《詩・秦風・小戎》：「陰靷鋈續」，《毛傳》：「陰，揜軓也。」即古代用以遮蔽車軓的擋板。「遺陰」謂丟棄車擋板，因為擋板損壞則需更換，更換下來的則被丟棄，這也是維修車輛之意。「橿」，原整理者讀「鄂」。「桑」當是地名，鄭國軍隊曾經於此駐紮，故有「桑次」之稱。「遺陰桑次」謂佔領了桑地在那裡駐軍、維修車輛，將損壞的車擋板遺棄在那裡。「輾車」、「縈軛」、「遺陰」都是說維修車輛，以此來表示佔領了這個地方。〔註287〕

　　薛后生：「喪次」之「喪」應即黃類卜辭常見的地名「喪」。《合集 36501》喪、樂、香、敢地名日程接近（亦見《英藏 2565》）。〔註288〕

　　黃聖松、黃庭頎：《說文》：「遺，亡也。」清人段玉裁《注》：「《廣韻》：失也、贈也、加也。按：皆遺亡引申之義也。」知「遺」字本義為「失去」，其他如饋贈等乃引申義。簡文「遺鈙桑宋」之「鈙」從金聲，上古音為見母侵部，在此可讀為影母侵部之「廕」、「蔭」。《左傳》文公七年：「公族，公室之枝葉也，若去之，則本根無所庇廕矣。」陸德明謂「廕，本又作蔭。」《爾雅・釋言》：「庇、庥，廕也。」知「陰」有庇蔭、庇護之意。「喪」字整理小組原釋「橿」，今從石小力說改釋為「桑」，用為「喪」。宋，典籍可見從「宋」與從「次」之字有異文現象，如《周易・夬卦》：「其行次且」，《經典釋文》謂「次」「《說文》及鄭作趑」，《說文》「趑」字段玉裁《注》：「鄭作趑。」又《儀禮・既夕禮》：「設床第，當牖。」鄭玄《注》：「古文第為茨。」「宋」字上古音為莊母脂部，「次」為清母脂部。二字韻部相同，聲母雖有正齒音與齒頭音之別，然發音部位接近，故可為通假。簡文「秭」可讀為「資」，《說文》：「資，貨也。」又《毛詩・大雅・板》：「喪亂蔑資，曾莫惠我師。」毛亨《傳》：「蔑，無。資，財也。」《韓非子・外儲說右上》：「吾民之有喪資者，寡人親使郎中視事。」「喪資」二字連言，可證簡文「秭」讀為「資」應無疑義。簡文「遺廕喪資」之「遺」、「喪」皆為失去之意，「喪資」既指「喪財」，「遺廕」應可釋為「失去庇廕」。至於「遺廕喪資」者為何？應與前句「北城溫、原」

〔註287〕王寧：〈清華簡六《鄭文公問太伯》（甲本）釋文校讀〉，復旦大學出土文獻與古文字研究中心：http://www.gwz.fudan.edu.cn/Web/Show/2809，2016/5/30。

〔註288〕薛后生：簡帛研讀 » 清華六《鄭文公問太伯》初讀（第 50 樓），簡帛論壇：http://www.bsm.org.cn/bbs/read.php?tid=3346，2016-06-02。

有密切關聯。上引隱公十一年《傳》載周桓王以蘇忿生之十二邑與鄭國交換，然僖公二十五年《傳》：「戊午，晉侯朝王。……（王）與之陽樊、溫、原、欑茅之田。晉於是始啟南陽。」何以已予鄭莊公之溫、原諸邑，後又再予晉文公？竹添氏云：「上十三邑多在河北，王弗能有。虛以優鄭，鄭亦不能有，而空失采地。故此失八柄之馭，不能服人之一端也。」周桓王本不能控制蘇忿生之十二邑，卻實取鄭國四邑而虛予其十二邑，故鄭國損失甚劇。然由簡文「北城溫、原」推測，鄭國或當短暫控制溫、原二邑，故曾遣人「城」溫、原之城郭。爾後鄭國仍無法保留二邑，故簡文乃謂「遺蔭喪資」。襄公三十一年《傳》：「大官、大邑，身之所庇也。」都邑不僅可庇護個人與宗族，更是拱衛國都之屏障。由是則「遺蔭喪資」之「蔭」、「資」皆指溫、原二邑，因無法保有其地，故謂鄭莊公喪失庇蔭國家之都邑與資產。〔註289〕

王瑜楨：從語法結構來看，徬（遺）鄱（陰）、櫃（鄂）宋（次）讀為地名比較合理，「遺陰」的地望還有待考證。簡文說的是「北轙邸、原，徬鄱、櫃宋」，鄭莊公這時的拓展方向應是從河南新鄭向北開拓，因此「櫃」應在河南新鄭之北。〔註290〕

胡乃波：從整理者觀點。「遺陰」之「遺」字可釋作「給予」，音以醉切。《南華真經註疏・讓王》「而遺使者罪。」成玄英疏曰：「遺，與也。」又《廣雅疏證・釋詁四》：「遺，送也。」「遺陰」，即給予其庇蔭，也就意味著佔領此地。整句都在歌頌鄭莊公之功德，給予被佔領之地庇蔭，正與此合。「喪」為地名。「喪次」，即「次喪」也。「次」，為駐紮、駐守之義。《書・泰誓中》：「王次於河朔。」孔安國傳：「次，止也。」「次喪」，即指駐紮在「喪」這個地方，正與「遺陰」相對。〔註291〕

筆者茲將各家對「遺」、「⬛」、「⬛」、「⬛」之訓讀表列於下：

表 3-2-28：「遺」諸家訓讀異說表

遺	訓　　讀
朱忠恒	交付

〔註289〕黃聖松、黃庭頎：〈《清華六・鄭文公問太伯》劄記〉，簡帛網：http://www.bsm.org.cn/show_article.php?id=2628，2016-09-07。

〔註290〕王瑜楨：《清華大學藏戰國竹簡（陸）鄭國史料三篇研究》，頁276、284、285。

〔註291〕胡乃波：《清華簡〈鄭文公問太伯〉（甲本）集釋》，頁36、37。

整理者	1. 給予、交付　2. 亡
馬楠	給予、交付
子居	讀「隤」
黃聖松、黃庭頎	失去
胡乃波	給予

表 3-2-29：「」諸家訓讀異說表

	訓　　　讀
整理者	䣛，讀「陰」，疑即平陰津
子居	「䣛」讀「陘」，
王寧	䣛讀「陰」：用以遮蔽車帆的擋板
黃聖松、黃庭頎	讀「廕」、「蔭」。「陰」：庇蔭、庇護

表 3-2-30：「」諸家訓讀異說表

	訓　　　讀
石小力	桑
子居	「桑」讀「向」
薛后生、胡乃波	「喪」即地名
黃聖松、黃庭頎	釋「桑」，用為「喪」：失去

表 3-2-31：「」諸家訓讀異說表

	訓　　　讀
馬楠	用乙本「次」作「事」，讀為「遺陰、鄂事」。
子居	「次」讀「綌」
暮四郎	「次」指住所、軍隊駐紮地之類意義
黃聖松、黃庭頎	「秭」讀「資」
胡乃波	「次」：駐紮、駐守

　　按：《王力古漢語字典》：「遺：給予，贈送。《書・大誥》：『寧王遺我大寶龜，紹天明即命。』《韓非子・內儲說下》：『宋石遺衛君書。』《史記・魏公

子列傳》：『欲厚遺之，不肯受。』」〔註292〕鄒亦見於《屬羌鐘》：「先會于平陰（陰）」〔註293〕、《十七年平陰鼎蓋》：「坪（平）陰（陰）氏之所」〔註294〕「陰」筆者從地名之說。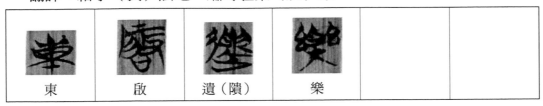從「地名、釋桑」之說。宋從「讀次訓駐紮」之說。《王力古漢語字典》：「次：臨時駐紮、停留。《左傳・僖公四年》：『師退，次于召陵。』《書・泰誓》：『王次於河朔。』」〔註295〕《左傳・襄公十八年》：「楚師伐鄭，次於魚陵。」《左傳・僖公三十三年》：「泰伯素服郊次。」

翻譯：給予（我）陰地、臨時駐紮（於）桑

東	啟	遺（隤）	樂		

〔二十四〕東啟遺（隤）、樂，

清華簡整理者：遺，讀為「隤」。《左傳》隱公十一年周桓王所與鄭人蘇忿生之田，地在河南獲嘉縣西北。樂地不詳，《左傳》桓公十五年鄭厲公「入於櫟」，莊公二十年周惠王「處於櫟」，地在河南禹州，與此非一地。可能與宋地汋陂、汋陵有關，在河南寧陵縣，地近商丘。《左傳》成公十六年鄭子罕伐宋，戰於汋陂、汋陵。〔註296〕

子居：蘇忿生之田「隤」在鄭北，不能說東啟，故筆者以為此句的「遺」當讀為「隨」（《古字通假會典》第490頁「遺與隨」條，濟南：齊魯書社，1989年7月。），即沙隨，在今河南寧陵東北，《春秋・成公十六年》：「秋，公會晉侯、齊侯、衛侯、宋華元、邾人于沙隨。」杜注：「沙隨，宋地。梁國寧陵縣北有沙隨亭。」整理者讀「樂」為「汋」，以為「與宋地汋陂、汋陵有關」甚是。《左傳・隱公十一年》：「冬，十月，鄭伯以虢師伐宋。壬戌，大敗宋師，以報其入鄭也。」簡文的「東啟隨、汋」所指蓋即此事。〔註297〕

〔註292〕王力：《王力古漢語字典》，頁1458。

〔註293〕殷周金文暨青銅器資料庫：http://bronze.asdc.sinica.edu.tw/rubbing.php?00161。

〔註294〕殷周金文暨青銅器資料庫：http://bronze.asdc.sinica.edu.tw/rubbing.php?00161。

〔註295〕王力：《王力古漢語字典》，頁535。

〔註296〕清華大學出土文獻研究與保護中心編，李學勤主編：《清華大學藏戰國竹簡（陸）》下冊，頁123。

〔註297〕子居：〈清華簡鄭文公問太伯（甲本）解析〉，中國先秦史網站：http://xianqin.byethost10.com/2016/05/01/327，2016年5月1日。

朱忠恒：啟，開拓，開創。《詩・魯頌・閟》：「大啓爾宇，為周室輔。」《韓非子・有度》：「齊桓公并國三十，啓地三千里。」啓，一本作「啟」。〔註298〕

筆者茲將各家對「東啟遺、樂」中「遺」之說法表列於下：

表 3-2-32：「東啟遺、樂」中「遺」諸家異說表

遺	讀
整理者	隤
子居	隨

按：啟從「開拓、開創」之說。《左傳・昭公四年》：「啟其疆土」。遺、隤皆「微」部可通。筆者從「遺讀隤」之說。

翻譯：向東開拓隤、樂二地

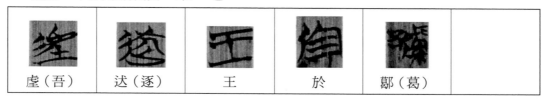

虐（吾）	迖（逐）	王	於	鄑（葛）	

〔二十五〕虐（吾）迖（逐）王於鄑（葛）。

清華簡整理者：《春秋》桓公五年（周桓王十三年、鄭莊公三十七年）：「秋，蔡人、衛人、陳人從王伐鄭。」《左傳》：「秋，王以諸侯伐鄭，鄭伯禦之」，「王卒大敗。祝聃射王中肩」。《春秋》未言戰地，《左傳》云「戰于繻葛」，顧棟高以為即長葛。「葛」字釋讀詳陳劍《上博竹書「葛」字小考》（《中國文字研究》2007 年第一輯，第 68～70 頁）。〔註299〕

王瑜楨：鄭莊公一世梟雄，繻葛之戰並沒有什麼戰略失敗。鄭國後來所以衰敗，是由於莊公多寵，疏於立後，以致死後四子爭鬥，國漸以衰。〔註300〕

朱忠恒：逐，追逐，從後面追趕。《說文・辵部》：「逐，追也。」《左傳》莊公十年：「（曹劌）下視其轍，登軾而望之，曰：『可矣。』遂逐秦師。」「東啟隤、樂，吾逐王於葛」意思是：向東開拓了隤、樂等地，我們把周王追趕到了葛地。〔註301〕

〔註298〕朱忠恒：《清華大學藏戰國竹簡（陸）集釋》，頁 90。
〔註299〕清華大學出土文獻研究與保護中心編，李學勤主編：《清華大學藏戰國竹簡（陸）》下冊，頁 123。
〔註300〕王瑜楨：《清華大學藏戰國竹簡（陸）鄭國史料三篇研究》，頁 286。
〔註301〕朱忠恒：《清華大學藏戰國竹簡（陸）集釋》，頁 90。

按:「达」亦見於《逐己公方鼎》:「达(逐)毛(旄)兩、馬匹」〔註302〕
逐:追趕。《易·睽》:「喪馬勿逐。」《楚辭·河伯》:「乘白龜兮逐文魚。」
《左傳·莊公十年》:「遂逐齊師。」於:至、到。《史記·河渠書》:「於吳,
則通渠三江、五湖;於齊,則通菑濟之閒。」

翻譯:我軍追趕周桓王軍至葛地

枼(世)	及	虞(吾)	先	君	卲
公	剌(厲)	公	殹(抑)	天	也
亓(其)	殹(抑)	人	也		

〔二十六〕【八】枼(世)及虞(吾)先君卲公、剌(厲)公,殹(抑)
天也,亓(其)殹(抑)人也,

清華簡整理者:鄭昭公、厲公事詳魯桓公十一年、十五年,魯莊公十四年
《春秋》經傳。〔註303〕

子居:這裡太伯明顯也是認為至鄭厲公、鄭昭公時,鄭國已經乏善可陳,
所以才有「抑天也,其抑人也」的感慨。〔註304〕

王寧:殹,原整理者括讀「抑」,是也,此為選擇連詞,古書或作「意」。
其,句首助詞,表示語氣轉折。「殹(抑)天也?亓(其)殹(抑)人也?」
意為:是天的原因呢?還是是人的原因呢?〔註305〕

〔註302〕殷周金文暨青銅器資料庫:http://bronze.asdc.sinica.edu.tw/rubbing.php?00161。
〔註303〕清華大學出土文獻研究與保護中心編,李學勤主編:《清華大學藏戰國竹簡(陸)》
下冊,頁123。
〔註304〕子居:〈清華簡鄭文公問太伯(甲本)解析〉,中國先秦史網站:http://xianqin.bye
thost10.com/2016/05/01/327,2016年5月1日。
〔註305〕王寧:〈清華簡六《鄭文公問太伯》(甲本)釋文校讀〉,復旦大學出土文獻與古文
字研究中心:http://www.gwz.fudan.edu.cn/Web/Show/2809,2016/5/30。

王瑜楨：太伯歷數桓公、武公、莊公，都是英明神武，非常具有開創性的君王。但是到了昭公、厲公，國家卻突然變亂了，四子爭位，動亂相仍。從西元前 701 年鄭莊公去世到西元前 678 年鄭厲公去世，鄭國總共亂了 23 年，所以太伯感慨地說：這是天意呢？還是人為的？從人文歷史的角度看來，當屬於人為因素。鄭莊公雄才大志，精於謀略，但是疏於立後。導致下一代兄弟相殘，這結果並不讓人意外。〔註306〕

朱忠恒：「抑」疑表推斷。《國語·晉語一》：「君之使我，非歡也，抑欲測吾心也。」「抑天也，其抑人也」後應加問號。其，連詞，表示選擇關係，相當於「或者」、「還是」。《晏子春秋·內篇雜下十二》：「請飲而後辭乎，其辭而後飲乎？」「世及吾先君昭公、厲公，抑天也，其抑人也？」意思是：到了我們先君邵公、厲公這一代，是天意呢，還是人為呢？指的是鄭莊公死後昭公、厲公經歷的繼位風波和面臨的內外困局，這對於國家而言是動蕩不幸的。所以太伯問這種情況到底是上天給予的呢還是人為造成的。〔註307〕

按：「剌」亦見於《逨盤》：「明齊于德，享辟剌（厲）王」〔註308〕、《清華七·子犯子餘》：「剌（厲）王、幽王，亦備才（在）公子之心巳（已）」〔註309〕其：助詞，無義。《楚辭·屈原·涉江》：「雖僻遠其何傷。」〔註310〕抑：還是、或是。《王力古漢語字典》：「意通抑。《莊子·盜跖》：『知不足耶？意知而不能行耶？』」〔註311〕

翻譯：傳至我先王邵公、厲公，（國家至此地步）或是（歸咎於）天，還是（歸咎於）人？

為	是	牢	鼣（鼠）	不	能
同	穴	朝	夕	戜（鬥）	戝（鬭）

〔註306〕王瑜楨：《清華大學藏戰國竹簡（陸）鄭國史料三篇研究》，頁 288、289。

〔註307〕朱忠恒：《清華大學藏戰國竹簡（陸）集釋》，頁 90。

〔註308〕殷周金文暨青銅器資料庫：http://bronze.asdc.sinica.edu.tw/rubbing.php?00161。

〔註309〕先秦甲骨金文簡牘詞彙資料庫：http://inscription.asdc.sinica.edu.tw/c_index.php。

〔註310〕【南宋】朱熹：《楚辭集注》卷四，頁 7。（文淵閣本《四庫全書》電子版）

〔註311〕王力：《王力古漢語字典》，頁 321。

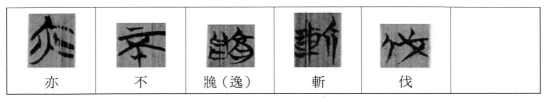

亦	不	㺒（逸）	斬	伐	

〔二十七〕為是牢貾（鼠）不能同穴，朝夕戗（鬥）戜（鬩），亦不㺒（逸）斬【九】伐。

何琳儀：貾，从鼠，予聲。疑犴之異文。《搜真玉鏡》「犴，音野。」包山簡「貾」，人名。〔註312〕

子居：「牢」當讀為「狸」（可參考《古字通假會典》第 400 頁「狸與留」條，濟南：齊魯書社，1989 年 7 月。），狸、鼠是死對頭，因此說「不能同穴」，如《韓非子·揚權》：「使雞司夜，令狸執鼠，皆用其能，上乃無事。」《漢書·楊惲傳》的「鼠不容穴」是說鑽不進洞的意思，跟這裡應該無關。〔註313〕

李鵬輝：「貾」從「鼠」，「予」聲。「予」和「鼠」位置可以互換，古文字中這種情況常見。「貾」字蓋是「鼠」字的一個異體。〔註314〕

尉侯凱：〈楊惲傳〉謂老鼠口銜戴器，故不能容納於穴中。群鼠爭鬭於穴中，古人常以此比喻時事。如《史記·廉頗藺相如列傳》：「其道遠險狹，譬之猶兩鼠鬭於穴中，將勇者勝。」《梁書·元帝紀》：「侯景奔竄，十鼠爭穴。」此簡云「牢鼠不能同穴」，亦以群鼠爭鬭於穴中比喻鄭莊公死後群公子爭立的史實。〔註315〕

郝花萍：「牢鼠不能同穴」，則牢亦當為動物。牢，古代祭祀或宴享時用的牲畜。牛羊豕各一曰太牢，羊豕各一曰少牢。《周禮·天官·宰夫》：「凡朝覲會同賓客，以牢禮之灋，掌其牢禮。」鄭玄注：「三牲牛羊豕具為一牢。」《大戴禮記·曾子天圓》：「諸侯之祭牲，牛曰太牢，大夫之祭牲，羊曰少牢。」《漢書·郊祀志上》：「雍之諸祠自此興。用三百牢於鄜畤。」〔註316〕

清華簡整理者：貾，讀為「鼠」。《春秋》言「鼷鼠食郊牛」，是牢閑中有

〔註312〕何琳儀：《戰國古文字典——戰國文字聲系》，北京:中華書局，1998 年 9 月，頁 569。

〔註313〕子居：〈清華簡鄭文公問太伯（甲本）解析〉，中國先秦史網站：http://xianqin.byethost10.com/2016/05/01/327，2016 年 5 月 1 日。

〔註314〕李鵬輝：〈清華簡陸筆記二則〉，復旦大學出土文獻與古文字研究中心：http://www.gwz.fudan.edu.cn/Web/Show/2775，2016/4/20。

〔註315〕尉侯凱：〈《鄭文公問太伯》（甲本）注釋訂補（三則）〉，簡帛網：http://bsm.org.cn/show_article.php?id=2569，2016-06-06。

〔註316〕郝花萍：《清華大學藏戰國竹簡（陸）鄭國三篇集釋》，頁 77。

之。《漢書・楊惲傳》有「鼠不容穴」語。𢧵𢧵，讀為「鬥鬩」。《詩・常棣》「兄弟鬩于墻，外禦其務」，毛傳：「很也。」逸，訓為放失。〔註317〕

王寧：為，作。是，此。牢，飼養牲畜的圈欄。「鼠」簡文作左鼠右予的寫法，原整理者云讀為「鼠」，李鵬輝先生認為即「鼠」的異體。牢鼠即牲畜圈裡的老鼠。鬥，原字從戈豆聲；鬩，原字從戈兒聲。《說文》：「恆訟也。《詩》云：『兄弟鬩于牆。』」即長久地爭訟不合。此句謂做出這種如同牢鼠不能同穴的事情，朝夕爭鬥糾紛。根據《左傳》和《史記・鄭世家》記載，鄭莊公死後，祭仲為卿主持國政，立了太子忽，為鄭昭公；後來祭仲在宋人的脅迫下，又立了公子突，為鄭厲公，昭公出奔衛。厲公四年，因為雍糾之亂，厲公出居邊邑櫟。祭仲迎回昭公忽。第二年，高渠彌殺昭公，立子亹。齊桓公在首止之會上殺了子亹、高渠彌（《鄭世家》云高渠彌沒被殺而是「亡歸」），祭仲又立了子亹之弟公子嬰，為鄭子。鄭子十四年，鄭厲公挾持了鄭大夫傅瑕（《史記》作甫假）與之盟，傅瑕殺了鄭子迎回鄭厲公。鄭厲公復位五年而卒。昭公、厲公於君位都是失而又得，期間可能發生很多糾紛和爭鬥，故曰「朝夕鬥鬩」。〔註318〕

ee：㑌，整理者讀為「逸」。按，讀「失」更符合典籍用語習慣。〔註319〕

子居：㑌，讀「失」。「不失斬伐」即「不失征伐」，《春秋・桓公十二年》：「十有二月，及鄭師伐宋。丁未，戰于宋。」《春秋・桓公十三年》：「十有三年春，二月，公會紀侯、鄭伯。己巳，及齊侯、宋公、衛侯、燕人戰。齊師、宋師、衛師、燕師敗績。」等皆是其事，只不過明顯鄭國已失去主導地位。〔註320〕

王寧：「亦不㑌（逸）斬【九】伐」意為在昭公、厲公爭鬥之時，也沒有放鬆對外的征伐，然具體事跡無考，唯〈鄭世家〉記載鄭厲公復位後曾與虢叔平

〔註317〕清華大學出土文獻研究與保護中心編，李學勤主編：《清華大學藏戰國竹簡（陸）》下冊，頁123。

〔註318〕王寧：〈清華簡六《鄭文公問太伯》（甲本）釋文校讀〉，復旦大學出土文獻與古文字研究中心：http://www.gwz.fudan.edu.cn/Web/Show/2809，2016/5/30。

〔註319〕ee：簡帛研讀 » 清華六《鄭文公問太伯》初讀（第9樓），簡帛論壇：http://www.bsm.org.cn/bbs/read.php?tid=3346，2016-04-17。

〔註320〕子居：〈清華簡鄭文公問太伯（甲本）解析〉，中國先秦史網站：http://xianqin.byethost10.com/2016/05/01/327，2016年5月1日。

定周王子穨之亂，幫助周惠王復位，簡文大約是指此事。〔註 321〕

單育辰：「逸」讀「失」。「不失」也就是沒有丟掉的意思。〔註 322〕

王瑜楨：「牢鼠」的「牢」，《說文》釋為「閑養牛馬圈也」。由於關在牢中特別飼養，食物也會比較充足美好，因此特別會招來鼠類，這就是「牢鼠」。鼠類是有「地盤」觀念的，陌生鼠侵入其他老鼠的地盤，通常會遭到攻擊。一窩老鼠中，也由一隻最強壯的雄鼠稱王，「牢鼠不能同穴」可能就是這種情形。〔註 323〕

朱忠恒：為是，因為這樣。是，指政治鬥爭激烈的現實。牢，關牲畜的欄圈，《戰國策‧楚策四》：「亡羊而補牢，未為遲也。」疑，釋為「鼠」。「為是牢鼠不能同穴」意思是：因為這樣，牲畜圈里的老鼠不能處於同一個洞穴。比喻政治鬥爭的激烈。鬩，爭吵，爭鬥。「朝夕鬥鬩」意思是：從早到晚不停爭鬥。逸，《說文‧兔部》：「逸，失也，兔謾訑善逃也。」斬伐，征伐。《詩‧小雅‧雨無正》：「降喪饑饉，斬伐四國。」「亦不逸斬伐」意思是：（即使從早到晚國內政治鬥爭不停）也沒有失去對外征伐的機會。〔註 324〕

胡乃波：「牢」指代鄭國先君，「鼠」指代鄭國的敵人。「牢」為古代祭禮用的犧牲。《左傳‧僖公十五年》：「饋七牢焉。」杜預注：「牛、羊、豕各一為一牢。」「牢」在此代蓋指「祖廟」。《禮記‧祭法》云：「諸侯立五廟，一壇一墠，曰考廟，曰王考廟，曰皇考廟，皆月祭之。顯考廟，祖考廟，享嘗乃止。去祖為壇，去壇為墠，去墠為鬼。」此處指鄭國先君的五廟，說的是鄭國歷代的君主。「鼠」代指鄭國的敵人。太伯說這句話為了告訴鄭文公，鄭國建立之後，歷代鄭國先君曾和其他國家「朝夕戢戢」，爆發了數次戰爭，但是鄭國先君依然沒有失去「斬伐之功」，即建立了赫赫功業。另，《說文‧兔部》：「逸，失也。」《廣雅‧釋詁二》：「逸，失也。」故「逸」本義即為「失」，不必繁改為「失」。〔註 325〕

筆者茲將各家對「牢」、「疑」、「」之訓讀表列於下：

〔註 321〕王寧：〈清華簡六《鄭文公問太伯》（甲本）釋文校讀〉，復旦大學出土文獻與古文字研究中心：http://www.gwz.fudan.edu.cn/Web/Show/2809，2016/5/30。

〔註 322〕單育辰：〈清華六《鄭文公問太伯》釋文商榷〉，頁 312。

〔註 323〕王瑜楨：《清華大學藏戰國竹簡（陸）鄭國史料三篇研究》，頁 293、294。

〔註 324〕朱忠恒：《清華大學藏戰國竹簡（陸）集釋》，頁 91、92。

〔註 325〕胡乃波：《清華簡〈鄭文公問太伯〉（甲本）集釋》，頁 38、39。

表 3-2-33：「牢」諸家訓讀異說表

牢	訓 讀
子居	讀「狸」
王寧	飼養牲畜的圈欄
朱忠恒	關牲畜的欄圈
胡乃波	此處指代鄭國先君。

表 3-2-34：「貑」諸家訓讀異說表

貑	訓 讀
何琳儀	「犴」之異文
李鵬輝	「鼠」的異體。
整理者	讀「鼠」
朱忠恒	釋「鼠」
胡乃波	鼠：指代鄭國的敵人。

表 3-2-35：「」諸家訓讀異說表

	訓 讀
整理者	逸：放失
ee、子居	隗，讀「失」
單育辰	「逸」讀「失」。「失」：丟掉

按：為：由於、因為。《左傳・成公九年》：「為歸汶陽之田故，諸侯貳於晉。」是：這、此。《詩・小雅・賓之初筵》：「是謂伐德。」《孟子・告子下》：「天將降大任於是人也，必先苦其心志。」《王力古漢語字典》：「牢：關牲畜的圈。《戰國策・楚策》：『亡羊而補牢，未為遲也。』」〔註326〕《詩・大雅・公劉》：「執豕於牢。」《漢語大詞典》：「朝夕：時時、經常。《書・說命上》：『朝夕納誨，以輔台德。』」〔註327〕戜從豆，豆、鬥皆「侯」部可通，筆者從戜讀「鬥」之說。《王力古漢語字典》：「鬥：爭鬥、戰鬥。《孫子・虛實》：『敵雖眾可使無鬥。』」〔註328〕鬩從「兒」，兒、鬩皆「佳」部可通，筆者從鬩讀「鬩」之說。《漢語大詞典》：「鬩：爭鬥、爭吵。《詩・小雅・常棣》：『兄弟

〔註326〕王力：《王力古漢語字典》，頁 682。
〔註327〕《漢語大詞典》，頁 9295。國學大師：http://www.guoxuedashi.com/zidian/_5176.html。
〔註328〕王力：《王力古漢語字典》，頁 1707。

閾于牆，外禦其務。』」〔註329〕晚亦見於《清華一・耆夜》：「作策晚（逸）為東尚（堂）之客」〔註330〕筆者從「逸」訓「失」、「斬伐」訓「征伐」之說。

翻譯：因此圈中之鼠不能同穴，經常爭鬥，也不會失去（對外）征伐

今	及	虗（吾）	君	弱	學（幼）
而	䌛（滋）	長			

〔二十八〕今及虗（吾）君，弱學（幼）而䌛（滋）長，

清華簡整理者：「䌛」字疑從以聲、子聲，試讀為「滋」。〔註331〕

子居：「䌛」字或是孽字，這裡是說鄭文公尚幼弱而罪孽已長。〔註332〕

紫竹道人：䌛從「子」、「辛＋目（辞）」聲之字，可能就是「嗣」的異體。「嗣」、「長」皆動詞。此句意謂吾君弱幼而繼承君位、成為首領。〔註333〕

王寧：長，《廣雅・釋詁一》：「君也」，此指君位，「嗣長」與「嗣位」意同。〔註334〕

王瑜楨：「長」字應屬下讀，全句斷作「今及吾君，弱幼而嗣，長不能慕吾先君之武烈壯功」，意思是：到了現在我的國君（鄭昭公），幼年繼位，長大之後又不能向慕先君的偉大功業。「嗣」字本身就有繼承君位的意思，不必下接「長」字。〔註335〕

朱忠恒：「䌛」讀「嗣」，動詞，繼承之意。長，名詞，君長，首領。而，

〔註329〕《漢語大詞典》第12卷，頁726。國學大師：http://www.guoxuedashi.com/zidian/_5176.html。

〔註330〕先秦甲骨金文簡牘詞彙資料庫：http://inscription.asdc.sinica.edu.tw/c_index.php。

〔註331〕清華大學出土文獻研究與保護中心編，李學勤主編：《清華大學藏戰國竹簡（陸）》下冊，頁123。

〔註332〕子居：〈清華簡鄭文公問太伯（甲本）解析〉，中國先秦史網站：http://xianqin.byethost10.com/2016/05/01/327，2016年5月1日。

〔註333〕紫竹道人：簡帛研讀 » 清華六〈鄭文公問太伯〉初讀（第17樓），簡帛論壇：http://www.bsm.org.cn/bbs/read.php?tid=3346，2016-04-18。

〔註334〕王寧：〈清華簡六《鄭文公問太伯》（甲本）釋文校讀〉，復旦大學出土文獻與古文字研究中心：http://www.gwz.fudan.edu.cn/Web/Show/2809，2016/5/30。

〔註335〕王瑜楨：《清華大學藏戰國竹簡（陸）鄭國史料三篇研究》，頁297。

轉折連詞，但是、卻。「今及吾君，弱幼而嗣長」意思是：現在到了您這一代，（您）年幼卻繼承了君主的位置。〔註336〕

胡乃波：𩛬讀為「嗣」。這正是說鄭文公幼年喪先君而繼承君位，與「不穀幼弱，閔喪吾君」對應。〔註337〕

筆者茲將各家對「𩛬」之訓讀表列於下：

表 3-2-36：「𩛬」諸家訓讀異說表

𩛬	訓　　讀
整理者	讀「滋」
子居	孳
紫竹道人	「嗣」的異體。
朱忠恒	讀「嗣」：繼承。
胡乃波	讀「嗣」

按：學亦見於《中山王𧎮鼎》：「寡人學（幼）童未甬（通）智」〔註338〕、《郭店楚簡·成之》：「君子簟席之上，讓而爰學（幼）」〔註339〕。「而」筆者從「訓卻」之說。《荀子·勸學》：「青，取之于藍，而青于藍。」𩛬從「以、子」，以、子、嗣皆「之」部可通，筆者從「讀嗣」之說。嗣：接續、繼承。《左傳·襄公二十五年》：「其弟嗣書。」《爾雅》：「嗣，繼也。」《書·洪範》：「禹乃嗣興。」傳：「繼也。」另，「長」從「首領、君長」之說。《孟子·梁惠王下》：「君行仁政，斯民親其上，死其長矣。」

翻譯：現在（傳）到我的國君，幼小卻繼承君長（之位）

不	能	莫（慕）	虘（吾）	先	君
之	武	敢（徹）	臧（莊）	釭（功）	色〈孚〉

〔註336〕朱忠恒：《清華大學藏戰國竹簡（陸）集釋》，頁 92。

〔註337〕胡乃波：《清華簡〈鄭文公問太伯〉（甲本）集釋》，頁 40。

〔註338〕殷周金文暨青銅器資料庫：http://bronze.asdc.sinica.edu.tw/rubbing.php?00161。

〔註339〕先秦甲骨金文簡牘詞彙資料庫：http://inscription.asdc.sinica.edu.tw/c_index.php。

淫〈淫〉	枀（媱）	于	庚（康）		

〔二十九〕不能莫（慕）虘（吾）先君之武敥（徹）戕（莊）紅（功），
　　　　　色〈孚〉淫〈淫〉枀（媱）于庚（康），

　　ee：典籍「武徹」未見，不如讀為「武烈」，典籍常見此詞。「徹」透紐月部，「烈」來紐月部，二字古音全同。〔註340〕

　　心包：徹訓為「跡」，光續，「戕」似當讀為「壯」，金文有「壯武戎功」之語，可互參。當然，武徹，也可以看作同意連用的關係，都是指功績而言，然略顯不辭。〔註341〕

　　王寧：莫，原整理者讀「慕」，《說文》：「慕，習也」，學習、效仿之意。「徹」讀「烈」可從。《爾雅·釋詁》：「烈，業也」，即功業、事業。金文中皆作「剌」，多用為烈考、烈祖之「烈」，也用為功烈之「烈」，如《史牆盤》的「文武長剌（烈）」。傳世先秦古書所言「武烈」多指周武王之功業，如《國語·周語下》：「成王能明文昭，能定武烈者也。」「文昭」即文王之明德（《禮記·大學》：「在明明德」），「武烈」即武王之功烈。又說「文武烈」，指文王、武王之功烈，如《尚書·洛誥》：「公稱丕顯德，以予小子揚文武烈。」《史牆盤》的「文武長烈」意與之同。到漢代才開始用為武功之意，如《後漢書·桓譚馮衍列傳上》：「建武六年日食，衍上書陳八事：其一曰顯文德，二曰褒武烈，……」；《三國志·魏書四·高貴鄉公紀》注引《魏氏春秋》：「且夫仁者必有勇，誅暴必用武，少康武烈之威，豈必降於高祖哉？」此簡文之「武烈莊功」當指鄭武公之功業，鄭莊公之功績。〔註342〕

　　單育辰：典籍「武徹」未見，不如讀「武烈」。「武烈」可參《國語·周語》：「成王能明文昭，能定武烈者也。」《後漢書·馮衍傳》「其一曰顯文德，二曰褒武烈，三曰修舊功，四曰招俊傑。」〈鄭文公問太伯〉用法與《後漢書》

〔註340〕ee：簡帛研讀 » 清華六〈鄭文公問太伯〉初讀（第36樓），簡帛論壇：http://www.bsm.org.cn/bbs/read.php?tid=3346，2016-04-25。

〔註341〕心包：簡帛研讀 » 清華六《鄭文公問太伯》初讀（第0樓），簡帛論壇：http://www.bsm.org.cn/bbs/read.php?tid=3346，2016-04-16。

〔註342〕王寧：〈清華簡六《鄭文公問太伯》（甲本）釋文校讀〉，復旦大學出土文獻與古文字研究中心：http://www.gwz.fudan.edu.cn/Web/Show/2809，2016/5/30。

同，是指用武之功績。〔註343〕

郝花萍：鄭國疆域的真正拓展是在武公和莊公時期，這兩個時期擴充的地盤在簡文中都已指明。既然簡文說「先君之……」，則「武」不當指武公，「莊」不當指莊公，否則文字重複。「武」當指勇猛，「敕」可讀為「轍」，當指車轍，所謂「武轍」，義指勇猛征戰的足跡。「莊」當指肅穆，「功」指功業，謂在內政中確立起來的莊嚴功業。〔註344〕

王瑜楨：「武烈壯功」：威武之事業、壯大之功勞。〔註345〕

清華簡整理者：色，乙本作「孚」，訓為「信」。甲本疑因下「淫媱」等語誤作「色」。「枭」字又見包山簡二七八，上博簡〈容成氏〉第三十八簡，後者辭例為「瑤臺」。簡文讀為「媱」，《方言》：「遊也。」康，《爾雅・釋詁》：「樂也。」清華簡〈厚父〉：「不盤于康。」陳曼簠（《集成》四五九五—四五九六）：「齊陳曼不敢逸康。」〔註346〕

子居：「徹」訓「治」，已見上文。「孚」當讀為「浮」，即浸、沉溺，如《韓非子・說疑》：「冬日罼弋，夏浮淫。」媱即戲、遊樂，《方言》第十：「媱，遊也。江沅之間謂戲為媱。」可證是楚語。這裡是說年輕的鄭文公不能追慕其先君武公、莊公的功業，卻沉浸在過度的嬉戲遊玩中以為安樂。〔註347〕

石小力：![印]當釋「印」，從乙本多訛字的情況看，乙本作「孚」當是「印」之訛，字在簡文中用作連詞「抑」，表示轉折，相當於可是、但是。〔註348〕

ee：![遊]可直接讀為「遊」。〔註349〕

無痕：![媱]（媱）亦即「遙」，《方言》卷十：「遙，淫也。」錢繹箋疏：「媱，與遙聲義並同。」〔註350〕

〔註343〕單育辰：〈清華六《鄭文公問太伯》釋文商榷〉，頁312。

〔註344〕郝花萍：《清華大學藏戰國竹簡（陸）鄭國三篇集釋》，頁79。

〔註345〕王瑜楨：《清華大學藏戰國竹簡（陸）鄭國史料三篇研究》，頁297。

〔註346〕清華大學出土文獻研究與保護中心編，李學勤主編：《清華大學藏戰國竹簡（陸）》下冊，頁123。

〔註347〕子居：〈清華簡鄭文公問太伯（甲本）解析〉，中國先秦史網站：http://xianqin.bye
thost10.com/2016/05/01/327，2016年5月1日。

〔註348〕石小力（清華大學出土文獻讀書會）：〈清華六整理報告補正〉，清華大學出土文獻
研究與保護中心：http://www.ctwx.tsinghua.edu.cn/publish/cetrp/6842/20160416052
940099595642/1460755813610.doc，2016年4月16日。

〔註349〕ee：簡帛研讀 » 清華六《鄭文公問太伯》初讀（第10樓），簡帛論壇：http://www.
bsm.org.cn/bbs/read.php?tid=3346，2016-04-17。

〔註350〕無痕：簡帛研讀 » 清華六《鄭文公問太伯》初讀（第12樓），簡帛論壇：http://www.

薛後生：![字形]讀為「慆」，《湯誥》「無從匪彝，無即慆淫」，「慆淫」同於「淫慆」，「淫慆于康」句式結構同于「遊于康」，「盤于康」等，於字作連詞用。〔註351〕

明珍：簡文此處都是說文公的缺點，上文說他不慕先王法則，下文說他與楚交好、為大其宮等等，因此這裡不會是轉折的語氣。此處的「抑」，應是表達「而且」之義。〔註352〕

王寧：該字形甲本作「![字形]」，乙本作「![字形]」，甲本字形與同書〈鄭武夫人規孺子〉簡9、簡17的「印（抑）」字形同，故釋「抑」為是，此用為順接連詞，表示語氣的並列或遞進，意思略同於「也」、「又」、「而且」。不過，懷疑戰國秦漢文字中，「孚」、「印」可能偶或互訛。本篇乙本的寫手可能就是把「印」誤讀為「孚」而寫作了「孚」。柔，原整理者讀「媱」，此字當即《說文》訓「樹動也」之「榣」的簡省寫法。「榣」、「逸」雙聲，「淫媱」即「淫逸」，乃一語之轉。庚，原整理者讀「康」，乙本正作「康」。《爾雅·釋詁》：「康，樂也。」「淫逸于康」即淫逸於享樂，與《墨子·非樂上》引《武觀》曰「啟乃淫逸康樂」之「淫逸康樂」意略同。〔註353〕

黃聖松、黃庭頎：「淫媱于康」前字當從乙本作「孚」，於此讀為「復」。王輝《古文字通假釋例》謂馬王堆帛書《六十四卦》「除《兌》卦九二一例外，其餘復字通行本皆作孚。」白於藍指出阜陽漢簡本「孚」則作「復」。「孚」字上古音為滂母幽部，「復」為並母覺部；二字韻部為陰入對轉，聲母皆為唇音，故可為通假。「復」字可作頻率副詞，有「又」、「再」之意。簡文記載太伯謂鄭文公已「不能慕先君之武徹壯功」，「孚（復）淫媱於康」，「復」則有加強語氣效果。《左傳》僖公七年：「既不能彊，又不能弱，所以斃也。」又襄公十年《傳》：「我實不能禦楚，又不能庇鄭，鄭何罪？不如致怨焉而還。」上引文句皆為「不能……又」詞例，皆有強化語氣之效。簡文「孚」讀為「復」，

---

bsm.org.cn/bbs/read.php?tid=3346，2016-04-17。

〔註351〕薛後生：簡帛研讀 » 清華六《鄭文公問太伯》初讀（第11樓），簡帛論壇：http://www.bsm.org.cn/bbs/read.php?tid=3346，2016-04-17。

〔註352〕明珍：簡帛研讀 » 清華六《鄭文公問太伯》初讀（第29樓），簡帛論壇：http://www.bsm.org.cn/bbs/read.php?tid=3346，2016-04-22。

〔註353〕王寧：〈清華簡六《鄭文公問太伯》（甲本）釋文校讀〉，復旦大學出土文獻與古文字研究中心：http://www.gwz.fudan.edu.cn/Web/Show/2809，2016/5/30。

意同「又」字，如是亦有強化告誡鄭文公「淫媱於康」之效。簡文「康」字典籍常見與「荒」字有異文現象，如《穀梁傳》襄公二十四年：「四穀不升謂之康。」《韓詩外傳》卷八第十五章「康」字引作「荒」。《周易·泰卦》：「包荒，用馮河。」《經典釋文》謂「荒」字「鄭讀為康。」「康」字上古音為溪母陽部，「荒」為曉母陽部。二字韻部相同，聲母同屬喉音，可為通假。「荒」於典籍有「廢亂」之意，如《毛詩·唐風·蟋蟀》：「好樂無荒，良士瞿瞿。」鄭玄《注》：「荒，廢亂也。……君之好義，不當至於廢亂政事。」又《尚書·盤庚》：「非予自荒茲德。」題漢人孔安國《注》：「我之欲徙，非廢此德。」亦以「廢」釋「荒」。簡文「淫媱於康」可讀為「淫媱於荒」，「荒」有「廢亂荒淫」之意。楊伯峻《春秋左傳詞典》釋《左傳》「於」字又可作為結構助詞，倒裝時用之。楊氏舉昭公四年《傳》：「亡於不暇，又何能濟？」「亡於不暇」楊氏謂「猶云不暇於救亡」，是「不暇於亡」之倒裝。若依上引諸句之詞例，則簡文「孚（復）淫媱於康（荒）」，可讀為「孚（復）康（荒）於淫媱」，語譯為：又廢亂於淫媱之事。〔註354〕

單育辰：甲本「色」不必是訛字，乙本「孚」可能是訛字。「色淫」是一個意思，應指貪淫於美色。「游于康」的意思是在康樂中嬉遊。〔註355〕

王瑜楨：「淫」字，當釋為「沈溺」。「孚」字，釋為「媱」、「遊」、「淫」、「逸」都說得通，但釋為「愮」似乎更好一點。「愮」字，《說文》以為是「說也」，即「悅」、「使愉悅」，《尚書大傳》卷三：「師乃愮，前歌後舞。」「淫愮于康」就是「沈浸、歡娛於康樂之中」。〔註356〕

朱忠恒：武，泛指軍事、強力等，《書·大禹謨》：「及武乃文。」孔傳：「武，定禍亂。」徹，讀為「徹」，「武徹」之「徹」，其意義類「用武之功績」。此處「武徹壯功」之「徹」用作名詞，與「功」并言似當略有別。《詩·大雅·江漢》：「式辟四方，徹我疆土」鄭箋：「征伐開闢四方，治我疆界于天下」。「徹」在《詩·大雅·江漢》中用作動詞，有開拓、治理一類意思。「武徹」之「徹」在這裏用作名詞，似引申指開拓、治理。「不能慕吾先君之武徹壯功」

〔註354〕黃聖松、黃庭頎：〈《清華六·鄭文公問太伯》箚記〉，簡帛網：http://www.bsm.org.cn/show_article.php?id=2628，2016-09-07。

〔註355〕單育辰：〈清華六《鄭文公問太伯》釋文商榷〉，頁312。

〔註356〕王瑜楨：《清華大學藏戰國竹簡（陸）鄭國史料三篇研究》，頁300。

意思是：不能夠仿效我們先君用武治大功。「色淫」指貪於美色，可連用。《管子・宙合》：「而外淫于馳騁田獵，內縱于美色淫聲，下乃解怠惰失，百吏皆失其端。」「媱」，遊也。康，《爾雅・釋詁上》：「康，樂也。」「色淫媱于康」意思是：又貪於美色，逸於享樂。〔註357〕

　　胡乃波：「武散」讀為「武烈」。《國語・周語下》：「成王能明文昭，能定武烈者也。」韋昭注：「烈，威也。言能明其文，使之昭，定其武，使之威也。」後以「武烈」謂「武功」。「莊功」指「大的功業」。《爾雅・釋宮》：「六達謂之莊。」「武烈」與「莊功」對讀，指鄭國先君盛大的功業。另，「今及虗（吾）君，弱孿（幼）而彝長，不能莫（慕）虗（吾）先君之武散臧𦅸，色〈孚〉浧〈淫〉柔于庚（康）」這部分是太伯說鄭文公，年幼繼承君位，如果不能追慕先君的功烈，沉溺於安樂之中，會導致不好的結果。「康」指安樂，安寧。《詩・蟋蟀》：「無已大康，職思其居。」孔安國傳：「康，樂。」太伯意在提醒鄭文公不要沉溺安樂，要保有居安思危之心。〔註358〕

　　筆者茲將各家對「武」之說法表列於下：

　　表 3-2-37：「武」諸家異說表

武	訓
郝花萍	勇猛
王瑜楨	威武
朱忠恒	泛指軍事、強力等

　　表 3-2-38：「」諸家訓讀異說表

	訓　　　讀
ee	讀「烈」
心包	徹訓「跡」：光績
王寧	「徹」讀「烈」：功業、事業
單育辰	讀「烈」：功績
郝花萍	「散」讀「轍」，指車轍。
王瑜楨	烈：事業

〔註357〕朱忠恒：《清華大學藏戰國竹簡（陸）集釋》，頁 93、94。
〔註358〕胡乃波：《清華簡〈鄭文公問太伯〉（甲本）集釋》，頁 40－43。

子居	「徹」訓「治」
朱忠恒	讀「徹」：開拓、治理
胡乃波	「敝」讀「烈」

表 3-2-39：「」諸家訓讀異說表

	訓　　讀
心包	「臧」讀「壯」
郝花萍	莊：肅穆
王瑜楨	壯：壯大
胡乃波	莊：大的

表 3-2-40：「」諸家訓讀異說表

	訓　　讀
整理者	色，乙本作「孚」，訓「信」
子居	「孚」讀「浮」：浸、沉溺
石小力	釋「印」，乙本作「孚」當是「印」之訛，用作連詞「抑」，表示轉折，相當於可是、但是。
明珍	「抑」，表達「而且」之義
王寧	釋「抑」，意思略同於「也」、「又」、「而且」。
黃聖松、黃庭頎	作「孚」，於此讀為「復」，意同「又」。
單育辰	甲本「色」不必是訛字。

表 3-2-41：「」諸家訓讀異說表

	訓　　讀
整理者	柔讀「媱」，《方言》：「遊也。」
子居	媱即戲、遊樂
ee	讀「遊」
無痕	（媱）亦即「遙」：淫
薛後生	讀「慆」

王寧	枀：「榣」的簡省寫法。「榣」訓「樹動也」「榣」、「逸」雙聲，「淫嫋」即「淫逸」
王瑜楨	「枀」，釋「慆」。「慆」，即「悅」、「使愉悅」。
朱忠恒	嫋：遊

表 3-2-42：「康」諸家訓讀異說表

康	訓　　讀
整理者、朱忠恒	樂
王寧	享樂
黃聖松、黃庭頎	讀「荒」，「荒」有「廢亂荒淫」之意。
胡乃波	安樂、安寧。

　　按：《王力古漢語字典》:「莫（鐸明 mo）疑讀為慕（鐸明 mu）。郭店楚簡《成之聞之》簡二八：『聖人不可莫也。』影本裘錫圭按語疑莫讀為慕。」〔註359〕《說文》:「慕，習也。」「慕」筆者從「學習」之說。《王力古漢語字典》:「武：勇武。《詩‧鄭風‧羔裘》：『孔武有力。』」〔註360〕散亦見於《上海博物館藏戰國楚竹書‧凡物乙》:「此貌以為天地旨，是謂小散（徹）。」〔註361〕徹、烈皆「月」部可通。筆者從「徹讀烈，訓功績、功業」之說。《王力古漢語字典》:「烈：功績、功業。《詩‧周頌‧武》：『於皇武王，無競惟烈。』」〔註362〕臧亦見於《郭店楚簡‧窮達》:「出而為令尹，遇楚臧（莊）也」〔註363〕《古文字通假字典》:「莊（陽莊 zhuang）讀為壯（陽莊 zhuang）。《史記‧高祖功臣侯者年表》：『棘陽莊侯杜得臣。』索隱作『壯侯』。」〔註364〕壯：盛大。《易‧大壯》:「彖曰：大壯，大者壯也。」訌亦見於《郭店楚簡‧窮達》:「子胥前多訌（功），後戮死」〔註365〕、《清華一‧金縢》:「王得周公之所自以為訌（功）以代武王之說。」〔註366〕「功」筆者從「功勞」之說。《說文》:「功，以勞定國也。」《周禮‧司勳》:「國功曰功。」《史記‧項羽本紀》:「欲

〔註359〕王力：《王力古漢語字典》，頁 303。
〔註360〕王力：《王力古漢語字典》，頁 543。
〔註361〕先秦甲骨金文簡牘詞彙資料庫：http://inscription.asdc.sinica.edu.tw/c_index.php。
〔註362〕王力：《王力古漢語字典》，頁 656。
〔註363〕先秦甲骨金文簡牘詞彙資料庫：http://inscription.asdc.sinica.edu.tw/c_index.php。
〔註364〕王輝：《古文字通假字典》，頁 431。
〔註365〕先秦甲骨金文簡牘詞彙資料庫：http://inscription.asdc.sinica.edu.tw/c_index.php。
〔註366〕先秦甲骨金文簡牘詞彙資料庫：http://inscription.asdc.sinica.edu.tw/c_index.php。

誅有功之人，此亡秦之續耳。」筆者採「釋抑訓又」之說。筆者採「淫訓沈溺」之說。《莊子・在宥》：「而且說明邪？是淫於色也；說聰邪？是淫於聲也。」從「讀遊」之說。遊：放任、放縱。《書・大禹謨》：「罔遊于逸，罔淫于樂。」孔穎達疏：「無遊縱於逸豫，無過耽於戲樂。」庚讀「康」亦見於《上海博物館藏戰國楚竹書・季庚》：「季庚（康）子問於孔子」〔註367〕、《清華二・繫年》：「乃先建衛叔封于庚（康）丘，以侯殷之餘民。」〔註368〕康筆者從「安樂」之說。《禮記・樂記》：「民康樂」、《楚辭・離騷》：「日康娛以自忘兮。」

翻譯：不能學習我先王的勇武功績、盛大功勞，又沈溺、放縱於安樂

騰（獲）	皮（彼）	督（荊）	甬（寵）	敓（為）	大
亓（其）	宮				

〔三十〕騰（獲）皮（彼）督（荊）甬（寵），【十】敓（為）大亓（其）宮，

郝花萍：「獲彼荊寵」之「荊寵」當即《左傳・僖公二十二年》「丙子晨，鄭文夫人羋氏、姜氏勞楚子於柯澤」之「羋氏」，亦即「夜出，文羋送於軍」之「文羋」，羋為楚姓，羋氏就是楚女。《左傳・僖公三十三年》「文夫人歛而葬之鄶城之下」中「文夫人」也當是簡文之「荊寵」。僖公三十三年為鄭穆公元年，從對楚女的稱謂上看可推知，這時「荊寵」已成為鄭文公的夫人多年。也就是說，簡文中太伯對文公所提出的「獲彼荊寵，為大其宮，君而狎之，不善哉」的諫言並沒被文公聽進心裡去，鄭文公最終還是封「荊寵」作了夫人。這或許與當時鄭國與楚國的政治關係有關。〔註369〕

清華簡整理者：甬，讀為「寵」。城濮戰前鄭文公從楚背晉，《左傳》僖公二十二年：「丙子晨，鄭文夫人羋氏、姜氏勞楚子於柯澤」，「丁丑，楚子入饗

〔註367〕先秦甲骨金文簡牘詞彙資料庫：http://inscription.asdc.sinica.edu.tw/c_index.php。
〔註368〕先秦甲骨金文簡牘詞彙資料庫：http://inscription.asdc.sinica.edu.tw/c_index.php。
〔註369〕郝花萍：《清華大學藏戰國竹簡（陸）鄭國三篇集釋》，頁81。

於鄭，九獻，庭實旅百，加籩豆六品。饗畢，夜出，文芊送於軍」。芊氏卽楚女。〔註370〕

李學勤：「荆寵」是楚國的女兒，大概就是鄭文公的夫人，《左傳》僖公二十二年稱「文芊」，僖公三十三年稱「文夫人」。〔註371〕

子居：這裡提到鄭文夫人時說「獲彼荆寵，為大其宮」也可證與太伯的對話是鄭文公初期剛從楚國娶到夫人芊氏不久的事情，此時鄭文公自己也尚年輕，夫人芊氏無疑更為年幼，二人玩心正重，看起來似是常情，但太伯所謂「君而狎之，不善哉」顯然是擔心鄭文公會因此荒怠政事，由鄭文公此後的政績來看，太伯的擔心實際上是非常有道理的。〔註372〕

王瑜楨：《左傳·僖公二十二年》「鄭文夫人芊氏，姜氏，勞楚子於柯澤……文芊送於軍」，很清楚地說是「鄭文夫人芊氏」，也就是「文芊」。「為大其宮」，即為她擴大宮殿之意。〔註373〕

朱忠恒：鄭文公有夫人芊氏，太伯稱之為「荆寵」，并勸誡文公不要耽於女色，對文公是持批判態度的。然而，文公可能本意並非如此，與強國聯姻可能是政治需要。武公時娶武姜於申，當時武公初立，國弱而政局不穩，而申國較為強盛。莊公時期，鄭國實力有了較大發展，鄭國的聯姻範圍開始有了明顯的擴展，聯姻對象有西邊鄧國、東邊宋國、齊國、南邊陳國等。莊公之後，鄭國的地位開始逐漸下降，形勢有了很大的變化，晉、楚、齊等國相繼崛起，發展勢如破竹。晉楚爭霸，鄭國夾處其間，處境艱難，此時主要聯姻對象也縮減至晉國、楚國、陳國三國，與陳國的聯姻還是為了聯合自保。由此推測簡文鄭文公「獲彼荆寵，為大其宮」未必不是出於籠絡楚國的需要，而非如太伯所言耽於享樂。〔註374〕

按：䑝亦見於《清華二·繫年》：「䑝（獲）哀侯以歸」〔註375〕。《古文字通假字典》：「皮（歌並 pi）讀為彼（歌幫 bi）。帛書《老子》乙本卷前古佚書

〔註370〕清華大學出土文獻研究與保護中心編，李學勤主編：《清華大學藏戰國竹簡（陸）》下冊，頁123。
〔註371〕李學勤：〈有關春秋史事的清華簡五種綜述〉，頁81。
〔註372〕子居：〈清華簡鄭文公問太伯（甲本）解析〉，中國先秦史網站：http://xianqin.byethost10.com/2016/05/01/327，2016年5月1日。
〔註373〕王瑜楨：《清華大學藏戰國竹簡（陸）鄭國史料三篇研究》，頁301、302。
〔註374〕朱忠恒：《清華大學藏戰國竹簡（陸）集釋》，頁94、95。
〔註375〕先秦甲骨金文簡牘詞彙資料庫：http://inscription.asdc.sinica.edu.tw/c_index.php。

《經法‧論約》：『逆節始生，慎毋先正，皮且自氐（抵）其刑。』皮讀彼。」〔註 376〕皮讀「彼」亦見於《郭店楚簡‧緇衣》：「皮（彼）求我則，女（如）不我得。」〔註 377〕、《清華七‧越公其事》：「唯皮（彼）雞父之遠荊」〔註 378〕。智亦見於《清華七‧越公其事》：「智（荊）師走，吾先王逐之走」荊：楚國。《詩‧魯頌‧閟宮》：「戎狄是膺，荊舒是懲。」《春秋‧莊公十年》：「秋，九月，荊敗蔡師於莘。」杜預注：「荊，楚本號，後改為楚。」另，俑、寵皆「東」部可通，筆者從「俑讀寵」之說。

翻譯：獲得那楚國寵姬，為（其）擴大她的居室

君	而	虢（狎）	之	不	善
戈（哉）	君	女（如）	由	皮（彼）	孔
㝊（叔）	逄（佚）	之	尼（夷）	帀（師）	之
佢	鹿	𡥈（堵）	之	俞	珋（彌）

〔三十一〕君而虢（狎）之，不善戈（哉）。君女（如）由皮（彼）孔㝊（叔）、逄（佚）之尼（夷）、帀（師）之佢鹿、𡥈（堵）之俞珋（彌），

郝花萍：狎，親近、接近。《禮記‧曲禮上》：「賢者狎而敬之，畏而愛之。」鄭玄注：「狎，習也，近也。謂附而近之，習其所行也。」這幾句簡文是太伯告誡鄭文公不可耽於女色。〔註 379〕

朱忠恒：善哉，讚歎之辭。《左傳》昭公十六年：「宣子曰：善哉，子之言

〔註 376〕王輝：《古文字通假字典》，頁 566。
〔註 377〕先秦甲骨金文簡牘詞彙資料庫：http://inscription.asdc.sinica.edu.tw/c_index.php。
〔註 378〕先秦甲骨金文簡牘詞彙資料庫：http://inscription.asdc.sinica.edu.tw/c_index.php。
〔註 379〕郝花萍：《清華大學藏戰國竹簡（陸）鄭國三篇集釋》，頁 81。

是。」「為大其宮，君而狎之，不善哉。」意思是：為她（荊寵）擴大她的宮殿，您作為君主卻和她過於親近，這不太好吧。〔註380〕

王寧：原整理者「君」屬下句讀，當讀為「不善哉，君！」，與下文簡 13「戒之哉，君！」句式同。由，《爾雅・釋詁》：「自也」，郭注：「猶從也。」孔叔，即繼洩伯為鄭卿者。〔註381〕

沈培：如，猶「不如」也。隱公元年《公羊傳》曰：「母欲立之，己殺之，如勿與而已矣。」何《注》曰：「如，即『不如』，齊人語也。」又《左傳・僖公二十二年》：「若愛重傷，則如勿傷；愛其二毛，則如服焉。」《公羊春秋・隱公五年》「鄭伯克段于鄢」《傳》云：「母欲立之，己殺之，如勿與而已矣。」注云：「如，即不如，齊人語也。」如之訓不如，猶可之訓不可，省文也。古漢語中「敢」訓為「不敢」、「可」訓為「不可」、「如」訓為「不如」，這都是同類的現象。〔註382〕

清華簡整理者：由，用。《左傳》僖公三年：「楚人伐鄭，鄭伯欲成。孔叔不可，曰：『齊方勤我，棄德，不祥。』」事在鄭文公十六年。《左傳》僖公二十年：「夏，鄭公子士洩、堵寇帥師入滑。」事在鄭文公三十三年。《左傳》僖公二十四年：「鄭公子士洩、堵俞彌帥師伐滑。」事在鄭文公三十七年。舊說皆讀作「公子士」、「洩堵俞彌」，以「洩堵」為「俞彌」之氏，非是。《左傳》宣公三年稱鄭文公「娶于江，生公子士」，疑「士」、「洩」一名一字，或名「士洩」而單稱「士」，如晉文公重耳稱「晉重」之例。〔註383〕《左傳》僖公三十年佚

〔註380〕朱忠恒：《清華大學藏戰國竹簡（陸）集釋》，頁95。

〔註381〕王寧：〈清華簡六《鄭文公問太伯》（甲本）釋文校讀〉，復旦大學出土文獻與古文字研究中心：http://www.gwz.fudan.edu.cn/Web/Show/2809，2016/5/30。

〔註382〕沈培：〈由上博簡證「如」可訓為「不如」〉，簡帛網：http://www.bsm.org.cn/show_article.php?id=624，2007-07-15。

〔註383〕悅園：整理者注釋疑《左傳》公子士或名「士洩」而單稱「士」，或「士」、「洩」一名一字，似皆不確。公子士洩與公子士並非一人（杜預已將公子士洩別為一人）。根據《左傳》等記載，公子士被楚人酖殺，按魯僖公十八年齊桓公去世後，鄭國已徹底倒向楚國，故楚人酖殺公子士當在此前，僖公二十年、二十四年兩次率師入滑的公子士洩當另有其人。《史記》記載鄭文公五子皆早卒，而魯僖公二十四年，已為鄭文公三十七年，距鄭文公去世祇有八年，此時「公子士洩」尚能率師入滑，可知他不可能是鄭文公早卒的「公子士」。再者，《左傳》記載，鄭文公將最寵愛的公子蘭都驅逐出境，似無理由兩次讓另一個兒子「公子士」率師入滑。見氏著：簡帛研讀 » 清華六《鄭文公問太伯》初讀（第48樓），簡帛論壇：http://www.bsm.org.cn/bbs/read.php?tid=3346，2016-05-31。

之狐薦燭之武，以退秦師，事在鄭文公四十三年，與簡文之「佚之夷」不知是否一人。又《左傳》僖公七年（鄭文公二十年）管仲稱「鄭有叔詹、堵叔、師叔三良為政」，當與簡文之「詹父」、「堵俞彌」、「師之佢鹿」有關。〔註384〕

馬楠：「堵之俞彌」即《左傳》之「堵叔」、「堵俞彌」。〔註385〕

子居：整理者所說「舊說」，蓋指楊伯峻《春秋左傳注》，楊氏《春秋左傳詞典》且以堵俞彌即見於《左傳·宣公三年》的「子俞彌」，為鄭文公之子，其說誤。南方方音讀夷如餘（《古字通假會典》第532頁「夷與餘」條，濟南：齊魯書社，1989年7月。），故佚之狐當即佚之夷。孔叔、佚夷、師巨鹿、堵俞彌四人非鄭文公之親族，故稱「方諫吾君於外」。〔註386〕

尉侯凱：《左傳》宣公三年記載，鄭文公「又娶于江，生公子士，朝于楚，楚人酖之，及葉而卒」。公子士朝見楚王而被酖殺，發生如此重大的外交事故，其原因祇可能是鄭國背叛楚國而依附齊國，楚王痛恨鄭伯背盟。而在魯僖公十八年，齊桓公去世後，諸公子爭立，齊國大亂，鄭國徹底倒向楚國，故在此之後，不會發生楚國酖殺鄭國公子的情況。因此，公子士應當死於魯僖公十八年以前，故《左傳》僖公二十年、二十四年率師入滑的「公子士洩」當另有其人。《史記·鄭世家》云：「鄭文公有三夫人，寵子五人，皆以罪蚤死。」說明包括公子士在內的鄭文公五子均早卒。而魯僖公二十四年，已為鄭文公三十七年，距鄭文公去世祇有八年，此時「公子士洩」尚能率師入滑，可知他不可能是鄭文公早卒的兒子「公子士」。再者，《左傳》僖公三年追記鄭文公「逐群公子，公子蘭奔晉」，鄭文公將最寵愛的公子蘭都驅逐出境，似無理由兩次讓另一個兒子「公子士」率師入滑。「公子士洩」與「公子士」當非一人。〔註387〕

王瑜楨：「女（如）」解為「不如」，可從。「是四人者，方諫吾君於外」，也就是沒有被重用在文公身邊。太伯勸鄭文公要「由/用」這四人，把他們從外面調到內廷。「佚之夷、師之佢鹿、堵之俞彌」，三個人名中的「之」字都是語

〔註384〕清華大學出土文獻研究與保護中心編，李學勤主編：《清華大學藏戰國竹簡（陸）》下冊，頁123、124。

〔註385〕馬楠：〈清華簡《鄭文公問太伯》與鄭國早期史事〉，頁85。

〔註386〕子居：〈清華簡鄭文公問太伯（甲本）解析〉，中國先秦史網站：http://xianqin.byethost10.com/2016/05/01/327，2016年5月1日。

〔註387〕尉侯凱：〈《鄭文公問太伯》（甲本）注釋訂補（三則）〉，簡帛網：http://bsm.org.cn/show_article.php?id=2569，2016-06-06。

助詞（或看成介詞也可以），先秦 A 之 B 的稱謂，A 是氏，B 是名或字，如舟之僑、宮之奇、介之推、公罔之裘、庾公之斯、尹公之他、文之無畏、文之鍇等都是這種稱謂法。〔註388〕

朱忠恒：如，如果。「君如由彼孔叔、佚之夷、師之佢鹿、堵之俞彌，是四人者」意思是：君主您任用那孔叔、佚之夷、師之佢鹿、堵之俞彌這四個人。另，鄭公子士洩为鄭國公族。〔註389〕

胡乃波：讀為「不善哉，君」。此實為一種倒裝手法，先秦典籍常見，《論語》「賢哉回也」、「野哉由也」之類是也。另，《左傳‧襄公十年》：「初，子駟為田洫，司氏、堵氏、侯氏、子師氏皆喪田焉。」杜注曰：「洫，田畔溝也。子駟為田洫，以正封疆，而侵四族田。」《左傳‧僖公六年》：「鄭有叔詹、堵叔、師叔三良為政，未可間也。」堵氏為鄭之大族，「堵之俞彌」即「堵俞彌」，鄭大夫。〔註390〕

按：狎：親近。《韓非子‧南面》：「狎習于亂而容於治，故鄭人不能歸。」《論語‧鄉黨》：「見齊衰者，雖狎，必變。」「由」筆者從「訓用」之說。《詩‧小雅‧小弁》：「君子無易由言。」箋：「由，用也。」《左傳‧襄公三十年》：「不能由吾子。」杜預注：「由，用也。」彼：他們。《左傳‧莊公十年》：「彼竭我盈。」另，叴亦見於《上海博物館藏戰國楚竹書‧競建》：「隰朋與鮑叴（叔）牙從」〔註391〕、《上海博物館藏戰國楚竹書‧鮑叔》：「鮑叴（叔）牙與隰朋之諫」〔註392〕。尼亦見於《上海博物館藏戰國楚竹書‧成王》：「伯尼（夷）、叴（叔）齊」〔註393〕、《清華二‧繫年》：「羣蠻尼（夷）之師」〔註394〕。「帀」亦見於《師公鼎》：「帀（師）公之鼎」〔註395〕、《清華七‧越公其事》：「吳帀（師）乃大駭」〔註396〕。璽從爾，爾、彌皆為「脂」部，筆者從「璽讀彌」之說。

翻譯：為國君卻親近她，不好。國君您如果用他們孔叔、佚之夷、師之佢

〔註388〕王瑜楨：《清華大學藏戰國竹簡（陸）鄭國史料三篇研究》，頁305。
〔註389〕朱忠恒：《清華大學藏戰國竹簡（陸）集釋》，頁96。
〔註390〕胡乃波：《清華簡〈鄭文公問太伯〉（甲本）集釋》，頁43、44。
〔註391〕先秦甲骨金文簡牘詞彙資料庫：http://inscription.asdc.sinica.edu.tw/c_index.php。
〔註392〕先秦甲骨金文簡牘詞彙資料庫：http://inscription.asdc.sinica.edu.tw/c_index.php。
〔註393〕先秦甲骨金文簡牘詞彙資料庫：http://inscription.asdc.sinica.edu.tw/c_index.php。
〔註394〕先秦甲骨金文簡牘詞彙資料庫：http://inscription.asdc.sinica.edu.tw/c_index.php。
〔註395〕殷周金文暨青銅器資料庫：http://bronze.asdc.sinica.edu.tw/rubbing.php?00161。
〔註396〕先秦甲骨金文簡牘詞彙資料庫：http://inscription.asdc.sinica.edu.tw/c_index.php。

鹿、堵俞彌

是	四	人	者	方	諫
虗（吾）	君	於	外	茲	贈（詹）
父	內	謫	於	中	

〔三十二〕是四人【十一】者，方諫虗（吾）君於外，茲贈（詹）父內謫於
　　　　中，

　　bulang：「方諫」即「謗諫」。〔註397〕「茲」似可當無意義的虛詞看，類似
者如〈容成氏〉簡14的「子堯南面」、銀雀山漢簡〈唐革〉的「子神賁（奔）
而鬼走」，不過學者理解是有分歧的，多認為是衍文；這裡如果不作無意義的虛
詞看，「茲」可理解為「致也」、「使也」，類似於整理者對〈子產〉簡16「毋茲
違拂其事」的「茲」在注53的解釋。〔註398〕

　　ee：「茲詹父內謫於中」，參〈越公其事〉「茲」用為「使」例，〈鄭文公問
太伯〉的「茲」也可以用為「使」。〔註399〕

　　清華簡整理者：詹父即叔詹，又見於《左傳》僖公二十二年、二十三年
與《國語·晉語四》；《呂氏春秋·上德》作「被瞻」，《韓非子·喻老》作「叔
瞻」。謫，《左傳》成公十七年「國子謫我」，杜注：「譴責也。」〔註400〕

　　子居：清華簡整理者以詹父為叔詹，或有疑問。〈鄭文公問太伯〉事在鄭文
公初期，叔詹則《左傳·僖公七年》始見稱，至晉文公伐鄭時猶在世，則在鄭

〔註397〕bulang：簡帛研讀 » 清華六《鄭文公問太伯》初讀（第2樓），簡帛論壇：http://
　　　　www.bsm.org.cn/bbs/read.php?tid=3346，2016-04-17。

〔註398〕bulang：簡帛研讀 » 清華六〈鄭文公問太伯〉初讀（第16樓），簡帛論壇：http://
　　　　www.bsm.org.cn/bbs/read.php?tid=3346，2016-04-18。

〔註399〕ee：簡帛研讀 » 清華六《鄭文公問太伯》初讀（第53樓），簡帛論壇：http://www.
　　　　bsm.org.cn/bbs/read.php?tid=3346，2017-06-13。

〔註400〕清華大學出土文獻研究與保護中心編，李學勤主編：《清華大學藏戰國竹簡（陸）》
　　　　下冊，頁124。

文公初期恐怕也還很年輕，似不宜被太伯稱為「詹父」。筆者以為，這裡的「詹父」很可能是鄭詹，其人很可能是鄭厲公的同輩親族，所以這裡才以「詹父」相稱。〔註401〕

　　王寧：方，《廣雅‧釋詁一》：「正也」，「方諫」當即古書常見之「正諫」，《管子‧形勢解》：「正諫死節，臣下之則也。」《戰國策‧齊策四》：「聞先生直言正諫不諱。」均謂直言而諫。茲，《說文》：「艸木多益」，段注：「《詩‧小雅》：『兄也永歎』，毛曰：『兄、茲也。』戴先生《毛鄭詩考正》曰：『茲今通用滋。《說文》茲字說云：艸木多益。滋字說云：益也。韋注《國語》云：兄，益也。』」此用其「益」義，猶言「加之」。內，《說文》、《字書》並云：「入也」，「內譖」即「入譖」，謂進批評之言，與「入諫」意略同。〔註402〕

　　郝花萍：這幾句簡文當是太伯在告誡鄭文公要任用賢臣，善於納諫。但「譖」字釋義似有不妥。前文既言「方諫吾君於外」，則後文「於中」就不當重言納諫。〔註403〕

　　王瑜楨：「方」，應訓為「批評」，非指惡意的誹謗，《論語》「子貢方人」，意思相同。詹父應該就是鄭文公的叔叔，年齡不會比鄭文公大太多。〔註404〕

　　朱忠恒：「方諫」讀為「謗諫」，方、謗二字皆為陽部幫母，音同可通。《韓詩外傳‧卷八》：「遜而直、上也，切次之，謗諫為下，懦為死。」茲，從ee，讀為「使」。茲，之部精母，使，之部生母，音近可通。譖，處罰，懲罰。中，內，裏面。「謗諫吾君於外，使詹父內譖於中」意思是：在外對君主勸諫、指出過失，（又）使詹父在內（對國家不好的現象）進行處罰。〔註405〕

　　筆者茲將各家對「方」之訓讀表列於下：

表 3-2-43：「方」諸家訓讀異說表

方	訓　讀
王寧	正
王瑜楨	批評，非指惡意的誹謗。

〔註401〕子居：〈清華簡鄭文公問太伯（甲本）解析〉，中國先秦史網站：http://xianqin.byethost10.com/2016/05/01/327，2016 年 5 月 1 日。

〔註402〕王寧：〈清華簡六《鄭文公問太伯》（甲本）釋文校讀〉，復旦大學出土文獻與古文字研究中心：http://www.gwz.fudan.edu.cn/Web/Show/2809，2016/5/30。

〔註403〕郝花萍：《清華大學藏戰國竹簡（陸）鄭國三篇集釋》，頁 83。

〔註404〕王瑜楨：《清華大學藏戰國竹簡（陸）鄭國史料三篇研究》，頁 307、308。

〔註405〕朱忠恒：《清華大學藏戰國竹簡（陸）集釋》，頁 97。

朱忠恒	讀「謗」

按：方：通「謗」，指責過失。《論語·憲問》：「子貢方人。」〔註406〕諫：規勸、諫諍。《論語·里仁》：「事父母幾諫，見志不從，又敬不違，勞而不怨。」「茲」亦見於《清華七·越公其事》：「或抗禦寡人之辭，不茲（使）達」〔註407〕、《清華七·越公其事》：「茲（使）民暇自相」〔註408〕。「茲」筆者從「讀使」之說。「內」筆者從王寧「訓入」之說。謫：責備。《詩·邶風·北門》：「我入自外，室人交遍謫我。」毛傳：「謫，責也。」《左傳·桓公十八年》：「公會齊侯于濼，遂及文姜如齊，齊侯通焉。公謫之。」中：指朝廷。《史記》：「趙高用事於中。」

翻譯：此四人，在外指責過失、規勸我國君，使詹父在朝廷進責備（之語）

君	女（如）	是	之	不	能
茅（懋）	則	卑（譬）	若	疾	之
亡	瘖（醫）				

〔三十三〕君女（如）是之不能茅（懋），則卑（譬）若疾之亡瘖（醫）。

ee：「茅」整理者讀為「懋」。按，不如讀為「務」更好。「務」言「務行臣下之諫言」。〔註409〕

王寧：茅，原整理者讀「懋」，《說文》：「勉也。」ee 先生認為當讀「務」，亦通。〔註410〕

單育辰：「茅」讀「務」，二字皆從「矛」得聲，「務」是「務行（臣下之諫

〔註406〕【清】劉寶楠：《論語正義》卷十七，頁26。清同治刻本 （全清經解電子版）
〔註407〕先秦甲骨金文簡牘詞彙資料庫：http://inscription.asdc.sinica.edu.tw/c_index.php。
〔註408〕先秦甲骨金文簡牘詞彙資料庫：http://inscription.asdc.sinica.edu.tw/c_index.php。
〔註409〕ee：簡帛研讀 » 清華六《鄭文公問太伯》初讀（第9樓），簡帛論壇：http://www.bsm.org.cn/bbs/read.php?tid=3346，2016-04-17。
〔註410〕王寧：〈清華簡六《鄭文公問太伯》（甲本）釋文校讀〉，復旦大學出土文獻與古文字研究中心：http://www.gwz.fudan.edu.cn/Web/Show/2809，2016/5/30。

言）」的意思。〔註411〕

胡乃波：《說文・心部》：「懋，勉也。」《國語・晉語四》：「懋穡勸分，省用足財。」韋昭注曰：「懋，勉也。」「勉」即為勤勉、勉勵之意。〔註412〕

清華簡整理者：癆，從广，啻聲。鄭司農以《禮記・內則》之「醢」當《周禮・酒正》之「醫」。〔註413〕

子居：太伯將鄭文公「弱幼而孿長，不能慕吾先君之武徹莊功，浮淫媱于康，獲彼荊寵，為大其宮，君而狎之」比做其病，而將孔叔、佚夷、師巨鹿、堵俞彌諫言于外，詹父諫言于內，比做醫治。這個類比，與《韓非子・外儲說左》：「夫良藥苦於口，而智者勸而飲之，知其入而已己疾也。忠言拂於耳，而明主聽之，知其可以致功也。」明顯是非常類似的。〔註414〕

王寧：亡醫即無醫，無可醫治、不可救藥的意思。此數句是說：如果由那孔叔等四位在外直言進諫，加之瞻父在內進言批評，君主您這樣還不能努力（改正），就像生重病的人不可救藥一樣。〔註415〕

朱忠恒：茅，從ee讀為「務」，茅，幽部明母，務，侯部明母，音近可通。「君如是之不能務，則譬若疾之亡醫。」意思是：君主您像這個樣子不務行臣下之諫言，那麼就像是疾病到了沒法挽救的地步了。〔註416〕

筆者茲將各家對「」之訓讀表列於下：

表 3-2-44：「」諸家訓讀異說表

	訓　　讀
整理者	讀「懋」
ee、單育辰、朱忠恒	讀「務」
胡乃波	懋：勉。勉：勤勉、勉勵

〔註411〕單育辰：〈清華六《鄭文公問太伯》釋文商榷〉，頁312。

〔註412〕胡乃波：《清華簡〈鄭文公問太伯〉（甲本）集釋》，頁45。

〔註413〕清華大學出土文獻研究與保護中心編，李學勤主編：《清華大學藏戰國竹簡（陸）》下冊，頁124。

〔註414〕子居：〈清華簡鄭文公問太伯（甲本）解析〉，中國先秦史網站：http://xianqin.byethost10.com/2016/05/01/327，2016年5月1日。

〔註415〕王寧：〈清華簡六《鄭文公問太伯》（甲本）釋文校讀〉，復旦大學出土文獻與古文字研究中心：http://www.gwz.fudan.edu.cn/Web/Show/2809，2016/5/30。

〔註416〕朱忠恒：《清華大學藏戰國竹簡（陸）集釋》，頁97。

按：「茅」從矛，矛、懋皆幽部可通，從「茅讀懋」之說。《異體字字典》：「懋：勤勉努力。《說文解字・心部》：『懋，勉也。』《書經・盤庚下》：『綏爰有眾，曰無戲怠，懋建大命。』《國語・周語中》：『叔父其懋昭明德，物將自至。』」〔註417〕「卑」亦見於《郭店楚簡・老子甲》：「卑（譬）道之才（在）天下也」〔註418〕、《清華一・皇門》：「卑（譬）女（如）戎夫，驕用從禽，亓（其）猶克有獲？」〔註419〕《說文》：「疾，病也。」《韓非子・喻老》：「君有疾在腠理，不治將恐深。」《論語・雍也》：「伯牛有疾，子問之。」亡：通「無」，沒有。《論語・子張》：「日知其所亡，月無忘其所能，可謂好學也已矣。」《孟子・盡心上》：「人莫大焉亡親戚君臣上下。」

翻譯：國君如果這樣的不能勤勉、努力，就譬如病之沒有醫治。

君	之	亡（無）	䎱（問）	也	則
亦	亡（無）	䎱（聞）	也	君	之
亡（無）	出	也	則	亦	亡（無）
內（入）	也	戒	之	弋（哉）	君
虗（吾）	若	䎱（聞）	夫	殹（殷）	邦
庚（湯）	為	語	而	受	亦

〔註417〕《異體字字典》：https://dict.variants.moe.edu.tw/variants。

〔註418〕先秦甲骨金文簡牘詞彙資料庫：http://inscription.asdc.sinica.edu.tw/c_index.php。

〔註419〕先秦甲骨金文簡牘詞彙資料庫：http://inscription.asdc.sinica.edu.tw/c_index.php。

 為	 語				

〔三十四〕君之亡（無）䎽（問）也，【十二】則亦亡（無）䎽（聞）也。
君之亡（無）出也，則亦亡（無）內（入）也。戒之弍（哉），
君。虗（吾）若䎽（聞）夫鬶（殷）邦，庚（湯）為語而受亦
【十三】為語。」【十四】

清華簡整理者：句謂此語殷邦湯聞之，受亦聞之。〔註420〕

余小真：「受」即「紂」。《尚書·西伯戡黎》：「祖伊恐，奔告於受。」孔傳：「受，紂也。音相亂。」《上博二·容成氏》21：「湯王天下，卅又一世而受作。」「受」，即「紂」。這一段話很有意思，全篇寫太伯勸諫鄭文公，最後這幾句話意思是：「你若不問，你就不會聽到什麼。你若沒有付出，你就不會有收穫。好好警惕呀，君王。就好像我聽到殷邦的歷史，湯留下了話語，紂也留下了話語（，看你要選擇什麼吧）。〔註421〕

海天遊蹤：乙本簡 12「吾若聞夫殷邦曰」的「殷」字寫法比較特別，整理者分析說從「戉聲。」自屬不可信。比對前面「饋而不弍」的「弍」字，此字右旁應該分析為從「隹」，「弍」聲。「弍」（影紐質部）與「殷」（影紐文部）聲音相近。進一步猜測，所謂從「隹」從「弍」的字，可能就是「鳦」，也就是「天命玄鳥，降而生商」的「玄鳥（燕子）」。鄭箋：「天使鳦下而生商，謂鳦遺卵，娀氏之女簡狄吞之而生契。」《史記·殷本紀》：「殷契，母曰簡狄，有娀氏之女，為帝嚳次妃。三人行浴，見玄鳥墮其卵，簡狄取吞之，因孕生契。」可見「鳦」與商朝的誕生有所關係。簡文以從「邑」從「鳦」的字形來表示「殷」可能不是偶然的。〔註422〕

王寧：若，如此。「殷」字甲、乙本寫法不同：![甲13]甲13![乙12]乙 12。甲本是上殷下邑的通行寫法，乙本此字原整理者認為：「『殷』字疑為另一書手所

〔註420〕清華大學出土文獻研究與保護中心編，李學勤主編：《清華大學藏戰國竹簡（陸）》下冊，頁 124。

〔註421〕余小真：簡帛研讀 » 清華六《鄭文公問太伯》初讀（第 26 樓），簡帛論壇：http://www.bsm.org.cn/bbs/read.php?tid=3346，2016-04-20。

〔註422〕海天遊蹤：簡帛研讀 » 清華六《鄭文公問太伯》初讀（第 43 樓），簡帛論壇：http://www.bsm.org.cn/bbs/read.php?tid=3346，2016-05-08。

補，……乙本字從邑，戊聲。」此字所在簡彩色圖版乙 12，把中間的「殷」字與上下的「夫」、「邦」對照，其字跡顏色較淡，右邊「隹」上的部分也是楚簡常見的「戊」的寫法，故筆者認為：「乙本簡 12 的『殷』字，比上下文字的墨跡顏色要淡很多，似乎是經過刮削但沒削去。如果確是這樣，說明抄手是認為這個字寫錯了想刮去重寫。那麼似乎可以這樣推測：這個字形『戊』的部分很可能是『殷』形的誤寫。甲本簡 13 的『殷』是上殷下邑的寫法，寫乙本時當是想寫個左邑右殷的字形，但把『殷』的部分誤寫成了『戊』，可能是他把『殷』所從的『殳』誤記成了從『戈』，因而筆誤了，為了彌補，就在下面寫了個『隹』當聲符（本來是應該一個類似『刀』形的筆畫），因為殷商的『殷』古讀若『韋』或『衣』，與『隹』同為微部字。可能寫完了抄手又覺得不合適，想刮掉重寫，但不知什麼原因沒刮淨，也沒重寫，所以該字的墨跡就比其它字淡了很多。如果此推測成立，那麼這個『殷』字就是一個筆誤的錯字，或者說本不成字。」甲、乙二本雖被認為是同一位抄手所抄，但是乙本在寫字方面似乎有故意與甲本區別的意思，比如甲本中從「邑」的字，邑部都在左，而乙本都在右；「顏」字所從的「朕」，甲本作上下結構，乙本作左右結構，等等。此「殷」字甲本是上殷下邑的寫法，此為楚簡文字的常規寫法，乙本要立異，作左邑右殷的寫法，但是他把「殷」字寫筆誤了。此處的「殷邦」懷疑是指衛國，並非是指周之前代的殷（商）。又乙本「邦」下有「曰」字，是，甲本當據補。另「庚（湯）為語而受亦為語」：庚，乙本作「康」，原整理者讀「湯」。「為」猶「有」也，《說文》：「語，論也。」《廣雅·釋詁四》：「語，言也。」即言論。此二句是說：我這樣聽到殷邦的人們說：湯留有言論而受（紂）也留有言論。洩伯對鄭文公說這話的意思是：湯和紂都有言論流傳下來，一個是明君，一個是昏君。君主您是要像湯那樣留下言論，還是像紂那樣留下言論。〔註423〕

郝花萍：文意似乎未完。整理者對「語」的解釋有不足。「為語」當指湯、紂都曾被人進諫。〔註424〕

朱忠恒：弋，從戈，才聲，讀作從才聲的「在」。這裏強調君主的主觀能

〔註423〕王寧：〈清華簡六《鄭文公問太伯》（甲本）釋文校讀〉，復旦大學出土文獻與古文字研究中心：http://www.gwz.fudan.edu.cn/Web/Show/2809，2016/5/30。
〔註424〕郝花萍：《清華大學藏戰國竹簡（陸）鄭國三篇集釋》，頁 86。

動作用，突出其有所作為的重要性。所以「戒之在君」。這幾句話斷讀為「君之無問也，則亦無聞也。君之無出也，則亦無入也。戒之在君。」意思是：君主不詢問，那麼也就不會聽聞到消息。君主不付出，那麼也不會有收穫。（這些）在於君主您警醒。上博簡二〈昔者君老〉「君卒，太子乃無聞、無聽、不問、不令。」與簡文意思相近。若，表示不肯定，相當於「似乎」、「好像」。《左傳》定公四年：「若聞蔡將先衛，信乎？」「吾若聞夫殷邦，湯為語而受亦為語！」意思是：我好像聽說殷商的湯留下了（這樣的）話語，紂也留下了（這樣的）話語！〔註425〕

胡乃波：《說文・受部》：「受，相付也。」段注：「《尚書》『紂』字，古文《尚書》作『受』。」朱駿聲《說文通訓定聲》曰：「帝乙子辛名受，作紂者，借字。」又《書・商書》：「奔告於受。」孔安國傳：「受，紂也，音相亂。帝乙之子嗣立，暴虐無道。」陸德明釋文引馬曰：「受，讀曰紂。」是「紂」即「受」也。湯、紂分別代表明君與昏君，意在勸勉文公要行明君之事，聽取賢者之言，鄭方可興盛，鄭國基業才能傳承下去。〔註426〕

按：䎽讀「問」亦見於《燕客量》：「燕客臧嘉䎽（問）王」〔註427〕、《上海博物館藏戰國楚竹書・君子》：「之羽䎽（問）於子貢」〔註428〕。䎽讀「聞」亦見於《宰獸簋》：「毋敢無䎽（聞）知」〔註429〕、《上海博物館藏戰國楚竹書・緇衣》：「故君子多䎽（聞），齊而守之」〔註430〕。聞：聽見。《書・君奭》：「我則鳴鳥不聞，矧曰其有能格。」《王力古漢語字典》：「亦：語氣詞。無義。《書・盤庚上》：『予亦拙謀，作乃逸。』」〔註431〕《古文字通假字典》：「內（緝泥nei）讀為入（緝曰ru）。《左傳・襄公九年》：『以出內火。』《漢書・五行志》引內作入。」〔註432〕筆者從「出、入訓付出、收穫」之說。《王力古漢語字典》：「戒：防備、警戒。《說文》：『戒，警也。』《詩・小雅・采薇》：『豈不

〔註425〕朱忠恒：《清華大學藏戰國竹簡（陸）集釋》，頁97、98、99。
〔註426〕胡乃波：《清華簡〈鄭文公問太伯〉（甲本）集釋》，頁45、46。
〔註427〕殷周金文暨青銅器資料庫：http://bronze.asdc.sinica.edu.tw/rubbing.php?00161。
〔註428〕先秦甲骨金文簡牘詞彙資料庫：http://inscription.asdc.sinica.edu.tw/c_index.php。
〔註429〕殷周金文暨青銅器資料庫：http://bronze.asdc.sinica.edu.tw/rubbing.php?00161。
〔註430〕先秦甲骨金文簡牘詞彙資料庫：http://inscription.asdc.sinica.edu.tw/c_index.php。
〔註431〕王力：《王力古漢語字典》，頁12。
〔註432〕王輝：《古文字通假字典》，頁767、768。

日戒？』」〔註433〕另，筆者從「若訓如此」之說。若：這樣、如此。《荀子‧王霸》：「出若入若。」《孟子‧梁惠王上》：「以若所為，求若所欲，猶緣木而求魚也。」「邦」後據乙本補「曰」字。庚、湯皆「陽」部可通，筆者從「庚讀湯」之說。「受」亦見於《上海博物館藏戰國楚竹書‧君人甲》：「受（紂）幽萬戮死於人手」〔註434〕、《上海博物館藏戰國楚竹書‧容成》：「今受（紂）為無道」〔註435〕。筆者從「受即紂」之說。又筆者從「為訓有」之說。《易‧夬》：「壯于前趾，往不勝，為咎。」俞樾《群經平議‧周易一》：「為咎，猶有咎也……為可訓有，有咎而曰為咎，亦猶有閒而曰為閒也。」《孟子‧滕文公上》：「夫滕，壤地褊小，將為君子焉，將為野人焉。」趙岐注：「為，有也。」語：言語、話。《左傳‧文公十七年》：「齊君之語偷。」

翻譯：國君沒有問，就不會聽見了。國君沒有付出，就沒有收穫。警戒呀！國君。我如此聽殷商（的人）說，湯有言語而紂也有言語。

第三節　〈鄭文公問太伯〉釋文、釋義

筆者釋文部分採李學勤主編：《清華大學藏戰國竹簡（陸）》下冊之原文略作修改，並將修改部分標出。

（甲本）

子人成子既死，太白（伯）豈（當）邑。太白（伯）又（有）疾，㪟（文）公逴（往）㫞（問）之。君若曰：「白（伯）父，不㝅（穀）學（幼）弱，忞（閔）喪（喪）【一】虔（吾）君，卑（譬）若鷄鶵（雛），白（伯）父是被複（覆），不㝅（穀）以能與（舉）䢔（就）宋（次）。今天為不惠，或爰（援）肰（然），與不㝅（穀）爭白（伯）父，【二】所天不豫（舍）白=父=（伯父，伯父）而□□□□□□□□□□□㝅（穀）。」太白（伯）曰：「君，老臣□□□□【三】母（毋）言而不豈（當）。故（古）之人又（有）言曰：『為臣而不諫，卑（譬）若䵣而不貳。』昔虔（吾）先君逴（桓）公遂（後）出【四】自周，以車七鞏（乘），徒卅=（三十）

〔註433〕王力：《王力古漢語字典》，頁341。
〔註434〕先秦甲骨金文簡牘詞彙資料庫：http://inscription.asdc.sinica.edu.tw/c_index.php。
〔註435〕先秦甲骨金文簡牘詞彙資料庫：http://inscription.asdc.sinica.edu.tw/c_index.php。

人，故（固）亓（其）腹心，畲（奮）亓（其）胹（股）㧬（肱），以顏（厭）於攸（烏）瓜（偶），籔（攝）𤰇（胄）韗（被）𩫝（甲），免（舉）戈盾以㜇（造）【五】勛。戠（戰）於魚羅（麗），虘（吾）〔乃〕賸（獲）𨛜（函）、邔（訾），輚車，闆（襲）淼（介）克鄝，𩵋＝（廟食）女（如）容祉（社）之尻（處），亦虘（吾）先君之力也。枼（世）【六】及虘（吾）先君武公，西𩫝（城）洢（伊）𨳲（闕），北𨤲（就）郂（郊）、酈（劉），縈厄（軶）郖（鄔）、竽（邘）之國，魯、𧗊（衛）、鄝（蓼）、郗（蔡）奁（來）見。枼（世）及虘（吾）先【七】君臧（莊）公，乃東伐齊（濟）、𩫙之戎為敽（徹），北𩫝（城）郖（溫）、原，徔（遺）鄝（陰）、桑宋（次），東啟遺（隨）、樂，虘（吾）达（逐）王於鄩（葛）。【八】枼（世）及虘（吾）先君邵公、剌（厲）公，殹（抑）天也，亓（其）殹（抑）人也？為是牢矦（鼠）不能同穴，朝夕戋（鬥）虎（鬩），亦不𤍽（逸）斬【九】伐。今及虘（吾）君，弱擧（幼）而崞（嗣）長，不能莫（慕）虘（吾）先君之武敽（徹）、臧（莊）𢀜（功），抑淫〈淫〉奈（遊）于庚（康），賸（獲）皮（彼）䋿（荊）甬（寵），【十】敯（為）大亓（其）宮，君而韗（狎）之，不善戋（哉）。君女（如）由皮（彼）孔唂（叔）、達（佚）之巳（夷）、帀（師）之佢鹿、𠧪（堵）之俞璃（彌），是四人【十一】者，方諫虘（吾）君於外，茲（使）賶（詹）父內謫於中，君女（如）是之不能茅（戀），則卑（譬）若疾之亡瘖（醫）。君之亡（無）餇（問）也，【十二】則亦亡（無）餇（聞）也。君之亡（無）出也，則亦亡（無）內（入）也。戒之戋（哉）！君。虘（吾）若餇（聞）夫臂（殷）邦曰，庚（湯）為語而受亦【十三】為語。」【十四】

子人成子已經死亡，太伯主持國事。太伯得病，文公前往探視他。國君這樣說：「伯父，我幼小、可憐失去我的君父，（我）猶如幼雞，伯父是庇護（我者），我因而能被推舉繼嗣君位。現在天是不仁德的，又（一副）跋扈的樣子，和我爭奪伯父，假若天不捨棄伯父，伯父而□□□□□□□□□□□穀。」太伯說：「國君，老臣□□□□不要說話卻不適當。古時的人有名言說：『做臣子卻不諫諍，譬如進食於人卻沒有變異。』從前我先王鄭桓公較後從周出封，憑藉七車二十八馬，步兵三十人，使他的賢智策謀之臣堅守，使他

的左右輔佐之臣振奮，以迫近於（敵方）烏合（之眾），持頭盔穿鎧甲，拿起兵器以創建功勛。在魚麗作戰，我國於是獲得函陵、訾兩地，使車軸加輨，偷襲淼攻下鄶，立廟享受祭饗和（能有）容納土地神的地方，也是我先王的功勞。傳到我先王鄭武公，向西築城伊闕，向北趨向鄔、劉，纏繞控制蔿、邘二國，魯、衛、蓼、蔡國來謁見。傳至我先王鄭莊公，就向東討伐濟水、鄏間之北戎當作通道，向北築城（於）溫、原二邑，給予（我）陰地、臨時駐紮（於）桑，向東開拓隤、樂二地，我軍追趕周桓王軍至葛地。傳至我先王卲公、厲公，（國家至此地步）或是（歸咎於）天，還是（歸咎於）人？因此圈中之鼠不能同穴，經常爭鬥，也不會失去（對外）征伐。現在（傳）到我的國君，幼小卻繼承君長（之位），不能學習我先王的勇武功績、盛大功勞，又沈溺、放縱於安樂，獲得那楚國寵姬，為（其）擴大她的居室，為國君卻親近她，不好。國君您如果用他們孔叔、佚之夷、師之佢鹿、堵俞彌，此四人，在外指責過失規勸我國君，使詹父在朝廷進責備（之語），國君如果這樣的不能勤勉努力，就譬如病之沒有醫治。國君沒有問，就不會聽見了。國君沒有付出，就沒有收穫。警戒呀！國君。我如此聽殷商（的人）說，湯有言語而紂也有言語（留下）。」

第四章 〈子產〉篇概述、集釋、釋文、釋義

本章將於第一節對〈子產〉篇做一簡介；於第二節收集該篇各家考釋，並加按語；於第三節列出研究後之釋文，並做翻譯。

第一節 〈子產〉篇概述

此部分筆者將對〈子產〉篇之形制、有無缺簡等問題以及其篇題、內容與價值等作一說明。

一、形制、有無缺簡等問題

正確之編連有賴於形制、有無缺簡等之判斷，而編連正確簡文之釋讀才能無誤，又精確釋讀對相關之研究極為重要，故形制、有無缺簡等問題不容忽視，以下將對該簡形制、有無缺簡等做一說明。

形制、有無缺簡等問題：該篇形制李學勤已做過說明：「〈子產〉簡長約四十五釐米，寬約〇.六釐米，共二十九支。」[註1] 又李學勤依該簡文字，如「詞（信）」乃典型之三晉系書寫方式，推測此篇抄寫者或作者極可能和鄭

〔註1〕清華大學出土文獻研究與保護中心編，李學勤主編：《清華大學藏戰國竹簡（陸）》下冊，上海：中西書局，2016 年 4 月，頁 136。

國有關。〔註2〕另，其內容完整、首尾連貫，並無缺簡。

二、篇題、內容簡介及價值

此部分將對〈子產〉之篇題由來以及其主要內容、其對相關研究之價值等做一說明。

（一）篇題與內容

該篇與〈鄭武夫人規孺子〉、〈鄭文公問太伯〉一樣皆原無篇題，其篇題同為整理者依內容而擬。〈子產〉與〈鄭武夫人規孺子〉、〈鄭文公問太伯〉有別，其介紹性質較強，屬論說體，重在論述其施政、品德修養，另兩篇則屬紀事體重在記載史事。

此篇除最後一段，其餘皆以「此謂……」收尾，故可依此將其分成十個部分。第一部分以「聖君」、「不良君」做對比，以「聖君……勉以利民」、「不良君……不懼失民」做一比較，聖君以民為重，然不良君以己為重、以己之權力為先。一為「勉以利民」另一為「不懼失民」，兩者對人民之態度迥然不同。此部分強調國之「存亡在君」並重視「取信於民」。第二部分「子產所嗜欲……此謂亡好惡」，述及其「克己守信、用人及陟臧皆無私」。第三部分「勉政……此謂嘉理」提及「對政事之要求、以身作則、行正道」。第四部分「子產不大宅域……此謂辟逸樂」論及「禁奢、多憂勞棄逸豫」。第五部分「君人蒞民有道……此謂不事不戾」言及「君治民之法、臣侍君之法、得民心之利」。第六部分「有道之君……此謂因前遂故」述及「有道之君可修邦，進而和民，手段高明，既能合乎天道，又能徠民得賢、抵禦傷害」盼君能見賢思齊，起而效法。第七部分「前者之能……此謂民信志之」提及「在上位者以身作則之法與重要性、治國待民之法等」。在上位者以身作則自能取信於民。第八部分「古之狂君……此謂由善麿愆」。以狂君與善君做對比，狂君「……以自餘智……任重不果」；善君「……求蓋之賢可……重任以果將」並論及子產「善用良臣、禁奢侈、酗酒等惡習」。代生曾言：「此篇提及子產任用賢能，並列舉了子產之師（先生之俊）、子產之輔，強調子產重視先賢，以之為師，任用

〔註2〕清華大學出土文獻研究與保護中心編，李學勤主編：《清華大學藏戰國竹簡（陸）》下冊，頁136。

能臣，以之為輔，鄭國政治清明。」〔註3〕由於子產能善用良臣，故使得鄭國政治穩定、民安國富。第九部分「子產既由善用聖……此謂張美棄惡」論述子產「學習三代之令、刑用作鄭令、野令及鄭刑、野刑」。簡文「肄三邦之令……以為鄭刑、野刑」部分，可同《左傳·昭公六年》:「夏有亂政，而作《禹刑》。商有亂政，而作《湯刑》。周有亂政，而作《九刑》。」對讀，有助於子產鑄刑書之相關研究。第十部分「為民型程……以能成卒」言及「野、粟、兵三分及何謂武愛等」。王捷認為:「本段是作者的觀點陳述，所以與前九段結構迥異，似是全篇總結，闡述作者自己的主張。」〔註4〕李學勤曾云:「（其）是一篇傳述子產道德修養和施政成績的論說，說明子產作為重臣，如何『自勝立中』，做到『助上牧民』、子產努力向前輩賢哲學習，集合良臣作為「六輔」等等政治作為。」〔註5〕故該篇對子產之相關研究大有助益。

（二）本篇之價值

李學勤曾提及該篇或與《鄭書》有關，故有助於對《鄭書》之相關研究，而文中之鄭國令、刑部分則有益於對子產作刑書之相關研究，另其重禮、重信、納賢、教民等部分同樣有研究價值，對子產施政、治國、思想等各方面之相關研究貢獻良多。以下將分別說明之:

1. 有助於對《鄭書》之相關研究

《左傳》提及鄭書的部分，分別為《左傳·襄公三十年》:「子產曰，非相違也，而相從也，四國何尤焉，鄭書有之曰，安定國家，必大焉先，姑先安大，以待其所歸……」〔註6〕、《左傳·昭公二十八年》:「叔游曰，鄭書有之，惡直醜正，實蕃有徒，無道立矣，子懼不免」〔註7〕。李學勤云:「據《左傳》載，春秋時有所謂《鄭書》，就像《周書》一樣為人引用，清華簡中關於鄭國的這些

〔註3〕 代生:〈清華簡（六）鄭國史類文獻初探〉,《濟南大學學報（社會科學版）》,2018年1月15日，頁106。

〔註4〕 王捷:〈清華簡《子產》篇與「刑書」新析〉,《上海師範大學學報（哲學社會科學版）》,2017年7月25日，頁55。

〔註5〕 清華大學出土文獻研究與保護中心編，李學勤主編:《清華大學藏戰國竹簡（陸）》下冊，頁136。

〔註6〕 【晉】杜預注【唐】孔穎達疏:《武英殿十三經注疏》左傳注疏卷四十，頁13。

〔註7〕 【晉】杜預注【唐】孔穎達疏:《武英殿十三經注疏》左傳注疏卷五十二，頁26。

文獻或許與之有關。」〔註8〕故該篇亦有助於對《鄭書》之相關研究。

2. 有益於對子產作刑書之相關研究。

從〈子產〉篇：「乃肄三邦之令，以為鄭令、野令……肄三邦之刑，以為鄭刑、野刑」可知鄭國令、刑之由來，而令、刑又有鄭、野之分。王捷：「〈子產〉篇的記載對於法律史研究具有特別的意義：其一，在於讓我們可以對子產鑄『刑書』一事的歷史源流、思想背景有更多瞭解。其二，對於春秋時期的法律形式及其演變可以有更多瞭解。尤其是對『令』這一法律形式的出現時間，或是早在春秋時期就已經出現。」〔註9〕其亦可與《左傳》「鄭人鑄刑書」等部分對讀，有益於對子產作刑書之相關研究。

3. 有益於對子產施政、治國、思想等各方面之相關研究

代生其論及該篇於學術史方面之意義時，即云：「先秦文獻尚未有專門介紹子產思想、事蹟的篇章。〈子產〉是一篇專門論述子產治國理政思想的文獻，作者出自鄭國，對子產十分崇拜，所載內容有較高的可信度，能夠彌補傳世文獻的『不足』。」〔註10〕其又云：「〈子產〉篇體現了子產的寬政思想，與以孔子為代表的儒家思想有相通之處，證明了孔子以『寬猛相濟』總結子產遺言的合理性，能夠解決學術史上的重要爭端。」〔註11〕而文中其重禮、重信、納賢、教民等部分亦有研究價值，故此篇有益於對子產施政、治國等各方面之相關研究。

第二節 〈子產〉篇集釋

筆者此部分釋文採李學勤主編《清華大學藏戰國竹簡（陸）》下冊之原文，並依其注釋順序作集釋，集釋部分收錄至 2020 年 1 月。

【釋文】

昔之聖君取虞（處）於身〔一〕，勉以利民＝（民，民）用諯（信）之〔二〕；不＝諯＝（不信不信）〔三〕。求諯（信）又（有）事〔四〕，淺（淺）

〔註8〕 李學勤：〈有關春秋史事的清華簡五種綜述〉，《文物》，2016-03-25，頁 82。

〔註9〕 王捷：〈清華簡《子產》篇與「刑書」新析〉，頁 58。

〔註10〕 代生：〈清華簡（六）鄭國史類文獻初探〉，頁 108。

〔註11〕 代生：〈清華簡（六）鄭國史類文獻初探〉，頁 104。

以諤（信）罙＝（深，深）以諤（信）淺（淺）。能【一】諤（信），卡＝（上下）乃周〔五〕。

不良君古（怙）立（位）劫（固）禀（福）〔六〕，不思（懼）遱（失）民。思（懼）遱（失）又＝戒＝（有戒〔七〕，有戒）所以縮（申）命固立＝（位〔八〕，位）固邦＝【二】安＝（邦安，邦安）民犇（遂）〔九〕，邦危民麗（離），此冑（謂）才（存）亡才（在）君〔十〕。

子產所旨（嗜）欲不可智（知），內君子亡支（變）〔十一〕。官政【三】罘（懷）帀（師）栗〔十二〕，豈（當）事乃進〔十三〕，亡好〔十四〕，曰：「固身蓳＝諤＝（謹信〔十五〕。」謹信）又（有）事，所以自兓（勝）立宙（中）〔十六〕，此冑（謂）亡好【四】惡。

兮（勉）政、利政、固政又（有）事〔十七〕。整政才（在）身〔十八〕，閵（文）腥（理）、型（形）體（體）、惴（端）兮（冕）〔十九〕，共（恭）愴（儉）整齊〔二十〕，弆見（現）又（有）【五】枣＝（秩〔二十一〕。秩）所以疘（從）卽（節）行＝豊＝（行禮〔二十二〕，行禮）俴（踐）政又（有）事，出言邎（覆）〔二十三〕，所以智（知）自又（有）自喪也。又（有）道樂才（存），亡【六】道樂亡，此冑（謂）劫（嘉）敄（理）〔二十四〕。

子產不大宅萩（域）〔二十五〕。不篷（建）臺（臺）寢〔二十六〕，不勑（飾）岂（美）車馬衣裘〔二十七〕，曰：「勿以【七】骿巳（也）〔二十八〕。」宅大心張〔二十九〕，岂（美）外瓱（態）竱〔三十〕，乃自遱（失）。孛＝（君子）智（知）思（懼）乃悥＝（憂，憂）乃少悥（憂）。敃（損）難又（有）事〔三十一〕，多難惥（近）【八】亡。此冑（謂）窂（卑）瓱（逸）樂〔三十二〕。

君人立（蒞）民又（有）道〔三十三〕，青（情）以兮（勉）〔三十四〕，旻（得）立（位）命固。臣人畏君又（有）道，智（知）畏亡皋（罪）。【九】臣人非所能不進〔三十五〕。君人亡事，民事是事〔三十六〕。旻（得）民天央（殃）不至，外戠（仇）否〔三十七〕。以厶（私）事＝（事使）民，【十】事起貨＝行＝皋＝起＝民＝蕭＝（禍行，禍行罪起〔三十八〕，罪起民矜〔三十九〕，民矜）上危〔四十〕。昌（己）之皋（罪）也，反以皋（罪）人，此冑（謂）不事不戾〔四十一〕。〔註12〕

〔註12〕清華大學出土文獻研究與保護中心編，李學勤主編：《清華大學藏戰國竹簡（陸）》

又（有）道【十一】之君，能攸（修）亓（其）邦或（國），以和＝民＝（和民。和民）又（有）道，才（在）大能政〔四十二〕，才（在）小能枳（支）〔四十三〕；才（在）大可舊（久），才（在）少（小）可大。【十二】又（有）以會（答）天〔四十四〕，能同（通）於神，又（有）以埜（徠）民〔四十五〕，又（有）以尋（得）叴（賢），又（有）以御（禦）割（害）烕（傷），先聖君所以㣇（達）【十三】成邦或（國）也〔四十六〕。此胃（謂）因㡀（前）㣙（遂）者（故）〔四十七〕。〔註13〕

㡀（前）者之能设（役）相亓（其）邦豪（家）〔四十八〕，以成名於天下者，身【十四】以虞（處）之。用身之道，不以冥＝（冥冥）归（抑）福〔四十九〕，不以佾（逸）求尋（得），不以利行直（德），不以唐（虐）出民力〔五十〕。子【十五】產專（傅）於六正〔五十一〕，與善為徒，以谷（愨）事不善〔五十二〕，母（毋）茲悍（違）枾（拂）亓（其）事〔五十三〕。袋（勞）惠邦政，耑（端）彶（使）【十六】於三（四）叟（鄰）〔五十四〕。絇（怠）繐（兌）纞（懈）思（緩）〔五十五〕，悟（更）則任之〔五十六〕，善則為人，勖勉救善〔五十七〕，以勤（助）上牧民＝（民〔五十八〕。民）又（有）怂（過）逯（失），【十七】嚣（敖）逯（佚）弗詚（誅）〔五十九〕，曰：「句（苟）我固善，不我能矞（亂），我是亢（荒）怹（怠），民屯蒆然〔六十〕。」下能弋（式）上〔六十一〕，此胃（謂）【十八】民詯（信）志之〔六十二〕。

古之悜（狂）君〔六十三〕，窂（卑）不足先善君之憯（驗）〔六十四〕，以自余（餘）智〔六十五〕，民亡可事，任砫（重）不果，【十九】邦以裛（壞）。善君必狄（察）昔㡀（前）善王之䜌（法）聿（律）〔六十六〕，叙（求）婎（蓋）之叴（賢）〔六十七〕，可以自分〔六十八〕，砫（重）任以果酒（將）〔六十九〕。子【二十】產用舁（尊）老先生之敀（俊）〔七十〕，乃又（有）喪（桑）㽀（丘）中（仲）曑（文）、坄（杜）緊（逝）、肥中（仲）、王子白（伯）恐（願）；乃埶（設）六甫（輔）：子羽、子刺、【二十一】㪷（蔑）明、卑登、佲之支、王子百〔七十一〕；乃簸（竄）辛道、歓語〔七十二〕，虛言亡實（實）〔七十三〕；乃簸（竄）卷（管）單、相冒、赶（韓）樂，【二

下冊，頁 137。

〔註13〕清華大學出土文獻研究與保護中心編，李學勤主編：《清華大學藏戰國竹簡（陸）》下冊，頁 137。

十二】勅（飾）岑（美）宮室衣裘，好酓（飲）飤（食）酭（醬）釀〔七十四〕，以爰（遠）駢（屏）者〔七十五〕。此胃（謂）由善臀（散）恙（慇）〔七十六〕。

子產既由善用聖〔七十七〕，【二十三】班羞（好）勿（物）盺（俊）之行〔七十八〕，乃聿（肄）參（三）邦之命（令）〔七十九〕，以為奠（鄭）命（令）、埜（野）命（令）〔八十〕，道（導）之以季（教），乃怵（迹）天堕（地）、逆川（順）、弜（強）柔〔八十一〕，【二十四】以咸斂（全）御〔八十二〕；聿（肄）參（三）邦之型（刑）〔八十三〕，以為奠（鄭）型（刑）、埜（野）型（刑），行以怨（尊）命（令）裕義（儀）〔八十四〕，以臭（釋）亡季（教）不姑（辜）。此胃（謂）【二十五】張岑（美）棄亞（惡）。〔註14〕

為民型（刑）程〔八十五〕，上下愺（維）昌（輯）〔八十六〕。埜（野）參（三）分，粟參（三）分，兵參（三）分〔八十七〕，是胃（謂）虞（處）固〔八十八〕，以勸（助）【二十六】政直（德）之固＝（固。固）以自守，不用民於兵麇（甲）戰戕（鬥），曰武悉（愛），以成政惪（德）之悉（愛）。虞（處）劻（溫）和惪（憙）〔八十九〕，可用【二十七】而不勘（遇）大＝或＝（大國，大國）古（故）昌（肯）复（作）亓（其）悬（謀）〔九十〕。蚕（惟）能智（知）亓（其）身，以能智＝亓＝所＝生＝（知其所生，知其所生），以先＝悬＝人＝（先謀人，先謀人）以遶（復）於身＝（身〔九十一〕，身）、室、【二十八】邦或（國）、者（諸）侯、天堕（地）〔九十二〕，固用不悖，以能成卒〔九十三〕。【二十九】〔註15〕

【集釋】

昔	之	聖	君	取	虞（處）
於	身				

〔註14〕清華大學出土文獻研究與保護中心編，李學勤主編：《清華大學藏戰國竹簡（陸）》下冊，頁138。

〔註15〕清華大學出土文獻研究與保護中心編，李學勤主編：《清華大學藏戰國竹簡（陸）》下冊，頁138。

〔一〕昔之聖君取虞（處）於身，

　　清華簡整理者：「虞」字從貝，虍聲，讀為《說文》或體從处、虍聲的「處」。處，《經義述聞》訓「為審度，為辨察」，《羣經平議》據之云：「猶察也。」「取處於身」是說於自身求取審察。〔註16〕

　　趙平安：「虞」即《說文》「鬲屬。從鬲，虍聲」的𩰲。𩰲中的鬲本為甗之象形，在演變的過程中，訛變為「貝」形。（何琳儀：《戰國古文字典》，中華書局，1998年，第1010～1011頁。）從貝虍聲的虞見於燕系和楚系文字，在戰國時期使用比較普遍。簡文寫法猶與《璽匯》3506酷似，而3506有學者認為是楚文字寫法。（何琳儀：《戰國古文字典》，中華書局，1998年，第1010頁。）簡文中用為獻。睡虎地秦簡《日甲·歲》：「九月楚虞馬，日七夕九。」《日甲·毀棄》：「虞馬、中夕、屈夕作事東方，皆吉。」虞皆讀為獻。「取獻於身」是說從自己身上拿來奉獻，「身以獻之」即「以身獻之」，是「取獻於身」的另一種說法。〔註17〕

　　王寧A：「虞」疑當分析為從虍貝聲，音當如「廢」，讀為「法」，「取法」乃先秦兩漢書中常見的詞語，故簡1句當讀為「昔之聖君取法於身，勉以利民」。〔註18〕

　　王寧B：「虞」原字作「虞」，原整理者讀「處」。趙平安先生釋「虞」讀「獻」。釋「虞」可從，然當讀「儀」，訓「法」或「象」，效法義。本文容儀之「儀」用「義」，效法之「儀」用「虞」，此其分別。〔註19〕

　　薛後生：**[圖]** 把「虍」也當作聲符（或者認為是「廌」之形變音化），全字看作「費」之本字。（參復封壺的「廢」字，謝明文先生《金文叢考（一）》，出土文獻5）孟蓬生先生認為「去」聲字一個來源，中山王壺的「濾」從戶得聲。〔註20〕

〔註16〕清華大學出土文獻研究與保護中心編，李學勤主編：《清華大學藏戰國竹簡（陸）》下冊，頁139。

〔註17〕趙平安：〈清華簡（陸）文字補釋（六則）〉，清華大學出土文獻研究與保護中心：http://www.tsinghua.edu.cn/publish/cetrp/6831/2016/20160416052835466553594/，2016-04-16。

〔註18〕王寧：簡帛研讀 » 清華六〈子產〉初讀（第94樓），簡帛論壇：http://www.bsm.org.cn/bbs/read.php?tid=3345，2016年5月4日。

〔註19〕王寧：〈清華簡六子產釋文校讀〉，復旦大學出土文獻與古文字研究中心：http://www.gwz.fudan.edu.cn/Web/Show/2851，2016/7/4。

〔註20〕薛後生：簡帛研讀 » 清華六〈子產〉初讀（第95樓），簡帛論壇：http://www.bsm.

王瑜楨：把虞讀為「處」，放到文本中文意並不是很明暢。趙平安以為此字是「虞」字，戰國文字有「虞」字，即「虞」，「虞」下本從「𪓐」，訛省為「鬲」，再省為「貝」，就是「虞」字，其說可從。虞（儀），應解釋為「表率」，作名詞用。「昔之聖君取虞（儀）於身，勉以利民，民用信之」意思是：「從前的聖君能把自己最好的一面表現出來，作為人民的表率，努力的做對人民有利的事，人民因此信任他。」〔註21〕

高瑞傑：「虞讀『處』，即審度、辨察義，又『處』亦可通為『慮』，二者皆為魚部字，《說文》言『慮，謀思也』，即思慮、思謀之意。『身』，可以指對自己審度反省，也可以指對民眾關心呵護，於義皆可通。」〔註22〕

朱忠恒：隸定為「虞」，從趙平安說。簡文中用為獻，奉獻之意。〔註23〕

汪敏倩：原釋文「昔之聖君取處於身」佳，指從自身求取審查。這與下文「勉自」可相互聯繫，邏輯通順。「昔之聖君取處於身」：古代的聖君從自身求取審查。〔註24〕

筆者茲將各家對「虞」之訓讀表列於下：

表4-2-1：「虞」諸家訓讀異說表

虞	訓 讀
整理者、汪敏倩	讀「處」訓「審察」
趙平安	即「」讀「獻」訓「奉獻」
王寧	釋「虞」讀「儀」，訓「法」或「象」，效法義。
薛後生	「費」之本字
王瑜楨	即「虞」。虞（儀），應解釋為「表率」，作名詞用。
高瑞傑	讀「處」：審度、辨察。
朱忠恒	隸定為「虞」，用為獻，奉獻之意。

按：虞從虍從貝，虍、處皆為魚部可通，筆者從「虞讀處訓審察」之說。

org.cn/bbs/read.php?tid=3345，2016年5月4日。

〔註21〕王瑜楨：《清華大學藏戰國竹簡（陸）鄭國史料三篇研究》，頁318、319、323、324。

〔註22〕高瑞傑：〈對讀《子產》篇與《大戴禮記》：兼論先秦儒家思想的兩條路徑〉，《殷都學刊》，2018-03-15，頁48、49。

〔註23〕朱忠恒：《清華大學藏戰國竹簡（陸）集釋》，頁142。

〔註24〕汪敏倩：《清華簡〈子產〉篇疏證與研究》，蘇州大學碩士學位論文，2019年4月，頁10、12。

翻譯：從前聖明的國君求審察於自身，

勉	以	利	民=（民，民）	用	誃（信）
之					

〔二〕勉以利民=（民，民）用誃（信）之；

清華簡整理者：誃，即「信」字，常見於戰國三晉系文字，參湯志彪《三晉文字編》（作家出版社，2013 年，第 316～319 頁）。〔註25〕

王寧：「信」簡文作「誃」，從言身聲，楚簡習見，蓋「信」本從言人聲，「人」、「身」音形並近，故或從「身」聲，即「信」之或體。〔註26〕

郝花萍：民用信之，用，這裡為表示結果的連詞，相當於「因而」、「於是」。《尚書‧益稷》：「罔水行舟，朋淫於家，用殄厥世。」〔註27〕

王瑜楨：「用」，訓為「由、以」。〔註28〕

汪敏倩：「用」一字為連詞，為「因而」、「因此」之義。《書‧甘誓》：「有扈氏威侮五行，怠棄三正，天用剿絕其命。」故此處之「信」應是名詞，為「信從，相信」之義。《書‧湯誓》：「爾尚輔予一人，致天之罰，予其大賚汝。爾無不信，朕不食言。」揭示上文「昔之聖君取處於君」所帶來的好處，更好的證明君王以自省勉勵自己的意義，揭示為君之道。「勉以利民，民用信之」：勉勵自己以使民受利，人民因此信任其君。〔註29〕

按：《異體字字典》：「勉：勤奮、努力。《左傳‧昭公二十年》：『父不可棄，名不可廢。爾其勉之。』」〔註30〕用：因而。《書‧益稷》：「朋淫于家，用殄厥世。」〔註31〕誃亦見於《長信侯鼎》：「長誃（信）侯私官，西況，已

〔註25〕清華大學出土文獻研究與保護中心編，李學勤主編：《清華大學藏戰國竹簡（陸）》下冊，頁 139。

〔註26〕王寧：〈清華簡六子產釋文校讀〉，復旦大學出土文獻與古文字研究中心：http:// www.gwz.fudan.edu.cn/Web/Show/2851，2016/7/4。

〔註27〕郝花萍：《清華大學藏戰國竹簡（陸）鄭國三篇集釋》，頁 89。

〔註28〕王瑜楨：《清華大學藏戰國竹簡（陸）鄭國史料三篇研究》，頁 324。

〔註29〕汪敏倩：《清華簡〈子產〉篇疏證與研究》，頁 10、12、13。

〔註30〕教育部《異體字字典》：https://dict.variants.moe.edu.tw/variants/rbt/home.do。

〔註31〕【清】孫承澤：《尚書集解》卷五，頁 8。清康熙刻本

己。」〔註32〕、《信陰君庫戈》：「詢（信）陰君庫。」〔註33〕信：信任、相信。《詩‧邶風‧擊鼓》：「不我信兮」《史記‧蘇武傳》：「且單於信女，使昀人死生。」

翻譯：勤奮、努力以利於人民，人民因而信任他；

不₌詢₌（不信不信）				

〔三〕不₌詢₌（不信不信）。

清華簡整理者：意云其自身不信者，民即不信。〔註34〕

郝花萍：「不₌詢₌（不信不信）」第一個「詢」字，恐怕不當讀作「信」。第八節有「用身之道」一說，此處之「不信不信」，似可讀作「不身不信」，指昔之聖君事必躬親，處理政事必率先垂範，與前文「取處於身」相通，同時還可照應後文「身以處之」等語。〔註35〕

王瑜楨：「詢₌」看成「言」和「信」的合文，「不₌詢₌」讀為「不言不信」。「不言不信」即「言信」。「昔之聖君取儀於身，勉以利民，民用信之，不言不信」的意思是指聖明君主身體力行為表率，盡力使人民得利，人民因而信任他，不需要多說言語就能夠獲得老百姓的信任。〔註36〕

朱忠恒：「不₌詢₌」從郝花萍說，讀作「不身不信」，「昔之聖君，取獻於身，勉以利民，民用信之；不身不信。」這幾句意思是：以前的聖明君主，奉獻自身，勉勵以利於民眾，民眾因而信任他；不事必躬親、身先垂範，民眾就不會信任他。〔註37〕

汪敏倩：「信」若取「相信」之義範圍過大，難以知曉究竟相信什麼，或以何法相信？從上下文義來看，取守信用、實踐諾言之義更為準確。《左傳‧宣公二年》：「賊民之主，不忠；棄君之命，不信。」《國語‧晉語二》：「吾聞

〔註32〕殷周金文暨青銅器資料庫：http://bronze.asdc.sinica.edu.tw/rubbing.php?02840。
〔註33〕殷周金文暨青銅器資料庫：http://bronze.asdc.sinica.edu.tw/rubbing.php?02840。
〔註34〕清華大學出土文獻研究與保護中心編，李學勤主編：《清華大學藏戰國竹簡（陸）》下冊，頁139。
〔註35〕郝花萍：《清華大學藏戰國竹簡（陸）鄭國三篇集釋》，頁89。
〔註36〕王瑜楨：《清華大學藏戰國竹簡（陸）鄭國史料三篇研究》，頁325。
〔註37〕朱忠恒：《清華大學藏戰國竹簡（陸）集釋》，頁142。

之，申生甚好信而彊，又失言於眾矣，雖欲有退，眾將責焉。」韋昭注：「信，言必行之。」「不信不信」：自身不具備「信」，民亦不會信任他。〔註38〕

按：所謂上行下效，在上位者當以身作則親身執行，方可取信於民，筆者採「不身不信」之說。

翻譯：不親身（執行）（人民就）不相信

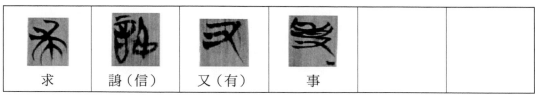

求	諐（信）	又（有）	事		

〔四〕求諐（信）又（有）事，

清華簡整理者：有事，在此意類於「有道」。〔註39〕

王寧：「有」猶于也、於也，「有」與「于」、「於」皆互訓。（解惠全、崔永琳、鄭天一：《古書虛詞通解》，中華書局 2008 年，980 頁。）「有事」即「於事」，「事」即政事、事務。〔註40〕

王瑜楨：「求信又（有）事」的主語是「聖君」，聖君要獲得人民的信任，不能空口講白話，要在「作為」上去表現，這就是「求信有事」。疑「事」應釋為「為」，「有為」就是「有作為」、「有方法去做」。「求信有事」的意思是：想要讓人民信任是有方法可以做到的。〔註41〕

汪敏倩：原釋文認為其意類於「有道」，此釋準確。「道」與治民之規律息息相關，應循道利民。「又事」指遵行「先聖君」為政治民之道。「求信有事」：君主求信遵行為政治民之道。〔註42〕

筆者茲將各家對「有事」之說法表列於下：

表 4-2-2：「有事」諸家異說表

有事	
整理者、汪敏倩	類於「有道」

〔註38〕汪敏倩：《清華簡〈子產〉篇疏證與研究》，頁 10、13。

〔註39〕清華大學出土文獻研究與保護中心編，李學勤主編：《清華大學藏戰國竹簡（陸）》下冊，頁 139。

〔註40〕王寧：〈清華簡六子產釋文校讀〉，復旦大學出土文獻與古文字研究中心：http://www.gwz.fudan.edu.cn/Web/Show/2851，2016/7/4。

〔註41〕王瑜楨：《清華大學藏戰國竹簡（陸）鄭國史料三篇研究》，頁 325、236。

〔註42〕汪敏倩：《清華簡〈子產〉篇疏證與研究》，頁 10、13。

王寧	即「於事」
王瑜楨	釋「有為」

按：《古文字通假字典》：「又（之匣 you）讀為有（之匣 you）。有字出現於周初。何尊：『爾有唯小子亡識。』有、又為二字，但通用例甚多。《易‧繫辭下》：『又以尚賢也。』釋文：『又，鄭作有。』」〔註43〕筆者「有事」從「於事」之說。

翻譯：對於事情求取（人民）信任

淺（淺）	以	訫（信）	罙=（深，深）	以	訫（信）
淺（淺）	能	訫（信）	卡=（上下）	乃	周

〔五〕淺（淺）以訫（信）罙=（深，深）以訫（信）淺（淺）。能【一】訫（信），卡=（上下）乃周。

清華簡整理者：周，《左傳》哀公十六年「周仁謂之信」，杜注：「親也。」「上下乃周」意云君民親密。〔註44〕

郝花萍：周，親密。《論語‧為政》：「君子周而不比，小人比而不周。」楊伯峻注：「『周』是以當時所謂道義來團結人，『比』則是以暫時共同利害互相勾結。」《左傳‧文公十八年》：「昔帝鴻氏有不才子，掩義隱賊，好行兇德；醜類惡物。頑嚚不友，是與比周，天下之民謂之渾敦。」杜預注：「周，密也。」〔註45〕

王瑜楨：在上位者能夠「聰明睿智而守以愚者益，博聞多記而守以淺者廣」，自然能夠讓人民瞭解，進而接受、信任。「淺以信深、深以信淺」即是這樣的意思。「淺以信深」就是指對「深」的事理而以「淺」表現，讓他人從你很淺的言語解說和行為表現中瞭解「深」。「信深」是「使深被信」的意思。相對的，「深以信淺」，是指對「淺」的事理賦以深的意義，讓他人能夠瞭解

〔註43〕王輝：《古文字通假字典》，北京：中華書局，2008 年 2 月，頁 11、12。
〔註44〕清華大學出土文獻研究與保護中心編，李學勤主編：《清華大學藏戰國竹簡（陸）》下冊，頁 139。
〔註45〕郝花萍：《清華大學藏戰國竹簡（陸）鄭國三篇集釋》，頁 90。

這些「深」的意義。在上位者能夠做到這樣，自然能夠得到臣民的信任。這就是「求信有事」。另，「周」訓「親」。[註46]

朱忠恒：深淺，指水的深淺程度。引申指事物的輕重、大小、多少等。董仲舒《春秋繁露・正貫》：「論罪源深淺，定法誅，然後絕屬之分別矣。」《漢書・宣帝紀》：「皆受官祿田宅財物，各以恩淺報之。」有，猶「於」也，從王寧說。以，同「而」。「求信有事，淺以信深，深以信淺。」這幾句話意思是：對於在政事上求取信任這種情況，淺薄的信任會變深厚，深厚的信任會變淺薄。「能信，上下乃周。」意思是：能夠信任，君民於是親密。[註47]

汪敏倩：「淺以信深，深以信淺。能信，上下乃周」：這樣地位低的才會信任地位高的，地位高的才會信任地位低的。能互相信任，那樣上下關係才會親密。[註48]

按：「淺」指「淺事」。淺事：小事。《穀梁傳・成公八年》：「衛人來媵。媵，淺事也，不志。」「罙」亦見於《郭店楚簡・五行》：「莫敢不罙（深）」[註49]、《上海博物館藏戰國楚竹書・成王》：「以睪罙（深）季（屬）……」[註50]「深」與「淺」相對，指大事。乃：就、於是。《史記・屈原賈生列傳》：「乃令張儀佯去秦，厚幣委質事楚。」筆者「周」從「親密」之說。《韓非子・說難》：「周澤未渥也，而語極知。」《論語・堯曰》：「雖有周親，不如仁人。」

翻譯：小事信任深，大事信任淺。（國君）能信任，君民就親密。

不	良	君	古（怙）	立（位）	劼（固）
稟（福）					

〔六〕不良君古（怙）立（位）劼（固）稟（福），

清華簡整理者：怙，《說文》：「恃也。」固，《國語・魯語上》「帝嚳能序三

〔註46〕王瑜楨：《清華大學藏戰國竹簡（陸）鄭國史料三篇研究》，頁328。
〔註47〕朱忠恒：《清華大學藏戰國竹簡（陸）集釋》，頁143。
〔註48〕汪敏倩：《清華簡〈子產〉篇疏證與研究》，頁10、14。
〔註49〕先秦甲骨金文簡牘詞彙資料庫：http://inscription.asdc.sinica.edu.tw/c_index.php。
〔註50〕先秦甲骨金文簡牘詞彙資料庫：http://inscription.asdc.sinica.edu.tw/c_index.php。

辰以固民」，韋注：「安也。」「怙位固福」意云仗恃權位，安於福享。〔註51〕

bulang：「劫」是否 7 號簡「劼」之誤，字形蠻似的，《詩經》說「哿矣富人」，可參。〔註52〕

ee：「福」讀為「富」更好些，參張新俊先生〈上博簡彭祖「毋怙富」解〉。〔註53〕

暮四郎：有學者指出稟當讀為「富」（第 29 樓「ee」的意見，68 樓「明珍」的意見），可信。劫似乎也應當讀為「怙」。「位」、「富」同樣是不良君怙恃的東西。〔註54〕

王寧：「福」依字讀即可。〔註55〕

單育辰：整理者所釋的「福」讀為「富」更好。可參《彭祖》簡8「毋故（怙）富，……毋向桓」，以及《左傳》昭公元年「無禮而好陵人，怙富而卑其上」、《左傳》定公四年「無始亂，無怙富，無恃寵，無違同，無敖禮，無驕能，無復怒，無謀非德，無犯非義」，其中「怙富」正可與簡文「劫富」相對比，這裏的「劫」應讀為「怙」。而「古位」的「古」則讀為「固」，應是堅守、固執的意思。〔註56〕

郝花萍：從字形看，稟讀為「富」更妥當。富，通「福」。降福；保佑。《詩・大雅・瞻卬》：「何神不富？」毛傳：「富，福。」鄭玄箋：「神何以不福王而有災害也？」「不良君古（怙）立（位）劫（固）稟，不思（懼）遴（失）民。」指不良君仗恃權位和上天給的富佑，不害怕失去民心。〔註57〕

王瑜楨：「古立劫稟」讀為「倨位怙富」。「倨」從「居」得聲、「居」從「古」得聲，「古」讀「倨」，在音理上完全沒有問題。《說文・卷八・人部》：

〔註51〕清華大學出土文獻研究與保護中心編，李學勤主編：《清華大學藏戰國竹簡（陸）》下冊，頁 139。

〔註52〕bulang：簡帛研讀 » 清華六〈子產〉初讀（第 14 樓），簡帛論壇：http://www.bsm.org.cn/bbs/read.php?tid=3345，2016 年 4 月 17 日。

〔註53〕ee：簡帛研讀 » 清華六《子產》初讀（第 29 樓），簡帛論壇：http://www.bsm.org.cn/bbs/read.php?tid=3345，2016 年 4 月 18 日。

〔註54〕暮四郎：簡帛研讀 » 清華六《子產》初讀（第 71 樓），簡帛論壇：http://www.bsm.org.cn/bbs/read.php?tid=3345，2016 年 4 月 28 日。

〔註55〕王寧：〈清華簡六子產釋文校讀〉，復旦大學出土文獻與古文字研究中心：http://www.gwz.fudan.edu.cn/Web/Show/2851，2016/7/4。

〔註56〕單育辰：〈清華六《子產》釋文商榷〉，頁 210、211。

〔註57〕郝花萍：《清華大學藏戰國竹簡（陸）鄭國三篇集釋》，頁 91。

「倨，不遜也。從人、居聲。」「倨位」的意思和「倨貴」相當，都是仗著地位高而看不起人。「劫」字，是「怙」字的早期寫法，或作「故」。「故」當「怙恃」之義用時，它可以寫作「劫」。「怙富」，意思是「仗恃著財富」。〔註58〕

朱忠恒：不良，不善，不好。《詩‧陳風‧墓門》：「夫也不良，國人知之。」鄭玄箋：「良，善也。」「稟」讀為「富」，「ee」說可從。固位怙富，意云堅守權位、倚仗財富，「不良君固位怙富，不懼失民。」意思是：不好的君主堅守權位、倚仗財富，不害怕失去人民。〔註59〕

汪敏倩：立：名詞，為建樹、成就之義。「怙立固福」：依仗自己微小的成就，安於福樂享受。〔註60〕

筆者茲將各家對「古」、「劫」、「」之說法表列於下：

表 4-2-3：「古」諸家訓讀異說表

古	訓　　讀
整理者	讀「怙」：恃
單育辰	讀「固」，堅守、固執。
王瑜楨	讀「倨」

表 4-2-4：「劫」諸家訓讀異說表

劫	訓　　讀
整理者	讀「固」：安
暮四郎、單育辰	讀「怙」
王瑜楨	「怙」字的早期寫法

表 4-2-5：「」諸家異說表

	讀
ee、暮四郎、單育辰、王瑜楨、朱忠恒	讀「富」
王寧	讀「福」
郝花萍	讀「富」通「福」

〔註58〕王瑜楨：《清華大學藏戰國竹簡（陸）鄭國史料三篇研究》，頁330、334、335。
〔註59〕朱忠恒：《清華大學藏戰國竹簡（陸）集釋》，頁144。
〔註60〕汪敏倩：《清華簡〈子產〉篇疏證與研究》，頁18。

按：《古文字通假字典》：「古（魚見 gu）讀為固（魚見 gu）。馬王堆帛書《老子》甲、乙本《道經》：『將欲翕之，必古張之；將欲弱之，必古強之；將欲去之，必古與之；將欲奪之，必古予之，是胃（謂）微明。』文中四個古字傅奕本皆作固。又銀雀山竹簡《王兵》：『然則兵者，古所以外誅亂，內禁邪。』」〔註 61〕「古」筆者從「讀固」之說。《王力古漢語字典》：「固：鞏固、牢實。《論語・學而》：『君子不重則不威，學則不固。』」〔註 62〕《古文字通假字典》：「立（緝來 li）讀為位（物匣 wei），緝物通轉。《周禮・春官・小宗伯》：『掌建國之神位。』鄭玄注：『故書位作立，鄭司農云：立讀為位，古者立位同字，古之《春秋經》公即位為公即立。』」〔註 63〕劫筆者從「讀怙」之說。怙：憑藉、依仗。《說文》：「怙，恃也。」《詩・小雅・蓼莪》：「無父何怙，無母何恃。」《左傳・宣公十五年》：「怙其俊才。」🔲筆者從「讀富」之說。

翻譯：不善的國君鞏固君位依仗財富

不	思（懼）	達（失）	民	思（懼）	達（失）
又=戒=（有戒，					

〔七〕不思（懼）達（失）民。思（懼）達（失）又=戒=（有戒，

清華簡整理者：戒，《左傳》哀公元年「甚澆能戒之」，杜注：「備也。」句意云如懼怕失民，則必有所戒備。〔註 64〕

王瑜楨：應說成「懼失則有戒」。這一句之前都是指「不良君」。從這一句開始講的是一般正常的國君。〔註 65〕

按：思亦見於《上海博物館藏戰國楚竹書・姑成 08》：「公思（懼），乃命

〔註 61〕王輝：《古文字通假字典》，頁 68。

〔註 62〕王力：《王力古漢語字典》，頁 145。

〔註 63〕王輝：《古文字通假字典》，頁 577。

〔註 64〕清華大學出土文獻研究與保護中心編，李學勤主編：《清華大學藏戰國竹簡（陸）》下冊，頁 139。

〔註 65〕王瑜楨：《清華大學藏戰國竹簡（陸）鄭國史料三篇研究》，頁 335。

長魚矯」〔註66〕、《清華七・越公其事60》:「舉邦走火,進者莫退,王思(懼),鼓而退之……」〔註67〕懼:害怕、恐懼。《詩・小雅・谷風》:「將恐將懼,維予與女。」《孟子・滕文公下》:「公孫衍、張儀豈不誠大丈夫哉!一怒而諸侯懼,安居而天下熄。」遱亦見於《清華七・越公其事59上》:「飲食,大遱(失)續墨,以礪(勵)萬民。」〔註68〕《清華一・祭公19》:「弗遱(失)於政,我亦隹(惟)以沒我世。」〔註69〕戒:警戒。《說文》:「戒,警也。」《詩・小雅・采薇》:「豈不日戒。」《國語・吳語》:「息民不戒。」

翻譯:不害怕失去人民。害怕失去(人民)有所警戒,

有戒)	所	以	緅(申)	命	固
立=(位					

〔八〕有戒)所以緅(申)命固立=(位,

清華簡整理者:西周金文毛公鼎、番生簋均有「申甂(固)大命」,參看李學勤《夏商周文明研究》(商務印書館,2015年,第98頁)。〔註70〕

王瑜楨:緅,即「紳」字。「紳」是用繩子重重捆綁大囊橐,因此有「牢固」的意思,用白話語譯,可以釋為「強化」。「命」,在西周早期多半指天命,上天指派來擔任天子的命令。「有戒所以申命固位」,意思是:有所戒備,就可以強化天命、穩固王位。〔註71〕

朱忠恒:戒,使警醒而不犯錯誤。《詩・大序》:「言之者無罪,聞知者足以戒。」《荀子・成相》:「不知戒,後必有。」申,說明,申述。《楚辭・九章・抽思》:「道卓遠而日忘兮,願自申而不得。」《禮記・郊特牲》:「大夫執圭而使,所以申信也。」〔註72〕

〔註66〕先秦甲骨金文簡牘詞彙資料庫:http://inscription.asdc.sinica.edu.tw/c_index.php。
〔註67〕先秦甲骨金文簡牘詞彙資料庫:http://inscription.asdc.sinica.edu.tw/c_index.php。
〔註68〕先秦甲骨金文簡牘詞彙資料庫:http://inscription.asdc.sinica.edu.tw/c_index.php。
〔註69〕先秦甲骨金文簡牘詞彙資料庫:http://inscription.asdc.sinica.edu.tw/c_index.php。
〔註70〕清華大學出土文獻研究與保護中心編,李學勤主編:《清華大學藏戰國竹簡(陸)》下冊,頁139。
〔註71〕王瑜楨:《清華大學藏戰國竹簡(陸)鄭國史料三篇研究》,頁336、338。
〔註72〕朱忠恒:《清華大學藏戰國竹簡(陸)集釋》,頁144。

汪敏倩：「命」指天命。「緡命固立」指按天命謹慎行事以穩固自己的建樹（包括地位與功業）。〔註73〕

按：筆者採「讀申」之說。申命：重申教命。《易・巽》：「重巽以申命。」

翻譯：有所警戒所以重申教命鞏固君位，

位）	固	邦=安=（邦安，邦安）	民	蕼（遂）

〔九〕位）固邦=【二】安=（邦安，邦安）民蕼（遂），

清華簡整理者：蕼，即「肆」字，讀為「遂」。《國語・周語下》「以遂八風」，韋注：「順也。」〔註74〕

bulang：蕼（肆），或理解為放恣恐不妥，「肆」應該是安適從容一類意思，這裡並不含貶義。〔註75〕

王寧：蕼當讀為《禮記・表記》「君子莊敬日強，安肆日偷」之「肆」，鄭注：「肆，猶放恣也。」「安肆」猶言安逸，「肆」是逸樂、安樂之意。〔註76〕

馬楠：蕼可以直接讀為肆。邦安民蕼，邦危民麗（離）：謂邦安時民放恣，邦危時民離散。〔註77〕

郝花萍：蕼可以直接讀為「肆」，《爾雅・釋言》：「肆，力也。」「邦安民肆，邦危民離」謂國家安定則百姓勤懇度日，國家危難則百姓四處離散。亦即治世百姓安居樂業，亂世則民不聊生。〔註78〕

王瑜楨：「蕼」從「肆」聲，上古音屬心母脂部；「遂」字上古音屬喻（以）母微部，二字上古聲為齒舌鄰近，韻為脂微旁轉，古籍「肆」與「遂」有通假

〔註73〕汪敏倩：《清華簡〈子產〉篇疏證與研究》，頁19。

〔註74〕清華大學出土文獻研究與保護中心編，李學勤主編：《清華大學藏戰國竹簡（陸）》下冊，頁139。

〔註75〕bulang：簡帛研讀 » 清華六〈子產〉初讀（第14樓），簡帛論壇：http://www.bsm.org.cn/bbs/read.php?tid=3345，2016年4月17日。

〔註76〕王寧：〈清華簡六子產釋文校讀〉，復旦大學出土文獻與古文字研究中心：http://www.gwz.fudan.edu.cn/Web/Show/2851，2016/7/4。

〔註77〕馬楠（清華大學出土文獻讀書會）：〈清華六整理報告補正〉，清華大學出土文獻研究與保護中心：http://www.ctwx.tsinghua.edu.cn/publish/cetrp/6842/20160416052940099595642/1460755813610.doc，2016年4月16日。

〔註78〕郝花萍：《清華大學藏戰國竹簡（陸）鄭國三篇集釋》，頁91。

的例證。「邦安民蘀（遂）」的意思是：「國家安定了，人民就會順從」。〔註79〕

朱忠恒：蘀，從馬楠讀為「肆」，訓為鞏固。《詩・周頌・昊天有成命》：「於緝熙，單厥心，肆其靖之。」毛傳：「肆，固。」「民固」與「民離」正好相對應。作為另一可能，肆，也可指寬舒貌。《荀子・非十二子》：「士君子之容：其冠進，其衣逢，其容良，儼然，壯然，祺然，蘀然……是父兄之容也。」楊倞注：「『蘀』當為『肆』，謂寬舒之貌。」邦安民肆，是說國家安定，民眾寬舒。〔註80〕

汪敏倩：「蘀」與「麗」應為一對反義詞。「麗」為「離散」之義，則「蘀」為「鞏固」之義更佳。釋為「邦安民肆」，取民心鞏固不離散之義。「邦安民肆」：邦國安定才能民心鞏固不離散。〔註81〕

筆者茲將各家對「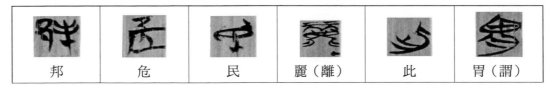」之說法表列於下：

表 4-2-6：「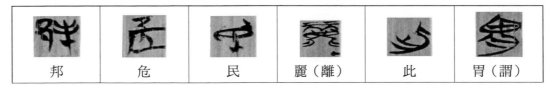」諸家訓讀異說表

	訓　讀
整理者	蘀，即「蘀」，讀「遂」訓「順」
bulang	讀「肆」安適從容一類意思
王寧	讀「肆」訓「逸樂、安樂」
馬楠	讀「肆」訓「放恣」
郝花萍	讀「肆」訓「力」
王瑜楨	讀「遂」訓「順從」
朱忠恒	讀「肆」訓 1.「鞏固」　2.「寬舒」
汪敏倩	讀「肆」訓「鞏固」

按：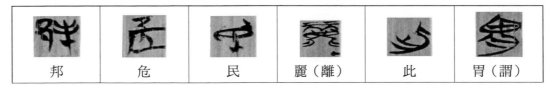筆者從「讀遂訓順」之說。順：依順。《詩・大雅・抑》：「有覺德行，四國順之。」鄭玄箋：「於其俗有大德行，則天下順從其政。」

翻譯：君位鞏固國家安定，國家安定人民順服，

邦	危	民	麗（離）	此	胃（謂）

〔註79〕王瑜楨：《清華大學藏戰國竹簡（陸）鄭國史料三篇研究》，頁339。
〔註80〕朱忠恒：《清華大學藏戰國竹簡（陸）集釋》，頁144。
〔註81〕汪敏倩：《清華簡〈子產〉篇疏證與研究》，頁19、21。

| 才（存） | 亡 | 才（在） | 君 | | |

〔十〕邦危民麗（離），此胃（謂）才（存）亡才（在）君。

　　清華簡整理者：上一「才」字，讀為「存」，《說文》「存」從才聲。〔註82〕

　　王寧：本篇每段末幾乎都有「此胃（謂）……」這樣的結語：「此謂存亡在君」【簡3】、「此謂無好惡」【簡4～5】、「此謂劫理」【簡7】、「此謂卑逸樂」【簡9】、「此謂不使不戾」【簡11】、「此謂因前遂故」【簡14】、「此謂民信志之」【簡18～19】、「此謂由善靡捲」【簡23】、「此謂張美棄惡」【簡25～26】、「是謂儀固」【簡26】，「此謂」、「是謂」之後的內容，疑都是子產所作《刑書》（包括下文所言的「鄭令」、「野令」、「鄭刑」、「野刑」）裡的句子，〈子產〉篇的作者推崇子產及其所作的刑書，故用一些前人和子產的言行做根據，為刑書的一些內容作解釋和相互的證明，就像《韓詩外傳》，講一些故事說明一個道理，最後都是以「《詩》曰」作結，是用故事說明此句《詩》所包含的道理，同時又以《詩》句證明此理之有據，「《詩》曰」後自然都是《詩經》中的文句，此篇之「此謂」疑與此類同。〔註83〕

　　王瑜楨：「才亡才君」讀成「存亡在君」。〔註84〕

　　朱忠恒：麗，通「離」。從整理者說。《詩‧小雅‧魚麗》，《儀禮‧鄉飲酒禮》鄭注引作《魚離》。《詩‧小雅‧漸漸之石》：「月離於畢。」《淮南子‧原道》、《論衡‧說日》、《呂氏春秋‧孟秋紀》高注引「離」作「麗」。才，從整理者說，讀為「存」。「懼失有戒」後應是句號。「邦危民麗（離）」後應是句號，表示小段文意的結束，「此謂存亡在君」是對此的總結。「懼失有戒。有戒所以申命固位，位固邦安，邦安民肆，邦危民離。此謂存亡在君。」這幾句話意思是：恐懼失去人民（於是）有了警醒。有了警醒所以申述命令穩固君位，君位穩固了國家就安定，國家安定了人民就穩固了，國家危險了人民就離開。這就是所謂的存亡在於君主。〔註85〕

〔註82〕清華大學出土文獻研究與保護中心編，李學勤主編：《清華大學藏戰國竹簡（陸）》下冊，頁139。

〔註83〕王寧：〈清華簡六子產釋文校讀〉，復旦大學出土文獻與古文字研究中心：http://www.gwz.fudan.edu.cn/Web/Show/2851，2016/7/4。

〔註84〕王瑜楨：《清華大學藏戰國竹簡（陸）鄭國史料三篇研究》，頁340。

〔註85〕朱忠恒：《清華大學藏戰國竹簡（陸）集釋》，頁144、145。

汪敏倩：「邦危民離，此謂存亡在君」：若邦國危難，就會使民眾離散，因此說國家存亡決定于君主自身。〔註86〕

按：才讀「存」亦見於《郭店楚簡・語叢三 15》：「崇志，益。才（存）心，益。」〔註87〕麗讀「離」亦見於《清華一・尹誥 02》：「厥辟作怨於民＝（民，民）復之用麗（離）心，我捷滅夏。」〔註88〕離：離散。《國語・吳語》：「夫吳民離矣，體有所傾，譬如群獸然，一個負矢，將百群皆奔，王其無方收也。」《呂氏春秋・決勝》：「勝失之兵，必隱必微，必積必摶……積則勝散矣，摶則勝離矣。」《古文字通假字典》：「胃（物匣 wei）讀為謂（物匣 wei）。郭店楚簡本《老子》甲簡七：『……是胃果而不剛（強）。』上博楚竹書《魯邦大旱》簡一：『魯邦大旱，哀公胃孔子……』」〔註89〕《古文字通假字典》：「才（之從 cai）讀為在（之從 zai）。旅鼎：『辰才乙卯。』大盂鼎：『王才宗周令盂。』」〔註90〕筆者從「讀存亡在君」之說。

翻譯：國家危難人民離散，這是說存亡在於國君。

子	產	所	旨（嗜）	欲	不
可	智（知）	內	君	子	亡
攴（變）					

〔十一〕子產所旨（嗜）欲不可智（知），內君子亡攴（變）。

清華簡整理者：內，《禮記・禮器》「無節於內」，孔疏：「猶心也。」句意云內心始終為君子，沒有改變。〔註91〕

〔註86〕汪敏倩：《清華簡〈子產〉篇疏證與研究》，頁 19。
〔註87〕先秦甲骨金文簡牘詞彙資料庫：http://inscription.asdc.sinica.edu.tw/c_index.php。
〔註88〕先秦甲骨金文簡牘詞彙資料庫：http://inscription.asdc.sinica.edu.tw/c_index.php。
〔註89〕王輝：《古文字通假字典》，頁 577、578。
〔註90〕王輝：《古文字通假字典》，頁 41。
〔註91〕清華大學出土文獻研究與保護中心編，李學勤主編：《清華大學藏戰國竹簡（陸）》下冊，頁 139。

暮四郎：楚簡「變」一般用「𧧺」表示，而「卞」聲字主要用為「辯」或「辨」。（白於藍：《戰國秦漢簡帛古書通假字彙纂》，福州：福建人民出版社，2012年，第768～770頁。）𢼄似當讀為「辨」，「內君子亡（無）𢼄（辨）」是說「內君子」（應該是指鄭國的大夫或者史官）對子產的嗜欲沒有辨析（記載）。這句是在解釋「子產所嗜欲不可知」的緣由。〔註92〕

王寧：「內」即「納」。𢼄即「鞭」字，讀「辨」是分別義。此二句意思是說子產的喜好不能知道，收納君子無所分別。〔註93〕

單育辰：改斷讀為「子產所嗜欲，不可知內，君子亡𢼄（偏），官政【三】眾師栗當事，乃進亡好。」「子產所嗜欲，不可知內，君子亡𢼄（偏）」意思是說：「子產所嗜好者，是不能知道其內中的，君子無所偏好」其中「亡𢼄（偏）」與「亡好」正相對應。〔註94〕

郝花萍：𢼄字似當讀為「辨」。指子產內心是君子無需分辨。〔註95〕

王瑜楨：子產用人沒有自己的偏好，𢼄讀「偏」。「內（入）君子亡（無）𢼄」的意思是：「讓貴族子弟擔任官職，沒有自己的偏好。」「君子」係泛泛就「貴族子弟」而言，就由其本意「君之子」略引申而來。作為最高執政的子產對這些人是否「入官」有決定權，此即「納君子」。〔註96〕

朱忠恒：內，從王寧說，讀為「納」，引進，接受。𢼄，從單育辰說，讀「偏」，偏好。「子產所嗜欲不可知，納君子亡偏。」這句話意思是：子產的嗜欲不能知道，他引進接受君子沒有偏好。〔註97〕

蘇建洲：「嗜」、「欲」或屬於同義複詞。「內」即「入官」之「入」，即「使……入官」。「君子」係泛泛就「貴族子弟」而言。「子產所旨（嗜）欲不可智（知），內君子亡𢼄（偏）」：子產的嗜好不可知，使君子入官沒有私人的偏好。〔註98〕

〔註92〕暮四郎：簡帛研讀 » 清華六〈子產〉初讀（第4樓），簡帛論壇：http://www.bsm.org.cn/bbs/read.php?tid=3345，2016年4月17日。

〔註93〕王寧：〈清華簡六子產釋文校讀〉，復旦大學出土文獻與古文字研究中心：http://www.gwz.fudan.edu.cn/Web/Show/2851，2016/7/4。

〔註94〕單育辰：〈清華六《子產》釋文商榷〉，頁211。

〔註95〕郝花萍：《清華大學藏戰國竹簡（陸）鄭國三篇集釋》，頁92、93。

〔註96〕王瑜楨：《清華大學藏戰國竹簡（陸）鄭國史料三篇研究》，頁343、344。

〔註97〕朱忠恒：《清華大學藏戰國竹簡（陸）集釋》，頁145。

〔註98〕蘇建洲：〈清華六《子產》拾遺〉，《饒宗頤國學院院刊》第5期，2018年5月，頁115、116、121。

　　汪敏倩：「旨」與「欲」指「心志、志向」及「喜好、欲望」，為並列結構。「旨」、「欲」二字皆釋為名詞，整句話在「欲」後斷句，非「旨」。故「子產所旨欲不可知」，即「子產的志向與喜好無法知道」。這與下文「內君子亡支」之結果相對比，以襯托出其對於「君子」之喜愛。「內」應釋為動詞，即「親近」。「內君子」釋為「親近君子」，突出子產對君子的偏好。原文即釋為「子產的心志與喜好無法知道，他親近君子沒有變化」。「內君子亡支」指子產親近君子不曾改變。〔註99〕

　　筆者茲將各家對「」、「支」之訓讀表列於下：

表4-2-7：「」諸家訓讀異說表

	訓　　讀
整理者	內：內心
王寧	「內」即「納」。
朱忠恒	讀「納」：引進，接受。
蘇建洲	「內」即「入」。
汪敏倩	「內」即「親近」。

表4-2-8：「支」諸家訓讀異說表

支	訓　　讀
暮四郎、郝花萍	讀「辨」
王寧	即「鞭」，讀「辨」：分別
單育辰、王瑜楨	讀「偏」
朱忠恒	讀「偏」，偏好。

　　按：《古文字通假字典》：「旨（脂照 zhi）讀為嗜（脂禪 shi），照禪旁紐。睡虎地秦簡《日書》乙《生》：『丁酉生，吉，旨酉（酒）。』甲本《生子》作：『丁酉生子，耆酒。』郭店楚簡《尊德義》簡二五～二六：『治民非還生而已也，不以旨谷（欲）害其義。』」〔註100〕嗜欲：嗜好與欲望。《荀子·性惡》：「妻子具而孝衰於親，嗜欲得而信衰於友，爵祿盈而忠衰於君。」《古文字通假字典》：「智（支端 zhi）讀為知（支端 zhi）。毛公鼎：『引唯乃智余非。』

〔註99〕汪敏倩：《清華簡〈子產〉篇疏證與研究》，頁22、23。
〔註100〕王輝：《古文字通假字典》，頁530。

包山楚簡一三五：『……皆智其殺之。』」〔註101〕《管子·法法》：「得此六者而君父不智也。」王念孫云：「智與知同。」《古文字通假字典》：「內（緝泥nei）讀為納（（緝泥na）。《大克鼎》：「出內王令（命）。」〔註102〕

《禮記·檀弓下》：「季孫之母死，哀公弔焉；曾子與子貢弔焉，闇人為君在，弗內也。」《王力古漢語字典》：「納：接納、採納。《韓非子·說林上》：『溫人之周，周人不納。』」〔註103〕君子：才德出眾者。《易·乾》：「九三，君子終日乾乾。」支從「卞」，卞、偏皆元部可通。筆者從「內讀納、支讀偏」之說。偏：偏私。《墨子·兼愛下》：「王道蕩蕩，不偏不黨；王道平平，不黨不偏。」《荀子·不苟》：「通則驕而偏。」

翻譯：子產的嗜好與欲望不可知，接納才德出眾的人沒有偏私。

官	政	罘（懷）	帀（師）	栗	

〔十二〕官政【三】罘（懷）帀（師）栗，

清華簡整理者：官政，疑指任用官吏之事。罘，讀為「懷」，《說文》：「念思也。」師，《爾雅·釋詁》：「眾也。」栗，《書·舜典》「寬而栗」，孔疏：「謹敬也。」在此指能敬業之人。〔註104〕

暮四郎：「政」似當讀為「正」，正長之義；「師」似當解為師旅之師，指眾吏。《國語·周語中》：「至於王吏，則皆官正蒞事，上卿監之。」《國語·楚語上》：「天子之貴也，唯其以公侯為官正，而以伯子男為師旅。」王引之云：「經傳言師旅者有二義，一為士卒之名……一為羣有司之名，《周禮·天官·宰夫》：『掌百官府之徵令，辨其八職：一曰正，掌官灋以治要，二曰師，掌官成以治凡，三曰司，掌官灋以治目，四曰旅，掌官常以治數』是也。」「官政（正）懷」、「帀（師）栗」當分開來看，指官長念思、眾吏敬謹。〔註105〕

〔註101〕王輝：《古文字通假字典》，頁54。
〔註102〕王輝：《古文字通假字典》，頁766。
〔註103〕王力：《王力古漢語字典》，頁914。
〔註104〕清華大學出土文獻研究與保護中心編，李學勤主編：《清華大學藏戰國竹簡（陸）》下冊，頁139。
〔註105〕暮四郎：簡帛研讀 » 清華六〈子產〉初讀（第64樓），簡帛論壇：http://www.bsm.org.cn/bbs/read.php?tid=3345，2016年4月26日。

明珍：官政（正），指子產為官能把官事都治理好。正為治理之義，參《易‧蹇》：「當位貞吉，以正邦也。」眔，及也，參〈皇門〉簡 12「朕遺父兄眔朕藎臣」。師栗，指子產率領師眾（眾人或軍隊）能使其堅定。《禮記‧聘義》：「縝密以栗，知也。」鄭玄注：「栗，堅貌。」﹝註 106﹞

王寧：原整理者於「栗」下斷句，疑非。另《說文》：「眔，目相及也。從目，從隸省。」段注：「隸，及也。石經《公羊》：『祖之所逮聞』，今本作『逮』；《中庸》：所以逮賤，《釋文》作遝，此『眔』與『隸』音義俱同之證。」「眔」在甲骨文中寫作「𥄉」，即「泣」字，與「及」音近而用為「及」，此亦當逕讀為「及」。又《管子‧宙合》：「不官於物二旁通於道」，尹注：「官，主也。」《荀子‧解蔽》：「埶亂其官也」，楊注：「官，司主也。」「官」即主掌、管理義。「政」即朝政，「師」本為軍隊，此指軍事。「栗」即「慄」，《爾雅‧釋詁》：「慄，懼也」，謹慎小心義。﹝註 107﹞

青荷人：懷即懷中也，懷帀貪也，栗，懼也。讀「官者懷帀栗」。﹝註 108﹞

ee：似應斷讀為：「子產所嗜欲，不可知內，君子亡偏，官政【三】眔師栗當事，乃進亡好，曰」，其中「官政」、「師栗」似是官職名。﹝註 109﹞

單育辰：「官政【三】眔師栗當事，乃進亡好。」意思是說：「官政和師栗執掌政事，於是奉進亡所偏好之策。」「眔」是逮、及的意思。﹝註 110﹞

郝花萍：「政」通「正」，治理。《荀子‧王制》：「王者之法：等賦、政事，財萬物，所以養萬民也。」官政（正），指子產任用的官吏能把官事都治理好。「眔」，連詞。及；與。《臣辰盉銘》：「王令士上眔史寅殷于成周。」郭沫若考釋：「眔字卜辭及彝銘習見，均用為接續詞，其義如『及』，如『與』。」《詩‧大雅‧韓奕》：「溥彼韓城，燕師所完。」毛傳：「師，眾也。」《漢書‧元帝紀》：「天惟降災，震驚朕師。」顏師古注：「師，眾也。」「帀（師）栗」指

﹝註 106﹞明珍：簡帛研讀 » 清華六〈子產〉初讀（第 67 樓），簡帛論壇：http://www.bsm.org.cn/bbs/read.php?tid=3345，2016 年 4 月 27 日。

﹝註 107﹞王寧：〈清華簡六子產釋文校讀〉，復旦大學出土文獻與古文字研究中心：http://www.gwz.fudan.edu.cn/Web/Show/2851，2016/7/4。

﹝註 108﹞青荷人：簡帛研讀 » 清華六〈子產〉初讀（第 112 樓），簡帛論壇：http://www.bsm.org.cn/bbs/read.php?tid=3345，2016 年 12 月 28 日。

﹝註 109﹞ee：簡帛研讀 » 清華六〈子產〉初讀（第 29 樓），簡帛論壇：http://www.bsm.org.cn/bbs/read.php?tid=3345，2016 年 4 月 18 日。

﹝註 110﹞單育辰：〈清華六《子產》釋文商榷〉，頁 211。

子產能使眾吏各司其職,謹敬地對待各自的職務。〔註111〕

王瑜楨:「官政」的「政」讀「正」,指官長。眔在古書中多作「暨」,釋為「和、與」之義,而「栗」應讀為「吏」,「栗」字上古音屬來母質部,「吏」字上古音屬來母之部,二字聲同韻近,「師吏」即軍吏,周代官名。〔註112〕

朱忠恒:眔,讀為「及」,「ee」、王寧說可從。「官政」、「師栗」從「ee」說,似是官職名。〔註113〕

蘇建洲:「眔」的用法如同《清華一‧皇門》簡12「朕遺父兄眔朕蓋臣」,「暨」也。「官政」讀為「官正」。「官正」是官吏之長。「師」是百官府中之副職,佐正長者。「栗」,整理者指出是謹敬的意思,可從。〔註114〕

汪敏倩:「官政」有國家的政事之義,引申為「國家政事之職權」。「官政眔帀栗」:掌管國家政事之權、職與貨幣、米粟。「官政眔帀栗」是官員中稱職者的獎賞。〔註115〕

筆者茲將各家對「政」、「眔」、「師」、「栗」之說法表列於下:

表4-2-9:「政」諸家訓讀異說表

政	訓　讀
暮四郎	讀「正」:正長。
明珍	讀「正」:治理。
王寧	朝政
郝花萍	通「正」,治理。
王瑜楨	讀「正」,指官長。
蘇建洲	讀「正」

表4-2-10:「眔」諸家訓讀異說表

眔	訓　讀
整理者、青荷人	讀「懷」
王寧、朱忠恒	讀「及」
明珍、單育辰、郝花萍	及
王瑜楨	和、與

〔註111〕郝花萍:《清華大學藏戰國竹簡(陸)鄭國三篇集釋》,頁93、94。
〔註112〕王瑜楨:《清華大學藏戰國竹簡(陸)鄭國史料三篇研究》,頁347。
〔註113〕朱忠恒:《清華大學藏戰國竹簡(陸)集釋》,頁146。
〔註114〕蘇建洲:〈清華六《子產》拾遺〉,頁116、117。
〔註115〕汪敏倩:《清華簡〈子產〉篇疏證與研究》,頁19、23、24、25。

表 4-2-11：「師」諸家異說表

師	訓
整理者、郝花萍	眾
暮四郎	眾吏。
王寧	此指軍事
蘇建洲	百官府中之副職，佐正長者。

表 4-2-12：「栗」諸家訓讀異說表

栗	訓　讀
整理者	此指能敬業之人
明珍	堅定
王寧	即「慄」：懼也，謹慎小心義。
青荷人	懼也
王瑜楨	讀「吏」

按：筆者從讀「官正」之說。《漢語大詞典》：「官正：官吏之長。《國語·楚語上》：『天子之貴也，唯其以公侯為官正也，而以伯子男為師旅。』韋昭注：『正，長也。』」〔註116〕 ▨ 筆者從「讀及」之說。「帀」亦見於《上海博物館藏戰國楚竹書·鄭子甲3》：「乃起帀（師）圍鄭三月。」《清華二·繫年88》：「王又使宋右帀（師）華孫元行晉楚之成。」〔註117〕筆者從「師訓眾」、「栗讀吏」之說。師：眾多。《漢書·禮樂志》：「磑磑即即，師象山則。」

翻譯：官吏之長及眾官吏

豈（當）	事	乃	進		

〔十三〕豈（當）事乃進，

清華簡整理者：當，《禮記·哀公問》「求得當欲」，鄭注：「猶稱也。」句意云稱職者即予拔擢。〔註118〕

〔註116〕《漢語大詞典》，第 4784 頁。國學大師：http://www.guoxuedashi.com/hydcd/129471c.html。

〔註117〕先秦甲骨金文簡牘詞彙資料庫：http://inscription.asdc.sinica.edu.tw/c_index.php。

〔註118〕清華大學出土文獻研究與保護中心編，李學勤主編：《清華大學藏戰國竹簡（陸）》下冊，頁 139。

王寧：「進」是推舉、舉薦義。「官政眾市栗，畳事乃進，亡好」：對於那些在管理政事和軍事中謹慎小心對待職責的人，就舉薦起用，而沒有個人的好惡。〔註119〕

郝花萍：進，提升，提拔之意。《尚書・君陳》：「進厥良，以率其或不良。」《漢書・孔光傳》：「退去貪殘之徒，進用賢良之吏。」〔註120〕

朱忠恒：當事，遇事，臨事。《禮記・檀弓下》：「大夫弔，當事而至，則辭焉。」孔穎達疏：「當事，當主人有大小歛殯之事也。」《國語・魯語上》：「賢者急病而讓夷，居官者當事不避難。」進，晉升，提拔。《史記・李斯列傳》：「二世曰：『何哉？夫高……以忠得進，以信守位，朕實賢之，而君疑之，何也？』」〔註121〕

蘇建洲：「當事」，任事、任職也。〔註122〕

汪敏倩：「當」應取原釋文中的「符合」之義。「事」則可釋為事業、功業，引申為職守、責任。「進」為晉升之義。「當事乃進」即「符合自己職守的官員即給予升遷」。〔註123〕

筆者茲將各家對「畳」、「進」之說法表列於下：

表 4-2-13：「畳」諸家異說表

畳	訓
整理者	稱
朱忠恒	遇、臨

表 4-2-14：「進」諸家異說表

進	訓
王寧	推舉、舉薦
郝花萍	提升，提拔
朱忠恒	晉升，提拔。

按：畳亦見於《郭店楚簡・性自 19》：「或興之也，畳（當）事因方而折

〔註119〕王寧：〈清華簡六子產釋文校讀〉，復旦大學出土文獻與古文字研究中心：http://www.gwz.fudan.edu.cn/Web/Show/2851，2016/7/4。
〔註120〕郝花萍：《清華大學藏戰國竹簡（陸）鄭國三篇集釋》，頁94。
〔註121〕朱忠恒：《清華大學藏戰國竹簡（陸）集釋》，頁146。
〔註122〕蘇建洲：〈清華六《子產》拾遺〉，頁117。
〔註123〕汪敏倩：《清華簡〈子產〉篇疏證與研究》，頁25。

（制）之。」〔註124〕「當」筆者從「稱」之說。《說文》：「事，職也。」《韓非子·五蠹》：「無功而受事，無爵而顯榮。」《漢書·成帝紀》：「公卿稱職。」顏師古注：「稱職，克當其任也。」乃：就、於是。《史記·屈原賈生列傳》：「乃令張儀佯去秦，厚幣委質事楚。」「進」筆者從「晉升、提拔」之說。《書·君陳》：「進厥良，以率其或不良。」

翻譯：稱職就晉升

亡	好				

〔十四〕亡好，

清華簡整理者：亡好，沒有偏愛。〔註125〕

蘇建洲：應讀作「官政（正）【三】罘帀（師）栗豈（當）事，乃進亡好」。「乃進亡好」是說各級官吏若能謹敬任事，都應該加以進用升遷，不要有私人的偏好。官吏只要「栗當事」，都該「乃進亡好」。「官政（正）【三】罘帀（師）栗豈（當）事，乃進亡好」：各級官員只要謹敬任事都應當進用，沒有私人偏好。〔註126〕

汪敏倩：「罘帀栗，事乃進，亡好」指掌管國家政事之權職與貨幣、米粟，符合自己職守的官員才能給予增加，沒有私人的偏愛。〔註127〕

按：《古文字通假字典》：「亡（陽明 wang）讀為無（魚明 wu），魚陽陰陽對轉。殷墟甲骨文亡字讀為有無之無。《合集》二八七七一：『王其田狩亡災。』《史記·高祖本紀》：『魏公子無忌。』《漢書·高帝紀》無作亡。」〔註128〕「亡」讀「無」亦見於《清華二·繫年81》：「少師亡（無）極讒連尹奢而殺之」。〔註129〕

翻譯：沒有偏好

〔註124〕先秦甲骨金文簡牘詞彙資料庫：http://inscription.asdc.sinica.edu.tw/c_index.php。

〔註125〕清華大學出土文獻研究與保護中心編，李學勤主編：《清華大學藏戰國竹簡（陸）》下冊，頁139。

〔註126〕蘇建洲：〈清華六《子產》拾遺〉，頁114、115、117、121。

〔註127〕汪敏倩：《清華簡〈子產〉篇疏證與研究》，頁26。

〔註128〕王輝：《古文字通假字典》，頁126、127。

〔註129〕先秦甲骨金文簡牘詞彙資料庫：http://inscription.asdc.sinica.edu.tw/c_index.php。

| 曰 | 固 | 身 | 堇=誩=（謹信 | |

〔十五〕曰：「固身堇=誩=（謹信。」

清華簡整理者：固，訓「安」，見《清華大學藏戰國竹簡（陸）》下冊，頁139，注〔六〕。〔註130〕

王瑜楨：「固身」，指「能堅定的要求自身」；「謹信」指能嚴格地守信。「固身謹信」是指要堅定自身謹守信用。〔註131〕

朱忠恒：固，專一，堅定。《廣韻·暮韻》：「固，一也。」〔註132〕

蘇建洲：《漢語大詞典》解釋「謹信」為「鄭重地盟誓以示信任」，置於簡文似可通。「謹信」，即謹慎、慎重地表示信用。「曰：『固身謹信。』」：這便是所謂「固持自身，謹慎守信」。〔註133〕

汪敏倩：「固」為「安定」。〔註134〕

按：固：堅守、安守。《論語·衛靈公》：「君子固窮，小人窮斯濫矣。」堇古同「菫」。《古文字通假字典》：「菫（文見 jin）讀為謹（文見 jin）。洹子孟姜壺：『其人民蠥悒菫（謹）婁。』」〔註135〕「堇」筆者從「讀謹」之說。

翻譯：說：「堅守己身嚴守誠信。」

謹信）	又（有）	事	所	以	自
羨（勝）	立	审（中）			

〔十六〕謹信）又（有）事，所以自羨（勝）立审（中），

〔註130〕清華大學出土文獻研究與保護中心編，李學勤主編：《清華大學藏戰國竹簡（陸）》下冊，頁139。

〔註131〕王瑜楨：《清華大學藏戰國竹簡（陸）鄭國史料三篇研究》，頁348。

〔註132〕朱忠恒：《清華大學藏戰國竹簡（陸）集釋》，頁146。

〔註133〕蘇建洲：〈清華六《子產》拾遺〉，頁119、121。

〔註134〕汪敏倩：《清華簡〈子產〉篇疏證與研究》，頁26。

〔註135〕王輝：《古文字通假字典》，頁653。

清華簡整理者：「乘」即「乘」，讀為「勝」。「自勝立中」指克服自己而做到中正。〔註 136〕

王寧：「中」意為標準、榜樣。「自勝立中」謂自我約束完善為眾人樹立榜樣。〔註 137〕

王瑜楨：「有事」，簡 1 釋為「有為」。「有為」，就是「有作為」，能「謹信有為」，就可以戰勝自己的私欲。「謹信有事，所以自勝立中」是指謹守信用於所有事物，這是為了戰勝自己，建立中道。〔註 138〕

朱忠恒：有，猶于也、於也，「有」與「于」、「於」皆互訓。自勝立中，從整理者說，指克服自己而做到中正。〔註 139〕

蘇建洲：「謹信又（有）事，所以自乘（勝）立审（中）」：謹慎守信是有方法的，那便是克服自己而做到中正。〔註 140〕

汪敏倩：「立」釋為「立身」、「立足」。「中」應為「合適、恰當」之義。「自勝立中」指克制自己以立身於恰當的政治位置。〔註 141〕

按：筆者「有事」從「於事」之說。勝：克制。《孫子‧謀攻》：「將不勝其忿而蟻附之，殺士三分之一，而城不拔者，此攻之災也。」「中」筆者從「中正」之說。

翻譯：對於事情嚴守誠信，所以克制自己立於中正

此	胃（謂）	亡	好	惡	分（勉）
政	利	政	固	政	又（有）

〔註 136〕清華大學出土文獻研究與保護中心編，李學勤主編：《清華大學藏戰國竹簡（陸）》下冊，頁 140。

〔註 137〕王寧：〈清華簡六子產釋文校讀〉，復旦大學出土文獻與古文字研究中心：http://www.gwz.fudan.edu.cn/Web/Show/2851，2016/7/4。

〔註 138〕王瑜楨：《清華大學藏戰國竹簡（陸）鄭國史料三篇研究》，頁 348。

〔註 139〕朱忠恒：《清華大學藏戰國竹簡（陸）集釋》，頁 146。

〔註 140〕蘇建洲：〈清華六《子產》拾遺〉，頁 121。

〔註 141〕汪敏倩：《清華簡〈子產〉篇疏證與研究》，頁 27。

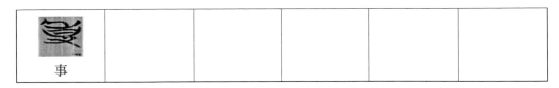 事					

〔十七〕此胃（謂）亡好【四】惡。分（勉）政、利政、固政又（有）事。

王瑜楨：「此謂無好惡」：這就叫做「無好惡」。〔註142〕

朱忠恒：斷讀為「官正及師栗，當事乃進，無好，曰：『固身謹信。』謹信有事，所以自勝立中，此謂亡好惡。」這幾句話意思是：官正以及師栗，遇事的時候就晉升、提拔（他們），（提拔）沒有偏好，說：『堅定自身，謹慎信任。』處事謹慎，所以克服自己而做到中正，這就是所謂的沒有好惡。〔註143〕

王寧：前面說到子產在對待人員上，只要是嚴謹誠信的人就舉薦起用，而不是根據自己的好惡來選人，故曰「無好惡」。〔註144〕

清華簡整理者：分，從万即丏聲，讀為「勉」。或讀為「勘」亦通，《說文》：「勘，勉也。」〔註145〕

王寧：分當即楚文字中的「完」字，讀「院」，固義。「完政」謂使政完整而無紕漏，「利政」為使政便利而易於用，「固政」謂使政堅固而不可破。〔註146〕

王瑜楨：分讀「勉」，可從。「有事」，即「有為」。〔註147〕

朱忠恒：分，讀「勉」，從整理者說。裘錫圭從他人意見釋分作分。現在看來可能看作是從丏聲，讀為「勉」。「勉尹億疆」之「勉尹」，即勉於治，與本簡的「勉政」指勉於政，似能相合。「有事」屬下讀，讀為「有司」。「勉政、利政、固政」意思是：勤勉於政，使政事順利，使政權鞏固。三者是遞進關係。〔註148〕

汪敏倩：「勉」取盡力之義。「勉政、利政、固政又（有）事」：在政治上

〔註142〕王瑜楨：《清華大學藏戰國竹簡（陸）鄭國史料三篇研究》，頁348。

〔註143〕朱忠恒：《清華大學藏戰國竹簡（陸）集釋》，頁146。

〔註144〕王寧：〈清華簡六子產釋文校讀〉，復旦大學出土文獻與古文字研究中心：http://www.gwz.fudan.edu.cn/Web/Show/2851，2016/7/4。

〔註145〕清華大學出土文獻研究與保護中心編，李學勤主編：《清華大學藏戰國竹簡（陸）》下冊，頁140。

〔註146〕王寧：〈釋清華簡六《子產》中的「完」字〉，簡帛網：http://www.bsm.org.cn/show_article.php?id=2578，2016-06-14。

〔註147〕王瑜楨：《清華大學藏戰國竹簡（陸）鄭國史料三篇研究》，頁349。

〔註148〕朱忠恒：《清華大學藏戰國竹簡（陸）集釋》，頁147。

不遺餘力、盡心盡力，做利於政事之事，按「先聖君」治國之法鞏固政治。
〔註149〕

筆者茲將各家對「」之訓讀表列於下：

表 4-2-15：「」諸家訓讀異說表

	訓　　讀
整理者	讀「勉」或讀「勸」：勉也。
王寧	即「完」，讀「院」，固義。
王瑜楨、朱忠恒	讀「勉」
汪敏倩	讀「勉」：盡力。

按：好惡：喜好與嫌惡。《禮記·王制》：「命市納賈，以觀民之所好惡，志淫好辟。」筆者兮從「讀勉」、有事從「於事」之說。

翻譯：這是說沒有喜好與嫌惡。對於政事要勤勉於政事、有利於政事、穩固政事。

整	政	才（在）	身		

〔十八〕整政才（在）身，

清華簡整理者：整，《說文》：「齊也。」〔註150〕

單育辰：改斷讀為「整政在身：文理、形體、端冕、恭儉、整齊、弇[圖]有【五】柒（秩）。」「弇[圖]」與本句的「文理、形體、端冕、恭儉、整齊」一樣，都是與「身」相關的詞。其中[圖]似乎不是「見」而是「視」字。「弇視」一時不能確釋，但應該是說如何「看」一類的動作。〔註151〕

王瑜楨：「整政在身」，意思是：要整齊政事，要先從自身做起。〔註152〕

汪敏倩：「整政在身」指君主應從自身上整治政治，強調君主要自審、嚴謹

〔註149〕汪敏倩：《清華簡〈子產〉篇疏證與研究》，頁 28、29。
〔註150〕清華大學出土文獻研究與保護中心編，李學勤主編：《清華大學藏戰國竹簡（陸）》下冊，頁 140。
〔註151〕單育辰：〈清華六《子產》釋文商榷〉，頁 211、212。
〔註152〕王瑜楨：《清華大學藏戰國竹簡（陸）鄭國史料三篇研究》，頁 349。

行事。〔註153〕

按：整：整頓。《史記・張耳陳餘列傳》：「今范陽令宜整頓其士卒以守戰者也。」《古文字通假字典》：「才（之從 cai）讀為在（之從 zai）。《旅鼎》：『辰才乙卯。』《大盂鼎》：『王才宗周令盂。』」〔註154〕

翻譯：整頓政務在於自身（先以身作則）

閔（文）	腥（理）	型（形）	體（體）	惴（端）	兮（冕）

〔十九〕閔（文）腥（理）、型（形）體（體）、惴（端）兮（冕），

清華簡整理者：「閔」從旻，旻從文聲，即「文」字。腥，讀為「理」。「文理」見《荀子・禮論》，指禮文儀節。端，《荀子・不苟》「若端拜而議」，楊倞注：「朝服也。」冕，《說文》：「大夫以上冠也。」〔註155〕

蘇建洲：「閔」應該是《說文》「閔」的異體。「閔」的「門」與「旻」也都是聲符，也可能是「閔」與「旻」的糅合字。〔註156〕

王寧：「惴兮（完）」當讀為「嘽緩」，又作「闡緩」、「繟緩」、「嘽咺」，舒緩、寬緩之貌（朱起鳳：《辭通》，上海古籍出版社 1982 年，1380 頁。）簡文言「文理、形體惴（嘽）完（緩）」，謂其言語、行為柔和舒緩，是禮儀之要求也。〔註157〕

王瑜楨：「閔（文）腥（理）、型（形）體（體）、惴（端）兮（冕）」，都屬於「整政在身」的「身」，「文理」，指禮文儀節、「形體」，指身體姿態、「端冕」，指服裝穿著。古代執政者的服飾儀容非常講究。〔註158〕

朱忠恒：形體，身體。《莊子・達生》：「齊七日，輒然忘吾有四枝形體也。」

〔註153〕汪敏倩：《清華簡〈子產〉篇疏證與研究》，頁 30。

〔註154〕王輝：《古文字通假字典》，頁 41。

〔註155〕清華大學出土文獻研究與保護中心編，李學勤主編：《清華大學藏戰國竹簡（陸）》下冊，頁 140。

〔註156〕蘇建洲：〈《清華六》文字補釋〉，簡帛網：http://www.bsm.org.cn/show_article.php?id=2526，2016-04-20。

〔註157〕王寧：〈釋清華簡六《子產》中的「完」字〉，簡帛網：http://www.bsm.org.cn/show_article.php?id=2578，2016-06-14。

〔註158〕王瑜楨：《清華大學藏戰國竹簡（陸）鄭國史料三篇研究》，頁 350。

端冕，從整理者說，朝服和大冠。〔註159〕

劉光勝：文理，指禮文儀節。端冕，指朝服。為鞏固國家政治秩序，需從自身做起。端冕、服事整齊有序，是為了從節行禮。從節行禮，國家才能和諧安定。從清華簡〈子產〉篇看，子產確實是從自身做起，躬行禮儀，是篤守禮制的賢臣。〔註160〕

汪敏倩：形體指身體，引申為端正身姿。「文理、形體、端冕」：提高（言行之）禮文儀節，端正身姿，整理好朝服、官帽。〔註161〕

按：文理：禮儀。《荀子・禮論》：「文理繁，情用省，是禮之隆也。文理省，情用繁，是禮之殺也。」「型」讀「形」亦見於《郭店楚簡・五行 15》：「聖之思也輕，輕則型（形），型（形）則不忘……」〔註162〕、《上海博物館藏戰國楚竹書・凡物甲 02》：「凡物流型（形），奚得而成？」〔註163〕體亦見於《睡虎地秦簡・為吏 7 伍》：「邦之急，在膿（體）級，掇民之欲政乃立。」〔註164〕《上海博物館藏戰國楚竹書・民之父母 13》：「無膿（體）之禮，上下和同」〔註165〕形體：身體外貌。《漢書・藝文志》：「便辭巧說，破壞形體。」惴為「歌」部，端為「元」部，陰陽對轉。筆者從「惴讀端、分讀冕」之說。端冕：玄衣、大冠。《禮記・樂記》：「吾端冕而聽古樂，則唯恐臥；聽鄭衛之音，則不知倦。」鄭玄注：「端，玄衣也。」孔穎達疏：「云『端，玄衣也』者，謂玄冕也。凡冕服，皆其制正幅，袂二尺二寸，祛尺二寸，故稱端也。」《國語・楚語下》：「聖王正端冕，以其不違心，帥其群臣精物以臨監享祀，無有苛慝於神者，謂之一純。」韋昭注：「端，玄端之服。冕，大冠也。」

翻譯：禮儀、身體外貌、玄衣、大冠

共（恭）	憹（儉）	整	齊		

〔註159〕朱忠恒：《清華大學藏戰國竹簡（陸）集釋》，頁 149。

〔註160〕劉光勝：〈德刑分途：春秋時期破解禮崩樂壞困局的不同路徑——以清華簡《子產》為中心的考察〉，《孔子研究》，2019 年 1 月 25 日，頁 36。

〔註161〕汪敏倩：《清華簡〈子產〉篇疏證與研究》，頁 28、30。

〔註162〕先秦甲骨金文簡牘詞彙資料庫：http://inscription.asdc.sinica.edu.tw/c_index.php。

〔註163〕先秦甲骨金文簡牘詞彙資料庫：http://inscription.asdc.sinica.edu.tw/c_index.php。

〔註164〕先秦甲骨金文簡牘詞彙資料庫：http://inscription.asdc.sinica.edu.tw/c_index.php。

〔註165〕先秦甲骨金文簡牘詞彙資料庫：http://inscription.asdc.sinica.edu.tw/c_index.php。

〔二十〕共（恭）憸（儉）整齊，

清華簡整理者：儉，《左傳》莊公二十四年：「儉，德之共也。」〔註166〕

王寧：憸乃「憸」之繁構，原整理者讀「儉」是，《說文》：「儉，約也」，段注：「約者，纏束也；儉者，不敢放侈之意。」〔註167〕

王瑜楨：讀「恭儉整齊」，可從。恭謹謙遜，整齊嚴謹，表示一個執政者戒慎恐懼，小心謹慎。〔註168〕

朱忠恒：恭儉，恭謹儉約。《晏子春秋‧外篇上二七》：「景公奢，晏子事之以恭儉。」整齊，有秩序，有條理。《商君書‧賞刑》：「當此時也，賞祿不行，而民整齊。」〔註169〕

汪敏倩：「儉」有約束、限制、節制之義。「整齊」有整治、使有條理之義。「恭儉整齊，弅現有秩」指在「閔胜、型體、惴分」上，要以恭敬的態度對待，控制自己的欲望；也要隱現有序。正確的斷句應為「共憸、整齊，弅現有秩。秩所以從節行禮」。〔註170〕

按：《古文字通假字典》：「共（東群 gong）讀為恭（東見 gong），見群旁紐。蔡侯申盤：『蔡侯申虔共大命。』」〔註171〕《善鼎》：「秉德共（恭）純。」〔註172〕筆者「恭儉」從「恭謹儉約」、「整齊」從「有秩序，有條理」之說。

翻譯：恭謹儉約，有秩序、有條理

弅	見（現）	又（有）	柔＝（秩		

〔二十一〕弅見（現）又（有）【五】柔＝（秩。

ee：「弅視」與「閔（文）胜（理）、型（形）體（體）、惴（端）分（冕），

〔註166〕清華大學出土文獻研究與保護中心編，李學勤主編：《清華大學藏戰國竹簡（陸）》下冊，頁140。

〔註167〕王寧：〈清華簡六子產釋文校讀〉，復旦大學出土文獻與古文字研究中心：http://www.gwz.fudan.edu.cn/Web/Show/2851，2016/7/4。

〔註168〕王瑜楨：《清華大學藏戰國竹簡（陸）鄭國史料三篇研究》，頁350。

〔註169〕朱忠恒：《清華大學藏戰國竹簡（陸）集釋》，頁149。

〔註170〕汪敏倩：《清華簡〈子產〉篇疏證與研究》，頁31、32。

〔註171〕王輝：《古文字通假字典》，頁460。

〔註172〕殷周金文暨青銅器資料庫：http://bronze.asdc.sinica.edu.tw/rubbing.php?02840。

共（恭）憸（儉）整齊」的「文理」到「整齊」一樣，都是與「身」相關的
詞。![字]似乎不是「見」而是「視」字，參〈筮法〉的「見」不如此寫。「弇
視」難以確釋，但應該是說如何「看」一類的動作。〔註173〕

王寧：《爾雅‧釋言》：「弇，同也」，「弇見」即「同現」。「又」原整理者屬
下句讀，按：「又」下原簡有句讀符號，表示在此絕句。疑「又」當讀「矣」，
為句末語氣詞。〔註174〕

清華簡整理者：弇，《說文》：「蓋也。」今作「掩」，與「見（現）」相對。
柒，讀為「秩」，皆質部字。掩現有秩，疑指服飾而言。〔註175〕

暮四郎：「柒」、「秩」在上古文獻中找不到通假之例。「柒」當讀為「次」。
二字上古時有通假之例。《周禮‧巾車》：「然褬（衣冥）髹飾。」鄭玄注：故
書髹為軟（車次）。杜子春云：「軟（車次）讀為柒垸之柒。」（[清]阮元校刻：
《十三經注疏》，北京：中華書局，1980年，第824頁。）段玉裁注《說文》
「次」字云：「讀如漆。是以魯漆室之女，或作次室。《周禮‧巾車》軟（車
次）字，杜子春讀為柒也。」（[清]段玉裁：《說文解字注》，上海：上海古籍
出版社，1981年，第413頁。）「次」為次序之義。〔註176〕

心包：「柒柒」有無可能讀為「切切」，表示急切的矜莊之貌。〔註177〕

因次：「弇現有柒=（漆漆）」不辭。按照上古漢語的表達習慣，應說「弇
現有漆」，或說「弇現漆漆」。〔註178〕

王寧：「漆漆」、「切切」乃同一詞，《禮記‧祭義》：「濟濟漆漆」，鄭注：
「漆漆者，專致之容。」〔註179〕

〔註173〕ee：簡帛研讀 » 清華六〈子產〉初讀（第62樓），簡帛論壇：http://www.bsm.org.
cn/bbs/read.php?tid=3345，2016年4月25日。

〔註174〕王寧：〈清華簡六子產釋文校讀〉，復旦大學出土文獻與古文字研究中心：
http://www.gwz.fudan.edu.cn/Web/Show/2851，2016/7/4。

〔註175〕清華大學出土文獻研究與保護中心編，李學勤主編：《清華大學藏戰國竹簡（陸）》
下冊，頁140。

〔註176〕暮四郎：簡帛研讀 » 清華六〈子產〉初讀（第65樓），簡帛論壇：http://www.bsm.
org.cn/bbs/read.php?tid=3345，2016年4月27日。

〔註177〕心包：簡帛研讀 » 清華六〈子產〉初讀（第68樓），簡帛論壇：http://www.bsm.
org.cn/bbs/read.php?tid=3345，2016年4月27日。

〔註178〕因次：簡帛研讀 » 清華六〈子產〉初讀（第69樓），簡帛論壇：http://www.bsm.org.
cn/bbs/read.php?tid=3345，2016年4月27日。

〔註179〕王寧：〈清華簡六子產釋文校讀〉，復旦大學出土文獻與古文字研究中心：http://
www.gwz.fudan.edu.cn/Web/Show/2851，2016/7/4。

　　無痕：似可斷讀為「弇現有桼＝（漆漆），所以從節行禮。」《禮記‧祭義》：「子之言祭，濟濟漆漆然，何也？」「漆漆」文獻或作「切切」，皆是恭敬之貌。「弇現有桼＝（漆漆）」應該是說背地裡和在人面前都很恭敬端正，表裡如一。與上文講衣冠端整，下文講所以從節行禮均可貫通。〔註180〕

　　郝花萍：簡六「桼＝」讀為「漆漆」，「漆漆」文獻或作「切切」，莊敬恭謹之貌。無痕先生之說可從。《禮記‧祭義》：「漆漆者，容也，自反也。」鄭玄注：「漆漆，讀如朋友切切。自反，猶言自脩整也。」〔註181〕

　　王瑜楨：原考釋以為「弇（掩）見（現）有秩」疑「指服飾而言」，似不如指「儀容行為」。「弇」，即弇斂，指儀容行為收斂含蓄。「現」，指表現在外之儀容行為。「秩」，可釋為「常」。常，指經常、一定的規矩。〔註182〕

　　朱忠恒：桼桼，讀為「漆漆」，郝花萍說可從，指恭敬謹慎貌。《禮記‧祭義》：「子之言祭，濟濟漆漆然，何也？」孔穎達疏：「漆漆者，容也，自反也，謂容貌自反覆而修正也。」〔註183〕

　　筆者茲將各家對「弇」、「桼」之說法表列於下：

表 4-2-16：「弇」諸家異說表

弇	訓
王寧	同
整理者	蓋。今作「掩」。

表 4-2-17：「桼」諸家訓讀異說表

桼	訓　讀
整理者	讀「秩」
暮四郎	讀「次」。「次」：次序。
心包	「桼桼」讀「切切」，表示急切的矜莊之貌。
因次	讀「漆」
無痕	讀「漆」。「漆漆」文獻或作「切切」，皆是恭敬之貌。
郝花萍	讀「漆」，「漆漆」文獻或作「切切」，莊敬恭謹之貌。

〔註180〕無痕：簡帛研讀 » 清華六〈子產〉初讀（第45樓），簡帛論壇：http://www.bsm.org.cn/bbs/read.php?tid=3345，2016 年 4 月 19 日。

〔註181〕郝花萍：《清華大學藏戰國竹簡（陸）鄭國三篇集釋》，頁 96。

〔註182〕王瑜楨：《清華大學藏戰國竹簡（陸）鄭國史料三篇研究》，頁 353。

〔註183〕朱忠恒：《清華大學藏戰國竹簡（陸）集釋》，頁 149。

王瑜楨	讀「秩」：常。常，指經常、一定的規矩。
朱忠恒	讀「漆」。「漆漆」，指恭敬謹慎貌。

按：弇：遮蔽、覆蓋。《爾雅・釋天》：「弇日為蔽雲。」《墨子・耕柱》：「是猶弇其目而祝於叢社也。」《古文字通假字典》：「見（元匣 xian）讀為現（元匣 xian）。上博楚竹書《性情論》簡一：『喜怒哀悲之氣，性也。及其見於外，則物取之。』」〔註184〕見：顯露、顯現。《易・乾》：「九二：見龍在田。」高亨注：「是即今之現字，出現也，對上文潛字而言。」《史記・刺客列傳》：「軻既取圖奏之，秦王發圖，圖窮而匕首見。」「桼、次」皆「脂」部可通，筆者從「桼讀次訓次序」之說。《王力古漢語字典》：「次：次序。《左傳・桓公十三年》：『楚屈瑕伐羅，及鄢，亂次以濟，遂無次，且不設備。』」〔註185〕

翻譯：遮蔽、顯現，有次序。

秩）	所	以	枀（從）	卲（節）	
行=豊=（行禮					

〔二十二〕秩）所以枀（從）卲（節）行=豊=（行禮，

清華簡整理者：節，《禮記・文王世子》「興秩節」，鄭注：「猶禮也。」〔註186〕

袁青：「整政在身，文理、形體嘽緩，恭儉、整齊弇見矣。漆漆所以從節行禮。」文理即威儀，《荀子・禮論》說：「文理繁。」楊倞注曰：「文理，謂威儀。」〈子產〉認為治身就要做到儀態、形體舒緩，顯現出恭儉整齊的面貌，以符合禮節的規範。這是從外在方面的治身。〔註187〕

〔註184〕王輝：《古文字通假字典》，頁725。
〔註185〕王力：《王力古漢語字典》，頁535。
〔註186〕清華大學出土文獻研究與保護中心編，李學勤主編：《清華大學藏戰國竹簡（陸）》下冊，頁140。
〔註187〕袁青：〈論清華簡《子產》的黃老學傾向〉，《哲學與文化》，2019年2月，頁159、160。

汪敏倩：「秩所以從節行禮」：遵循次第，所以按禮節施行禮儀。〔註188〕

按：伩亦見於《包山楚墓簡牘138反》：「曀至伩（從）父兄弟不可證」〔註189〕、《上海博物館藏戰國楚竹書·內豐06》：「善則伩（從）之，不善則止之」〔註190〕從：順從。《易·坤》：「或從王事，無成有終。」孔穎達疏：「或順從於王事。」《莊子·大宗師》：「父母於子，東西南北，唯命之從。」《古文字通假字典》：「即（質精 ji）讀為節（質精 jie）。郭店楚簡《性自命出》簡三九：『義，敬之方也。敬，物之即也。』上博楚竹書《性情論》簡三三：『敬，物之即也。』」〔註191〕「即」筆者從「讀節」之說。節：法則、法度。《禮記·樂記》：「好惡無節於內，知誘於外，不能反躬，天理滅矣。」鄭玄注：「節，法度也。」

翻譯：次序所以順從法度行禮

行禮）	俴（踐）	政	又（有）	事	出
言	遠（覆）				

〔二十三〕行禮）俴（踐）政又（有）事，出言遠（覆），

清華簡整理者：覆，《爾雅·釋詁》：「審也。」在此意為審慎。〔註192〕

心包：「出言復」是否可以考慮解釋為「實踐履行話言」。〔註193〕

暮四郎：遠當讀為「復」，返、報之義。「出言復」是說說出的話都會返報於己。《詩·大雅·抑》：「無言不讎，無德不報。」即此義。〔註194〕

〔註188〕汪敏倩：《清華〈子產〉篇疏證與研究》，頁32。
〔註189〕先秦甲骨金文簡牘詞彙資料庫：http://inscription.asdc.sinica.edu.tw/c_index.php。
〔註190〕先秦甲骨金文簡牘詞彙資料庫：http://inscription.asdc.sinica.edu.tw/c_index.php。
〔註191〕王輝：《古文字通假字典》，頁603。
〔註192〕清華大學出土文獻研究與保護中心編，李學勤主編：《清華大學藏戰國竹簡（陸）》下冊，頁140。
〔註193〕心包：簡帛研讀 » 清華六〈子產〉初讀（第68樓），簡帛論壇：http://www.bsm.org.cn/bbs/read.php?tid=3345，2016年4月27日。
〔註194〕暮四郎：簡帛研讀 » 清華六〈子產〉初讀（第66樓），簡帛論壇：http://www.bsm.org.cn/bbs/read.php?tid=3345，2016年4月27日。

sting：此即復字。《論語・學而》：「言可復也。」朱熹集注：「復，踐言也。」簡文「出言遥」即言出必踐，不出空言之意。〔註 195〕

王寧：sting 先生說當是。「復」為踐行、兌現義。《孔子家語・王言解》：「多信而寡貌，其禮可守，其言可復，其跡可履」，義同。下簡 28 言「以復於身」之「復」亦踐行義。〔註 196〕

王瑜楨：「覆」有「仔細察看」的意思。由「仔細察看」引申就有「審」——「仔細」的意思。「出言覆」，意思是：話說出口時非常小心謹慎。〔註 197〕

朱忠恒：踐政，當政。嵇康《管蔡論》：「逮至武卒，嗣誦幼沖，周公踐政，率朝諸侯。」弇，從整理者說，作「掩」。遥，從「暮四郎」說，讀為「復」，返、報之義。有事，猶有司。《書・酒誥》：「文王誥教小子，有政有事，無彝酒。」孔傳：「事，謂下羣吏。」孔穎達疏：「正官下治事之羣吏。」《詩・小雅・十月之交》：「皇父孔聖，作都於向、擇三有事，亶侯多藏。」毛傳：「擇三有事，有司，國之三卿。」這幾句話斷讀為「有司整政在身，文理、形體、端冕，恭儉整齊，掩現有漆漆。所以從節行禮，行禮踐政。有司出言復，所以知自有自喪也。」這幾句話意思是：有司從自身整頓政事，（對待）禮文儀節、形體、朝服恭謹儉約有條理，在背地裏和人面前都很恭敬謹慎。所以遵守節操禮儀，在當政時執行禮節。有司說出去的話會返報自己，所以知道（怎樣做）自己會得到和失去。〔註 198〕

汪敏倩：「有事」即「有道」之義。從下文「智自又自喪」來看，這裡應取「覆」字，指審慎自己出口之言。「行禮踐政有事，出言覆」：施行禮儀、處理政事遵循一定規律，審慎自己出口之言。〔註 199〕

筆者茲將各家對「遥」之訓讀表列於下：

〔註 195〕sting：簡帛研讀 » 清華六〈子產〉初讀（第 75 樓），簡帛論壇：http://www.bsm.org.cn/bbs/read.php?tid=3345，2016 年 4 月 28 日。

〔註 196〕王寧：〈清華簡六子產釋文校讀〉，復旦大學出土文獻與古文字研究中心：http://www.gwz.fudan.edu.cn/Web/Show/2851，2016/7/4。

〔註 197〕王瑜楨：《清華大學藏戰國竹簡（陸）鄭國史料三篇研究》，頁 354。

〔註 198〕朱忠恒：《清華大學藏戰國竹簡（陸）集釋》，頁 149。

〔註 199〕汪敏倩：《清華簡〈子產〉篇疏證與研究》，頁 32、33、34。

表 4-2-18：「遳」諸家訓讀異說表

遳	訓　讀
整理者	覆：審慎
暮四郎、朱忠恒	讀「復」：返、報
sting	即「復」：踐言
王寧	「復」：踐行、兌現
王瑜楨	「覆」：「仔細察看」引申有「審」──「仔細」的意思。
汪敏倩	「覆」，指審慎自己出口之言。

按：遳從「戔」，戔、踐皆「元」部可通。筆者從遳讀「踐」之說。出言：發言、說話。《詩・小雅・都人士》：「其容不改，出言有章。」復：實踐諾言。《論語・學而》：「有子曰：『信近於義，言可復也。』」朱熹集注：「復，踐言也。」《左傳・僖公九年》：「吾與先君言矣，不可以貳。能欲復言而愛身乎？雖無益也，將焉辟之？」楊伯峻注：「復言，猶言實踐諾言。」《國語・楚語下》：「周而不淑，復言而不謀身，展也。」韋昭注：「復言，言可復，不欺人也。」筆者遳從「讀復、訓踐言」之說。

翻譯：對於政事行禮掌握政權，說話實踐諾言

所	以	智（知）	自	又（有）	自
喪	也	又（有）	道	樂	才（存）
亡	道	樂	亡	此	胃（謂）
劮（嘉）	敉（理）				

〔二十四〕所以智（知）自又（有）自喪也。又（有）道樂才（存），亡
【六】道樂亡，此胃（謂）劫（嘉）救（理）。

王寧：「自有」與「自喪」意相反，「有」當為「存」義，「喪」為「亡」義。
〔註200〕

清華簡整理者：劫，原作「㪣」，清華簡《厚父》第一簡「劫」為「嘉」字。
嘉，《說文》：「美也。」救，疑即「勢」字。〔註201〕

王寧：「劫」當依字讀，訓固（《爾雅・釋詁》）或「慎」（《說文》），救當
即「救」，誠也。「劫救」與「劫愻」義同。〔註202〕

王寧：「有道」、「亡（無）道」古籍習見，然此處疑與之略有區別，「有」
即「自有」之「有」，「有道」當即存道，謂生存之道；「亡」相當於「自喪」
之「喪」，「亡道」謂覆亡之道。「樂」本喜樂義，此引申為易於、容易之意。
「劫」為「固」義，「劫理」即「固理」。「又道樂才，亡道樂亡，此胃劫救」
意思是生存之道易於生存，滅亡之道易於滅亡，此乃固然之理。〔註203〕

劉偉浠：作「此謂嘉政」。〔註204〕

王瑜楨 A：「所以智（知）自又（有）自喪」，意思是：所以知（出言）自
有自喪，因為出言而「有」，也可以因為出言而「喪」，《論語・子路》有「一言
而興邦」、「一言而喪邦」之語，也就是這個意思。〔註205〕

王瑜楨 B：「樂」字應訓為「樂於、樂意」，「樂亡」即文獻常見「樂死」。
「又（有）道樂才（存），亡【六】道樂亡」意思應是：君王有道，就會使國家
存在；君王無道就會使國家樂於滅亡。〔註206〕「劫」字當依原字釋讀。〔註207〕

〔註200〕王寧：〈清華簡六子產釋文校讀〉，復旦大學出土文獻與古文字研究中心：http://www.gwz.fudan.edu.cn/Web/Show/2851，2016/7/4。

〔註201〕清華大學出土文獻研究與保護中心編，李學勤主編：《清華大學藏戰國竹簡（陸）》下冊，頁140。

〔註202〕王寧：簡帛研讀 » 清華六〈子產〉初讀（第97樓），簡帛論壇：http://www.bsm.org.cn/bbs/read.php?tid=3345，2016年5月5日。

〔註203〕王寧：〈清華簡六子產釋文校讀〉，復旦大學出土文獻與古文字研究中心：http://www.gwz.fudan.edu.cn/Web/Show/2851，2016/7/4。

〔註204〕劉偉浠：簡帛研讀 » 清華六〈子產〉初讀（第98樓），簡帛論壇：http://www.bsm.org.cn/bbs/read.php?tid=3345，2016年5月5日。

〔註205〕王瑜楨：《清華大學藏戰國竹簡（陸）鄭國史料三篇研究》，頁354。

〔註206〕王瑜楨：《清華大學藏戰國竹簡（陸）鄭國史料三篇研究》，頁356。

〔註207〕王瑜楨：《清華大學藏戰國竹簡（陸）鄭國史料三篇研究》，頁359。

敠即「耕」字異體。〔註208〕「劼敠」可以讀為「劼靜」,「劼」義為「謹慎」;「靜」義為「沉著,冷靜。」「劼靜」是一種施政者的態度,謹慎沉著。〔註209〕

朱忠恒:有道,謂政治清明。《論語·衛靈公》:「邦有道,則仕;邦無道,則可卷而懷之。」無道,指政治紛亂黑暗。《論語·季氏》:「天下無道,則禮樂征伐自諸侯出。」樂,豐登。《孟子·梁惠王上》:「是故明君制民之產,必使仰足以事父母,俯足以畜妻子,樂歲終身飽,凶年免於死亡。」劼,從王寧說,《爾雅·釋詁上》:「劼,固也。」敠,從王寧讀為「理」,敠,來聲,來、理皆為之部來母,音同可通。「有道樂存,無道樂亡,此謂劼理。」這幾句話意思是:政治清明才會年節豐登,政治黑暗則不會,這是固有的道理。〔註210〕

汪敏倩:「喪」指禍難。「智自又自喪」指瞭解自己可能存在之禍患。樂指安樂。「又道樂才」指有好的政治局面或政治措施,保全自我及國家的安樂。「此謂嘉理」指「這就是好的治理」。「所以智(知)自又(有)自喪也……此謂嘉理」:這樣才能知道自己會失去什麼。有好的政治局面或政治措施才能保全自我及國家的安樂。擾亂政治則會禮樂消亡,這才是正確的、好的治理。〔註211〕

筆者茲將各家對「劼」、「敠」之訓讀表列於下:

表4-2-19:「劼」諸家訓讀異說表

劼	訓 讀
整理者	為「嘉」字。嘉:美。
王寧	1. 固　2. 慎
王瑜楨	謹慎

表4-2-20:「敠」諸家訓讀異說表

敠	訓 讀
整理者	即「勞」
王寧	即「敕」:誡
王瑜楨	1.「耕」字異體。　2.讀「靜」:沉著,冷靜。
朱忠恒	讀「理」

〔註208〕王瑜楨:《清華大學藏戰國竹簡(陸)鄭國史料三篇研究》,頁360。
〔註209〕王瑜楨:《清華大學藏戰國竹簡(陸)鄭國史料三篇研究》,頁362。
〔註210〕朱忠恒:《清華大學藏戰國竹簡(陸)集釋》,頁149。
〔註211〕汪敏倩:《清華簡〈子產〉篇疏證與研究》,頁32、34、35、36。

按：《古文字通假字典》：「智（支端 zhi）讀為知（支端 zhi）。毛公鼎：『引唯乃智余非。』郭店楚簡《五行》簡二五：『見而智之，智也。聞而智之，聖也。』一、三兩智字皆讀為知。」〔註212〕喪：失敗、滅亡。《書·大誥》：「天惟喪殷，若穡夫，予曷敢不終朕畝。」《論語·憲問》：「夫如是，奚而不喪？」「才」讀「存」亦見於《郭店楚簡·語叢三15》：「嵩（崇）志，嗌（益）。才（存）心，嗌（益）。」〔註213〕樂：安樂。《大戴禮記·小辨》：「事戒不虞曰知備，毋患曰樂。」《史記·樂書》：「嘽緩慢易繁文簡節之音作，而民康樂。」張守節正義：「樂，安也。」亡道：不行正道。《韓非子·外儲說左上》：「吾聞宋君無道，蔑侮長老，分財不中，教令不信，余來為民誅之。」「劫」讀「嘉」亦見於《戎生鐘》：「劫（嘉）遣鹵積，卑（俾）譖征繁湯（陽）」〔註214〕筆者從「才讀存、劫讀嘉」之說。

翻譯：所以知自取生存自取滅亡。行正道於安樂中生存，不行正道於安樂中滅亡，這說的是美好的道理。

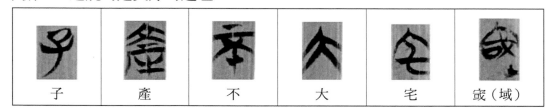

子	產	不	大	宅	或（域）

〔二十五〕子產不大宅或（域）。

清華簡整理者：域，《廣雅·釋丘》：「葬地也。」〔註215〕

王瑜楨：典籍的「宅」字多用為住宅義。「域」的常見義項為範圍，如《韓非子·難一》：「是管仲亦在所去之域矣。」「宅域」是指「住宅」的範圍。〔註216〕

按：域：區域。《漢書》：「出百死，入絕域。」

翻譯：子產不擴大住宅的區域

〔註212〕王輝：《古文字通假字典》，頁54。

〔註213〕先秦甲骨金文簡牘詞彙資料庫：http://inscription.asdc.sinica.edu.tw/c_index.php。

〔註214〕殷周金文暨青銅器資料庫：http://bronze.asdc.sinica.edu.tw/rubbing.php?02840。

〔註215〕清華大學出土文獻研究與保護中心編，李學勤主編：《清華大學藏戰國竹簡（陸）》下冊，頁140。

〔註216〕王瑜楨：《清華大學藏戰國竹簡（陸）鄭國史料三篇研究》，頁363。

不	篷（建）	臺（臺）	寢		

〔二十六〕不篷（建）臺（臺）寢，

清華簡整理者：「篷」字從𢀳，有省筆，在此讀為見母元部之「建」。〔註217〕

（郭店《緇衣》16）（新蔡簡零：189）崇

趙平安：這個字變形太甚。它是（郭店《緇衣》16）、（新蔡簡零：189）的進一步省變。字中部分上下各省一筆就成了上面的樣子。在隸變過程中，字形變化最突出的部分往往是字的中部（趙平安：《隸變研究》，河北大學出版社，2009 年，第 52 頁。），實際上更早的古文字演變也是如此，這是因為字的中部的變化對字的框架輪廓影響不大的緣故。與之具有相同聲符的字，戰國文字多見，讀音和「從」、「宗」、「簪」等字相近，陳劍先生已有系統深入的討論。（陳劍：《釋「琮」及相關諸字》，載《甲骨金文考釋論集》，線裝書局，2007 年，271～316 頁。）根據他的研究，這個字也見於西周時期的盂卣，可隸作窒。其中間部分是琮的象形，象形琮字已見於甲骨文，用為人名、地名或國族名，當讀為崇。簡文可讀為崇，「子產不大其宅域，不崇臺寢，不飾美車馬衣裘。」可謂文從字順。〔註218〕

東潮：篷讀為「崇」，與前後「大」、「飾」更相類，語義扣得更緊密些。這個字形，還見於包山簡 127 所從，字形：。〔註219〕

王寧：篷讀「崇」。「大」為擴大，「崇」為加高。〔註220〕

易泉：「篷」從宀從止，中間所從當為至之初文（象織布之經線（林義光《文源》說）），讀作經。《詩·大雅·靈台》：「經始靈台，經之營之」提及「經

〔註217〕清華大學出土文獻研究與保護中心編，李學勤主編：《清華大學藏戰國竹簡（陸）》下冊，頁 140。

〔註218〕趙平安：〈清華簡（陸）文字補釋（六則）〉，清華大學出土文獻研究與保護中心：http://www.tsinghua.edu.cn/publish/cetrp/6831/2016/20160416052835466553594/，2016-04-16。

〔註219〕東潮：簡帛研讀 》 清華六〈子產〉初讀（第 52 樓），簡帛論壇：http://www.bsm.org.cn/bbs/read.php?tid=3345，2016 年 4 月 20 日。

〔註220〕王寧：〈清華簡六子產釋文校讀〉，復旦大學出土文獻與古文字研究中心：http://www.gwz.fudan.edu.cn/Web/Show/2851，2016/7/4。

……台」，與簡文「經台寢」同，可知此處可讀作「不經台寢」。經，度量，當為建築最初步驟。既然不大興土木，自然不會去度量規劃。〔註221〕

陳治軍：▢上部從宗，下部從正，可隸定作「窒」。▢字所從的「宗」字與下面「正」字的飾筆並列而混，故不易識。文中窒讀「崇」。《書・牧誓》：「是崇是長。」《漢書・谷永傳》引「崇」作「宗」《墨子・非儒下》：「宗喪循哀。」《孔叢子・詰墨》、《史記・孔子世家》「宗」作「崇」。該簡文可讀作「子產不大其宅域，不崇臺寢，不勒美車馬衣裘。」「勒」用其本意似亦可。〔註222〕

何有祖：▢字從宀從止，中間所從為㞢之省形，▢當讀作經。「不經臺寢」指不經營臺寢。〔註223〕

王瑜楨：▢讀「崇」。「臺寢」，應釋為臺與寢兩種建築。臺：高而平，可供眺望四方的建築物。崇臺為登高遊觀遠望，亦追求享受之事，子產不增高加大臺寢，和伍舉的主張是一樣的。〔註224〕寢求其崇高，亦求居之舒適、望之壯美之類意，它有一定的高度，主要是指「地基」。子產不崇臺寢，應包括「不抬高臺寢的地基」以及「不增高臺寢的高度」。〔註225〕

朱忠恒：臺一般指的是供觀察眺望用的高而上平的方形建築物。寢，有臥室、陵寢等義，臺寢連讀，可推測「寢」在這裏指的應是較巍峨莊嚴的陵寢之類，而非臥室。《漢書・韋玄成傳》：「又園中各有寢、便殿。」顏師古注：「寢者，陵上正殿，若平生露寢矣。」雖然子產反對奢華，但不至於到連陵寢都不修建的地步，而且前文明確說了「不大宅域」，不擴大住宅和葬地而已。整理者將▢讀為「建」，「不建臺寢」，似不合理。在這裏，從▢讀為「崇」說。另外從簡文語氣來看，整篇簡文也是在強調治國應提倡什麼樣的行為，反對什麼樣的行為。▢讀為「崇」，有推崇之意，子產顯然是不推崇大興土木的。〔註226〕

〔註221〕易泉：簡帛研讀 » 清華六〈子產〉初讀（第34樓），簡帛論壇：http://www.bsm.org.cn/bbs/read.php?tid=3345，2016年4月18日。

〔註222〕陳治軍：〈清華簡六《子產》中的窒字補釋〉，復旦大學出土文獻與古文字研究中心：http://www.gwz.fudan.edu.cn/Web/Show/2905，2016/9/24。

〔註223〕何有祖：〈讀清華簡六箚記（二則）〉，《出土文獻》，2017年4月30日，頁122、123。

〔註224〕王瑜楨：《清華大學藏戰國竹簡（陸）鄭國史料三篇研究》，頁367、368。

〔註225〕王瑜楨：《清華大學藏戰國竹簡（陸）鄭國史料三篇研究》，頁369、370。

〔註226〕朱忠恒：《清華大學藏戰國竹簡（陸）集釋》，頁150。

汪敏倩：「崇」，指修飾之義。「不崇臺寢」指不修飾樓臺寢宮。〔註227〕

筆者茲將各家對「」之訓讀表列於下：

表 4-2-21：「」諸家訓讀異說表

	訓　讀
整理者	讀「建」
趙平安、東潮、王寧、陳治軍、王瑜楨、汪敏倩	讀「崇」
易泉	讀「經」：度量
何有祖	讀「經」：經營
朱忠恒	讀「崇」：推崇

按：筆者從「讀崇」之說。《爾雅》：「崇，高也。」臺：高且上平之方形建物。《國語・楚語上》：「故先王之為臺榭也，榭不過講軍實，臺不過望氛祥。故榭度於大卒之居，臺度於臨觀之高。」韋昭注：「積土為臺。」寢：居室、臥室。《左傳・昭公十八年》：「子大叔之廟在道南，其寢在道北。」《國語・晉語一》：「獻公田，見翟柤之氛，歸寢不寐。」

翻譯：不使高臺、臥室高大

不	勅（飾）	岂（美）	車	馬	衣
裘					

〔二十七〕不勅（飾）岂（美）車馬衣裘，

清華簡整理者：勅，通「飭」字，在此讀為「飾」。〔註228〕

王瑜楨：「飾美」，即裝飾增美。〔註229〕

〔註227〕汪敏倩：《清華簡〈子產〉篇疏證與研究》，頁37。
〔註228〕清華大學出土文獻研究與保護中心編，李學勤主編：《清華大學藏戰國竹簡（陸）》下冊，頁140。
〔註229〕王瑜楨：《清華大學藏戰國竹簡（陸）鄭國史料三篇研究》，頁371。

朱忠恒：勑，從整理者讀為「飾」。飾美，打扮得漂亮。《說苑・反質》：「男女飾美以相矜，而能無淫佚者，未嘗有也。」〔註230〕

汪敏倩：「不飾美車馬衣裘」：不裝飾美化自己的車馬、衣服。〔註231〕

按：勑從來從力，「來、力、飾」皆「之」部可通，筆者從「勑讀飾」之說。屵亦見於《上海博物館藏戰國楚竹書・孔子詩論16》：「見亓（其）屵（美），必谷（欲）反其本。」〔註232〕《上海博物館藏戰國楚竹書・性情論12》：「君子屵（美）亓（其）情，貴亓（其）宜（義）」〔註233〕衣裘：夏衣冬裘。《周禮・天官・宮伯》：「以時頒其衣裘。」鄭玄注：「衣裘，若今賦冬夏衣。」賈公彥疏：「夏時班衣，冬時班裘。」《呂氏春秋・重己》：「其為輿馬衣裘也，足以逸身煖骸而已矣！」《說文》：「裘，皮衣也。」

翻譯：對於車馬衣裘不裝飾美麗

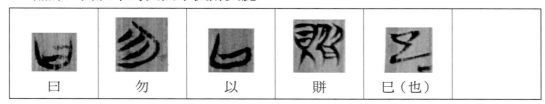

曰	勿	以	胼	巳（也）

〔二十八〕曰：「勿以【七】胼巳（也）。」

清華簡整理者：胼，疑讀為「屏」，《說文》：「蔽也。」在此意指受物欲所蔽。或說此字從弜，「弜」與「弗」通，應讀為「費」，《說文》：「散財用也。」意即耗費。〔註234〕

魏師慈德：「巳」作「 」。「也」「巳」的最大差別在於一個上半從「口」，一個上半作圈形（或倒三角形）。口形有開口，圈形則閉合沒有開口。楚簡中由於「也」與「巳（已）」形近，且都可當語尾助詞，故有被隸定錯誤的情形發生。〔註235〕

ee：《子產》簡9與簡23的「胼」應是一字，似應讀為「病」，簡8+9：「勿

〔註230〕朱忠恒：《清華大學藏戰國竹簡（陸）集釋》，頁150。

〔註231〕汪敏倩：《清華簡〈子產〉篇疏證與研究》，頁35。

〔註232〕先秦甲骨金文簡牘詞彙資料庫：http://inscription.asdc.sinica.edu.tw/c_index.php。

〔註233〕先秦甲骨金文簡牘詞彙資料庫：http://inscription.asdc.sinica.edu.tw/c_index.php。

〔註234〕清華大學出土文獻研究與保護中心編，李學勤主編：《清華大學藏戰國竹簡（陸）》下冊，頁140。

〔註235〕魏慈德：〈從出土文獻的通假現象看「改」字的聲符偏旁〉，《文與哲》第十四期，2009年6月，頁16、18。

以【八】胼（病）也」、簡 23：「以爰（援）胼（病）者」，都很通。〔註 236〕

王寧：「胼」疑當讀「劰」，《玉篇》：「劰，大也。」《集韻》：「大力也。」以，用也。「已」當讀「已」，句末語氣詞。「勿以劰已」意思是不要在這方面用大力（指人、財、物等方面）。〔註 237〕

單育辰：簡 9 與簡 23 的「胼」應是一字，似讀為「病」，「病」並紐陽部，「並」幫紐耕部，聲紐皆屬唇音，韻部旁轉，古音很近。簡 8＋9「勿以【八】胼（病）也」，是說勿以外物美大而為病。〔註 238〕

王瑜楨：「以」，釋為「使」。〔註 239〕「勿以胼已」，意思是：不要讓自己追逐大宅域、高臺寢、飾美車馬衣裘這些物質享樂。〔註 240〕

朱忠恒：胼，從整理者讀為「屏」。胼從貝並聲，並，耕部幫母；屏，耕部並母，音近可通。已，從整理者讀為「也」。句末語氣詞。「子產不大宅域，不崇臺寢，不飾美車馬衣裘，曰：『勿以屏也。』」這幾句話意思是：子產不擴大葬地，不推崇高臺陵寢，不把車馬衣裘打扮得漂亮，說：「不要因此被物慾蒙蔽了。」〔註 241〕

汪敏倩：「勿以胼已」：不要為物欲所蒙蔽。〔註 242〕

筆者茲將各家對「以」、「胼」之說法表列於下：

表 4-2-22：「以」諸家異說表

以	訓
王寧	用
王瑜楨	使

〔註 236〕ee：簡帛研讀 » 清華六〈子產〉初讀（第 15 樓），簡帛論壇：http://www.bsm.org.cn/bbs/read.php?tid=3345，2016 年 4 月 17 日。

〔註 237〕王寧：〈清華簡六子產釋文校讀〉，復旦大學出土文獻與古文字研究中心：http://www.gwz.fudan.edu.cn/Web/Show/2851，2016/7/4。

〔註 238〕單育辰：〈清華六《子產》釋文商榷〉，頁 212。

〔註 239〕王瑜楨：《清華大學藏戰國竹簡（陸）鄭國史料三篇研究》，頁 372。

〔註 240〕王瑜楨：《清華大學藏戰國竹簡（陸）鄭國史料三篇研究》，頁 374。

〔註 241〕朱忠恒：《清華大學藏戰國竹簡（陸）集釋》，頁 151。

〔註 242〕汪敏倩：《清華簡〈子產〉篇疏證與研究》，頁 35、37。

表 4-2-23：「𦊀」諸家訓讀異說表

𦊀	訓　　讀
整理者	讀「屏」：蔽 讀「費」：耗費
ee、單育辰	讀「病」
王寧	讀「勑」：大力
朱忠恒	讀「屏」

按：以：由於、因為。《左傳・僖公三十三年》：「以貪勤民。」《史記・陳涉世家》：「以數諫故。」筆者從「𦊀讀屏」之說。《王力古漢語字典》：「屏：掩蔽。《左傳・昭公二十七年》：『屏王之耳目，使不聰明。』」〔註243〕「巳」亦見於郭店楚簡〈尊德〉：「治民非還（懷）生而巳（已）也。」〔註244〕、《清華七・子犯子餘》：「備才（在）公子之心巳（已）」。〔註245〕筆者從「巳讀已」之說。

翻譯：說：「不要由於（物質享受而被）掩蔽了。」

宅	大	心	張		
宅	大	心	張		

〔二十九〕宅大心張，

清華簡整理者：張，《左傳》桓公六年：「隨張，必棄小國」，杜注：「自侈大也。」〔註246〕

郝花萍：「宅大心張，美外態端」，從文意看，「心張」和「態端」應是前後照應的近義詞。張，此處為驕傲自大之意。《左傳・桓公六年》「漢東之國，隨為大。隨張，必棄小國。」楊伯峻注：「張，去聲，自高自大。」〔註247〕

王瑜楨：「宅大心張」，句內對仗，意思也很正面。屋子大了，心也跟著大了，奢侈邪僻，無所不為，於是就會貪贓枉法，魚肉百姓。張：大。《詩經・

〔註243〕王力：《王力古漢語字典》，頁 238。
〔註244〕先秦甲骨金文簡牘詞彙資料庫：http://inscription.asdc.sinica.edu.tw/c_index.php。
〔註245〕先秦甲骨金文簡牘詞彙資料庫：http://inscription.asdc.sinica.edu.tw/c_index.php。
〔註246〕清華大學出土文獻研究與保護中心編，李學勤主編：《清華大學藏戰國竹簡（陸）》下冊，頁 140。
〔註247〕郝花萍：《清華大學藏戰國竹簡（陸）鄭國三篇集釋》，頁 100。

大雅・韓奕》：「四牡奕奕，孔脩且張。」〔註248〕

汪敏倩：「宅大心張」：指如果家宅擴大，其中之人必然心氣張揚，自矜功伐。〔註249〕

按：宅：住處、住所。《孟子・梁惠王上》：「五畝之宅。」《易・象傳》：「上以厚，下安宅。」

翻譯：住所大人心大

| 岜（美） | 外 | 巊（態） | 綧 | | |

〔三十〕岜（美）外巊（態）綧，

清華簡整理者：綧，疑讀為「湣」，《廣雅・釋詁三》：「亂也。」〔註250〕

石小力：「宅大」和「美外」分別對應前文「大宅域」和「飾美車馬衣裘」，皆為逸樂之事，「心張」和「巊綧」應為追求逸樂之事而導致的一種心理狀態，「巊綧」疑與「心張」意思相近。循此，「綧」可讀為「矜」。矜本從令得聲（參「矜」欄位注），今本《老子》「果而弗矜」之「矜」字，《郭店・老子甲》簡7作「狢」，從矛，命聲，命、令一字分化，故綧、矜音近可通。「矜」，誇也。《公羊傳・僖公九年》：「矜之者何？猶曰莫若我也。」《註》：「色自美大之貌。」《戰國策・秦策三》：「大夫種……多功而不矜，貴富不驕怠。」美外會導致內心的矜誇。《說苑・反質》：「男女飾美以相矜而能無淫泆者，未嘗有也。」《晏子春秋・諫下・景公自矜冠裳遊處之貴晏子諫》：「且公伐宮室之美，矜衣服之麗。」〔註251〕

ee：「態」還可進一步讀為「怠」，石小力已引《戰國策・秦策三》：「多功而不矜，貴富不驕怠。」正是矜、怠並稱。〔註252〕

〔註248〕王瑜楨：《清華大學藏戰國竹簡（陸）鄭國史料三篇研究》，頁376。

〔註249〕汪敏倩：《清華簡〈子產〉篇疏證與研究》，頁38。

〔註250〕清華大學出土文獻研究與保護中心編，李學勤主編：《清華大學藏戰國竹簡（陸）》下冊，頁140。

〔註251〕石小力（清華大學出土文獻讀書會）：〈清華六整理報告補正〉，清華大學出土文獻研究與保護中心：http://www.ctwx.tsinghua.edu.cn/publish/cetrp/6842/20160416052940099595642/1460755813610.doc，2016年4月16日。

〔註252〕ee：簡帛研讀 » 清華六〈子產〉初讀（第29樓），簡帛論壇：http://www.bsm.org.cn/bbs/read.php?tid=3345，2016年4月18日。

bulang：髭（態）可進一步讀為「怠」之說是很可疑的，楚文字系統內「能」與「台」聲字目前看不到確切的通假之例，楚簡的「台」聲字多是用「厶＋司」表示。〔註253〕

明珍：髭，似可讀為「罷─疲」。美外疲命，意思是指注重修飾表面的美，會使內在的生命疲乏，進而自失。楊善群所著《孫臏》頁 201 提出《孫臏兵法·威王問》「以待敵能」之「能」可讀為「罷」，通「疲」。又「命」似乎應與「外」同作賓語。〔註254〕

王寧：「蹜」當即「矝」之或體，讀「矜」可從，即後之「矝」字，古音如「憐」。此二句當讀「宅大心張，美外態矜」，《古今韻會舉要》卷二十三〈去聲·二十三漾〉：「張，……一曰自侈大也。《左傳》：隋張，必棄小國。」今言張狂是也。《公羊傳·僖公九年》：「矜之者何？猶曰莫若我也。」何注：「色自美大之貌。」「心張」即思想張狂，「態矜」即意態自美自大。〔註255〕

單育辰：「態」還可進一步讀為「怠」。《容成氏》簡 29「驕能始作」，孫飛燕先生解釋說：「能似當讀為怠。〔註256〕在簡文中，人民『驕怠始作』的情況是在『民有餘食，無求不得，民乃塞』之後產生的。古書中也常有國饒民富之後百姓驕怠的話語，比如《管子·重令》：……『人心之變，有餘則驕，驕則緩怠。』清華三《芮良夫毖》簡 19「德刑態墜」中的「態」整理者讀為「怠」，可參《逸周書·大匡》「慎惟怠墮」、《管仲》簡 9「民人惰怠」。準此，《子產》的「態」也可以讀為「怠」，石先生已引《戰國策·秦策三》「多功而不矜，貴富不驕怠」，正是「矜」、「怠」對稱，可見所釋應無誤。〔註257〕

郝花萍：蹜讀「矜」。《尚書·大禹謨》：「汝惟不矜，天下莫與汝爭能；汝惟不伐，天下莫與汝爭功。」孔傳：「自賢曰矜，自功曰伐。」《史記·遊俠列

〔註253〕bulang：簡帛研讀 » 清華六〈子產〉初讀（第30樓），簡帛論壇：http://www.bsm.org.cn/bbs/read.php?tid=3345，2016 年 4 月 18 日。

〔註254〕明珍：簡帛研讀 » 清華六〈子產〉初讀（第67樓），簡帛論壇：http://www.bsm.org.cn/bbs/read.php?tid=3345，2016 年 4 月 27 日。

〔註255〕王寧：〈清華簡六子產釋文校讀〉，復旦大學出土文獻與古文字研究中心：http://www.gwz.fudan.edu.cn/Web/Show/2851，2016/7/4。

〔註256〕孫飛燕：「能」為泥母之部字，「台」為透母之部字，聲母同為舌頭音，韻部相同，二字相通古書常見。而「怠」從「台」聲，則「能」與「怠」在聲韻方面相通自無問題。（孫飛燕：《讀〈容成氏〉簡記》，收入《出土文獻》第一輯，中西書局 2010 年。）

〔註257〕單育辰：〈清華六《子產》釋文商榷〉，頁 213。

傳》：「既已存亡死生矣，而不矜其能，羞伐其德，蓋亦有足多者焉。」〔註258〕

　　朱忠恒：嬲，從「ee」說，讀為「態」。歂，從石小力說，可讀為「矜」，驕傲，自負。《書・大禹謨》：「汝惟不矜，天下莫與汝爭能；汝惟不伐，天下莫與汝爭功。」孔傳：「自賢曰矜，自功曰伐。」「宅大心張，美外態矜，乃自失。」這幾句話意思是：住宅大了內心就張揚自大，外表美化了態度就驕矜自負，於是內心就會自我迷失。〔註259〕

　　汪敏倩：「美」指喜歡、得意。「美外」指得意於自己宮室車馬等外部華美的縱奢之態，作者以此表示子產節儉自制，讚揚其儉。態：形勢、態勢之義。「嬲歂」指國家、社會形式混亂。〔註260〕

　　筆者茲將各家對「嬲」、「歂」之說法表列於下：

表 4-2-24：「嬲」諸家訓讀異說表

嬲	訓　　讀
ee、單育辰	讀「怠」
明珍	讀「罷一疲」
朱忠恒	讀「態」
汪敏倩	態：形勢、態勢之義。

表 4-2-25：「歂」諸家訓讀異說表

歂	訓　　讀
整理者	讀「湍」
石小力	讀「矜」：誇
王寧	「矜」之或體，讀「矜」，即後之「矜」
郝花萍	讀「矜」
朱忠恒	讀「矜」：驕傲、自負。

　　按：嬲從「能」，「能」為「蒸」部，「態」為「之」部，「之」「蒸」陰陽對轉，筆者從嬲讀「態」之說。矜：自大。《廣雅》：「矜，大也。」《禮記・表禮》：「不矜而莊。」。注：「謂自尊大也。」

　　翻譯：外部漂亮態度自大

〔註258〕郝花萍：《清華大學藏戰國竹簡（陸）鄭國三篇集釋》，頁100。
〔註259〕朱忠恒：《清華大學藏戰國竹簡（陸）集釋》，頁152。
〔註260〕汪敏倩：《清華簡〈子產〉篇疏證與研究》，頁38、39。

乃	自	遴（失）	孠=（君子）	智（知）	思（懼）
乃	息=（憂，憂）	乃	少	息（憂）	敚（損）
難	又（有）	事			

〔三十一〕乃自遴（失）。孠=（君子）智（知）思（懼）乃息=（憂，憂）
乃少息（憂）。敚（損）難又（有）事，

清華簡整理者：損，《說文》：「減也。」〔註261〕

仲時：「自失」，當改讀「自佚」。《呂氏春秋・本生》：「出則以車，入則以
輦，務以自佚。」〔註262〕

王瑜楨：「孠=（君子）智（知）思（懼）乃息=（憂，憂）乃少息（憂）。」
大約是說：君子知道畏懼，才會開始「憂慮」；會開始「憂慮」，就不會有讓人
擔憂的事情發生。「損難」，減損災難、消除災難。「又（有）事」，此處釋為「有
為」，有所作為。〔註263〕

朱忠恒：自失，因感空虛、不足而內心若有所失。《列子・仲尼》：「子貢
茫然自失，歸家淫思七日。」《史記・日者列傳》：「宋忠賈誼忽而自失，芒乎
無色，悵然噤口不能言。」〔註264〕

袁青：「子產不大宅域，不崇臺寢，不飾美車馬衣裘，曰：『勿以駢也。』
宅大心張，美外態矜，乃自失。」子產不在宅院、臺寢和美車馬衣裘等外在的
東西花大力氣，因為這些外在的東西會使人思想張狂、態度自矜，總之不能使
心亂從而迷失自己。〔註265〕

〔註261〕清華大學出土文獻研究與保護中心編，李學勤主編：《清華大學藏戰國竹簡（陸）》
　　　　下冊，頁140。
〔註262〕仲時：簡帛研讀 » 清華六〈子產〉初讀（第116樓），簡帛論壇：http://www.bsm.
　　　　org.cn/bbs/read.php?tid=3345，2017年11月20日。
〔註263〕王瑜楨：《清華大學藏戰國竹簡（陸）鄭國史料三篇研究》，頁377。
〔註264〕朱忠恒：《清華大學藏戰國竹簡（陸）集釋》，頁152。
〔註265〕袁青：〈論清華簡《子產》的黃老學傾向〉，頁160。

　　汪敏倩：「乃自遼」指「就會丟失自我」。「少」指減少、缺少。「君子智思乃憂，憂乃少悥」指君子知道害怕才會憂慮，有了憂慮就會減少令人憂慮之事的發生。歔應指降抑、克制。「又事」即「有道」，指遵循為政之道。「歔難又事」指遵循為政之道，抑制禍患之事發生。〔註266〕

　　按：乃：就、於是。《史記·屈原賈生列傳》：「乃令張儀佯去秦，厚幣委質事楚。」失：丟失、失掉。《孟子·告子上》：「此之謂失其本心。」思亦見於《上海博物館藏戰國楚竹書·姑成08》：「公思（懼），乃命長魚矯」〔註267〕《清華七·越公其事60》：「王思（懼），鼓而退之」〔註268〕懼：戒懼。《書·呂刑》：「朕言多懼，朕敬于刑，有德惟刑。」孔傳：「我言多可戒懼以儆之。」《論語·述而》：「必也臨事而懼，好謀而成者也。」憂：憂慮、憂愁。《詩·秦風·晨風》：「未見君子，憂心如醉。」《論語·述而》：「其為人也，發憤忘食，樂以忘憂，不知老之將至云爾。」歔亦見於《新蔡葛陵楚簡·乙三47》：「☐疾速歔（損）」〔註269〕損：減少。《墨子·七患》：「歲饉，則仕者大夫以下皆損祿五分之一。」難：禍患、危難。《易·否》：「君子以儉德辟難，不可榮以祿。」孔穎達疏：「以節儉為德，辟其危難。」

　　翻譯：於是自我迷失。君子知所戒懼於是憂慮，（能）憂慮於是少憂愁。對於政事減少危難

多	難	惢（近）	亡	此	胃（謂）
宲（卑）	脫（逸）	樂			

〔三十二〕多難惢（近）【八】亡。此胃（謂）宲（卑）脫（逸）樂。

　　清華簡整理者：卑，《說文》：「賤也。」〔註270〕

〔註266〕汪敏倩：《清華簡〈子產〉篇疏證與研究》，頁39、40。
〔註267〕先秦甲骨金文簡牘詞彙資料庫：http://inscription.asdc.sinica.edu.tw/c_index.php。
〔註268〕先秦甲骨金文簡牘詞彙資料庫 http://inscription.asdc.sinica.edu.tw/c_index.php。
〔註269〕先秦甲骨金文簡牘詞彙資料庫：http://inscription.asdc.sinica.edu.tw/c_index.php。
〔註270〕清華大學出土文獻研究與保護中心編，李學勤主編：《清華大學藏戰國竹簡（陸）》下冊，頁140。

王寧：「庳」字原從「宀」，當即「庳」之或體。「庳（卑）」有「下」義，可引申為輕視之意，在文中依字讀或讀「卑」可通。「庳」讀「辟」亦可通。又「牌」與「罷」、「掉」與「擺」、「痺」與「罷」均可通（高亨纂著，董治安整理：《古字通假會典》，齊魯書社 1989 年，479 頁。）則「庳」亦可讀「罷」，「罷逸樂」亦通。〔註 271〕

暮四郎：宧字或當讀為「辟」，去除之義。〔註 272〕

ee：宧應讀為「辟或避」是辟除的意思。〔註 273〕

青荷人：「敗難又（有）事，多難忿（近）【八】亡。此胃（謂）宧逸樂。」大意是：罹難又（有）事，多難近仁，此謂寢卑逸樂。謂子產大事君子，小事兇殘也。〔註 274〕

郝花萍：宧，王寧之說可從。暮四郎和 ee 認為宧應讀為「辟或避」，為辟除、去除之意，不妥。「子產不大宅域。不建臺寢，不勑（飾）美車馬衣裘」，只能說明子產生活有度，不重視享樂，但無法證實子產去除逸樂，不懂勞逸結合。〔註 275〕

王瑜楨：「多難近無」，是指多種災難就會接近沒有了。宧，是「卑」加義符「宀」，當即「庳」之或體。宧讀「卑」，有卑下、輕賤的意思，作動詞用。「卑逸樂」，就是輕賤逸樂、降低逸樂。〔註 276〕

朱忠恒：宧，從「暮四郎」、「ee」所說，讀為「辟」，辟除之義。損，減也。「君子知懼乃憂，憂乃少憂。損難有事，多難近亡。此謂辟逸樂。」這幾句話意思是：君子知道畏懼就會憂慮，會憂慮（思考問題），（面臨的）憂慮就會更少。減少困難會出事（容易逸樂），過多的困難會接近滅亡。這是所謂的辟除安逸享樂。〔註 277〕

〔註 271〕王寧：〈清華簡六子產釋文校讀〉，復旦大學出土文獻與古文字研究中心：http://www.gwz.fudan.edu.cn/Web/Show/2851，2016/7/4。

〔註 272〕暮四郎：簡帛研讀 » 清華六〈子產〉初讀（第 6 樓），簡帛論壇：http://www.bsm.org.cn/bbs/read.php?tid=3345，2016 年 4 月 17 日。

〔註 273〕ee：簡帛研讀 » 清華六〈子產〉初讀（第 25 樓），簡帛論壇：http://www.bsm.org.cn/bbs/read.php?tid=3345，2016 年 4 月 17 日。

〔註 274〕青荷人：簡帛研讀 » 清華六〈子產〉初讀（第 113 樓），簡帛論壇：http://www.bsm.org.cn/bbs/read.php?tid=3345，2016 年 12 月 29 日。

〔註 275〕郝花萍：《清華大學藏戰國竹簡（陸）鄭國三篇集釋》，頁 101。

〔註 276〕王瑜楨：《清華大學藏戰國竹簡（陸）鄭國史料三篇研究》，頁 377、378。

〔註 277〕朱忠恒：《清華大學藏戰國竹簡（陸）集釋》，頁 152。

　　汪敏倩：「多難惥亡」指禍患過多就會導致自我或國家滅亡。「宯」有「輕視」、「賤視」之義。「逸」，指放縱、淫荒。「此謂宯逸樂」：這就是輕視放縱與安樂（的危害）。〔註278〕

　　筆者茲將各家對「宯」之訓讀表列於下：

表 4-2-26：「宯」諸家訓讀異說表

宯	訓　　讀
整理者	讀「卑」：賤。
王寧	「庳」之或體。「庳（卑）」：「下」，引申為輕視，依字讀或讀「卑」可通。「庳」讀「辟」亦可通。「庳」亦可讀「罷」。
暮四郎	讀「辟」：去除。
ee	讀「辟或避」：辟除。
王瑜楨	讀「卑」：卑下、輕賤。
汪敏倩	「卑」有「輕視」、「賤視」之義。

　　按：惥亦見於《上海博物館藏戰國楚竹書·弟子問 12》：「言行相惥（近），然後君子。」〔註279〕宯從卑，「卑、辟」皆「佳」部可通。筆者從「宯讀辟」之說。辟：驅除、屏除。《墨子·尚賢上》：「舉公義，辟私怨。」《孟子·梁惠王上》：「苟無恒心，放辟邪侈，無為為己。」㑞亦見於《清華一·耆夜 02》：「作策㑞（逸）為東尚（堂）之客」〔註280〕逸：安樂、閒適。《詩·小雅·十月之交》：「民莫不逸。」箋：「逸，逸豫也。」《國語·吳語》：「而又不自安恬逸。」。注：「逸，樂也。」《史記·貨殖列傳》：「身安逸樂。」

　　翻譯：多危難接近滅亡。這是說屏除安樂。

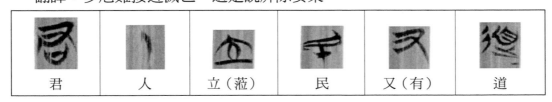

| 君 | 人 | 立（蒞） | 民 | 又（有） | 道 |

〔三十三〕君人立（蒞）民又（有）道，

　　清華簡整理者：君人，為君之人，卽君，與下「臣人」相對。〔註281〕

〔註278〕汪敏倩：《清華簡〈子產〉篇疏證與研究》，頁 40、41。
〔註279〕先秦甲骨金文簡牘詞彙資料庫：http://inscription.asdc.sinica.edu.tw/c_index.php。
〔註280〕先秦甲骨金文簡牘詞彙資料庫：http://inscription.asdc.sinica.edu.tw/c_index.php。
〔註281〕清華大學出土文獻研究與保護中心編，李學勤主編：《清華大學藏戰國竹簡（陸）》下冊，頁 140。

王寧：「君人蒞民有道，青（情）以完，得位命固」，謂主宰管理人民有合理的方法，既要根據具體情況，又要行政堅決，故能「得位命固」，「完」、「固」義通相應，均「堅」義。〔註282〕

郝花萍：蒞，《國語‧周語上》：「是故祓除其心，以和惠民。考中度衷以蒞之。」韋昭注：「蒞，臨也。」〔註283〕

王瑜楨：「君人」解釋為「治理人民者」。「立民」讀為「蒞民」，即治理人民。〔註284〕

朱忠恒：蒞民，管理百姓。《晏子春秋‧問上二九》：「景公問曰：『臨國蒞民，所患何也？』」有道，有辦法。《管子‧地數》：「吾欲陶天下而以為一家，為之有道乎？」〔註285〕

汪敏倩：「立」有扶立之義。「立民」指君主施政以扶立人民，使之生存。原釋文以為「又道」同「有道」，這裡應指好的政治措施。「君人立民又道」指君主以好的政治措施治理，才能扶立、幫助人民。〔註286〕

按：君人：國君、人君。《戰國策‧燕策一》：「臣聞古之君人，有以千金求千里馬者，三年不能得。」《周書‧明帝紀》：「帝寬明仁厚，敦睦九族，有君人之量。」「立」讀「蒞」亦見於《郭店楚簡‧成之3》：「故君子之立（蒞）民也，身服善以先之」〔註287〕《上海博物館藏戰國楚竹書‧緇衣13》：「恭以立（蒞）之，則民又（有）遜心。」〔註288〕「蒞民」筆者從「管理百姓」之說。

翻譯：國君管理百姓有方法

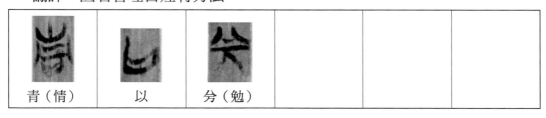

青（情）	以	分（勉）			

〔三十四〕青（情）以分（勉），

〔註282〕王寧：〈釋清華簡六《子產》中的「完」字〉，簡帛網：http://www.bsm.org.cn/show_article.php?id=2578，2016-06-14。

〔註283〕郝花萍：《清華大學藏戰國竹簡（陸）鄭國三篇集釋》，頁102。

〔註284〕王瑜楨：《清華大學藏戰國竹簡（陸）鄭國史料三篇研究》，頁379、380。

〔註285〕朱忠恒：《清華大學藏戰國竹簡（陸）集釋》，頁152。

〔註286〕汪敏倩：《清華簡〈子產〉篇疏證與研究》，頁42。

〔註287〕先秦甲骨金文簡牘詞彙資料庫：http://inscription.asdc.sinica.edu.tw/c_index.php。

〔註288〕先秦甲骨金文簡牘詞彙資料庫：http://inscription.asdc.sinica.edu.tw/c_index.php。

清華簡整理者：情，《淮南子‧繆稱》「不戴其情」，高注：「誠也。」以，在此訓為「而」。〔註289〕

王寧：此處「完」亦堅固義。〔註290〕

王瑜楨：情以勉，即真誠而勤勉。〔註291〕

朱忠恒：分，從整理者說，讀勉，勉勵。「青（情）以分（勉）」即「以青（情）分（勉）」。「君人蒞民有道，情以勉，」這句話意思是：君主管理百姓有辦法，以感情來勉勵（他們）。〔註292〕

汪敏倩：情：欲望。以：因此。「青以分」指欲望因此克制。〔註293〕

按：《古文字通假字典》：「青（耕清 qing）讀為情（耕從 qing），清從旁紐。郭店楚簡《性自命出》簡四二～四三：『用青之至者，哀樂為甚。』又簡五〇～五一云：『凡人青為可悅也。』」〔註294〕「情」通「誠」。真實、真誠。《左傳‧僖公二十八年》：「民之情偽盡知之矣。」《韓非子‧守道》：「力極者厚賞，情盡者名立。」筆者從「分讀勉」之說。勉：努力。《書‧盤庚上》：「各長於厥居，勉出乃力，聽予一人之作猷。」《左傳‧昭公二十年》：「爾其勉之。」注：「謂努力。」

翻譯：真誠而努力

旻（得）	立（位）	命	固	臣	人
畏	君	又（有）	道	智（知）	畏
亡	皋（罪）	臣	人	非	所

〔註289〕清華大學出土文獻研究與保護中心編，李學勤主編：《清華大學藏戰國竹簡（陸）》下冊，頁140。

〔註290〕王寧：〈清華簡六子產釋文校讀〉，復旦大學出土文獻與古文字研究中心：http://www.gwz.fudan.edu.cn/Web/Show/2851，2016/7/4。

〔註291〕王瑜楨：《清華大學藏戰國竹簡（陸）鄭國史料三篇研究》，頁380。

〔註292〕朱忠恒：《清華大學藏戰國竹簡（陸）集釋》，頁152、153。

〔註293〕汪敏倩：《清華簡〈子產〉篇疏證與研究》，頁42、43。

〔註294〕王輝：《古文字通假字典》，頁382。

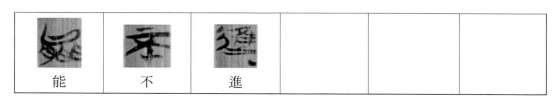

能	不	進			

〔三十五〕昙（得）立（位）命固。臣人畏君又（有）道，智（知）畏亡辠（罪）。【九】臣人非所能不進。

清華簡整理者：進，指進任官職。〔註295〕

郝花萍：進，引進、舉薦之意。《呂氏春秋·論人》：「貴則觀其所進。」《周禮·夏官·大司馬》：「進賢興功，以作邦國。」〔註296〕

王瑜楨：疑「昙立」讀為「德立」。「德」，釋為好的施政、仁政。「德立命固」，應理解為「德立」然後「命固」，施行了好的施政行為後，國命才能穩固。「知畏無罪」，即「知畏則無罪」，能夠知道畏懼君王，就可以避免犯錯。「臣人非所能不進」與下句相對，是說為人臣的人，如果不是自己能力所及的事，就不要搶著去做，不是自己所能擔任的官職，就不要接受。〔註297〕

朱忠恒：「知畏亡罪」之亡，逃亡之意。「臣人」應包括大臣和普通民眾。「君人菿民有道，情以勉，得位命固。臣人畏君有道，知畏亡罪。臣人非所能不進。君人無事，民事是事。」這幾句話意思是：君主管理百姓有方法，以感情來勉勵（他們），君主的地位和命令得以穩固。臣下畏懼君主有辦法，知道並畏懼逃亡之罪。臣下沒有才能不能得到提拔。君主的事不算事，民眾的事情才是事。〔註298〕

汪敏倩：「立」有登位、即位之義。命：天命。「昙立命固」指得到即位而天命得以鞏固。「畏」：敬重、心服之義。「道」有「好的政治局面或政治措施」之義。「臣人畏君又道」指臣子敬畏君主有好的政治局面（或措施）。「智（知）畏亡辠（罪）」指知道害怕，沒有犯罪。進：晉升、提拔。「臣人非所能不進」：臣子沒有能力不可以進任官職。〔註299〕

按：《古文字通假字典》：「立（緝來 li）讀為位（物匣 wei），緝物通轉。

〔註295〕清華大學出土文獻研究與保護中心編，李學勤主編：《清華大學藏戰國竹簡（陸）》下冊，頁141。

〔註296〕郝花萍：《清華大學藏戰國竹簡（陸）鄭國三篇集釋》，頁102。

〔註297〕王瑜楨：《清華大學藏戰國竹簡（陸）鄭國史料三篇研究》，頁380、381。

〔註298〕朱忠恒：《清華大學藏戰國竹簡（陸）集釋》，頁153。

〔註299〕汪敏倩：《清華簡〈子產〉篇疏證與研究》，頁43、44、45。

郭店楚簡《唐虞之道》簡一八～一九：『方才（在）下立，不以仄〈匹〉夫為巠（輕）。』郭店楚簡《尊德義》簡二：『雀（爵）立，所以信其狀（然）也。』《周禮・春官・小宗伯》：『掌建國之神位。』鄭玄注：『故書位作立，鄭司農云：立讀為位，古者立位同字，古之《春秋經》公即位為公即立。』」〔註300〕命：天命。《史記・李將軍列傳》：「豈吾相不當侯邪？且固命也？」臣人：臣下。《書・胤征》：「先王克謹天戒，臣人克有常憲。」能：能力、才能。《詩・小雅・賓之初筵》：「各奏爾能。」進：提拔、晉升。《書・君陳》：「進厥良，以率其或不良。」《史記・李斯列傳》：「二世曰：何哉？夫高……以忠得進，以信守位，朕實賢之，而君疑之，何也？」

翻譯：獲得君位天命鞏固。臣下敬畏國君（避禍）有方法，知道敬畏（即可）沒有罪過。臣下沒有能力不晉升。

君	人	亡	事	民	事
是	事				

〔三十六〕君人亡事，民事是事。

清華簡整理者：句意是說為君當專以民事為事。〔註301〕

王寧：「民」亦兼臣而言，《慎子・民雜》：「君臣之道，臣事事而君無事，君逸樂而臣任勞。臣盡智力以善其事，而君無與焉，仰成而已。」可對照理解。〔註302〕

王瑜楨：本句是說國君要以人民的事情為重，人民自然擁戴君王。「君人亡事，民事是事」是說：「當國君的人沒有別的事，只以人民的事情當事情。」〔註303〕

〔註300〕王輝：《古文字通假字典》，頁577。

〔註301〕清華大學出土文獻研究與保護中心編，李學勤主編：《清華大學藏戰國竹簡（陸）》下冊，頁141。

〔註302〕王寧：〈清華簡六子產釋文校讀〉，復旦大學出土文獻與古文字研究中心：http://www.gwz.fudan.edu.cn/Web/Show/2851，2016/7/4。

〔註303〕王瑜楨：《清華大學藏戰國竹簡（陸）鄭國史料三篇研究》，頁381。

朱忠恒：「君人亡事，民事是事」若理解為君主不幹事而臣下任勞，則與本篇簡文的觀點不符。本篇簡文強調的是為君者不要追求奢華的東西，有憂患意識，後文還強調不要以私事役使人民。若理解為君主只負責享樂明顯與簡文觀點相悖。〔註304〕

汪敏倩：「君人亡事，民事是事」：君主不將自己的私事當做大事，將國政作為自己之事。〔註305〕

翻譯：國君無（比人民更重要之）事務，人民之事務（才）是（真正重要之）事務。

旻（得）	民	天	央（殃）	不	至
外	戴（仇）	否			

〔三十七〕旻（得）民天央（殃）不至，外戴（仇）否。

清華簡整理者：否，《經傳釋詞》卷十云：「無也。」或以為「否」係「不」與另一字的譌誤。〔註306〕

問道：所謂「否」，結合上文「天央（殃）不至」來看，似也應看作「不至」的合書。〔註307〕

暮四郎：「否」與上博五〈競建內之〉（據學者研究，所謂〈競建內之〉與〈鮑叔牙與隰朋之諫〉實為一篇。參看李天虹《楚國銅器與竹簡文字研究》，武漢：湖北教育出版社，2012年，第194～195頁。）簡3＋簡8「不出三年，狄人之怀者七百【三】邦」的「怀」是一個字。「怀」李天虹讀作「附」，（李天虹：《上博五〈競〉、〈鮑〉篇校讀四則》，簡帛網，2006年2月19日，鏈接：http://www.bsm.org.cn/show_article.php?id=203。）陳劍先生讀為「服」（陳劍：《談談

〔註304〕朱忠恒：《清華大學藏戰國竹簡（陸）集釋》，頁153。

〔註305〕汪敏倩：《清華簡〈子產〉篇疏證與研究》，頁44、46。

〔註306〕清華大學出土文獻研究與保護中心編，李學勤主編：《清華大學藏戰國竹簡（陸）》下冊，頁141。

〔註307〕問道：簡帛研讀 » 清華六〈子產〉初讀（第53樓），簡帛論壇：http://www.bsm.org.cn/bbs/read.php?tid=3345，2016年4月20日。

〈上博（五）〉的竹簡分篇、拼合與編聯問題》，簡帛網，2006 年 2 月 19 日，鏈接：http://www.bsm.org.cn/show_article.php?id=204。）查上古文字的通用情形，李說似更為可信。（上古「不」聲、「付」聲字通用的例子較多，參看張儒、劉毓慶《漢字通用聲素研究》，太原：山西古籍出版社，2002 年，第 3 頁。）另外，楚簡「服」一般用「備」字表示，而「附」則無專門的字表示，這也在一定程度上支持將「伓」讀作「附」的意見。「外（仇）否」應當讀為「外（仇）否（附）」，指外圍的仇敵之邦也歸附。〔註308〕

王寧：《周易·否卦·六二》：「小人吉，大人否」；又〈遯·九四〉：「君子吉，小人否」，「外仇否」之「否」當同之。此蓋謂得民者天自佑助之，不降予禍殃，而其外之仇敵則非，當遭天殃。〔註309〕

王瑜楨：「天殃」，是指上天為了懲罰人類所降下的災禍。「否」讀「服」，表示心悅誠服。〔註310〕

朱忠恒：否，困窮，不順。《左傳》宣公十二年：「執事順成為臧，逆為否。」「得民天殃不至，外仇否。」這句話意思是：得到民眾（擁護）天災不會到來，外面的仇敵反而會不順。〔註311〕

蘇建洲：「否」（幫母之部）可讀為「伏」（並母職部）。〔註312〕

汪敏倩：「得民天殃不至，外仇否」：君主得民心，上天就不會降災禍於其，國家之外就沒有禍事。〔註313〕

筆者茲將各家對「否」之訓讀表列於下：

表 4-2-27：「否」諸家訓讀異說表

否	訓　　讀
整理者	無
暮四郎	讀「附」：歸附

〔註308〕暮四郎：簡帛研讀 » 清華六〈子產〉初讀（第 76 樓），簡帛論壇：http://www.bsm.org.cn/bbs/read.php?tid=3345，2016 年 4 月 29 日。

〔註309〕王寧：〈清華簡六子產釋文校讀〉，復旦大學出土文獻與古文字研究中心：http://www.gwz.fudan.edu.cn/Web/Show/2851，2016/7/4。

〔註310〕王瑜楨：《清華大學藏戰國竹簡（陸）鄭國史料三篇研究》，頁 382、383。

〔註311〕朱忠恒：《清華大學藏戰國竹簡（陸）集釋》，頁 153。

〔註312〕蘇建洲：〈清華六《子產》拾遺〉，《饒宗頤國學院院刊》第 5 期，2018 年 5 月，頁 130。

〔註313〕汪敏倩：《清華簡〈子產〉篇疏證與研究》，頁 44。

王瑜楨	讀「服」，表示心悅誠服。
朱忠恒	困窮，不順。
蘇建洲	讀「伏」

按：得民：得民心。《易・屯》：「以貴下賤，大得民也。」孔穎達疏：「屯難之世，民思其主之時，既能以貴下賤，所以大得民心也。」《國語・周語中》：「罪不由晉，晉得其民。」韋昭注：「得民，得民心也。」《古文字通假字典》：「央（陽影 yang）讀為殃（陽影 yang）。《隸釋》三無極山碑：『為民來福除央。』《隸續》三嚴訢碑：『君獲其央。』《隸釋》九吳仲山碑：『而遭禍央。』洪適釋均以央為殃。」〔註314〕天殃：天所降之禍殃。《禮記・月令》：「〔孟春之月〕是月也，不可以稱兵。稱兵，必天殃。」否：不。《書・堯典》：「否德忝帝位。」注：「皆訓不。」《說文》：「否，不也。」

翻譯：得民心天所降之禍殃不到，外面的仇敵不（來犯）。

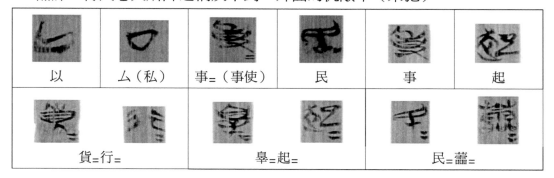

以	ㄙ（私）	事=（事使）	民	事	起
貨=行=		辠=起=		民=蘦=	

〔三十八〕以ㄙ（私）事=（事使）民，【十】事起貨=行=辠=起=民=蘦=
（禍行，禍行罪起，

王寧：「貨」原整理者讀「禍」，疑當依字讀，謂財貨，「貨行」謂財貨大行其道，人皆愛財，必生邪念妄行，則罪起矣。「蘦」當讀零落、凋零之「零」。〔註315〕

清華簡整理者：起，《呂氏春秋・直諫》「百邪悉起」，高誘注：「興也。」〔註316〕

明珍：蘦，應讀為「凌」。暴虐、凶惡。《管子・中匡》：「法行而不苛，刑

〔註314〕王輝：《古文字通假字典》，頁389。
〔註315〕王寧：〈清華簡六子產釋文校讀〉，復旦大學出土文獻與古文字研究中心：http://www.gwz.fudan.edu.cn/Web/Show/2851，2016/7/4。
〔註316〕清華大學出土文獻研究與保護中心編，李學勤主編：《清華大學藏戰國竹簡（陸）》下冊，頁141。

廉而不赦，有司寬而不凌」。〔註317〕

王瑜楨：「以私事事民」，第二個「事」字是使動用法，「事民」的意思是「使民做事」，既不在公事範圍之內，那「使民做事」就是非法的。「貨」，貨賄，收買。君人以私事使民做事，就是以國家的資源圖謀私人的利益，行為不正，因此上行下效，貨賄公行，各種犯罪行為猖獗，有權勢的人極力圖謀自己的好處，大事搜刮，人民自然苦不堪言。「蕭」讀為「矜」或「零」都可以，「矜」義為苦、勞困。矜者，苦也。人民過於勞苦，仰不足事父母，俯不足以畜妻子，不是流亡就是造反，君上自然會面臨亡國動亂的危險。〔註318〕

朱忠恒：貨，從整理者說，讀「禍」。蕭，從「明珍」說，應讀為「凌」。侵犯，欺侮。《楚辭·九歌·國殤》：「凌余陣兮躐余行。」王逸注：「凌，犯也。」《呂氏春秋·不侵》：「立千乘之義，而不可凌。」高誘注：「凌，侮。」民凌，民眾侵犯（君主）。「以私事使民，事起禍行，禍行罪起，罪起民凌，民凌上危。」這幾句話意思是：用私事役使人民，役使了災禍也就興起了，災禍興起了罪名也就有了，罪名有了民眾就開始侵犯（君主權威），民眾侵犯君主就危險了。指民眾會因為不堪君主私人役使而發起反抗，導致君位不穩。〔註319〕

蘇建洲：「霝」讀為「矜」，顯然是通過「霝」可讀為「零」，故又可讀為「矜」，那還不如直接讀為「零」。〔註320〕

汪敏倩：「以私事使民……禍行罪起」：為自己的私事而役使民眾，君主以私事役使民眾導致混亂之事頻發以致禍患之事肆行，禍患之事肆行導致犯罪興起。〔註321〕

筆者茲將各家對「貨」、「蕭」之訓讀表列於下：

表4-2-28：「貨」諸家訓讀異說表

貨	訓　讀
王寧	財貨。

〔註317〕明珍：簡帛研讀 » 清華六〈子產〉初讀（第67樓），簡帛論壇：http://www.bsm.org.cn/bbs/read.php?tid=3345，2016年4月27日。

〔註318〕王瑜楨：《清華大學藏戰國竹簡（陸）鄭國史料三篇研究》，頁384、385。

〔註319〕朱忠恒：《清華大學藏戰國竹簡（陸）集釋》，頁154。

〔註320〕蘇建洲：〈清華六《子產》拾遺〉，頁131。

〔註321〕汪敏倩：《清華簡〈子產〉篇疏證與研究》，頁44、47、48。

王瑜楨	貨賄，收買。
朱忠恒	讀「禍」

表 4-2-29：「龗」諸家訓讀異說表

龗	訓　讀
整理者	讀「矜」：哀
bulang、王寧、蘇建洲	讀「零」。
明珍	讀「凌」：暴虐、凶惡。
郝花萍	讀「凌」：暴
王瑜楨	1. 讀「矜」：苦、勞困。 2. 讀「零」
朱忠恒	讀「凌」：侵犯，欺侮。

按：私事：個人的事。《禮記·玉藻》：「公事自闈東，私事自闈西。」孔穎達疏：「謂私覿，私面，非行君命，故謂之私事。」《荀子·君道》：「公義明而私事息矣。」《古文字通假字典》：「事（之牀 shì）讀為使（之山 shǐ）。《尚書·君奭》：『故一人有事于四方。』《文選·四子講德論》引作『迪一人使四方』。」〔註 322〕使民：使用民力。《論語·學而》：「子曰：『道千乘之國：敬事而信，節用而愛人，使民以時。』」

起：開始、產生。《史記·項羽本紀》：「項莊拔劍起舞。」《荀子·儒效》：「如是則貴名起如日月，天下應之如雷霆。」「貨、禍」皆「歌」部可通，筆者從「貨讀禍」之說。

翻譯：以個人的事使用民力，（此一）事情產生（就會）禍亂橫行，禍亂橫行違法作惡之行為（隨之）產生

〔三十九〕罪起民矜，

清華簡整理者：龗，從霝聲，讀為「矜」，《書·呂刑》《釋文》：「哀也。」「矜」字本從令聲，見《說文》段注。〔註 323〕

bulang：「民**龗**」的**龗**當讀為零落的零，「罪起民零，民零上危」。〔註 324〕

〔註 322〕王輝：《古文字通假字典》，頁 33。

〔註 323〕清華大學出土文獻研究與保護中心編，李學勤主編：《清華大學藏戰國竹簡（陸）》下冊，頁 141。

〔註 324〕bulang：簡帛研讀 » 清華六〈子產〉初讀（第 40 樓），簡帛論壇：http://www.bsm.org.cn/bbs/read.php?tid=3345，2016 年 4 月 18 日。

明珍：蘦，應讀為「凌」。暴虐、凶惡。《管子・中匡》：「法行而不苛，刑廉而不赦，有司寬而不凌」。〔註325〕

郝花萍：蘦，應讀為「凌」。《廣雅・釋言》：「凌，暴也。」〔註326〕

按：筆者從「蘦讀矜」之說。《王力古漢語字典》：「矜：苦痛。《莊子・在宥》：『愁其五藏以為仁義，矜其血氣以規法度。』」〔註327〕

翻譯：違法作惡之行為產生人民（就會）苦痛

上	危			

〔四十〕民矜）上危。

清華簡整理者：「危」字最下增一橫筆。〔註328〕

汪敏倩：「罪起民矜，民矜上危」：犯罪興起會危及人民，人民若陷入危境則會危及君主的統治。〔註329〕

按：上：君主。《呂氏春秋・察今》：「上胡不法先王之法？」《史記・陳涉世家》：「上使外將兵。」

翻譯：人民苦痛君主（就）危險

呂（己）	之	辠（罪）	也	反	以
辠（罪）	人	此	胃（謂）	不	事
不	戾				

〔註325〕明珍：簡帛研讀 » 清華六〈子產〉初讀（第67樓），簡帛論壇：http://www.bsm.org.cn/bbs/read.php?tid=3345，2016年4月27日。

〔註326〕郝花萍：《清華大學藏戰國竹簡（陸）鄭國三篇集釋》，頁103。

〔註327〕王力：《王力古漢語字典》，頁801。

〔註328〕清華大學出土文獻研究與保護中心編，李學勤主編：《清華大學藏戰國竹簡（陸）》下冊，頁141。

〔註329〕汪敏倩：《清華簡〈子產〉篇疏證與研究》，頁47。

〔四十一〕吕（己）之辠（罪）也，反以辠（罪）人，此胃（謂）不事
　　　　　不戾。

清華簡整理者：戾，《爾雅・釋詁》：「辠也。」〔註330〕

ee：「事」不如讀為「使」，「使」就是「以私事使民」，「不事不戾」謂不（以私事）使（民）則不會有罪戾。〔註331〕

單育辰：「事」可讀為「使」，如簡10「事」下有重文符，就讀為「事使」二字。「使」就是「以私事使民」，此句謂不（以私事）使（民）則不會有罪戾。〔註332〕

王瑜楨：「不事不戾」，即不要做不利的事。「戾」，讀利，二字上古音都屬於來母脂部，可以通假。〔註333〕

朱忠恒：「事」從「ee」讀為「使」，「己之罪也，反以罪人，此謂不使不戾。」這幾句話意思是：自己的罪過，反而用來怪罪別人，這是不以私事役使人民就不會有罪過。〔註334〕

汪敏倩：「使」指役使、使喚之義。「不事不戾」即不過度役使民眾，就不會導致犯罪發生。「己之罪也……此謂不事不戾」：這是君主自己的過錯，卻反而因此而歸責他人，這就叫君主若不以私事使民就不會導致罪行的發生。〔註335〕

筆者茲將各家對「戾」之訓讀表列於下：

表4-2-30：「戾」諸家訓讀異說表

戾	訓　　讀
整理者	辠
王瑜楨	讀利

按：事：役使、使用。《荀子・正名》：「不事而自然謂之性。」《國語・魯語下》：「備承事也。」《史記・傅靳蒯成傳》：「坐事國人過律。」另，筆者從「戾

〔註330〕清華大學出土文獻研究與保護中心編，李學勤主編：《清華大學藏戰國竹簡（陸）》下冊，頁141。
〔註331〕ee：簡帛研讀 » 清華六〈子產〉初讀（第72樓），簡帛論壇：http://www.bsm.org.cn/bbs/read.php?tid=3345，2016年4月28日。
〔註332〕單育辰：〈清華六《子產》釋文商榷〉，頁213。
〔註333〕王瑜楨：《清華大學藏戰國竹簡（陸）鄭國史料三篇研究》，頁385。
〔註334〕朱忠恒：《清華大學藏戰國竹簡（陸）集釋》，頁154。
〔註335〕汪敏倩：《清華簡〈子產〉篇疏證與研究》，頁47、49。

「訓罪」之說。

翻譯：自己的罪過，反而怪罪他人，這是說不（不當）役使（即）不會有過失

又（有）	道	之	君	能	攸（修）
亓（其）	邦	或（國）	以	和=民=（和民。和民）	
又（有）	道	才（在）	大	能	政

〔四十二〕又（有）道【十一】之君，能攸（修）亓（其）邦或（國），以和=民=（和民。和民）又（有）道，才（在）大能政，

　　清華簡整理者：大，指大國，與下「小」指小國相對。政，《淮南子・氾論》「聽天下之政」，高注：「治也。」〔註336〕

　　明珍：「能修其邦國，以和民」此句中間的逗點可省略，斷句作「能修其邦國以和民」。以，作連詞「和」。〔註337〕

　　王寧：「以」猶「而」也。〔註338〕

　　朱忠恒：以，猶「而」，從王寧說。連詞，表示順承關係。和民，使民和順安定。《左傳》隱公四年：「臣聞以德和民，不以亂。」此句斷句從「ee」說，「能修其邦國以和民」中間逗號可省略。「有道之君，能修其邦國以和民。」這幾句話意思是：有辦法的君主，能夠治理他的國家而使民眾和順安定。〔註339〕

　　陳偉武：「政」疑讀為「整」。前文「整政」、「整齊」見於簡 5；整理者注「整政」之「整」為「齊」可從。〔註340〕

〔註336〕清華大學出土文獻研究與保護中心編，李學勤主編：《清華大學藏戰國竹簡（陸）》下冊，頁 141。

〔註337〕明珍：簡帛研讀 » 清華六〈子產〉初讀（第 67 樓），簡帛論壇：http://www.bsm.org.cn/bbs/read.php?tid=3345，2016 年 4 月 27 日。

〔註338〕王寧：〈清華簡六子產釋文校讀〉，復旦大學出土文獻與古文字研究中心：http://www.gwz.fudan.edu.cn/Web/Show/2851，2016/7/4。

〔註339〕朱忠恒：《清華大學藏戰國竹簡（陸）集釋》，頁 154、155。

〔註340〕陳偉武：《讀清華簡第六冊小箚》，《出土文獻》第十一輯，中西書局，2017 年 10 月。

王瑜楨：「以」釋為「用」，「修其邦國以和民」應理解為「以和民修其邦國」，「和民」是手段，「修邦國」是目的。〔註341〕

朱忠恒：「和民有道」之「有道」，指有辦法。〔註342〕

汪敏倩：「有道之君」指有好的政治措施的明君，這正是作者所期望的君主形象。「有道之君……在大能政」：治國有道的君主，能修整他自己的邦國或國家，來使民眾和順安定。君主有好的政治方法使民和順安定，在大國也能有好的治理。〔註343〕

筆者茲將各家對「以」、「政」之說法表列於下：

表 4-2-31：「以」諸家異說表

以	訓
明珍	和
王寧、朱忠恒	猶「而」
王瑜楨	用

表 4-2-32：「政」諸家訓讀異說表

政	訓　讀
整理者	治
陳偉武	讀「整」

按：《古文字通假字典》：「攸（幽喻 you）讀為修（幽心 xiu）。上博楚竹書《性情論》簡二五：『聞道反己，攸身者也。』」〔註344〕修：整治。《史記·貨殖列傳》：「管子修之。」「或」亦見於《禹鼎》：「伐南或（國）、東或（國）」〔註345〕《清華二·繫年128》：「榆關之師與上或（國）之師以交之」〔註346〕邦國：國家。《詩·大雅·瞻卬》：「人之云亡，邦國殄瘁。」另，筆者從「以訓而」之說。《漢語大詞典》：「和民：使民和順安定。《國語·周語中》：『宣所以教施也，惠所以和民也。』」〔註347〕筆者從「和民訓使民和順安定、大

轉引自朱忠恒：《清華大學藏戰國竹簡（陸）集釋》，頁155。

〔註341〕王瑜楨：《清華大學藏戰國竹簡（陸）鄭國史料三篇研究》，頁387。

〔註342〕朱忠恒：《清華大學藏戰國竹簡（陸）集釋》，頁155。

〔註343〕汪敏倩：《清華簡〈子產〉篇疏證與研究》，頁49、50、51。

〔註344〕王輝：《古文字通假字典》，頁217。

〔註345〕殷周金文暨青銅器資料庫：http://bronze.asdc.sinica.edu.tw/rubbing.php?02833。

〔註346〕先秦甲骨金文簡牘詞彙資料庫：http://inscription.asdc.sinica.edu.tw/c_index.php。

〔註347〕《漢語大詞典》，頁3672。國學大師：http://www.guoxuedashi.com/kangxi/pic.php?f=dcd&p=3672。

指大國」之說。政：匡正。《論語・有政》馬注：「政者，有所改更匡正。」
《墨子・天志上》：「必從上之政下。」

翻譯：有方法的國君，能整治他的國家，而使人民和順安定。使人民和順
安定有方法，在（是）大國（時）能匡正（政務）

才（在）	小	能	枳（支）		

〔四十三〕才（在）小能枳（支）；

清華簡整理者：枳，讀為「支」，支持。〔註348〕

王瑜楨：「在大能政」、「在小能枳」都要從「和民」來考量。「大」指大
事，大原則，「政」可以讀為「正」。在和民方面，對大事要能秉持公正。「小」
指瑣碎的小事。「支」義為支持，在瑣碎的小事方面，要能支撐、支持。
〔註349〕

朱忠恒：枳，從整理者說，讀為「支」，二者皆為支部章紐，音同可通。
支，支持、維持之意。《國語・越語下》：「其君臣上下，皆知其資財之不足以
支長久也。」韋昭注：「支，猶堪也。」和民有道，在大能政，在小能支；才
（在）大可舊（久），才（在）少（小）可大。」這幾句話意思是：有辦法使
民眾和順安定，於大國能治理國政，於小國能支撐維持這個小國；於大國可
以讓它繁榮更久，於小國可以讓它變更大。〔註350〕

汪敏倩：「枳」有藩蔽、護衛之義。「才小能枳」指在小國亦能護衛國家
的發展，以之襯托處政能力強之君，任何外部的處政條件都不能影響其才能
的施展。〔註351〕

按：隸定為「少」讀「小」。《古文字通假字典》：「少（宵禪 shao）
讀為小（宵心 xiao），禪心舌齒鄰紐。古文字少多有讀小者。叔夷鎛：『尹少
臣唯輔。』『少臣』即『小臣』。郭店楚簡《緇衣》簡三五：『……則民不能大

〔註348〕清華大學出土文獻研究與保護中心編，李學勤主編：《清華大學藏戰國竹簡（陸）》
下冊，頁141。
〔註349〕王瑜楨：《清華大學藏戰國竹簡（陸）鄭國史料三篇研究》，頁387。
〔註350〕朱忠恒：《清華大學藏戰國竹簡（陸）集釋》，頁155。
〔註351〕汪敏倩：《清華簡〈子產〉篇疏證與研究》，頁51。

其美而少其惡。」少今本《禮記・緇衣》作小。」〔註352〕《古文字通假字典》：「枳（支照 zhi）讀為支（支照 zhi）。睡虎地秦簡《日書》甲有《反枳》一篇，云：『子丑朔，六日反枳；寅卯朔，五日反枳；辰巳朔，四日反枳……』文獻枳作支。」〔註353〕筆者從「小指小國、枳讀支訓支持」之說。

翻譯：在（是）小國（時）能支持（政務）

才（在）	大	可	舊（久）	才（在）	少（小）
可	大	又（有）	以	畬（答）	天

〔四十四〕才（在）大可舊（久），才（在）少（小）可大。【十二】又（有）以畬（答）天，

清華簡整理者：答，《漢書・郊祀志》「禮不答」，顏注：「對也。」〔註354〕

王瑜楨：畬在楚簡中可以讀為「答」，也可以讀為「合」，「合天」就是合於天德、合於上天的要求。「徠民」就是「招來人民」。〔註355〕

朱忠恒：在，介詞。表示動作、性狀所涉及的處所、時間、範圍等，相當於「於」。《論語・述而》：「子在齊聞《韶》，三月不知肉味。」《史記・十二諸侯年表》：「齊、晉、秦、楚其在成周微甚。」又，不必讀為「有」，如字讀即可。以，可以，能夠。《孟子・滕文公下》：「大則以王，小則以霸。」《韓非子・揚權》：「以賞者賞，以刑者刑。」〔註356〕

汪敏倩：「才大可舊」指在大國可以保證其國家長久。「才少可大」指在小國可以壯大其繁盛之國勢，擴大國土。「有以答天」：能夠對答上天。〔註357〕

筆者茲將各家對「畬」之訓讀表列於下：

〔註352〕王輝：《古文字通假字典》，頁173、174。
〔註353〕王輝：《古文字通假字典》，頁57。
〔註354〕清華大學出土文獻研究與保護中心編，李學勤主編：《清華大學藏戰國竹簡（陸）》下冊，頁141。
〔註355〕王瑜楨：《清華大學藏戰國竹簡（陸）鄭國史料三篇研究》，頁388。
〔註356〕朱忠恒：《清華大學藏戰國竹簡（陸）集釋》，頁155。
〔註357〕汪敏倩：《清華〈子產〉篇疏證與研究》，頁52。

表 4-2-33：「合」諸家訓讀異說表

合	訓 讀
整理者	讀「答」訓「對」
王瑜楨	1. 讀「答」 2. 讀「合」

按：「舊」如字讀即可。舊：長久。《書·畢命》：「茲殷庶士，席寵惟舊。」孔傳：「此殷眾士，居寵日久。」《詩·大雅·抑》：「於乎小子，告爾舊止。」鄭玄箋：「舊，久也。」另，筆者從「又如字讀即可、以訓可以、合讀合」之說。

翻譯：在（是）大國（時）可（使）長久，在（是）小國（時）可（使）強大。又可以合乎天道

能	同（通）	於	神	又（有）	以
坒（徠）	民				

〔四十五〕能同（通）於神，又（有）以坒（徠）民，

清華簡整理者：徠，招徠，《商君書》有《徠民篇》。〔註358〕

汪敏倩：「能通於神，有以徠民」：與神互相通信，可以招徠他國民眾。〔註359〕

按：「同、通」皆為「東」部可通，筆者從「同讀通」之說。《王力古漢語字典》：「通：到達，通到。《說文》：『通，達也。』《國語·晉語二》：『道遠難通，望大難走。』」〔註360〕於：至、到。《史記·卷二十九·河渠書》：「於吳，則通渠三江、五湖；於齊，則通菑濟之閒。」坒從「來」，來、徠皆「之」部可通，筆者從「坒讀徠，訓招徠」之說。徠：使之來、招來。《商君書·徠民》：「今以草茅之地，徠三晉之民，而使之事本，此其損敵也，與戰勝同實。」

〔註358〕清華大學出土文獻研究與保護中心編，李學勤主編：《清華大學藏戰國竹簡（陸）》下冊，頁 141。

〔註359〕汪敏倩：《清華簡〈子產〉篇疏證與研究》，頁 52。

〔註360〕王力：《王力古漢語字典》，頁 1435。

翻譯：能通達到神靈（處），又可以招來人民

又（有）	以	尋（得）	臤（賢）	又（有）	以
御（禦）	割（害）	剔（傷）	先	聖	君
所	以	徫（達）	成	邦	或（國）
也					

〔四十六〕又（有）以尋（得）臤（賢），又（有）以御（禦）割（害）剔（傷），先聖君所以徫（達）【十三】成邦或（國）也。

清華簡整理者：達，《禮記・中庸》「天下之達道五」，鄭注：「達者常行，百王所不變也。」〔註361〕

王瑜楨：「達」訓「暢達」，「達成」指順利地完成，君人者能夠大事秉持公正，瑣事耐煩不亂，自然能夠順利治國，沒有困難。〔註362〕

朱忠恒：達成，達到，得到。《戰國策・趙策・齊將攻宋而秦楚禁之》：「縣陰以甘之，循有燕以臨之，而臣待忠之風，事必達成。」割剔，從整理者讀為「害傷」，害傷，即傷害。《管子・形勢解》：「狂惑之人，告之以君臣之義，父子之理，貴賤之分，不信聖人之言也，而反傷害之。」御，如字讀即可，抵禦之義。「又以答天，能通於神，又以徠民，又以得賢，又以御害傷，先聖君所以達成邦國也。」這幾句話意思是：又可以應對上天，能夠通於神明，又可以招徠人民，又可以得到賢士，又可以抵禦傷害，（這是）先聖君所以能得到國家的原因。〔註363〕

〔註361〕清華大學出土文獻研究與保護中心編，李學勤主編：《清華大學藏戰國竹簡（陸）》下冊，頁141。

〔註362〕王瑜楨：《清華大學藏戰國竹簡（陸）鄭國史料三篇研究》，頁388。

〔註363〕朱忠恒：《清華大學藏戰國竹簡（陸）集釋》，頁155。

汪敏倩：「有以得賢……達成邦國也」：能夠憑君主自身德行得到賢才，還能抵擋禍患與傷害。這就是先聖之君亨達顯通於各邦地或國家的原因。〔註364〕

按：「叞」亦見於《郭店楚簡·五行23》：「未嘗見叞（賢）人，謂之不明。」〔註365〕《上海博物館藏戰國楚竹書·容成37》：「湯乃謀戒求叞（賢）」〔註366〕《古文字通假字典》：「御（魚疑yu）讀為禦（魚疑yu）。睡虎地秦簡《田律》：『百姓居田舍者毋敢酤酒，田嗇夫、部佐謹禁御之。』御讀為禦。」〔註367〕筆者從「御讀禦」之說。禦：抵擋、抗拒。《易·蒙》：「上九，擊蒙，不利為寇，利禦寇。」《左傳·隱公九年》：「北戎侵鄭，鄭伯禦之。」《古文字通假字典》：「割（月見ge）讀為害（月匣hai），見匣旁紐。《尚書·大誥》：『天降割於我家。』釋文：『割馬本作害。』」〔註368〕戜亦見於《包山楚墓簡牘144》：「小人信以刀自戜（傷）」〔註369〕、《郭店楚簡·唐虞11》：「養生而弗戜（傷）」〔註370〕另，筆者從「害傷即傷害」之說。

翻譯：又可以得到賢才，又可以抵擋傷害，（此為）以前的英明國君所以達到完成國家（長久、強大目標之因）。

此	胃（謂）	因	前（前）	後（遂）	者（故）

〔四十七〕此胃（謂）因前（前）後（遂）者（故）。

清華簡整理者：因，《文選·東京賦》薛注：「仍也。」遂，《國語·周語下》韋注：「順也。」句意指繼承前人即「先聖君」。〔註371〕

王寧：「者」乃胡壽之「胡」，讀為「故」。〔註372〕

〔註364〕汪敏倩：《清華簡〈子產〉篇疏證與研究》，頁52、54。

〔註365〕先秦甲骨金文簡牘詞彙資料庫：http://inscription.asdc.sinica.edu.tw/c_index.php。

〔註366〕先秦甲骨金文簡牘詞彙資料庫：http://inscription.asdc.sinica.edu.tw/c_index.php。

〔註367〕王輝：《古文字通假字典》，頁84。

〔註368〕王輝：《古文字通假字典》，頁623。

〔註369〕先秦甲骨金文簡牘詞彙資料庫：http://inscription.asdc.sinica.edu.tw/c_index.php。

〔註370〕先秦甲骨金文簡牘詞彙資料庫：http://inscription.asdc.sinica.edu.tw/c_index.php。

〔註371〕清華大學出土文獻研究與保護中心編，李學勤主編：《清華大學藏戰國竹簡（陸）》下冊，頁141。

〔註372〕王寧：〈清華簡六子產釋文校讀〉，復旦大學出土文獻與古文字研究中心：http://www.gwz.fudan.edu.cn/Web/Show/2851，2016/7/4。

郝花萍：因，沿襲，承接之意。《論語·為政》：「殷因於夏禮，所損益，可知也；周因於殷禮，所損益，可知也。」遂，順應，符合。《國語·周語下》：「如是而鑄之金，磨之石，繫之絲木，越之瓠竹，節之鼓，而行之以遂八風。」韋昭注：「遂，順也。」〔註373〕

王瑜楨：「因」，因襲；「遂」，依順。這些都是祖先前人留下來的原則方法，照著做，就是「因前遂故」。「故」，指舊典、成例。「遂」字應讀為「述」，即「述而不作」之「述」，因循之意（非敘述之「述」）。〔註374〕

朱忠恒：因，仍也。從整理者說。沿襲、承接之意。遂，延續。《篇海類編·人事類·辵部》：「遂，繼也。」《漢書·外戚傳·衛后》：「六年之間大命不遂，禍殃仍重。」顏師古注：「遂，猶延也。」者，從王寧說，讀為「故」。因前、遂故，二者是並列的。「此謂因前遂故。」意思是：這就是承接以前的，延續以往的。（指以往的聖君做法）〔註375〕

汪敏倩：「因」：順應。「遂」應指成功。「者」同「故」，指緣故、原因。「因前遂故」指順應昔之聖君治國之道而獲取成功的原因。〔註376〕

筆者茲將各家對「遂」、「者」之訓讀表列於下：

表 4-2-34：「遂」諸家訓讀異說表

遂	訓　讀
整理者	順
郝花萍	順應、符合
王瑜楨	讀「述」：因循
朱忠恒	延續
汪敏倩	指成功。

表 4-2-35：「者」諸家訓讀異說表

者	訓　讀
王寧	乃「胡」讀「故」
王瑜楨	故：舊典、成例。
朱忠恒	讀「故」
汪敏倩	同「故」，指緣故、原因。

〔註373〕郝花萍：《清華大學藏戰國竹簡（陸）鄭國三篇集釋》，頁105。
〔註374〕王瑜楨：《清華大學藏戰國竹簡（陸）鄭國史料三篇研究》，頁388。
〔註375〕朱忠恒：《清華大學藏戰國竹簡（陸）集釋》，頁156。
〔註376〕汪敏倩：《清華簡〈子產〉篇疏證與研究》，頁56。

按：筆者從「因訓沿襲」之說。《王力古漢語字典》：「遂：因循。《荀子．王制》：『若是，則大事殆乎弛，小事殆乎遂。』」〔註377〕筆者從「彖讀遂」、「者讀故，訓舊典、成例」之說。《莊子．天運》：「變化齊一，不主故常。」《商君書．更法》：「苟可以彊國，不法其故。」

翻譯：這是說沿襲前者，因循舊典、成例。

 歬（前）	 者	 之	 能	 没（役）	 相
 亓（其）	 邦	 冡（家）			

〔四十八〕歬（前）者之能没（役）相亓（其）邦冡（家），

清華簡整理者：役，《左傳》成公二年「以役王命」，杜注：「事也。」相，輔助。〔註378〕

黔之菜：簡文之「役」字，亦為輔助之義。《廣雅．釋詁二》：「役，助也。」王念孫《疏證》云：「役者，《禮記．少儀》云：怠則張而相之，廢則埽而更之，謂之社稷之役。鄭注云：役，為也。《正義》云：為謂助為也。」（參王念孫《廣雅疏證》，中華書局，1983年，52頁。）又王念孫《廣雅疏證補正》云：「《周官》『遂役之』，鄭注云：役之，使助之。」（參王念孫《廣雅疏證》，中華書局，1983年，420頁。）皆可以為證。簡文言「役相其邦家」，即輔助其國家之義。《書．大誥》有「爽邦由哲」語，「爽邦」應讀為「相邦」，「爽（相）邦」是輔相、佐助國家的意思。〔註379〕又《書．立政》有「用勱相我國家」語（「國家」，《說文》「勱」字下引作「邦家」），三者之遣詞命意至為相近。〔註380〕

〔註377〕王力：《王力古漢語字典》，頁1444。

〔註378〕清華大學出土文獻研究與保護中心編，李學勤主編：《清華大學藏戰國竹簡（陸）》下冊，頁141。

〔註379〕詳細的討論，參蔡偉：《誤字、衍文與用字習慣——出土簡帛古書與傳世古書校勘的幾個專題研究》，復旦大學博士學位論文，2015年6月，頁127～129。

〔註380〕黔之菜：〈清華簡（陸）《子產》小箚一則〉，復旦大學出土文獻與古文字研究中心：http://www.gwz.fudan.edu.cn/，2016/4/20。

王寧：「役」、「相」乃同義連用，均輔助、輔佐義。〔註381〕

郝花萍：《周禮・春官・菙氏》：「遂歙其燋契，以授卜師，遂役之。」鄭玄注：「役之，使助之。」《禮記・少儀》：「怠則張而相之，廢則埽而更之，謂之社稷之役。」鄭玄注：「役，為也。」孔穎達疏：「為謂助為也。」没（役）相亓（其）邦家，「役」「相」同義。「役」訓「助」于文意亦可通。〔註382〕

王瑜楨：「役相其邦家」，指的是臣人者，不是君人者。〔註383〕

朱忠恒：役，訓為「助」可從。〔註384〕

汪敏倩：「耑者之能没相亓邦豙」指先前那些能施仁道輔助他的邦國及家族的聖君。〔註385〕

筆者茲將各家對「役」之說法表列於下：

表 4-2-36：「役」諸家異說表

役	訓
整理者	事
黔之菜、王寧	輔助
郝花萍、朱忠恒	助

按：筆者從「役、相均訓輔佐」之說。《詩・大雅・生民》：「有相之道。」《論語・季氏》：「相夫子。」

翻譯：前者（賢才）能夠輔佐他的國家

以	成	名	於	天	下
者	身	以	虞（處）	之	用

〔註381〕王寧：〈清華簡六子產釋文校讀〉，復旦大學出土文獻與古文字研究中心：http://www.gwz.fudan.edu.cn/Web/Show/2851，2016/7/4。

〔註382〕郝花萍：《清華大學藏戰國竹簡（陸）鄭國三篇集釋》，頁 105、106。

〔註383〕王瑜楨：《清華大學藏戰國竹簡（陸）鄭國史料三篇研究》，頁 389。

〔註384〕朱忠恒：《清華大學藏戰國竹簡（陸）集釋》，頁 156。

〔註385〕汪敏倩：《清華簡〈子產〉篇疏證與研究》，頁 56。

身	之	道	不	以	冥=（冥冥）
卬（抑）	福				

〔四十九〕以成名於天下者，身【十四】以虞（處）之。用身之道，不以冥=（冥冥）卬（抑）福，

王寧：「虞」讀「儀」，效法。〔註386〕

清華簡整理者：冥冥，《廣雅·釋訓》：「暗也。」抑，《淮南子·本經》高注：「止也。」〔註387〕

ee：「冥冥」下那個字應釋為「卬（仰）」，參〈三德〉簡15的「卬（仰）」。〔註388〕

暮四郎：「仰福」之「仰」意為慕、想要，與《國語·晉語四》「重耳之仰君也，若黍苗之仰陰雨也」之「仰」意同。《詩·小雅·車舝》「高山仰止」《正義》：「仰是心慕之辭。」「冥冥」，整理報告解為暗，似欠準確。「冥冥」當是人的某種品質或狀態，應解釋為暗昧。《戰國策·趙策二》：「豈掩於眾人之言，而以冥冥決事哉？」〔註389〕

王寧：「卬」讀「仰」可從，亦「卬」、「昂」字，《廣雅·釋詁一》：「昂，舉也。」此言不做暗昧之事以提高自己的福祉。〔註390〕

單育辰：「不以冥冥卬（仰）福」，「冥冥」是暗昧的意思，「仰」是仰求的意思，此句的意思是不以暗昧之行仰求福祿。〔註391〕

郝花萍：「用身之道」一說，值得注意，第一節之「不信不信」讀作「不身

〔註386〕王寧：〈清華簡六子產釋文校讀〉，復旦大學出土文獻與古文字研究中心：http://www.gwz.fudan.edu.cn/Web/Show/2851，2016/7/4。

〔註387〕清華大學出土文獻研究與保護中心編，李學勤主編：《清華大學藏戰國竹簡（陸）》下冊，頁141。

〔註388〕ee：簡帛研讀 » 清華六〈子產〉初讀（第15樓），簡帛論壇：http://www.bsm.org.cn/bbs/read.php?tid=3345，2016年4月17日。

〔註389〕暮四郎：簡帛研讀 » 清華六〈子產〉初讀（第81樓），簡帛論壇：http://www.bsm.org.cn/bbs/read.php?tid=3345，2016年4月30日。

〔註390〕王寧：〈清華簡六子產釋文校讀〉，復旦大學出土文獻與古文字研究中心：http://www.gwz.fudan.edu.cn/Web/Show/2851，2016/7/4。

〔註391〕單育辰：〈清華六《子產》釋文商榷〉，頁214。

不信」，則與此相照應。「」ee 釋作「仰」，其說可從。《詩‧小雅‧車舝》：「高山仰止，景行行止。」鄭玄箋：「古人有高德者則慕仰之，有明行者則而行之。」「不以冥＝（冥冥）仰福」是說不做暗昧之事以達到追求自己福祉的目的。〔註392〕

趙平安：虡即「虡」。虡中的「鬲」本為甗之象形，在演變的過程中，訛變為「貝」形。虡讀「獻」。〔註393〕

王瑜楨：虡隸定為「虡」，但不宜讀為「獻」，當從王寧讀為「儀」。「身以儀之」的意思是：以自身做表率。〔註394〕叩和「求」的意義相近。如隸為「叩」，釋為「抑」，那麼就可讀成「要」。「要」，求也。「不以冥冥要福」是說：不期望用暗昧的態度做事來求取福祉。〔註395〕

朱忠恒：「身以獻之」即「以身獻之」。「前者之能役相其邦家，以成名於天下者，身以獻之。」意思是：前者（指先聖君）之所以能夠輔助其國家而天下聞名的原因，是奉獻了自身。「冥冥」釋為暗昧，網友「暮四郎」所說可從。「仰福」之「仰」意為慕、想要。用身，以身處世。《墨子‧貴義》：「子墨子曰：『今士之用身，不若商人之用一布之慎也。』」「用身之道，不以冥冥仰福，」這句話意思是：以身處世之道，不以暗昧求慕福祉。〔註396〕

汪敏倩：「用」應指「聽從」。「身之道」指「先聖君」自身的為君之道、治國之法。「以成名於天下者……不以冥冥抑福」：以使自己的威名在天下聞名的前賢君主，能從自身求取審查。聽從先聖君自身的為君之道、治國之法，不因為時局昏暗而依賴福澤。〔註397〕

筆者茲將各家對「」、「」之訓讀表列於下：

表4-2-37：「身以之」中「」諸家訓讀異說表

	訓　　讀
王寧	讀「儀」：效法。

〔註392〕郝花萍：《清華大學藏戰國竹簡（陸）鄭國三篇集釋》，頁106、107。

〔註393〕趙平安：〈清華簡第六輯文字補釋六則〉，《出土文獻》（第九輯），清華大學出土文獻研究與保護中心：http://www.tsinghua.edu.cn/publish/cetrp/6830，2018/5/24。

〔註394〕王瑜楨：《清華大學藏戰國竹簡（陸）鄭國史料三篇研究》，頁391。

〔註395〕王瑜楨：《清華大學藏戰國竹簡（陸）鄭國史料三篇研究》，頁392、393。

〔註396〕朱忠恒：《清華大學藏戰國竹簡（陸）集釋》，頁156、157。

〔註397〕汪敏倩：《清華簡〈子產〉篇疏證與研究》，頁54。

趙平安	讀「獻」
王瑜楨	讀「儀」

表 4-2-38：「福」中「」諸家訓讀異說表

	訓　讀
整理者	讀「抑」：止
ee、郝花萍	釋「卬（仰）」
暮四郎、朱忠恒	仰：慕、想要
王寧	讀「仰」
單育辰	「仰」：仰求
王瑜楨	讀「要」：求

　　按：冥冥：暗中、私下。《荀子・修身》：「行乎冥冥而施乎無報。」筆者從「讀仰訓仰求」之說。

　　翻譯：以樹立名聲於天下，以自身作為（人民）準則。用自身（作為人民準則）的方法，不用暗中（不光明的手段）仰求福利

不	以	脫（逸）	求	尋（得）	不
以	利	行	直（德）	不	以
虐（虐）	出	民	力		

〔五十〕不以脫（逸）求尋（得），不以利行直（德），不以虐（虐）出民力。

　　暮四郎：「直（德）」當釋為「害」。上博一〈孔子論詩〉簡 16、20、24 等「害」字寫法與此近似。「不以利行害」，意為不因利益而推行禍害人民的政策。〔註 398〕

〔註 398〕暮四郎：簡帛研讀 » 清華六〈子產〉初讀（第 7 樓），簡帛論壇：http://www.bsm.org.cn/bbs/read.php?tid=3345，2016 年 4 月 17 日。

王寧：「直」當依字讀，指物價，亦即價值之「值」，古作「直」。此二句是說不因為逸樂求多獲得，不因為利益而亂定價。〔註399〕

清華簡整理者：唐，《說文》「虐」字古文。〔註400〕

薛後生：「不以冥＝（冥冥）归（抑）福，不以挽（逸）求尋（得），不以利行直（德），不以唐（虐）出民力。」部分似押韻（福，得，德，力）。「不以利行直（德）」義為「不因利益而行恩惠（或德）」。〔註401〕

仲時：「不以虐出民力」之「出」當讀「屈」，取竭盡義。《漢書·西域傳》：「民力屈，財用竭。」〔註402〕

王瑜楨：「不以逸求得」是說：不期望用安逸的態度做事而能有所得。〔註403〕「直」讀「德」。「不以利行直（德）」，就是：不以求利的方式或手段來施行德政。「不以唐（虐）出民力」的意思是：不用暴虐的手段來壓迫人民出力做事。「不以冥冥要福，不以逸求得，不以利行直，不以虐出民力」，四句話表現子產是一位正直務實的政治家。〔註404〕

朱忠恒：直，從整理者說，讀作「德」。虐，殘暴，暴虐。《國語·周語上》：「厲王虐，國人謗。」「不以逸求得，不以利行德，不以虐出民力。」意思是：不以安逸求獲得，不以利益行德政，不以暴虐的方式榨取民力。〔註405〕

袁青：「用身之道，不以冥冥抑福，不以逸求得，不以利行直，不以虐出民力。」治身之道在於不做暗昧之事以提高自己的福祉，不因逸樂而貪得無厭，不因利益而做正直之事，不因殘暴而役使民力，這是不被外物迷失自己的具體表現，是治心的內在要求。〔註406〕

汪敏倩：「虐」指殘害、侵凌。「不以逸求得……不以虐出民力」：不憑藉安

〔註399〕王寧：〈清華簡六子產釋文校讀〉，復旦大學出土文獻與古文字研究中心：http://www.gwz.fudan.edu.cn/Web/Show/2851，2016/7/4。

〔註400〕清華大學出土文獻研究與保護中心編，李學勤主編：《清華大學藏戰國竹簡（陸）》下冊，頁141。

〔註401〕薛後生：簡帛研讀 » 清華六〈子產〉初讀（第50樓），簡帛論壇：http://www.bsm.org.cn/bbs/read.php?tid=3345，2016年4月20日。

〔註402〕仲時：簡帛研讀 » 清華六〈子產〉初讀（第117樓），簡帛論壇：http://www.bsm.org.cn/bbs/read.php?tid=3345，2017年11月25日。

〔註403〕王瑜楨：《清華大學藏戰國竹簡（陸）鄭國史料三篇研究》，頁393。

〔註404〕王瑜楨：《清華大學藏戰國竹簡（陸）鄭國史料三篇研究》，頁394。

〔註405〕朱忠恒：《清華大學藏戰國竹簡（陸）集釋》，頁157。

〔註406〕袁青：〈論清華簡《子產》的黃老學傾向〉，頁160。

逸獲得自己想要的東西，不因為利益才施以德行，不用侵凌的方式得到民力的使用。〔註407〕

筆者茲將各家對「」之訓讀表列於下：

表4-2-39：「」諸家訓讀異說表

	訓　　讀
暮四郎	釋「冑」
王寧	「直」依字讀，指物價，亦即價值之「值」，古作「直」。
王瑜楨、朱忠恒	「直」讀「德」

按：勉亦見於《清華一・耆夜 02》：「作策勉（逸）為東堂之客」〔註408〕逸：安樂、閒適。《詩・小雅・十月之交》：「民莫不逸。」箋：「逸，逸豫也。」《呂氏春秋・察賢》：「國治身逸。」注：「逸，不勞也。」《呂氏春秋・重己》：「足以逸身煖骸而矣。」直、德皆「職」部可通，筆者從「直讀德」之說。《漢語大詞典》：「行德：實行德政。《呂氏春秋・愛士》：『人主其胡可以無務行德愛人乎？』《史記・殷本紀》：『武丁修政行德，天下咸驩，殷道復興。』」〔註409〕虐亦見於《上海博物館藏戰國楚竹書・容成36》：「民乃宜怨，虐（虐）疾始生」〔註410〕《上海博物館藏戰國楚竹書・競建06》：「為無道，不踐於善而奪之，可虐（虐）於？」〔註411〕

翻譯：不用閒適（之法）求獲得，不用（求）利益（之心態）施行德政，不用殘暴（的手段）使人民付出勞力。

子	產	專（傅）	於	六	正

〔五十一〕子【十五】產專（傅）於六正，

〔註407〕汪敏倩：《清華簡〈子產〉篇疏證與研究》，頁57、58。

〔註408〕先秦甲骨金文簡牘詞彙資料庫：http://inscription.asdc.sinica.edu.tw/c_index.php。

〔註409〕《漢語大詞典》，頁4324、4325。國學大師：http://www.guoxuedashi.com/hydcd/412485f.html。

〔註410〕先秦甲骨金文簡牘詞彙資料庫：http://inscription.asdc.sinica.edu.tw/c_index.php。

〔註411〕先秦甲骨金文簡牘詞彙資料庫：http://inscription.asdc.sinica.edu.tw/c_index.php。

清華簡整理者：傅，《廣雅‧釋詁三》：「就也。」六正，即六官。〔註412〕

暮四郎：「專」此字似當讀為「輔」。〔註413〕

ee：「專」應讀為「敷」，典籍常見「敷政」一語。〔註414〕

王寧：「專」讀「輔」是，「六正」即下文之子羽、子剌等「六甫（輔）」，「輔於六正」即六正輔佐之。六正均良善之賢人，故下句言「與善為徒」。〔註415〕

單育辰：「專」應讀為「敷」，「正」以讀為「政」好，六政即六種政治情況，大概即下面所說的「與善為徒，以谷（慤）事不善，毋茲違拂其事」等情況。《詩‧商頌‧長發》「不剛不柔，敷政優優，百祿是遒」，「敷」字典籍亦常作「布」。又可參清華三《說命下》簡10「專（敷）之於朕政」。〔註416〕

郝花萍：「子產專（敷）於六正」中「專」應讀為「敷」，「敷政」指布政，施行教化。《詩‧商頌‧長發》：「敷政優優，百祿是遒。」〔註417〕

王瑜楨：《詩經‧商頌‧長發》「敷政優優」，孔疏：「敷陳政教，則優優而和美。」《孟子‧滕文公上》「堯獨憂之，舉舜而敷治焉」，趙注：「敷，治也。」敷，即敷布、施政的意思。「六正」，原考釋讀為「六政」，可從，猶後世吏、戶、禮、兵、刑、工，也就是國家全部重要的施政，都由子產來處理。與善為徒，與善同類，主語是子產，意思是子產一心為善。〔註418〕

朱忠恒：專，讀為「敷」，ee說可從。六政，《大戴禮記‧盛德》：「禦天地與人與事者亦有六政。」注：「六政，謂道、德、仁、聖、禮、義也。」敷政，布政，施行教化。《詩‧商頌‧長發》：「不剛不柔，敷政優優，百祿是遒。」「子產敷於六政」即子產布政、施行教化。〔註419〕

汪敏倩：「子產傅於六正」：子產教導六官。〔註420〕

〔註412〕清華大學出土文獻研究與保護中心編，李學勤主編：《清華大學藏戰國竹簡（陸）》下冊，頁141。

〔註413〕暮四郎：簡帛研讀 » 清華六〈子產〉初讀（第11樓），簡帛論壇：http://www.bsm.org.cn/bbs/read.php?tid=3345，2016年4月17日。

〔註414〕ee：簡帛研讀 » 清華六〈子產〉初讀（第29樓），簡帛論壇：http://www.bsm.org.cn/bbs/read.php?tid=3345，2016年4月18日。

〔註415〕王寧：〈清華簡六子產釋文校讀〉，復旦大學出土文獻與古文字研究中心：http://www.gwz.fudan.edu.cn/Web/Show/2851，2016/7/4。

〔註416〕單育辰：〈清華六《子產》釋文商榷〉，頁214、215。

〔註417〕郝花萍：《清華大學藏戰國竹簡（陸）鄭國三篇集釋》，頁107。

〔註418〕王瑜楨：《清華大學藏戰國竹簡（陸）鄭國史料三篇研究》，頁395。

〔註419〕朱忠恒：《清華大學藏戰國竹簡（陸）集釋》，頁157。

〔註420〕汪敏倩：《清華簡〈子產〉篇疏證與研究》，頁59。

　　筆者茲將各家對「」、「六正」之訓讀表列於下：

表 4-2-40：「」諸家訓讀異說表

	訓　　讀
整理者	尃：就
暮四郎、王寧	「尃」讀「輔」
ee、單育辰、郝花萍、朱忠恒	「尃」讀「敷」
王瑜楨	敷：敷布、施政

表 4-2-41：「六正」諸家訓讀異說表

六正	訓　　讀
整理者、汪敏倩	六官
王寧	即子羽、子剌等「六甫（輔）」
單育辰	「正」讀「政」，六政即六種政治情況。
王瑜楨	讀「六政」，猶後世吏、戶、禮、兵、刑、工。
朱忠恒	六政，謂道、德、仁、聖、禮、義也。

　　按：《古文字通假字典》：「尃（魚滂 fu）讀為輔（魚並 fu），滂並旁紐。郭店楚簡本《老子》甲簡一二：『是故聖人能尃萬物之自然。』尃王弼本作輔。又上博楚竹書《容成氏》簡三六：『湯乃尃為征籍，以征關市。』」〔註 421〕輔：輔助。《書‧蔡仲之命》：「皇天無親，惟德是輔。」《古文字通假字典》：「正（耕照 zheng）讀為政（耕照 zheng）。上博楚竹書《從政》甲簡五：『從正，用五德，固三誓。』睡虎地秦簡《日書》甲《稷辰》：『……臨官立正相宜也。』影本『立正』讀為『涖政』。」〔註 422〕政：政事。《周禮‧夏官》：「使帥其屬而掌邦政。」筆者從「尃讀輔、正讀政」之說。

　　翻譯：子產對六部門之政事（加以）輔助

與	善	為	徒	以	谷（愨）

〔註 421〕王輝：《古文字通假字典》，頁 124。
〔註 422〕王輝：《古文字通假字典》，頁 371。

事	不	善			

〔五十二〕與善為徒，以谷（愨）事不善，

清華簡整理者：愨，《淮南子・主術》高注：「誠也。」〔註423〕

王寧：「谷」原整理者讀「愨」，義不可通。當為「卻」，退也、止也。「事」當讀「使」。「卻使」猶言不使，謂不用。〔註424〕

王瑜楨：原考釋讀「愨」，解為「誠」，可從。「以愨事不善」，就是以真誠樸實對待那些不好的人。〔註425〕

朱忠恒：徒，《廣韻・模韻》：「徒，黨也。」〔註426〕

汪敏倩：「谷」有善、良之義。「與善為徒，以谷（愨）事不善」：與「善」為同類，（並）以「善」對待「不善」之人。〔註427〕

筆者茲將各家對「谷」之訓讀表列於下：

表 4-2-42：「谷」諸家訓讀異說表

谷	訓　　讀
整理者、王瑜楨	讀「愨」：誠
王寧	讀「卻」：退、止
汪敏倩	善、良。

按：《漢語大字典》：「徒：徒黨；同一類或同一派別的人。《左傳・襄公三十年》：『豈為我徒。』杜預注：『徒，黨也。』」〔註428〕谷、愨皆「屋」部可通，筆者從「谷讀愨訓誠」之說。事：役使。《史記・傅靳蒯成傳》：「坐事國人過律。」

〔註423〕清華大學出土文獻研究與保護中心編，李學勤主編：《清華大學藏戰國竹簡（陸）》下冊，頁141。

〔註424〕王寧：〈清華簡六子產釋文校讀〉，復旦大學出土文獻與古文字研究中心：http://www.gwz.fudan.edu.cn/Web/Show/2851，2016/7/4。

〔註425〕王瑜楨：《清華大學藏戰國竹簡（陸）鄭國史料三篇研究》，頁396。

〔註426〕朱忠恒：《清華大學藏戰國竹簡（陸）集釋》，頁158。

〔註427〕汪敏倩：《清華簡〈子產〉篇疏證與研究》，頁59、61。

〔註428〕《漢語大字典》，頁884。國學大師：http://www.guoxuedashi.com/kangxi/pic.php?f=dzd&p=884。

翻譯：和善者為同一類的人，用誠役使不善者

母（毋）	茲	愇（違）	柫（拂）	亓（其）	事

〔五十三〕母（毋）茲愇（違）柫（拂）亓（其）事。

清華簡整理者：茲，訓「致」，見《古書虛字集釋》（第631～632頁）。「毋茲」即《左傳》隱公十一年「無滋他族實偪處此」之「無滋」。拂，《荀子·臣道》「無撟拂」，楊倞注：「違也。」〔註429〕

郝花萍：「母（毋）茲愇（違）柫（拂）亓（其）事」，似當讀作「毋茲違，拂其事」。「毋茲違」即「毋違茲」，「茲」指代前文所謂「用身之道」，「不以冥＝（冥冥）抑福，不以逸求得，不以利行直（德），不以虐出民力」等諸語。「拂」有輔佐之意，《廣雅·釋詁四》：「拂，輔也。」故「毋茲違，拂其事」可譯為：不違背用身之道，則有助於完成自己的職事。〔註430〕

金宇祥：「茲」訓「使」。〔註431〕

王瑜楨：「茲」，解為「致」或「使」並無不同；「違」、「拂」為同義詞，都是違背、反對的意思。「毋茲違拂其事」是說：不要讓那些「不善人」破壞了子產的施政。〔註432〕

朱忠恒：「母（毋）茲（使）愇（違）柫（拂）亓（其）事。」連讀。茲，讀作「使」。《越公其事》簡16～17「茲（使）吾二邑之父兄子弟朝夕粲然為犲（豺）狼」，其中「茲」，即讀作「使」，可參看。愇、拂同義，訓為違背。不致違背要完成的事情。這幾句話斷讀為「子產敷於六政，與善為徒，以慇事不善。毋使違拂其事。」意思是：子產布政、施行教化，和好的人同類，以誠心對待惡人。（子產）不使自己違背自己的職事。〔註433〕

汪敏倩：「無滋」指不要導致某事發生之義。「毋茲愇（違）柫（拂）亓

〔註429〕清華大學出土文獻研究與保護中心編，李學勤主編：《清華大學藏戰國竹簡（陸）》下冊，頁141。

〔註430〕郝花萍：《清華大學藏戰國竹簡（陸）鄭國三篇集釋》，頁108。

〔註431〕金宇祥（臺師大季旭昇讀書會）：〈子產〉，2016年10月～2017年1月。轉引自王瑜楨：《清華大學藏戰國竹簡（陸）鄭國史料三篇研究》，頁396。

〔註432〕王瑜楨：《清華大學藏戰國竹簡（陸）鄭國史料三篇研究》，頁396。

〔註433〕朱忠恒：《清華大學藏戰國竹簡（陸）集釋》，頁157。

（其）事」：不曾導致違背鄭國國事及暗中以權謀私的事發生。〔註434〕

筆者茲將各家對「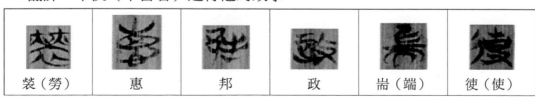」、「拂」之說法表列於下：

表 4-2-43：「」諸家訓讀異說表

	訓　　讀
整理者	致
郝花萍	指代「用身之道」，「不以冥＝（冥冥）抑福……不以虐出民力」等諸語。
金宇祥	使
王瑜楨	致、使
朱忠恒	讀「使」

表 4-2-44：「拂」諸家異說表

拂	訓
整理者	違
郝花萍	輔佐
王瑜楨	違背、反對
朱忠恒	違背

按：筆者從「茲讀使」之說。《清華七‧越公其事28》：「茲（使）民暇自相」〔註435〕「㥚」亦見於《上海博物館藏戰國楚竹書‧民之父母10》：「無聲之樂，氣志不㥚（違）」〔註436〕違：違反。《書‧君陳》：「違上所命，從厥攸好。」《孟子‧梁惠王上》：「不違農時，穀不可勝食也。」又筆者從「拂訓違背」之說。《孟子‧告子下》：「行拂亂其所為，所以動心忍性，曾益其所不能。」《禮記‧大學》：「是謂拂人之性。」

翻譯：不使（不善者）違背他的政事

袋（勞）	惠	邦	政	耑（端）	徝（使）

〔註434〕汪敏倩：《清華簡〈子產〉篇疏證與研究》，頁 59、62。

〔註435〕先秦甲骨金文簡牘詞彙資料庫：http://inscription.asdc.sinica.edu.tw/c_index.php。

〔註436〕先秦甲骨金文簡牘詞彙資料庫：http://inscription.asdc.sinica.edu.tw/c_index.php。

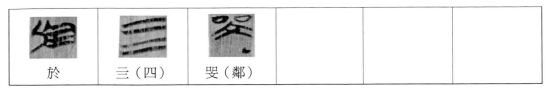

於	三（四）	殹（鄰）			

〔五十四〕褮（勞）惠邦政，耑（端）徟（使）【十六】於三（四）殹（鄰）。

郝花萍：「勞惠邦政」指於國家政事勞心勞力，普施恩惠。〔註437〕

清華簡整理者：端，《說文》：「直也。」〔註438〕

王瑜楨：「勞」，勤勞。「惠」，即惠愛。「勞惠邦政」，就是勞於邦政，惠於邦政。「耑」，讀為專，專門負責、全心掌管，即《論語·子路》「誦《詩》三百，授之以政，不達；使於四方，不能專對」之「專」，「專使」、「專對」結構相同，此應謂子產獨立掌管所有使於四鄰之事，亦即主管外交。鄭國於子產執政時，已淪為小國，在大國之間，需極為小心，子產深知「使於四鄰」的重要，他本身又擅於外交辭令，所以對於派遣到四鄰的使者非常重視。〔註439〕

朱忠恒：「端使於四鄰。」意思是：正直對待四鄰諸國。〔註440〕

汪敏倩：「惠」應指寬厚之義。「褮惠邦政」指（子產）以「寬嚴相濟」的政策行邦國政事，這裡講的是子產的處政風格、行政方式。「褮惠邦政」：子產不僅勤於操持政事，更施惠於「邦政」。「端使於四鄰」指（子產）以公正的態度對待每一個出使的鄰國，不產生不公平對待，也不因鄰國狹小而輕慢，與周邊鄰國（相互通使）。〔註441〕

筆者茲將各家對「 」之訓讀表列於下：

表 4-2-45：「 」諸家訓讀異說表

	訓　　讀
整理者	端：直
王瑜楨	「耑」讀「專」

〔註437〕郝花萍：《清華大學藏戰國竹簡（陸）鄭國三篇集釋》，頁108。
〔註438〕清華大學出土文獻研究與保護中心編，李學勤主編：《清華大學藏戰國竹簡（陸）》下冊，頁141。
〔註439〕王瑜楨：《清華大學藏戰國竹簡（陸）鄭國史料三篇研究》，頁397。
〔註440〕朱忠恒：《清華大學藏戰國竹簡（陸）集釋》，頁158。
〔註441〕汪敏倩：《清華簡〈子產〉篇疏證與研究》，頁59、62、63。

按：袋亦見於《上海博物館藏戰國楚竹書・曹沫34》：「君毋憚自袋（勞）」〔註442〕《上海博物館藏戰國楚竹書・緇衣04》：「不辭其所能，則君不袋（勞）。」〔註443〕《漢語大詞典》：「邦政：國家軍政。《書・周官》：『司馬掌邦政，統六師，平邦國。』」〔註444〕《古文字通假字典》：「耑（元端 duan）讀為端（元端 duan）。郭店楚簡《語叢一》簡九八：『喪，仁之耑也。』《周禮・考工記・磬氏》：『已下則摩其耑。』釋文：『耑本或作端。』」〔註445〕筆者從「耑讀端」之說。《王力古漢語字典》：「端：特地。《呂氏春秋・疑似》：『明日端復飲於市，欲遇而刺殺之。』」〔註446〕使：出使。《戰國策・魏策》：「唐雎使于秦。」《史記・廉頗藺相如列傳》：「臣舍人藺相如可使。」《漢語大詞典》：「四鄰：四方鄰國。《書・蔡仲之命》：『懋乃攸績，睦乃四鄰，以蕃王室，以和兄弟，康濟小民。』」〔註447〕

翻譯：（自己）勞苦使國家軍政受惠，特地出使到四方鄰國。

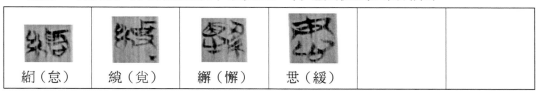

綯（怠）	綄（覓）	縺（懈）	患（緩）		

〔五十五〕綯（怠）綄（覓）縺（懈）患（緩），

清華簡整理者：綄，讀為「覓」，即「弁」。《禮記・玉藻》「弁行」，《釋文》：「急也。」患，即《說文》「患」字古文「愳」，讀為同在匣母元部之「緩」，與上「弁」字相對。句意指官員怠於緩急的政事。〔註448〕

石小力：「綯綄」疑可讀作「怠慢」，古書又作「怠嫚」。綄、慢皆脣音元部字，古音相近，可以通用。怠慢，懈怠輕忽之義。《周禮・春官・宗伯》：「巡舞列而撻其怠慢者。」《荀子・君道》：「百吏官人無怠慢之事。」《國語・鄭語》：

〔註442〕先秦甲骨金文簡牘詞彙資料庫：http://inscription.asdc.sinica.edu.tw/c_index.php。

〔註443〕先秦甲骨金文簡牘詞彙資料庫：http://inscription.asdc.sinica.edu.tw/c_index.php。

〔註444〕《漢語大詞典》第 10 卷，頁 584。國學大師：http://www.guoxuedashi.com/hydcd/489736o.html。

〔註445〕王輝：《古文字通假字典》，頁 727。

〔註446〕王力：《王力古漢語字典》，頁 868。

〔註447〕《漢語大詞典》，第 4003 頁。國學大師：http://www.guoxuedashi.com/kangxi/pic.php?f=dcd&p=4003。

〔註448〕清華大學出土文獻研究與保護中心編，李學勤主編：《清華大學藏戰國竹簡（陸）》下冊，頁 142。

「虢叔恃勢，鄶仲恃險，是皆有驕侈怠慢之心，而加之以貪冒。」〔註 449〕

王寧：「絧」字楚簡習見，多用為「治」，指治事；本篇簡 18 有「怠」字，從心不從糸，故讀「怠」證據不足。「絻」是「覍」之繁構，當讀為「辨」，《周禮．天官塚宰》：「弊群吏之治：……六曰廉辨」，鄭注：「辨，謂辨然於事分明，無有疑惑也。」故有「辨事」之說，《周禮．春官宗伯．大史》：「辨事者考焉」，後所言「辨事」是也。「治辨」一詞，《荀子》一書中多見，如〈正論〉：「上宣明，則下治辨矣」、〈禮論〉：「君者，治辨之主也」等。「治辨」乃治事、辨事也。「繲」字清華簡〈筮法〉用為「解」，《禮記．學記》：「相說以解」，鄭注：「解物為解，自解釋為解，是相證而曉解也。」《廣韻》：「解，曉也」，通曉義。「思」即「慣」字，當即《說文》之「摜」，云：「習也」，段注：「此與〈辵部〉『遦』音義皆同，古多叚『貫』為之。」「習」即習熟，今言熟悉是也。〔註 450〕

ee：〈子產〉簡 17 相關句應讀為：(治)(煩)繲(解)毌(亂)，(病)則任之，善則為人。「毌」讀為寬或緩似也能通。〔註 451〕

黔之菜：原整理者讀「繲思」為「懈緩」，甚是。我們認為「絧絻」可讀為「紿慢」。「絻」、「慢」二字古音皆為元部字，雖然聲母分別是並紐和明紐，但並、明二紐都是重唇音，所以「絻」、「慢」二字古音應該極近，故可以通假。從傳世文獻的異文來看，如《論語．子罕》「冕衣裳者」，《釋文》「冕，鄭本作弁，魯讀弁為絻」，《論語．鄉黨》「見冕者」，《釋文》「冕，鄭本作弁」。弁、冕則分別為並、明二紐，可以為證。「紿慢繲(懈)思(緩)」，四字平列，文義相近，《廣雅．釋詁二》：「懈、慢、紿，緩也。」是其證。「紿慢」之「慢」，其字又作「優」，《荀子．不苟》有「君子寬而不優，廉而不劌，辯而不爭，察而不激，寡〈直〉立而不勝，堅強而不暴，柔從而不流，恭敬謹慎而容」之語，楊倞注：「優與慢同，怠惰也。」「紿慢繲(懈)緩」指的是人對待工作的態度、行為。〔註 452〕

〔註 449〕石小力(清華大學出土文獻讀書會)：〈清華六整理報告補正〉，清華大學出土文獻研究與保護中心：http://www.ctwx.tsinghua.edu.cn/publish/cetrp/6842/20160416052940099595642/1 460755813610.doc，2016 年 4 月 16 日。

〔註 450〕王寧：〈清華簡六子產釋文校讀〉，復旦大學出土文獻與古文字研究中心：http://www.gwz.fudan.edu.cn/Web/Show/2851，2016/7/4。

〔註 451〕ee：簡帛研讀 » 清華六〈子產〉初讀(第 13 樓)，簡帛論壇：http://www.bsm.org.cn/bbs/read.php?tid=3345，2016 年 4 月 17 日。

〔註 452〕黔之菜：〈清華簡(陸)《子產》篇之「勛勉」或可讀為「黽勉」〉，復旦大學出土文獻與古文字研究中心：http://www.gwz.fudan.edu.cn/Web/Show/2791，2016/5/12。

單育辰：「絧綩緈思」應讀為「治煩解患」。「治煩」典籍多見，如《左傳》成公二年「臣，治煩去惑者也」、《淮南子・俶真》「存危國，繼絕世，決挐治煩」、《說苑・脩文》「能治煩決亂者佩觿」；而「解患」則有《戰國策・魏策四》「解患而怨報」、《淮南子・人間》「貴無益於解患，在所由之道」等之例。〔註453〕

金宇祥：綩讀「煩」，思釋「患」。〔註454〕

王瑜楨：「絧綩緈思」讀為「治煩解患」。「串」戰國文字作 ，簡化尤烈，遂與毌相混。」上部從金文而省，釋為「患」。〔註455〕

朱忠恒：絧綩，從石小力說，讀為「怠慢」。思，從整理者讀為「緩」。「怠慢懈緩」意思是：懈怠輕忽，鬆懈遲緩。〔註456〕

汪敏倩：怠：「懈怠」、「懶怠」。「怠兌懈緩」，指官員怠于緩、急的政事之義。〔註457〕

筆者茲將各家對「絧」、「綩」、「緈」、「思」之說法表列於下：

表 4-2-46：「絧」諸家訓讀異說表

絧	訓　　讀
石小力、朱忠恒	讀「怠」
王寧	多用為「治」，指治事
黔之菜	讀「紿」
單育辰、王瑜楨	讀「治」

表 4-2-47：「綩」諸家異說表

綩	讀
整理者	讀「兌」，卽「弁」。
石小力、黔之菜、朱忠恒	讀「慢」
王寧	「兌」之繁構，讀「辨」
單育辰、金宇祥、王瑜楨	讀「煩」

〔註453〕單育辰：〈清華六《子產》釋文商榷〉，頁215。
〔註454〕金宇祥（臺師大季旭昇讀書會）：〈子產〉，2016年10月～2017年1月。轉引自王瑜楨：《清華大學藏戰國竹簡（陸）鄭國史料三篇研究》，頁398。
〔註455〕王瑜楨：《清華大學藏戰國竹簡（陸）鄭國史料三篇研究》，頁399。
〔註456〕朱忠恒：《清華大學藏戰國竹簡（陸）集釋》，頁159。
〔註457〕汪敏倩：《清華簡〈子產〉篇疏證與研究》，頁65。

表 4-2-48：「繲」諸家異說表

繲	讀
王寧	用為「解」
黔之菜	讀「懈」
單育辰、王瑜楨	讀「解」

表 4-2-49：「思」諸家訓讀異說表

思	訓　讀
整理者	即「患」讀「緩」
王寧	即「慣」
黔之菜、朱忠恒	讀「緩」
單育辰、王瑜楨	讀「患」
金宇祥	釋「患」

按：絢亦見於《郭店楚簡・性自 59》：「門外之絢（治），欲其制也。」〔註 458〕《上海博物館藏戰國楚竹書・天子甲 05》：「文德絢（治），武德伐，文生武殺。」〔註 459〕筆者從「絢讀治」之說。綩從「兇」，兇、煩皆「元」部可通，筆者從「綩讀煩」之說。《王力古漢語字典》：「煩：煩雜，煩亂。《周禮・考工記・弓人》：『夏治筋則不煩。』鄭玄注：『煩，亂。』」〔註 460〕「繲」亦見於《上海博物館藏戰國楚竹書・周易 37》：「九四：繲（解）其拇」〔註 461〕筆者從「繲讀解、思讀患」之說。

翻譯：治理混亂之局面解除禍患

| 悎（更） | 則 | 任 | 之 | | |

〔五十六〕悎（更）則任之，

清華簡整理者：悎，讀為同從丙聲之「更」，《說文》：「改也。」〔註 462〕

王寧：楚簡文字中「丙」均從口作，故此字乃從心丙聲的「恫」字，《說

〔註 458〕先秦甲骨金文簡牘詞彙資料庫：http://inscription.asdc.sinica.edu.tw/c_index.php。
〔註 459〕先秦甲骨金文簡牘詞彙資料庫：http://inscription.asdc.sinica.edu.tw/c_index.php。
〔註 460〕王力：《王力古漢語字典》，頁 662。
〔註 461〕先秦甲骨金文簡牘詞彙資料庫：http://inscription.asdc.sinica.edu.tw/c_index.php。
〔註 462〕清華大學出土文獻研究與保護中心編，李學勤主編：《清華大學藏戰國竹簡（陸）》下冊，頁 142。

文》訓「憂」，讀「更」可疑。此疑當讀為「炳」，《說文》：「明也」，《玉篇》：「明著也」，這裡是顯著、突出之意。「善則為人」之「人」當指官府的普通工作人員。「紃綏纚思，悡則任之，善則為人」：在治事、辦事方面通曉、熟悉的人，顯著突出的人就任命他做官，做得比較好的人就讓他們做普通的工作人員。〔註463〕

單育辰：「悡」應讀為「病」，二字皆從「丙」得聲。〔註464〕

王瑜楨：悡讀「猛」，這是形容子產的施政風格。「則」，釋為「以」。「猛則任之」，即「猛以任之」，意思是子產以「猛」任事。子產的施政風格偏猛。子產初執政，措施非常威猛。子產執政，「泰侈者因而斃之」，這是多麼剛猛的作風。〔註465〕

汪敏倩：「更則任之」指官員若能改過自新的給予官職。〔註466〕

筆者茲將各家對「悡」之訓讀表列於下：

表4-2-50：「悡」諸家訓讀異說表

悡	訓　　讀
整理者	讀「更」：改
王寧	讀「炳」：明。這裡是顯著、突出之意。
單育辰	讀「病」
王瑜楨	讀「猛」

按：悡從丙，丙、更皆「陽」部可通，筆者從「悡讀更訓改」之說。《論語‧子張》：「更也，人皆仰之。」

翻譯：改（善）就任用他

善	則	為	人	勛	勉
救	善				

〔註463〕王寧：〈清華簡六子產釋文校讀〉，復旦大學出土文獻與古文字研究中心：http://www.gwz.fudan.edu.cn/Web/Show/2851，2016/7/4。

〔註464〕單育辰：〈清華六《子產》釋文商榷〉，頁215。

〔註465〕王瑜楨：《清華大學藏戰國竹簡（陸）鄭國史料三篇研究》，頁400、401。

〔註466〕汪敏倩：《清華簡〈子產〉篇疏證與研究》，頁66。

〔五十七〕善則為人，勛勉救善，

清華簡整理者：勛，疑為「勛」字之譌，勛、勉同義。救，《禮記·檀弓》「扶服救之」，鄭注：「猶助也。」〔註467〕

趙平安：勛字從攴、員聲，又見於簡17「勛勉救善」，可讀為「勤勉救善」。〔註468〕

ee：〈子產〉簡17「勛勉救（求）善」、簡27「獻勛和憙」，「勛」應讀為「勤」。〔註469〕又「救」應讀為「求」。〔註470〕

明珍：原考釋注〔五七〕疑「勛」字為「勛」之訛，似可不必。勛勉，即獎賞勤勉有功者。救善，幫助善良之人。〔註471〕

黔之菜：「勛勉」或是「亹勉」一詞之異寫。「勛」字的古音屬曉母文部，「亹勉」之「亹」古音屬真部，音「武盡切」。而「亹勉」其作為連綿詞，異文甚多，如有作「閔勉」、「閔免」者，而「閔」字的古音屬明母文部，據音韻學家研究，曉母與唇音明母互諧，如每與悔、勿與忽、民與昏、墨與黑等，證據確鑿。曉母與明母關係之密切。讀「勛勉」為「亹勉」，從音理上講，應無問題。「勛（亹）勉救（求）善」就是「努力求善」的意思。且「勛（亹）勉救（求）善」與《詩·邶風·谷風》「亹勉求之」語句相類。〔註472〕

王寧：「勛」當訓「帥」，《後漢書·蔡邕列傳》：「下獲熏胥之辜」，李注：「《詩·小雅》曰：『若此無罪，勳胥以痛。』勳，帥也。胥，相也。……見《韓詩》。《前書》曰：『史遷薰胥以刑。』《音義》云：『謂相薰蒸得罪也。』」是其字或作「熏」、「薰」。《漢書·敘傳下》：「烏呼史遷，薰胥以刑」，《集註》引晉灼曰：「齊、韓、魯《詩》作『薰』。薰，帥也。」猶今言帶頭、領頭。「救」

〔註467〕清華大學出土文獻研究與保護中心編，李學勤主編：《清華大學藏戰國竹簡（陸）》下冊，頁142。

〔註468〕趙平安：〈清華簡第六輯文字補釋六則〉，《出土文獻》（第九輯），2016年02期，頁186。

〔註469〕ee：簡帛研讀 » 清華六〈子產〉初讀（第43樓），簡帛論壇：http://www.bsm.org.cn/bbs/read.php?tid=3345，2016年4月19日。

〔註470〕ee：簡帛研讀 » 清華六〈子產〉初讀（第23樓），簡帛論壇：http://www.bsm.org.cn/bbs/read.php?tid=3345，2016年4月17日。

〔註471〕明珍：簡帛研讀 » 清華六〈子產〉初讀（第67樓），簡帛論壇：http://www.bsm.org.cn/bbs/read.php?tid=3345，2016年4月27日。

〔註472〕黔之菜：〈清華簡（陸）《子產》篇之「勛勉」或可讀為「亹勉」〉，復旦大學出土文獻與古文字研究中心：http://www.gwz.fudan.edu.cn/Web/Show/2791，2016/5/12。

讀「求」是，「善」蓋指良善之賢人，如本文所言子產之四師、六輔之類。「勛勉救善，以勤上牧民」意為子產帶頭努力工作，尋求優秀之人以幫助君主治理人民。〔註473〕

石小力：「勛」讀「勤」或「㠯」皆可備一說。疑「勛」也可以讀作「勸」，「勛」從員聲，「勸」從雚聲，員聲與睘聲相通，如圓，古書多作圜。睘聲與雚聲相通。故「勛」與「勸」音近可通。勸，與勉同義。《荀子‧富國》：「若是，故姦邪不作，盜賊不起，而化善者勸勉矣。」〔註474〕

單育辰：「勛」讀為「勤」。「救善」則應讀為「求善」。「絀縱繲（解）思，悟則任之，善則為人。勛（勤）勉救善，以助上牧民。」意思是說子產能治理煩難解決患苦，有錯誤則歸己，有善事則歸人，勤奮勉力求得善行，以幫助上位者治理民眾。〔註475〕

郝花萍：勛勉，指獎賞勤勉有功者。救善，從王寧先生說，「救」讀「求」，「善」蓋指良善之賢人，如本文所言子產之四師、六輔之類，「救善」指尋求賢能的人才。「勛勉救善」，指的是一方面獎賞現有的勤勉工作的官員，另一方面注重尋求更多賢能人士來為官輔助君主。〔註476〕

王瑜楨：「善則為人」可以釋為「善以為人」，子產執政雖然偏「猛」，但是他的用心都是為人民、為國家，與人為善，所以執政三年後，人民知道子產的用心是善的。〔註477〕「勛勉救善」，仍然是形容子產執政的態度。前面是說子產「猛則任之，善則為人」。「勛勉」對應「猛則任之」；「救（求）善」對應「善則為人」。求善的範圍很廣，可以包括求善人、求善政、求善果等。〔註478〕

朱忠恒：勛勉，即獎賞勤勉工作者，從「明珍」說。「救」應讀為「求」，從「ee」說。「勛勉求善，以助上牧民。」意思是：獎賞勤勉者，求取賢才，來幫助君主管理人民。〔註479〕

汪敏倩：「人」：人材、傑出人物。「善則為人」指大臣中至善者能成為國

〔註473〕王寧：〈清華簡六子產釋文校讀〉，復旦大學出土文獻與古文字研究中心：http://www.gwz.fudan.edu.cn/Web/Show/2851，2016/7/4。

〔註474〕石小力：〈清華簡第六輯中的訛字研究〉，頁195。

〔註475〕單育辰：〈清華六《子產》釋文商榷〉，頁215。

〔註476〕郝花萍：《清華大學藏戰國竹簡（陸）鄭國三篇集釋》，頁110。

〔註477〕王瑜楨：《清華大學藏戰國竹簡（陸）鄭國史料三篇研究》，頁401。

〔註478〕王瑜楨：《清華大學藏戰國竹簡（陸）鄭國史料三篇研究》，頁403、404。

〔註479〕朱忠恒：《清華大學藏戰國竹簡（陸）集釋》，頁160。

家政治人才。「勛」：功勞。勉：盡力、努力。善：修治、治理。「勛勉救善」指（大臣）盡力於為國家建立功勞以幫助國家更好治理。〔註480〕

筆者茲將各家對「勛」、「救」之訓讀表列於下：

表 4-2-51：「勛」諸家訓讀異說表

勛	訓　　讀
整理者	疑「勛」之譌
趙平安、ee、單育辰	讀「勤」
黔之菜	讀「黽」
王寧	訓「帥」
汪敏倩	功勞

表 4-2-52：「救」諸家訓讀異說表

救	訓　　讀
整理者	助
ee、王寧、單育辰、郝花萍、朱忠恒	讀「求」

按：勛、勤皆「文」部可通，筆者從「勛讀勤」之說。李守奎：「 都是『免』字。上面的偏旁與『亓』或『宀』，形體相同或相近，但來源沒有聯繫，功能完全不同。分開兩腿之間，不論是嬰兒的頭頂還是『子』，還是『人』，都是新出生的人。兩腿之間人形的就是『免（娩）』字。『字』與『免』都是分娩的『娩』的異體。」〔註481〕 與 正可互參。勤勉：努力不懈。《荀子·富國》：「奸邪不作，盜賊不起，化善者勤勉矣。」「救」亦見於《上海博物館藏戰國楚竹書·三德 04》：「毋享逸安救（求）利。」〔註482〕《清華一·皇門 03》：「廼旁救（求）選擇元武聖夫，羞于王所。」〔註483〕筆者從「救讀求」之說。

翻譯：善良的人就（會）為人（謀福），努力不懈尋求善良的人

〔註480〕汪敏倩：《清華簡〈子產〉篇疏證與研究》，頁 66、67。
〔註481〕李守奎：〈字乎？娩乎？——「字」表生育與表示生育的字〉，2015 年 5 月，《美文》，頁 61、62。
〔註482〕先秦甲骨金文簡牘詞彙資料庫：http://inscription.asdc.sinica.edu.tw/c_index.php。
〔註483〕先秦甲骨金文簡牘詞彙資料庫：http://inscription.asdc.sinica.edu.tw/c_index.php。

以	勤（助）	上	牧	民＝（民。

〔五十八〕以勤（助）上牧民＝（民。

清華簡整理者：《管子》有《牧民篇》。〔註484〕

郝花萍：「助上牧民」指幫助君王治理人民。〔註485〕

汪敏倩：「以勤（助）上牧民」指幫助君主管理民眾。〔註486〕

按：上：皇帝、君主。《呂氏春秋・察今》：「上胡不法先王之法？」《史記・陳涉世家》：「上使外將兵。」《漢語大詞典》：「牧民：治民。《國語・魯語上》：『且夫君也者，將牧民而正其邪者也，若君縱私回而棄民事，民旁有慝無由省之，益邪多矣。』」〔註487〕

翻譯：用以幫助國君治理人民

民）	又（有）	怣（過）	達（失）	嚚（敖）	遶（佚）
弗	誣（誅）				

〔五十九〕民）又（有）怣（過）達（失），【十七】嚚（敖）遶（佚）弗誣（誅），

清華簡整理者：敖，《爾雅・釋詁》：「戲謔也。」〔註488〕

無痕：「嚚達弗誣」似可讀「矯失弗誅」，就是矯枉過失不責罰／誅殺的意思，與上文合。「嚚」與「矯」聲紐近韻部同，楚簡已有以「嚚＋戈」為「矯」之例，可參白於藍《戰國秦漢簡帛古書通假字彙纂》第140頁。〔註489〕

〔註484〕清華大學出土文獻研究與保護中心編，李學勤主編：《清華大學藏戰國竹簡（陸）》下冊，頁142。

〔註485〕郝花萍：《清華大學藏戰國竹簡（陸）鄭國三篇集釋》，頁110。

〔註486〕汪敏倩：《清華簡〈子產〉篇疏證與研究》，頁68。

〔註487〕《漢語大詞典》，頁8229。國學大師：http://www.guoxuedashi.com/hydcd/302131j.html。

〔註488〕清華大學出土文獻研究與保護中心編，李學勤主編：《清華大學藏戰國竹簡（陸）》下冊，頁142。

〔註489〕無痕：簡帛研讀 » 清華六〈子產〉初讀（第38樓），簡帛論壇：http://www.bsm.org.cn/

bulang：似當斷為「民有過失、傲佚，弗誈（誅）」。〔註490〕

王寧：「民又怣迻，嚻迻弗誈」此二句是說，民眾有過失、傲佚等不良行為而不肯訓誡責讓，就是荒殆職責，會造成不良後果，故下文言「苟我固善，不我能亂；我是荒怠，民屯廢然。」〔註491〕

王瑜楨：「怣迻嚻迻」應讀為「訛失、嚻失」，「訛」，《說文》作「譌」。「訛言」就是虛假不實的言論；「訛失」就是「『散佈虛假不實言論』的過失」。「嚻」，即眾人異議，「嚻失」即「眾人各種胡亂批評的過失」。「誅」，譴責、懲罰、懲治。「民有訛失、嚻失，弗誅」，意思是：人民有亂放謠言、隨意批評政府的過失，也不責備、處罰他。這就是「子產不毀鄉校」這一類的做為。子產不只對鄉人的言論有較大的寬容，應是對所有「民」的言論都很寬容。〔註492〕

朱忠恒：「嚻（矯）」、「誈（誅）」，從「無痕」意見。「民有過失，矯失弗誅」意思是：民眾有過失，矯正過失而不要懲罰或誅殺。〔註493〕

汪敏倩：「嚻」：嚻張、強悍，這裡應指（民）肆無忌憚。失：違背。「嚻迻」在這裡應指（民）嚻張、違背政令。「誅」應指「殺戮」。「弗誈」在這裡指子產不濫殺，體現其寬政思想。「民有怣（過）迻（失），嚻迻弗誈（誅）」：民眾若出現過失或失誤，（若）嚻張、違背政令也不誅殺他們。〔註494〕

筆者茲將各家對「嚻」之訓讀表列於下：

表 4-2-53：「嚻」諸家訓讀異說表

嚻	訓　　讀
整理者	讀「敖」：戲謔
無痕	讀「矯」
汪敏倩	嚻張、強悍，這裡應指（民）肆無忌憚。

按：怣亦見於《郭店楚簡‧太一 12》：「天地名字並立，故怣（過）其方，

---

bbs/read.php?tid=3345，2016 年 4 月 18 日。

〔註490〕bulang：簡帛研讀 » 清華六〈子產〉初讀（第 42 樓），簡帛論壇：http://www.bsm.org.cn/bbs/read.php?tid=3345，2016 年 4 月 18 日。

〔註491〕王寧：〈清華簡六子產釋文校讀〉，復旦大學出土文獻與古文字研究中心：http://www.gwz.fudan.edu.cn/Web/Show/2851，2016/7/4。

〔註492〕王瑜楨：《清華大學藏戰國竹簡（陸）鄭國史料三篇研究》，頁 407、408。

〔註493〕朱忠恒：《清華大學藏戰國竹簡（陸）集釋》，頁 160。

〔註494〕汪敏倩：《清華簡〈子產〉篇疏證與研究》，頁 63、69、70。

不思相當」〔註495〕《郭店楚簡‧性自 49》：「速，謀之方也，有惩（過）則咎。」
〔註496〕筆者從「惩讀過」之說。嚻、矯皆「宵」部可通，筆者從「嚻讀矯」之
說。矯：糾正、匡正。《韓非子‧孤憤》：「能法之士，勁直聽用，且矯重人之姦
行。」「諁」亦見於《上海博物館藏戰國楚竹書‧曹沫 45》：「亓賞淺且不中，
亓諁（誅）厚且不察」〔註497〕從「諁讀誅」之說。誅：殺。《孟子‧梁惠王下》：
「聞誅一夫紂矣，未聞弒君也。」

　　翻譯：人民有過失，糾正錯誤不（濫）殺

曰	句（苟）	我	固	善	不
我	能	矞（亂）	我	是	兂（荒）
刢（怠）	民	屯	蒝	然	

〔六十〕曰：「句（苟）我固善，不我能矞（亂），我是兂（荒）刢（怠），
　　　　民屯蒝然。」

　　清華簡整理者：屯，訓為「皆」。蒝，疑從攴聲，讀為「剡」，《說文》：「裂
也。」在此為分裂離散之義。以上四句押元部韻。〔註498〕

　　明珍：蒝字若從「癹」聲，則為滂母月部字，似可讀為「勃」、「悖」、「怫」
等唇母沒部字。「勃然」、「悖然」、「怫然」皆指因發怒或驚慌而變色之貌。《戰
國策‧秦策四》：「秦王悖然而怒。」《淮南子‧道應訓》：「桓公悖然作色而怒」
《莊子‧天地》：「謂己道人，則勃然作色；謂己諛人，則怫然作色。」〔註499〕

〔註495〕先秦甲骨金文簡牘詞彙資料庫：http://inscription.asdc.sinica.edu.tw/c_index.php。
〔註496〕先秦甲骨金文簡牘詞彙資料庫：http://inscription.asdc.sinica.edu.tw/c_index.php。
〔註497〕先秦甲骨金文簡牘詞彙資料庫：http://inscription.asdc.sinica.edu.tw/c_index.php。
〔註498〕清華大學出土文獻研究與保護中心編，李學勤主編：《清華大學藏戰國竹簡（陸）》
　　　　下冊，頁 142。
〔註499〕明珍：簡帛研讀 » 清華六〈子產〉初讀（第 28 樓），簡帛論壇：http://www.bsm.org.cn/
　　　　bbs/read.php?tid=3345，2016 年 4 月 18 日。

趙平安：蕣字應當分析為從心、從芰兩個部分。芰是登的訛體字。該篇文字蘊含著明顯的三晉文字風格。這大概是因為〈子產〉最早形成於鄭國的緣故。鄭國滅於韓，文字屬於晉系範疇。〈子產〉後來雖然轉寫為楚文字，但仍然保留著部分原來的寫法——即晉系文字的特徵。三晉文字登作 ✦（侯馬一五六：二、二閔（蘭）登（登））之形。結構與芰頗為相似。戰國文字中登往往與廢相通。蕣從心從登，很可能是廢的專字。另，屯訓皆，蕣然即廢然。《史記・淮陰侯列傳》：「項王暗噁叱咤，千人皆廢，然不能任屬賢將，此特匹夫之勇耳。」孟康曰：「廢，伏也。」張晏曰：「廢，偃也。」用法與簡文相仿佛。〔註500〕

暮四郎：趙平安引《史記・淮陰侯列傳》「項王暗噁叱咤，千人皆廢」孟康曰「廢，伏也」、張晏曰「廢，偃也」，認為「廢」用法與簡文相似，不確。「廢然」見於《莊子・德充符》「人以其全足笑吾不全足者眾矣，我怫然而怒；而適先生之所，則廢然而反」。「廢然而反」，郭象解釋為「廢向者之怒而復常」，將「廢然」理解為實詞，不確。從《莊子》看，「廢然」是指一種心情。結合這裏的「我是荒怠，民屯廢然」看，「廢然」應當是由於「我」（助上牧民者）荒怠而導致的頹然、頹廢的樣子。〔註501〕

王寧：「蕣」當即「憉」字，《集韻》：「心起也」，此讀為「廢」。《莊子》之「廢然」與「怫然」當意相反，「怫然」為暴怒之貌，「廢然」當為平靜、平和之貌，猶「釋然」。在此當為頹廢委頓之貌。「我是亢（荒）剀（怠），民屯蕣然」是說：如果我在事務上荒廢懈怠，民眾都會頹廢萎靡。〔註502〕

薛後生：疑讀為「民頓廢然」。上之荒怠，下之頓廢，才有後之「下之能式上」。〔註503〕

郝花萍：「句（苟）我固善」之「苟」在此作副詞講，表示期望。《詩・王風・君子于役》：「君子于役，苟無饑渴。」箋云：「苟，且也。且得無饑渴，

〔註500〕趙平安：〈清華簡（陸）文字補釋（六則）〉，清華大學出土文獻研究與保護中心：http://www.tsinghua.edu.cn/publish/cetrp/6831/2016/20160416052835466553594/，2016-04-16。

〔註501〕暮四郎：簡帛研讀 » 清華六〈子產〉初讀（第82樓），簡帛論壇：http://www.bsm.org.cn/bbs/read.php?tid=3345，2016年5月1日。

〔註502〕王寧：〈清華簡六子產釋文校讀〉，復旦大學出土文獻與古文字研究中心：http://www.gwz.fudan.edu.cn/Web/Show/2851，2016/7/4。

〔註503〕薛後生：簡帛研讀 » 清華六〈子產〉初讀（第83樓），簡帛論壇：http://www.bsm.org.cn/bbs/read.php?tid=3345，2016年5月1日。

憂其饑渴也。」《國語・晉語一》:「武公伐冀,殺哀侯,止欒共子曰:『苟無死……』」徐元誥云:「苟,且也,謂且無死也。」固,也作副詞,必然,一定。《左傳・桓公五年》:「蔡、衛不枝,固將先奔。」「民屯蒁然」,趙平安將「蒁然」讀為「廢然」,將「蒁」分析為從心從癹,認為可能是「廢」的專字,此說可信。但正如暮四郎先生所說,用《史記・淮陰侯列傳》「項王喑噁叱咤,千人皆廢」來分析「廢」並認為「廢」用法與簡文相似是不準確的。「廢然」應當是由於助上牧民者荒怠而導致的民眾頹然、頹廢的樣子,表示的是一種心情或狀態。王寧之說與此同。「苟我固善,不我能亂;我是荒怠,民屯廢然。」指希望我一定(端正態度,盡職盡責)做好我的本職工作,我不能有絲毫的態度不端;(如果)我荒怠職責,民眾就跟著頹廢了。〔註504〕

王瑜楨:「句(苟)我固善,不我能鬲(亂)」,「固,必也」,意思是:如果我能堅定地保持善政,誰也不能攪亂我。「固」釋為「本來」、「實際上」,亦通。「是」應讀為「寔」,意思是「真的」。蒁上部的「艸」旁為「址」旁之訛,「址」旁訛為「艸」旁,未必是晉系獨有。「廢然」三種通讀──「勃然」、「悖然」、「怫然」是比較好的選擇,意思都是不高興、憤怒的樣子。此外,也可以讀為「沸然」,喧騰、喧囂的樣子。「句(苟)我固善,不我能鬲(亂);我是(寔)亢(荒)訋(怠),民屯蒁(怫)然」,意思是:我能堅定地做好,沒有人能擾亂我;我真的荒怠,人民都會憤怒(,也不是處罰他們能解決的)。子產執政雖然偏猛,但平正務實,也會自我檢討,並非剛愎自用之人。「句(苟)我固善……民屯蒁然」,很清楚的是對自我的反省。〔註505〕

朱忠恒:苟,連詞,表示假設關係,相當於「若」、「如果」。《史記・陳涉世家》:「苟富貴,無相忘。」《論語・里仁》:「苟志於仁矣,無惡矣。」不我能亂,即「不能亂我」,亂,擾亂,《論語・衛靈公》:「巧言亂德,小不忍則亂大謀。」屯,從整理者言,訓為「皆」。蒁,趙平安所說可從,「蒁然」即廢然,頹廢萎靡的樣子。「苟我固善,不我能亂,我是荒怠,民屯廢然。」意思是:如果我要保持穩定做得好,就不能擾亂我,(如果)我荒廢懈怠的話,民眾也會頹廢萎靡。〔註506〕

〔註504〕郝花萍:《清華大學藏戰國竹簡(陸)鄭國三篇集釋》,頁112。

〔註505〕王瑜楨:《清華大學藏戰國竹簡(陸)鄭國史料三篇研究》,頁407、411、412、414。

〔註506〕朱忠恒:《清華大學藏戰國竹簡(陸)集釋》,頁161。

汪敏倩：「固」在這裡為副詞，指執意、堅決地。「善」應指勤于治理國政。「句我固善」指如果我堅持勤於治理國政。「不我能濁」指沒有什麼事可以擾亂我與國家。「是」猶「甚」，指極、很。「亢忩」即「荒忩」，指昏瞶、懈怠的狀態。「我是亢忩」指我自身如果昏瞶、懈怠。「廢」應指曠廢、懈怠。「民屯蒾然」指民眾都會曠廢、懈怠。〔註507〕

筆者茲將各家對「固」、「屯」、「蒾」之說法表列於下：

表 4-2-54：「固」諸家異說表

固	訓
郝花萍	必然、一定。
王瑜楨	1. 必　2.「本來」、「實際上」
汪敏倩	執意、堅決地

表 4-2-55：「屯」諸家訓讀異說表

屯	訓　讀
整理者、趙平安、朱忠恒	訓「皆」
薛後生	讀「頓」

表 4-2-56：「蒾」諸家訓讀異說表

蒾	訓　讀
整理者	讀「剝」：「裂」，在此為分裂離散之義。
明珍	讀「勃」、「悖」、「怫」等
趙平安	可能是廢的專字。
暮四郎	廢：頹廢
王寧	讀「廢」：頹廢委頓
薛後生、郝花萍	讀「廢」
王瑜楨	1. 讀「勃」、「悖」、「怫」 2. 讀「沸」：喧騰、喧囂
朱忠恒	即「廢」，頹廢萎靡。
汪敏倩	「廢」應指曠廢、懈怠。

按：《古文字通假字典》：「句（侯見 gou）讀為苟（侯見 gou）。上博楚竹書《性情論》簡三一：『句毋害，少枉內之可也。』上博楚竹書《性情論》簡二一：『句以其情，雖過不惡。』」〔註508〕筆者從「句讀苟」之說。固：堅守、

〔註507〕汪敏倩：《清華簡〈子產〉篇疏證與研究》，頁70、71。
〔註508〕王輝：《古文字通假字典》，頁129。

安守。《論語·衛靈公》：「君子固窮，小人窮斯濫矣。」䜈亦見於《清華一·皇門11》：「政用迷䜈（亂），獄用無成。」〔註509〕《清華二·繫年93》：「立五年，晉䜈（亂）」〔註510〕「宂」亦見於《上海博物館藏戰國楚竹書·三德07》：「喜樂無限度，是謂大宂（荒）」〔註511〕《上海博物館藏戰國楚竹書·三德22》：「四宂（荒）之內」〔註512〕筆者從「䜈讀亂、宂讀荒」之說。《漢語大詞典》：「荒怠：縱逸怠惰。《書·泰誓下》：『今商王受狎侮五常，荒怠弗敬。』」〔註513〕另，筆者採「屯訓皆、蒸讀廢，訓頹廢」之說。

翻譯：說：「如果我堅守善道，（別人就）不能擾亂我，（如果）我是縱逸怠惰（的人），人民皆（會呈現）頹廢的樣子。」

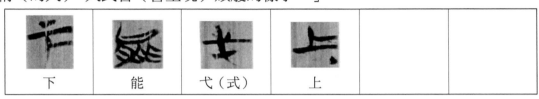

| 下 | 能 | 弋（式） | 上 | | |

〔六十一〕下能弋（式）上，

清華簡整理者：式，《說文》：「法也。」「下能式上」即取法於上。〔註514〕

王瑜楨：「弋」讀「代」，「弋」上古音為以母職部，「代」字從「弋」聲為定母之部。朱駿聲《說文通訓定聲》：「弋，叚借為代。」簡文「代」訓為「取代」。「下能代上」，就是在下的人民可以取代政府（子產不毀鄉校，便是這個原因）。〔註515〕

筆者茲將各家對「弋」之訓讀表列於下：

表4-2-57：「弋」諸家訓讀異說表

弋	訓　讀
整理者	讀「式」：取法
王瑜楨	讀「代」：取代

〔註509〕先秦甲骨金文簡牘詞彙資料庫：http://inscription.asdc.sinica.edu.tw/c_index.php。
〔註510〕先秦甲骨金文簡牘詞彙資料庫：http://inscription.asdc.sinica.edu.tw/c_index.php。
〔註511〕先秦甲骨金文簡牘詞彙資料庫：http://inscription.asdc.sinica.edu.tw/c_index.php。
〔註512〕先秦甲骨金文簡牘詞彙資料庫：http://inscription.asdc.sinica.edu.tw/c_index.php。
〔註513〕《漢語大詞典》第9卷，頁389。國學大師：http://www.guoxuedashi.com/hydcd/397938z.html。
〔註514〕清華大學出土文獻研究與保護中心編，李學勤主編：《清華大學藏戰國竹簡（陸）》下冊，頁142。
〔註515〕王瑜楨：《清華大學藏戰國竹簡（陸）鄭國史料三篇研究》，頁414、415。

按:「弌」亦見於《彧鼎》:「弌（式）休則常」〔註516〕《清華一‧祭公 11》:「康受亦弌（式）用休」〔註517〕筆者從「弌讀式」之說。式:效法。《詩‧周頌‧我將》:「儀式刑文王之典。」《孟子‧公孫丑下》:「使諸大夫國人皆有所矜式。」下:百姓。《左傳‧昭公十八年》:「於是乎下陵上替,能無亂乎?」

翻譯:百姓會效法在上位的人

| 此 | 胃（謂） | 民 | 訫（信） | 志 | 之 |

〔六十二〕此胃（謂）【十八】民訫（信）志之。

清華簡整理者:「民信志之」,「志」通「識」字,意云民信而記識之。〔註518〕

王瑜楨:〈子產〉全篇有 9 句「此謂⋯⋯」、「是謂⋯⋯」句法,在「此謂」、「是謂」的前面都應改成句號,單獨成一主語句,以表示總結前面一段話所要表達的主旨。「此胃（謂）民信志之」是本段話的主旨。簡文講到執政者要與善為徒,勞惠邦家四鄰,人民有批評政府的言論,要予以包容,並且以之鍼砭自己,因此人民能夠監督施政者;反之,人民可以反動取代之。「信」應解釋為「真的」,當副詞用。「民信志之」,意思是:人民真的會記住你所做的,你做得好,人民會感恩;你做的不好,人民會怒責。所以執政者要小心謹慎。〔註519〕

朱忠恒:「下能式上,此謂民信志之。」意思是:上行下效,就是民眾信而記識之。〔註520〕

汪敏倩:民訫（信）志之:民眾信任君王就能模仿上級並記識之。〔註521〕

按:志:記著。《國語‧晉語七》:「彊志而用命。」《史記‧屈原賈生列傳》:「博聞彊志。」

〔註516〕殷周金文暨青銅器資料庫:http://bronze.asdc.sinica.edu.tw/rubbing.php?02824。

〔註517〕先秦甲骨金文簡牘詞彙資料庫:http://inscription.asdc.sinica.edu.tw/c_index.php。

〔註518〕清華大學出土文獻研究與保護中心編,李學勤主編:《清華大學藏戰國竹簡（陸）》下冊,頁 142。

〔註519〕王瑜楨:《清華大學藏戰國竹簡（陸）鄭國史料三篇研究》,頁 414、415。

〔註520〕朱忠恒:《清華大學藏戰國竹簡（陸）集釋》,頁 161。

〔註521〕汪敏倩:《清華簡〈子產〉篇疏證與研究》,頁 72。

翻譯：這是說人民信任（且）記著他

古	之	悝（狂）	君		

〔六十三〕古之悝（狂）君，

清華簡整理者：《韓非子·解老》：「心不能審得失之地，則謂之狂。」〔註522〕

孫合肥：悝，讀狂，狂妄、狂放。《尚書·洪範》：「曰狂，恒雨若。」蔡沈集傳：「狂，妄也。」《論語·陽貨》：「好剛不好學，其蔽也狂。」刑昺疏：「狂猶妄也。」〔註523〕

朱忠恒：悝，從整理者讀為「狂」，狂妄之義。〔註524〕

汪敏倩：「狂」：躁率、激進。「悝君」指不自審而躁率處政之君。〔註525〕

按：悝亦見於《清華一·楚居04》：「今曰楚人。至酓悝（狂）亦居京宗。」〔註526〕筆者從「悝讀狂，訓狂妄」之說。《左傳·昭公二十三年》：「幼而狂。」

翻譯：古時的狂妄國君

宐（卑）	不	足	先	善	君
之	憸（驗）				

〔六十四〕宐（卑）不足先善君之憸（驗），

清華簡整理者：卑，《左傳》昭公二十五年「語卑宋大夫」，杜注：「其才德薄。」驗，《呂氏春秋·察傳》「其於人必驗之以理」，高誘注：「效也。」〔註527〕

〔註522〕清華大學出土文獻研究與保護中心編，李學勤主編：《清華大學藏戰國竹簡（陸）》下冊，頁142。

〔註523〕孫合肥：〈清華簡《子產》簡19～23校讀〉，《淮南師範學院學報》，2017年04月，頁2。

〔註524〕朱忠恒：《清華大學藏戰國竹簡（陸）集釋》，頁161。

〔註525〕汪敏倩：《清華簡〈子產〉篇疏證與研究》，頁72。

〔註526〕先秦甲骨金文簡牘詞彙資料庫：http://inscription.asdc.sinica.edu.tw/c_index.php。

〔註527〕清華大學出土文獻研究與保護中心編，李學勤主編：《清華大學藏戰國竹簡（陸）》

暮四郎：上文原釋讀為「狂」之字，似亦可讀為「枉」，與「宲（僻）」相呼應。宲似當讀為「僻」，邪僻也。〔註528〕

薛後生：「古之狂君，宲不足先善君之儉，以自余智，民亡可事（使），任重不果，邦以壞。」，「使」字依暮四郎先生讀，宲字，整理者屬下讀，並括注為「卑」，暮四郎先生亦屬下讀，並讀為「僻」，若從其讀，其字屬上讀似更好，我們認為亦可以考慮讀為「彼」，作為代詞，指代「狂君」。時代較晚，暫存疑。〔註529〕

王寧：「卑」當讀「俾」，《詞詮》：「俾，不完全外動詞，《爾雅·釋詁》云：俾，使也。」（楊樹達：《詞詮》，中華書局1954年，5頁。）即「倘使」之「使」，意思相當於「假如」、「如果」。憸，按上簡5有「共憸」讀「恭儉」，此亦當讀「儉」，自我約束之意，此為有德之表現，故《左傳·莊公二十四年》言「儉，德之共也」。「古之悝（狂）君，宲不足先善君之憸」是說古之狂君，如果沒有足夠的先善君自我約束的能力……。〔註530〕

孫合肥：足，重視。《荀子·禮論》：「然而不法禮，不足禮，謂之無方之民；法禮，足禮，謂之有方之士。」憸，讀驗。《淮南子·主術訓》：「道在易而求之難，驗在近而求之遠，故弗得也。」高誘注：「驗，效也。」《墨子·小取》：「效者，為之灋也，所效者，所以為之灋也。故中效，則是也；不中效，則非也。此效也。」〔註531〕

郝花萍：「宲」字從薛後生先生之說釋讀作「彼」更顯妥當，作代詞，指代「古之狂君」。憸，當釋讀為「儉」，指謙卑的樣子。如《荀子·非十二子》：「儉然，侈然，輔然，端然。」《大戴禮記·文王官人》：「沈靜而寡言，多稽而儉貌，曰質靜者也。」「古之悝（狂）君，宲（彼）不足先善君之憸（儉）」，指古之狂君沒有先善君那麼謙遜。〔註532〕

下冊，頁142。

〔註528〕暮四郎：簡帛研讀 » 清華六〈子產〉初讀（第8樓），簡帛論壇：http://www.bsm.org.cn/bbs/read.php?tid=3345，2016年4月17日。

〔註529〕薛後生：簡帛研讀 » 清華六〈子產〉初讀（第20樓），簡帛論壇：http://www.bsm.org.cn/bbs/read.php?tid=3345，2016年4月17日。

〔註530〕王寧：〈清華簡六子產釋文校讀〉，復旦大學出土文獻與古文字研究中心：http://www.gwz.fudan.edu.cn/Web/Show/2851，2016/7/4。

〔註531〕孫合肥：〈清華簡《子產》簡19～23校讀〉，頁2。

〔註532〕郝花萍：《清華大學藏戰國竹簡（陸）鄭國三篇集釋》，頁113。

王瑜楨：訓「窂」為「才德薄」可從，如字讀，即低下、淺陋。季旭昇以為「不足」當釋為「不能承續」。「古之悝（狂）君，窂（卑）不足先善君之憯（驗）」意思是：古代的狂君，見識卑陋不肯承襲前代善君的經驗。狂君，或讀為枉君，典籍未見，或即妄君，不外此類意義。〔註533〕

朱忠恒：窂，從整理者言，讀為「卑」，訓為輕視，鄙薄。《左傳》僖公二十二年：「邾人以須句故出師。公卑邾，不設備而禦之。」杜預注：「卑，小也。」足，從孫合肥說，訓為重視。不足，輕視。憯讀為「驗」，證驗。《玉篇・馬部》：「驗，徵也，證也。」《韓非子・顯學》：「無參驗而必之者，愚也。」「古之狂君，卑不足先善君之驗，」意思是：古代狂妄的君主，輕視先善君治國的經驗。〔註534〕

蘇建洲：「驗」訓為「效也」是「效驗」、「效果」的意思，並非「效法」。「古之狂君卑不足先善君之驗」是說古代無知的君主才德或見識卑下，不重視先善君（任賢）的效驗、經驗。〔註535〕

汪敏倩：「卑」：淺陋，這裡指政治見識淺陋、目光短淺。憯：謙遜。「卑不足先善君之儉」指「古之悝君」不如「昔之聖君」謙遜，旨在批評其處政張狂、肆意為之。〔註536〕

筆者茲將各家對「窂」、「憯」之訓讀表列於下：

表 4-2-58：「窂」諸家訓讀異說表

窂	訓　讀
整理者、王瑜楨	讀「卑」：「才德薄」
暮四郎	讀「僻」：邪僻
薛後生、郝花萍	讀「彼」，指代「狂君」
王寧	「卑」讀「俾」：使，意思相當於「假如」、「如果」。
朱忠恒	讀「卑」：輕視，鄙薄
汪敏倩	「卑」：淺陋

〔註533〕王瑜楨：《清華大學藏戰國竹簡（陸）鄭國史料三篇研究》，頁416。
〔註534〕朱忠恒：《清華大學藏戰國竹簡（陸）集釋》，頁162。
〔註535〕蘇建洲：〈清華六《子產》拾遺〉，頁123、124。
〔註536〕汪敏倩：《清華簡〈子產〉篇疏證與研究》，頁73。

表 4-2-59：「僋」諸家訓讀異說表

僋	訓 讀
整理者、孫合肥、蘇建洲	讀「驗」：效
王寧	讀「僉」：自我約束
郝花萍	讀「僉」，指謙卑的樣子。
朱忠恒	讀「驗」：證驗。

按：筆者從「窜讀卑」之說。《漢語大詞典》：「卑：鄙俗。《史記・魯仲連鄒陽列傳》：『是以聖王制世御俗，獨化於陶鈞之上，而不牽於卑亂之語，不奪於眾多之口。』」〔註537〕僋從「僉」，「僉」、「驗」皆「談」部可通。筆者從「足訓重視、僋讀驗，訓效」之說。

翻譯：鄙俗不重視以前好國君的成效

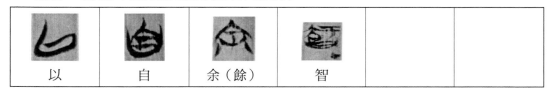

以	自	余（餘）	智		

〔六十五〕以自余（餘）智，

清華簡整理者：自，自己，見《說文通訓定聲》。餘，《呂氏春秋・辨土》高誘注：「猶多也。」〔註538〕

薛後生：暮四郎將「窜」讀為「僻」，若從其讀，「窜」亦可以考慮讀為「彼」，作為代詞，指代「狂君」。「自」似可讀為「迹」，遵循。「余」或可讀為「餘」，「餘智」古有小謀略，小手段之意（參《漢語大詞典》「餘智」條），然其時代較晚，暫存疑。〔註539〕

郝花萍：餘，多。《廣雅・釋詁四》：「餘，盈也。」《詩・秦風・權輿》：「今也每食無餘。」此句是承上句而言古之狂君沒有先善君謙遜，總認為自己多智慧。〔註540〕

汪敏倩：「以自余智」指（古代的不自審而躁率處政之君）用自己殘剩的才

〔註537〕《漢語大詞典》第 1 卷，頁 874。國學大師：http://www.guoxuedashi.com/kangxi/pic.php?f=dcd&p=874。

〔註538〕清華大學出土文獻研究與保護中心編，李學勤主編：《清華大學藏戰國竹簡（陸）》下冊，頁 142。

〔註539〕薛後生：簡帛研讀 » 清華六〈子產〉初讀（第 19 樓），簡帛論壇：http://www.bsm.org.cn/bbs/read.php?tid=3345，2016 年 4 月 17 日。

〔註540〕郝花萍：《清華大學藏戰國竹簡（陸）鄭國三篇集釋》，頁 114。

智。〔註541〕

按：以：以為。《列子‧湯問》：「我以日始出。」《古文字通假字典》：「余（魚喻 yu）讀為餘（魚喻 yu）。郭店楚簡《大乙生水》簡一三～一四：『地不足於東南……不足於下者，有余於上。』上博楚竹書《容成氏》簡二九：『民有余食，無求不得，民乃賽。』」〔註542〕筆者從「余讀餘，訓多」之說。

翻譯：以為自己多智慧

民	亡	可	事	任	砫（重）
不	果	邦	以	襄（壞）	善
君	必	狄（察）	昔	茾（前）	善
王	之	灋（法）	聿（律）		

〔六十六〕民亡可事，任砫（重）不果，【十九】邦以襄（壞）。善君必狄（察）昔茾（前）善王之灋（法）聿（律），

馬楠：「古之狂君……此謂由善臂（散）巻（惫）。」應當是說先善君有儉約之德，懂得任用賢能，分擔政務。狂君「以自余智」，不能「自分」，導致邦國崩壞。果疑讀為課，訓為試、用，「任重不果」與「重任以果將」相對。前善王「求藎之賢」應當指前代遺賢（詳《鄭武夫人規孺子》「藎臣」條），對應子產用尊「老先生之俊」。〔註543〕

孫合肥：民，臣。《易經‧繫辭》：「陽一君而二民。」李富孫異文釋：「陽一君而二臣，後漢仲長統傳二民引作二臣。」事，治事。《呂氏春秋‧先己》：

〔註541〕汪敏倩：《清華簡〈子產〉篇疏證與研究》，頁73。

〔註542〕王輝：《古文字通假字典》，頁107。

〔註543〕馬楠（清華大學出土文獻讀書會）：〈清華六整理報告補正〉，清華大學出土文獻研究與保護中心：http://www.ctwx.tsinghua.edu.cn/publish/cetrp/6842/2016041605294 0099595642/1 460755813610.doc，2016年4月16日。

「所事者末也。」《淮南子‧原道》:「聖人又何事焉。」高誘注:「事,治也。」
硟,讀重。任重,猶下句重任。《荀子‧王霸》:「國者、天下之大器也,重任
也。」「故國者、重任也,不以積持之則不立。」「古之狂君,卑不足先善君
之驗,以自余(餘)智,民亡可事,任重不果,邦以襄(壞)。」意思是說:
古代狂妄的君王,才德淺薄而不重視其前代賢明君王的禮典模範,自以為全
知全能,臣民無法施展才能而無所治事,國家不能得到治理,以致衰敗。
此字或為「祭」字異體。或可隸定作「狊」,從又從肉從犬,為「祭」字
異體。古人殺犬以祭之禮見於典籍。《說文‧犬部》:「獻,宗廟犬名羹獻,犬
肥者以獻之。」段玉裁注:「獻,本祭祀奉犬牲之稱。」「察」從「祭」聲,「祭」
在簡文中讀「察」。另,張伯元先生指出此處法聿二字不當連讀,其與「法律」
無關。(張伯元:《清華簡六〈子產〉篇「法律」一詞考》,簡帛網,http://www.
bsm.org.cn/show_article.php?id=2551,2016 年 5 月 10 日。)聿,遂也。《尚書‧
湯誥》:「聿求元聖,與之戮力,以與爾有眾請命。」孔安國傳:「聿,遂也。」
《詩經‧唐風‧蟋蟀》:「蟋蟀在堂,歲聿其莫。」毛傳:「聿,遂也。」另《尚
書‧舜典》:「肆類於上帝。」《史記‧五帝本紀》作「遂類於上帝。」肆從聿
聲,聿與肆通。〔註 544〕

　　清華簡整理者:虒,疑卽「灋(法)」字譌變。〔註 545〕

　　暮四郎:「民亡可事」,「事」當讀為「使」。「民亡可事」不是說民眾無有可
以從事的事情,而是說民眾不可役使。〔註 546〕

　　蘇建洲 A:多從又從肉,可能就是《說文》的「𠬞」,古文字「廾」、「又」
做為表意偏旁常可互作,多可能就是「」省簡一個「又」的結果。「𠬞」通
「九」聲,讀「究」。簡文讀為「善君必究昔前善王之法律」。〔註 547〕

　　蘇建洲 B:〈子產〉簡 20 的「法」作左旁從立比較奇特。此處有兩種考
慮,一是「去」的訛寫。楚簡的「灋」有時會寫成「灓」,如(《陳公治兵》
11)其「夫」旁也是「去」的訛變省。另一種考慮是與施謝捷先生所揭示的一

〔註 544〕孫合肥:〈清華簡《子產》簡 19～23 校讀〉,頁 2。
〔註 545〕清華大學出土文獻研究與保護中心編,李學勤主編:《清華大學藏戰國竹簡(陸)》
　　　　下冊,頁 142。
〔註 546〕暮四郎:簡帛研讀 » 清華六〈子產〉初讀(第 8 樓),簡帛論壇:http://www.bsm.
　　　　org.cn/bbs/read.php?tid=3345,2016 年 4 月 17 日。
〔註 547〕蘇建洲:〈《清華六》文字補釋〉,簡帛網:http://bsm.org.cn/show_article.php?id=2526,
　　　　2016-04-20。

方三晉璽私名璽並看：（趄竑丘）施謝捷先生指出「竑」，當分析為從立，去（盍）聲，璽文讀為「澹丘」。另外，「竑」也可能是「替廢」的「廢」的專字。本篇注釋者李學勤先生指出〈子產〉有典型三晉系的文字寫法，趙平安先生亦有相類的意見。那麼可以考慮〈子產〉的「鵡（澹）」如同上舉三晉璽印都有立旁，二者不能排除是異體關係，可能也是「替廢」的「廢」的專字，當分析為從「立」，「澹」省聲。〔註548〕

王寧：當讀為「以自餘智，民無可使」，即自認為多智慧，臣民沒有可使用之人。「以自餘智」相當於古說的「自賢」，《呂氏春秋·謹聽》：「亡國之主反此，乃自賢而少人，少人則說者持容而不極，聽者自多而不得，雖有天下何益焉？」《逸周書·史記解》：「昔有共工自賢，自以無臣，久空大官，下官交亂，民無所附，唐氏伐之，共工以亡。」〔註549〕

明珍：狡字可能是從狀從又。《說文》有「撚」字，釋為「執也。從手然聲。」《逸周書·大武解》「五後動撚之」，孔晁注「撚，從也。」陳逢衡引《廣雅》「撚，續也。」釋為相續之義。此處似可釋為「狡（撚）昔前善王之法律」，即執先王之法律、從續先王之法律。〔註550〕後又改曰：狡當為〔猶系〕字。可讀為「由」，釋為「遵循」之義，參《詩·假樂》「率由舊章」。或釋為「用」，參同篇某個「由」字原考釋解為「用也」。〔註551〕

bulang：狡字讀為「由」。〔註552〕

孫合肥：狡釋為「祭」，讀為「察」。（孫合肥：《清華陸〈子產〉箚記一則》，待刊）〔註553〕

徐在國：狡當釋為「豚」，郭店·語叢二14「豚」字作（詳徐在國：

〔註548〕蘇建洲：〈《清華六》文字補釋〉，簡帛網：http://bsm.org.cn/show_article.php?id=2526，2016-04-20。

〔註549〕王寧：〈清華簡六子產釋文校讀〉，復旦大學出土文獻與古文字研究中心：http://www.gwz.fudan.edu.cn/Web/Show/2851，2016/7/4。

〔註550〕明珍：簡帛研讀 » 清華六〈子產〉初讀（第28樓），簡帛論壇：http://www.bsm.org.cn/bbs/read.php?tid=3345，2016年4月18日。

〔註551〕明珍：簡帛研讀 » 清華六〈子產〉初讀（第63樓），簡帛論壇：http://www.bsm.org.cn/bbs/read.php?tid=3345，2016年4月26日。

〔註552〕bulang：簡帛研讀 » 清華六〈子儀〉初讀（第22樓），簡帛論壇：http://www.bsm.org.cn/bbs，2016年4月17日。

〔註553〕孫合肥：《清華陸〈子產〉箚記一則》。轉引自徐在國：〈談清華六《子產》中的三個字〉，簡帛網：http://www.bsm.org.cn/show_article.php?id=2523，2016-04-19。

〈談郭店簡《語叢二》中的「豚」〉，「漢語史研究的材料、方法與學術史觀」研討會論文，南京，2016 年 6 月），右旁所從與此字右旁同，一從「豕」。一從「犬」，「犬」、「豕」二旁古通，例多不備舉。此字在簡文中當讀為「循」。典籍中「盾」聲字與「豚」聲字通假的例證非常多，詳見《古字通假會典》132 頁。「循」，沿著，順著。《左傳·僖公四年》：「若出於東方，觀兵於東夷，循海而歸，其可也。」引申為遵守；遵從；遵循。《書·顧命》：「臨君周邦，率循大卞。」孔傳：「率羣臣，循大法。」簡文「善君必豚（循）昔前善王之法律」，意為好的君主一定遵循前代好的君王的法律。〔註 554〕

王寧：狶字當分析為從又豚聲，可能即「揗」字的異構，讀「循」當是，釋為「遵循」之義。〔註 555〕

劉偉浠：〈子產〉20 有「瀘」字作「𤔲」，「立」可能表聲，上古屬來母緝部，「瀘」屬幫母葉部。〔註 556〕

郝花萍：「聿」當屬下句讀，張伯元之說可從，且「聿」沒有必要釋讀為「律」。聿，作助詞，用在句首或句中。《尚書·湯誥》：「聿求元聖，與之戮力。」《詩·唐風·蟋蟀》：「蟋蟀在唐，歲聿其莫。」「律」字最初出現是指音律、樂律。古人按樂音的高低分為六律和六呂，合稱十二律。《尚書·舜典》：「聲依永，律和聲。」孔傳：「律謂六律六呂，十二月之音氣，言當依聲律以和樂。」《淮南子·主術》：「樂生於音，音生於律，律生於風，此聲之宗也。」後才有表「法律、法令」之意。如《易·師》：「師出以律。」孔穎達疏：「律，法也……使師出之時，當須以其法制整齊之。」〔註 557〕

蔣瓊傑：「砫」讀為「屬」，「古之狂君，卑不足先善君之驗，以自餘智，民亡可事，任砫（屬）不果，【十九】邦以襄（壞）」意思是：古代狂君，才薄不足以效法英明的先君，自以為多智，民眾無可役使，委任賢才的事情沒能實行，國政就會日益敗壞。〔註 558〕

〔註 554〕徐在國：〈談清華六《子產》中的三個字〉，簡帛網：http://www.bsm.org.cn/show_article.php?id=2523，2016-04-19。

〔註 555〕王寧：〈清華簡六子產釋文校讀〉，復旦大學出土文獻與古文字研究中心：http://www.gwz.fudan.edu.cn/Web/Show/2851，2016/7/4。

〔註 556〕劉偉浠：簡帛研讀 » 清華六〈子產〉初讀（第 101 樓），簡帛論壇：http://www.bsm.org.cn/bbs/read.php?tid=3345，2016 年 11 月 17 日。

〔註 557〕郝花萍：《清華大學藏戰國竹簡（陸）鄭國三篇集釋》，頁 116。

〔註 558〕蔣瓊傑：〈試說清華六〈子產〉中的「砫」〉，《出土文獻》第十一輯，中西書局，

王瑜楨：楚簡「事」、「使」已明確分工，雖然偶有混用之例，但能依形義分工最好。「民無可事」即民無可作事者、沒有可作的事。由於在上位者不肯把責任權力分給其他人，因此所有的權力責任都集中在自己身上，民無可事，因此「任重不果，邦以壞」，任務太重了，未能順利完成，邦國就毀壞了。〔註559〕

王瑜楨：「善君必狡（由）昔㝬（前）善王之法」：好的國君一定會遵循從前好的君王的方法。〔註560〕

朱忠恒：事，讀為「使」，從「暮四郎」說。不果，終於沒有實行。《孟子·公孫丑下》：「固將朝也，聞王命而遂不果。」壞，敗壞，衰亡。《左傳》襄公十四年：「王室之不壞」「以自餘智，民無可使，任重不果，邦以壞。」意思是：自認為多智慧，民眾沒有什麼可以使用得上的，最終沒有賦予他們重任，國家因此敗壞。〔註561〕

蘇建洲：「 」當讀為「軌」，「軌」是遵循、依照、效法的意思。讀為「善君必軌昔前善王之法」，意思是說好的君王必然遵循前面好的君王的法度、法則。〔註562〕

汪敏倩：「亡」應指「丟失」、「喪失」。「可」指「適宜」、「相宜」。「事」在這裡應引申為「職守」、「職權」、「責任」。「民亡可事」指民眾喪失其原本適宜的職責，即萬民開始不務本業，終日渾渾噩噩。「硟」釋「重」，指重任。「任」指「委派」、「委任」。「不果」指沒有成為事實、沒有成功。「任硟不果」應指沒有成功承擔好國家重任。〔註563〕

筆者茲將各家對「事」、「硟」、「狡」之說法表列於下：

表4-2-60：「事」諸家訓讀異說表

事	訓　　讀
孫合肥	治事。
暮四郎、王寧、朱忠恒	讀「使」。
汪敏倩	引申為「職守」、「職權」、「責任」。

2017年10月，頁219。轉引自朱忠恒：《清華大學藏戰國竹簡（陸）集釋》，頁162。

〔註559〕王瑜楨：《清華大學藏戰國竹簡（陸）鄭國史料三篇研究》，頁418。
〔註560〕王瑜楨：《清華大學藏戰國竹簡（陸）鄭國史料三篇研究》，頁429。
〔註561〕朱忠恒：《清華大學藏戰國竹簡（陸）集釋》，頁162。
〔註562〕蘇建洲：〈清華六《子產》拾遺〉，頁128。
〔註563〕汪敏倩：《清華簡〈子產〉篇疏證與研究》，頁73、74。

表 4-2-61：「砫」諸家異說表

砫	讀
孫合肥	讀「重」
蔣瓊傑	讀「屬」

表 4-2-62：「㹜」諸家訓讀異說表

㹜	訓　讀
孫合肥	釋「祭」，讀「察」。
蘇建洲	讀「究」
明珍	為〔猺系〕字。讀「由」：1.「遵循」2.「用」
bulang	讀「由」。
徐在國	釋「豚」，讀「循」：沿著，順著。引申為遵守；遵從；遵循。
王寧	可能即「揗」字的異構，讀「循」：「遵循」
蘇建洲	讀「軌」：遵循、依照、效法。

　　按：筆者從「亡讀無」之說。事：役使。《史記・傅靳蒯成傳》：「坐事國人過律。」《信陵君竊符救趙》：「尚安事客！」「砫」亦見於《上海博物館藏戰國楚竹書・緇衣 22》：「輕絕貧賤而砫（重）絕富貴」〔註564〕《清華七・越公其事 39》：「初日政勿若某，今政砫（重），弗果。」〔註565〕筆者從「砫讀重」之說。《王力古漢語字典》：「果：實現。《史記・孟子荀卿列傳》：『適梁，梁惠王不果所言。』」〔註566〕「襄」亦見於《上海博物館藏戰國楚竹書・三德 04》：「邦家其襄（壞）」〔註567〕「襄、壞」皆「緝」部可通，筆者從「襄讀壞」之說。《異體字字典》：「以：因此。《漢書・卷二九・溝洫志》：『於是關中為沃野，無凶年，秦以富彊。』」〔註568〕㹜筆者從「讀循，訓遵循」之說。《楚辭・天問》：「昏微循跡。」《楚辭・離騷》：「循繩墨而不頗。」《古文字通假字典》：「聿（質喻 yu）讀為律（物來 lü），物質旁轉。楚王領鐘：『楚王領自作鈴鐘，其聿其言。』」〔註569〕《上海博物館藏戰國楚竹書・周易 07》：

〔註564〕先秦甲骨金文簡牘詞彙資料庫：http://inscription.asdc.sinica.edu.tw/c_index.php。
〔註565〕先秦甲骨金文簡牘詞彙資料庫：http://inscription.asdc.sinica.edu.tw/c_index.php。
〔註566〕王力：《王力古漢語字典》，頁 468。
〔註567〕先秦甲骨金文簡牘詞彙資料庫：http://inscription.asdc.sinica.edu.tw/c_index.php。
〔註568〕《異體字字典》：https://dict.variants.moe.edu.tw/variants/rbt。
〔註569〕王輝：《古文字通假字典》，頁 581。

「師出以聿（律）」〔註570〕從「讟讀法、聿讀律」之說。

翻譯：人民不可役使，責任重大（卻）沒有實現（抱負），國家因此而敗壞。好國君必定遵循以前好君王的法律

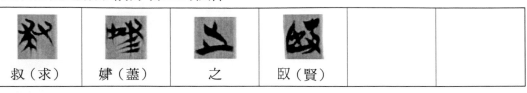

叔（求）	媾（蠱）	之	臤（賢）		

〔六十七〕叔（求）媾（蠱）之臤（賢），

清華簡整理者：蠱，《逸周書‧皇門》「朕蠱臣」，孔晁注：「蠱，進也。」《說文通訓定聲》：「蠱，假借為進，進獻忠誠。」按《詩‧文王》有「蠱臣」，此字應本有忠誠之義。〔註571〕

張伯元：「善君必察昔前善王之法律，求蠱之賢」，其義在汲取先王良好的舉措（法律）而達到追求賢臣的目的。這裏的「法律」意譯為良好的舉措，是將它排除在鑄刑鼎之外的。另上博簡（四）〈曹沫之陳〉簡42：「父兄不廌（薦，薦），由邦禦之。」「廌」，表舉薦之義。讟亦可通「薦」，表舉薦之義。又「聿」，常用作句首、句中助詞，絕大多數出現在動詞前面。何況，「律」字之出，時間較晚。初非用於法律。「聿」恐不能隸釋為「律」。而「求蠱之賢」四字，是以求賢為其目的，條件就是要有善王的良好舉薦。為此，上下句似可斷在「聿」字之前，為「善君必察昔前善王之（薦），聿求蠱之賢。」簡20句當釋為「善君必循昔前善王之（薦），聿求蠱之賢」，與「法律」無關，與鑄刑鼎更是無甚關涉。〔註572〕

王寧：媾即「嫧」字，通「蠱」、「爐」，清華簡〈皇門〉及本書〈鄭武夫人規孺子〉中有「蠱臣」。〔註573〕

馬楠：前善王「求蠱之賢」應當指前代遺賢，對應子產用尊「老先生之俊」。〔註574〕

〔註570〕先秦甲骨金文簡牘詞彙資料庫：http://inscription.asdc.sinica.edu.tw/c_index.php。

〔註571〕清華大學出土文獻研究與保護中心編，李學勤主編：《清華大學藏戰國竹簡（陸）》下冊，頁142。

〔註572〕張伯元：〈清華簡六《子產》篇「法律」一詞考〉，簡帛網：http://www.bsm.org.cn/show_article.php?id=2551，2016-05-10。

〔註573〕王寧：〈清華簡六子產釋文校讀〉，復旦大學出土文獻與古文字研究中心：http://www.gwz.fudan.edu.cn/Web/Show/2851，2016/7/4。

〔註574〕馬楠（清華大學出土文獻讀書會）：〈清華六整理報告補正〉，清華大學出土文獻研

暮四郎：原簡「可」字下有墨點。本篇這種符號似乎都是用在句讀處，則此處不應例外。當斷讀為「善君必 ▨ 昔前善王之灋（法）律，▨▨（選）之臤（賢）可，以自分重任，以果將。」另，▨ 並非「求＋又」字，而應當是清華簡一〈皇門〉簡 1 ▨（絲）字（絲（肆）朕沖人非敢不用明刑）、清華簡五〈厚父〉簡 3、簡 8 ▨（絲）字（「朝夕～（肆）祀」）的省變，也應當釋為絲、讀為「肆」，為分句句首的連接詞。又「嬀」讀為「選」。〔註 575〕

此心安處是吾鄉：《墨子‧尚同》：「是故選天下之賢可者，立以為天子。」與簡文高度相似！「賢可」也可分開來說，參陳劍《上博（八）‧王居》復原（注 9）：「不稱賢進可」作一頓讀，「可」猶言可用之人、適合之人。原整理者和讀書會皆將「進可」（讀書會又將「可」字讀為「何」）與上斷開、連下讀，致使文意不明。〔註 576〕

王寧：「蓋之賢可」即前朝遺留下來的賢人及可用之人。〔註 577〕

青荷人：從字體看，（求）字信是「啟」也。〔註 578〕

孫合肥：婦，讀盡。《荀子‧勸學》：「全之盡之，然後學者也。」王先謙集解：「學然後全盡。」〔註 579〕

郝花萍：暮四郎先生對簡 20 的斷句可從，「可」應歸上句讀。「求蓋之賢」當指前代遺賢，馬楠之說可從。指先善王知人善用，使賢人輔助自己分擔政事。對應子產用尊「老先生之俊」。〔註 580〕

王瑜楨：原考釋所隸「聿」字，其實當為「隸」字，讀為「肆」。〔註 581〕

究與保護中心：http://www.ctwx.tsinghua.edu.cn/publish/cetrp/6842/2016041605294 0099595642/1 460755813610.doc，2016 年 4 月 16 日。

〔註 575〕暮四郎：簡帛研讀 » 清華六〈子產〉初讀（第 10 樓），簡帛論壇：http://www. bsm.org.cn/bbs/read.php?tid=3345，2016 年 4 月 17 日。

〔註 576〕此心安處是吾鄉：簡帛研讀 » 清華六〈子產〉初讀（第 12 樓），簡帛論壇：http://www.bsm.org.cn/bbs/read.php?tid=3345，2016 年 4 月 17 日、陳劍：〈上博（八）‧王居復原〉，復旦大學出土文獻與古文字研究中心：http://www.gwz.fudan.edu.cn/Web/Show/1604，2011/7/20。

〔註 577〕王寧：〈清華簡六子產釋文校讀〉，復旦大學出土文獻與古文字研究中心：http://www.gwz.fudan.edu.cn/Web/Show/2851，2016/7/4。

〔註 578〕青荷人：簡帛研讀 » 清華六〈子產〉初讀（第 109 樓），簡帛論壇：http://www.bsm.org.cn/bbs/read.php?tid=3345，2016 年 12 月 15 日。

〔註 579〕孫合肥：〈清華簡《子產》簡 19～23 校讀〉，頁 2。

〔註 580〕郝花萍：《清華大學藏戰國竹簡（陸）鄭國三篇集釋》，頁 117。

〔註 581〕王瑜楨：《清華大學藏戰國竹簡（陸）鄭國史料三篇研究》，頁 435。

「隸」當「肆」，作句首發語詞。「隸（肆）叔（求）婡（藎）之臤（賢）可以自分」作一句讀，意思是：尋求前代遺留下來的賢可之人來分擔自己的工作及責任。〔註582〕

朱忠恒：聿，訓為循。《玉篇·聿部》：「聿，循也。」《後漢書·文苑傳·傅毅》：「密勿朝夕，聿同始卒。」李賢注：「聿，循也。」「循昔前善王之法，聿求藎之賢可」說的是一個意思。賢可，賢良。《墨子·尚同上》：「是故選天下之賢可者，立以為天子。」又《非命上》：「下（內）無以降綏天下賢可之士；外無以應待諸侯之賓客。」〔註583〕

筆者茲將各家對「婡」之訓讀表列於下：

表 4-2-63：「婡」諸家訓讀異說表

婡	訓　　讀
整理者	讀「藎」：忠誠。
王寧	即「嬐」字，通「藎」、「燼」
暮四郎	讀「選」
孫合肥	讀「盡」

按：叔從「求」，求為「幽」部，筆者從「叔讀求」之說。《漢語大詞典》：「藎通『進』。進用。後引申為忠誠。《詩·大雅·文王》：『王之藎臣，無念爾祖。』朱熹集傳：『藎，進也，言其忠愛之篤，進進無已也。』本謂王所進用之臣，後引申指忠誠之臣。」〔註584〕筆者從「婡讀藎，訓忠誠、『臤可』讀『賢可』訓賢良」之說。「臤」亦見於《上海博物館藏戰國楚竹書·容成 37》：「湯乃謀戒求臤（賢）」〔註585〕《上海博物館藏戰國楚竹書·緇衣 10》：「大人不親其所臤（賢）」〔註586〕《漢語大詞典》：「賢良：有德行才能的人。《周禮·地官·師氏》：『教三行：一曰孝行，以親父母；二曰友行，以尊賢良；三曰順行，以事師長。』」〔註587〕

翻譯：尋求忠誠的有德行才能的人

〔註582〕王瑜楨：《清華大學藏戰國竹簡（陸）鄭國史料三篇研究》，頁 441、442。
〔註583〕朱忠恒：《清華大學藏戰國竹簡（陸）集釋》，頁 165。
〔註584〕《漢語大詞典》第 9 卷，頁 599。
〔註585〕先秦甲骨金文簡牘詞彙資料庫：http://inscription.asdc.sinica.edu.tw/c_index.php。
〔註586〕先秦甲骨金文簡牘詞彙資料庫：http://inscription.asdc.sinica.edu.tw/c_index.php。
〔註587〕《漢語大詞典》第 10 卷，頁 239。

| 可 | 以 | 自 | 分 | | |

〔六十八〕可以自分，

　　清華簡整理者：自分，分擔自己的任事。〔註588〕

　　汪敏倩：「自分」應指分派自己職份之內之事。〔註589〕

　　按：筆者從「『可』屬上讀」之說。另，「自分」筆者從整理者說。

　　翻譯：來分擔自己的責任、事務

| 砫（重） | 任 | 以 | 果 | 醬（將） |

〔六十九〕砫（重）任以果醬（將）。

　　清華簡整理者：將，《廣雅・釋詁一》：「美也。」果將，功成而美。〔註590〕

　　馬楠：果疑讀為課，訓為試、用，「任重不果」與「重任以果將」相對。
〔註591〕

　　孫合肥：「善君必祭（察）昔㝵（前）善王之瀍，聿求盡之，臤（賢）可以自分，重任以果。」意思是說：古代的明君必定要明瞭其前代賢明君王的禮典模範，並且爭取完全知曉，賢德的人各自分配到自己的職務，各安其位處理事務，君王治理國家的重任得以實現。以上兩句簡文與《荀子・王霸》中的「故道王者之法，與王者之人為之，則亦王；道霸者之法，與霸者之人為之，則亦霸；道亡國之法，與亡國之人為之，則亦亡。」基本相合。〔註592〕另，醬，讀將。《經詞衍釋》卷八：「將，猶當也。《論》《孟》：『天將以夫子為木鐸。』『吾將仕矣。』《左傳》：『將行，哭而過市。』『猶十世宥之。』」〔註593〕

〔註588〕清華大學出土文獻研究與保護中心編，李學勤主編：《清華大學藏戰國竹簡（陸）》下冊，頁142。

〔註589〕汪敏倩：《清華簡〈子產〉篇疏證與研究》，頁76。

〔註590〕清華大學出土文獻研究與保護中心編，李學勤主編：《清華大學藏戰國竹簡（陸）》下冊，頁142。

〔註591〕馬楠（清華大學出土文獻讀書會）：〈清華六整理報告補正〉，清華大學出土文獻研究與保護中心：http://www.tsinghua.edu.cn/publish/cetrp/6842/index_9.html，2016-04-16。

〔註592〕孫合肥：〈清華簡《子產》簡19～23校讀〉，頁2。

〔註593〕孫合肥：〈清華簡《子產》簡19～23校讀〉，頁3。

蔣瓊傑：醔，當訓為「奉也、行也」。〔註594〕

王瑜楨：本句的目標是指向執政者，「重任」、「任重」，都是指執政者的責作。如釋「果」為「課」，就會變成對臣下的要求了。原考釋釋「將」為「美」，很符合簡文文義。「果」，完成。全句是說：國家的重大任務因此能完成，得到美好的結果。〔註595〕

朱忠恒：醔，從酉，推測與酒有關。醔，從整理者讀為「將」。果將，謂助王酌酒以祭奠祖先或飲諸侯。果，通「祼」。《周禮・春官・小宗伯》：「辨六彝之名物，以待果將。」鄭玄注：「果讀為祼。」賈公彥疏：「祼言將者，將，送也，謂以圭瓚酌之，送與尸及賓。」又《春官・肆師》：「凡祭祀禮成，則告事畢，大賓客，蒞筵幾，築鬻，贊果將。」簡文是指尋求賢良，並且以很高的禮節對待他們。簡文當斷讀為「善君必循昔前善王之法，聿求藎之賢可，以自分重任以果將。」意思是：好的君主一定遵循以前好的王的法令，遵循尋求所有的賢良之士（的做法），以酌酒相飲這樣的高規格禮節對待他們以讓他們來分擔自己的重任。〔註596〕

袁青：「古之狂君，卑不足先善君之驗，以自餘智，民亡可事，任重不果，邦以壞。善君必循昔前善王之法，聿求盡之賢可，以自分重任，以果將。」狂君德行淺薄而不仿效以往的善君，又自認為自己多智，民眾無可役使，這樣必然導致自己任務很重而難以治理天下；而善君的做法與之相反，他必然因循先王之法，又廣收賢才來輔佐自己，分擔自己的重任，從而能夠治理好國家。這說明為君者不可「自賢」，而必須要做到有所因循以及任用賢才來分擔自己的任務。〔註597〕

汪敏倩：「將」：美。「硈任以果將」指（賦予賢臣）國之重任來獲得成就，美名萬揚。〔註598〕

筆者茲將各家對「果」、「醔」之訓讀表列於下：

〔註594〕蔣瓊傑：〈試說清華六〈子產〉中的「硈」〉，《出土文獻》第十一輯，中西書局，2017年10月，頁219。轉引自朱忠恒：《清華大學藏戰國竹簡（陸）集釋》，頁165。
〔註595〕王瑜楨：《清華大學藏戰國竹簡（陸）鄭國史料三篇研究》，頁442、443。
〔註596〕朱忠恒：《清華大學藏戰國竹簡（陸）集釋》，頁165。
〔註597〕袁青：〈論清華簡《子產》的黃老學傾向〉，頁162。
〔註598〕汪敏倩：《清華簡〈子產〉篇疏證與研究》，頁77。

表 4-2-64：「果」諸家訓讀異說表

果	訓　讀
馬楠	疑讀「課」：試、用
王瑜楨	完成
朱忠恒	通「裸」。

表 4-2-65：「牂」諸家訓讀異說表

牂	訓　讀
整理者、王瑜楨、汪敏倩	讀「將」：美
孫合肥	讀「將」：當。
蔣瓊傑	奉、行
朱忠恒	讀「將」

　　按：筆者從「牂讀將，訓美」之說。《詩·豳風·破斧》：「哀我人斯，亦孔之將。」

　　翻譯：重大的責任得以美好實現。

子	產	用	粦（尊）	老	先

生	之	睧（俊）			

〔七十〕子【二十】產用粦（尊）老先生之睧（俊），

　　bulang：21 號簡讀「尊」的字不是從民，從鹿，〈子儀〉17「鹿＋力」的鹿與之同。〔註 599〕

　　ee：[麃＋弅]，整理者隸定為從民從弅，不確，參同篇的「民」全不如此作。[麃＋弅]應從麃從弅，是個雙聲字，「麃」、「弅」皆聲。「麃」的讀音可參古文字中的「存」常作「麃」形；〈成之聞之〉簡 35 的「津」是從「才」從「麃」的雙聲字等，與「弅」音非常近。又〈子儀〉簡 16 的有個字也是從麃從力，

〔註 599〕bulang：簡帛研讀 » 清華六〈子產〉初讀（第 17 樓），簡帛論壇：http://www.bsm.org.cn/bbs/read.php?tid=3345，2016 年 4 月 17 日。

不過那個「廌」也有可能是「鹿」的訛變的字形。〔註600〕

清華簡整理者：老，動詞，義為敬老，如《孟子·梁惠王上》「老吾老」的前一「老」字。俊，《說文》：「材千人也。」〔註601〕

王寧：用，由也，因也（《詞詮》，456頁），因此、因而。麇字原整理者讀「尊」，「畯」讀「俊」。bulang、ee之分析近是。此字當是從「鹿」省，下面的部分「弅」乃「尊」的簡化寫法，即將「尊」所從的「酋」簡化為從八從丨（或十）的替代符號。故此字當分析為從鹿尊聲，由聲求之，當即麇麑之「麇」（見《集韻》）的或體，《說文》作「㺒」，是心紐元部字，此當讀為「選」，選用意。另，「老先生」當是一詞，《史記·屈原賈生列傳》：「每詔令議下，諸老先生不能言，賈生盡為之對」，是指年長於己而有道德見識可為師者，猶今言「前輩」。「畯」即「畯」字，讀為「俊」可從，此用為優秀、突出之意，「老先生之俊」即老先生中之優秀者，即下文桑丘仲文等四人。〔註602〕

李學勤：簡中的「先生之俊」〈良臣〉稱為「子產之師」，「六輔」〈良臣〉稱為「子產之輔」。這些人是支持子產治政的「團隊」，在當時起有相當重要的作用。〔註603〕

單育辰：「」應從「廌」從「弅」，是個雙聲字，「廌」、「弅」皆聲。「弅」讀為「尊」沒有問題；「廌」的讀音可參古文字中的「存」常作「廌」形，「存」從紐文部；《成之聞之》簡35的「津」是從「才」從「廌」的雙聲字，「津」精紐真部，與「弅」音非常近。〔註604〕

郝花萍：「子產用選老先生之畯（俊）」，王寧所說可從。「用」在此為表示結果的連詞。相當於「因而」、「於是」。《尚書·益稷》：「朋淫於家，用殄厥世。」麇讀為「選」，表示選用，于文義很順。「老先生」不應拆開解釋。

〔註600〕ee：簡帛研讀 » 清華六〈子產〉初讀（第59樓），簡帛論壇：http://www.bsm.org.cn/bbs/read.php?tid=3345，2016年4月23日。

〔註601〕清華大學出土文獻研究與保護中心編，李學勤主編：《清華大學藏戰國竹簡（陸）》下冊，頁142。

〔註602〕王寧：〈清華簡六子產釋文校讀〉，復旦大學出土文獻與古文字研究中心：http://www.gwz.fudan.edu.cn/Web/Show/2851，2016/7/4。

〔註603〕李學勤：〈有關春秋史事的清華簡五種綜述〉，頁81。

〔註604〕單育辰：〈清華六《子產》釋文商榷〉，頁216。

古文中年紀較長且德高望重者謂之「老先生」。《漢書・賈誼傳》:「每詔令議下,諸老先生未能言,誼盡為之對,人人各如其意所出。」「子產用絫(選)老先生之昤(俊)」指的是子產效仿先善王做法選用才華出眾的長者為官。後文「喪(桑)𡈜(丘)中(仲)髳(文)、坅(杜)𩥇(逝)、肥中(仲)、王子白(伯)忈(願)」便是此處所指的「老先生之俊」。李學勤云:「簡中的『先生之俊』《良臣》稱為『子產之師』,『六輔』《良臣》稱為『子產之輔』。這些人是支持子產治政的『團隊』,在當時起有相當重要的作用。」〔註605〕

王瑜楨:「用」,因此,此字承上文「善君必狄(由)昔𡥈(前)善王之䰜(法),聿叔(求)嫌(蓋)之臤(賢)可以自分」,因此本節開始描述子產如何尊崇賢可之人。「老先生」為尊稱,不應用「選」。〔註606〕

朱忠恒:「子產用尊老先生之俊」意思是:子產因此尊敬優秀的前輩。〔註607〕

汪敏倩:「尊」:尊敬。「用絫」指任用並尊敬。「老先生」指堪為賢臣的年老前輩。「用絫老先生之昤」指(子產)任用並尊重才德超卓的老前輩。〔註608〕

筆者茲將各家對「」之訓讀表列於下:

表4-2-66:「」諸家訓讀異說表

	訓　　讀
整理者	讀「尊」
王寧、郝花萍	讀「選」:選用

按:筆者從「用訓因而、讀尊」之說。「昤」從「允」,允、俊皆「文」部可通,筆者從「昤讀俊」之說。

翻譯:子產因而敬重老先生的才智超群

〔註605〕郝花萍:《清華大學藏戰國竹簡(陸)鄭國三篇集釋》,頁118。
〔註606〕王瑜楨:《清華大學藏戰國竹簡(陸)鄭國史料三篇研究》,頁444。
〔註607〕朱忠恒:《清華大學藏戰國竹簡(陸)集釋》,頁166。
〔註608〕汪敏倩:《清華簡〈子產〉篇疏證與研究》,頁78、79。

乃	又（有）	喪（桑）	坙（丘）	中（仲）	髟（文）
坄（杜）	瞽（逝）	肥	中（仲）	王	子
白（伯）	恋（願）	乃	埶（設）	六	甫（輔）
子	羽	子	剌	覤（蔑）	明
卑	登	佫	之	攴	王
子	百				

〔七十一〕乃又（有）喪（桑）坙（丘）中（仲）髟（文）、坄（杜）瞽
（逝）、肥中（仲）、王子白（伯）恋（願）；乃埶（設）六
甫（輔）：子羽、子剌、【二十一】覤（蔑）明、卑登、佫之攴、
王子百；

清華簡整理者：以上諸人即清華簡〈良臣〉所列子產之師、子產之輔，祇
有個別出入，詳見本篇注釋後附表（《清華大學藏戰國竹簡（陸）》下冊〈子產〉
篇注釋後附表）。〔註609〕

李學勤：其求賢方面，講到子產「尊老先生之俊」，有桑丘仲文、杜逝、肥
仲和王子伯願；又「設六輔」，有子羽、子剌、蔑明、卑登、佫之攴和王子百。
這些人名都見於清華簡〈良臣〉（唯後者無桑丘仲文而有駟斤）。〔註610〕

〔註609〕清華大學出土文獻研究與保護中心編，李學勤主編：《清華大學藏戰國竹簡（陸）》
　　　　下冊，頁142。
〔註610〕李學勤：〈有關春秋史事的清華簡五種綜述〉，頁81。

羅小華：「桑丘」應為複姓。桑丘仲文，應該是少昊的後裔，其人待考。佔之攴，應即《良臣》中的「酋（富）之𢓜（鞭）」。攴，當從「卞」得聲。金，幫紐元部；「卞」，並紐元部。幫、並均屬重脣音。故𢓜與「卞」音近可通。〔註611〕

蘇建洲：「蔑明」的「蔑」作𤑃，字表931號隸定作䁈，這個隸定是有問題的。「蔑」，明紐月部；「竊」、「察」、「淺」、「蔡」等字則為精系字月、元部，聲紐似有距離。不過，《良臣》簡10「蔑明」的「蔑」作𤑃，筆者曾指出其下增添「𠦄」聲（見母月部）。上博四《曹沫之陣》「曹沫」之「沫」作從蔑或從萬。古書又作「劇」（見母月部）可證。「契」從「𠦄」聲；商的始祖「偰」又作「禼」，《說文》：「禼，蟲也。從厹，象形，讀與偰同。」「竊」從「禼」聲，可見「竊」與「蔑」聲音相近，《子產》的「蔑」寫作讀為「淺」等字的「業」是合適的。〔註612〕

王寧：所稱的人名字有「氏＋名或字」之形式，如：桑丘仲文、肥仲、王子伯願、富之厚（佔之攴）、王子百。其中「桑丘」、「肥」、「王子」、「富（佔）」都是氏，「仲文」、「伯願」顯然是字，「仲」是排行，也可能是字；「厚（攴）」、「百」可能是名，也可能是字。有直接稱字之形式，如：子羽、子剌。「子剌」不見古書，疑當作「子列」，「剌」、「列」通用，蓋即鄭國的列氏之祖，戰國時代鄭國的列禦寇當其後人。有「字＋名」之形式，如：蔑明、卑登、吐噬、文斤。又「文斤」，乃「字＋名」的稱呼格式；〈子產〉稱「桑丘仲厽」，乃「氏＋字」的稱呼格式，二者實一人也。〔註613〕

王寧：「䣊斤」當即桑丘仲文，䣊字當讀為「文」，「斤」當是「栞（刊）」的假借字，即名斤（栞），字仲文，桑丘是其氏。邙（杜）𧮫，〈良臣〉作「土𧮫」，末字原整理者均括讀「逝」，非是，當是「噬」字，「土」、「邙」均「吐」之假借字，他當時名噬，字吐（王寧：〈清華簡《良臣》《子產》中子產師、輔人名雜識〉）。〔註614〕

〔註611〕羅小華：〈試論清華簡中的幾個人名〉，武漢大學簡帛研究中心：http://www.bsm.org.cn/show_article.php?id=2514，2016-04-08。

〔註612〕蘇建洲：〈《清華六》文字補釋〉，簡帛網：http://bsm.org.cn/show_article.php?id=2526，2016-04-20。

〔註613〕王寧：〈清華簡《良臣》《子產》中子產師、輔人名雜識〉，復旦大學出土文獻與古文字研究中心：http://www.gwz.fudan.edu.cn/Web/Show/2843，2016/6/27。

〔註614〕王寧：〈清華簡六子產釋文校讀〉，復旦大學出土文獻與古文字研究中心：http://www.

王寧：乃設六輔：子羽、子剌、廎（蔑）明、卑登、佰（倍、馮）之㪔（鞭→辨）、王子百：《左傳‧襄公三十一年》：「子產之從政也，擇能而使之，馮簡子能斷大事，子大叔美秀而文，公孫揮能知四國之為，而辨於其大夫之族姓，班位貴賤能否，而又善為辭令，裨諶能謀，謀於野則獲，謀於邑則否，鄭國將有諸侯之事，子產乃問四國之為於子羽，且使多為辭令，與裨諶乘以適野，使謀可否，而告馮簡子使斷之，事成，乃授子大叔使行之，以應對賓客，是以鮮有敗事，北宮文子所謂有禮也。」其中公孫揮（「揮」即「翬」的假借字）即子羽，又稱行人子羽，乃名揮（翬），字子羽；卑登即裨諶，乃名登，字卑。蔑明，䢵氏，名明，字蔑（《清華大學藏戰國竹簡（三）》下冊，162 頁注[五二]、[五四]。王寧：〈清華簡《良臣》《子產》中子產師、輔人名雜識〉）。另，「佰」即「倍」之本字。〔註615〕

暮四郎：「佰」上古音在之部滂母，與「畐」（職部滂母）古音相近。上古文獻中「不」聲的字與「畐」聲的字也有相通的例子，如銀雀山漢簡「怀（偪）」。（參看王輝《古文字通假字典》，北京：中華書局，2008 年，第 250 頁。）楚簡「酉」（![酉]〈容成氏〉45、![多]包山 202）、「畐」（![畐]郭店《老子》甲簡 38「福（富）」上部所從）的部分形體非常接近，容易混淆。所以，此處的「佰」，也應當讀為「富」。〔註616〕

王寧：〈良臣〉中此人名第三字原整理者隸定為庋，後又據〈子產〉隸定為庋，（145 頁）此字當即「反」之繁構，亦「阪」之初文；㪔即「鞭」字，簡 3 用為「辨」，此亦當讀為「辨」，「反（阪）」、「鞭」、「辨」古音均並紐元部字，音近可通，故富之反亦即倍之辨。他當即《左傳‧僖公三十一年》、《說苑‧政理》中的鄭國大夫馮簡子，「富」、「倍」、「馮」音近可通，如古代的河神稱為河伯，名馮夷，而《集韻‧平聲二‧十五灰》云：「倍、貟：河神名」，「倍」、「貟」顯然是「馮」之音轉。「馮」是氏，「辨（反）」是名，「簡子」是諡。子剌當即《左傳‧襄公二十八年》的游吉，又稱子大叔，《論語‧憲問》裡稱之為「世叔」，根據《韓非子‧內儲說上》記載，他是繼子產為鄭卿者，

gwz.fudan.edu.cn/Web/Show/2851，2016/7/4。

〔註615〕王寧：〈清華簡六子產釋文校讀〉，復旦大學出土文獻與古文字研究中心：http://www.gwz.fudan.edu.cn/Web/Show/2851，2016/7/4。

〔註616〕暮四郎：簡帛研讀 » 清華六〈子產〉初讀（第85樓），簡帛論壇：http://www.bsm.org.cn/bbs/read.php?tid=3345，2016 年 5 月 2 日。

蓋亦鄭國公族。王引之《春秋名字解詁上》認為「游吉字子大叔」，同時指出：「世、大聲相近，『大』正字也，『世』假借字也。」（王引之：《經義述聞（下）》，臺北：世界書局 1975 年，524 頁。）「大」當是楚簡文中習見之 灺，董珊認為此字從「大」聲，釋「厲」，（董珊：〈楚簡中從「大」聲之字的讀法（二）〉）可從。「大」、「厲」、「剌」、「列（烈）」、「世」並音近可通。其人當是遊氏，名吉，字子剌（烈），《說文》：「吉，善也」，《詩・賓之初筵》：「烝衎烈祖」，鄭箋：「烈，美也。」「吉」、「烈」義近，故名吉，字子剌（列、烈）。「子大（世）叔」當作「子剌叔」，蓋是以字加排行為諡曰「剌叔」，如鄭公子語字子人，其後有子人氏，其諡號為「子人成子」，則游吉字子剌，其後當有子剌氏，即子列氏、列氏，是鄭國列氏之祖，戰國時期的列禦寇蓋其後人；其諡號當即「子剌₌叔（子剌剌叔）」，後人為避免重複而省曰「子剌叔」而寫作「子大叔」、「世叔」。王子百，傳世典籍不見此人。「百」疑是「迫」的假借字，二字古音同。他可能是《左傳・襄公八年》、《襄公十一年》所載的鄭國大夫王子伯騈，與子產同時。「騈」是「併」義，亦或即「併」的假借字，《禮記・祭義》：「行肩而不併」，鄭注：「老幼並行，肩臂不得併。」《楚辭・哀時命》：「眾比周以肩迫兮」，王逸注：「言眾佞相與合同，並肩親比。」「肩併」即「肩迫」，「迫」、「併」義同，故名百（迫），字伯騈（併）。〔註617〕

王瑜楨：「卑」為氏，「竈」為名，「譴」為字，既可稱「裨竈」，也可稱「裨譴」，可見得「卑（裨）」是他的氏，不是字。〔註618〕

朱忠恒：「乃有桑丘仲文、杜逝、肥仲、王子伯願；乃設六輔：子羽、子剌、蔑明、卑登、佔之支、王子百；」意思是：於是有桑丘仲文、杜逝、肥仲、王子伯願；於是設立了六輔：子羽、子剌、蔑明、卑登、佔之支、王子百。〔註619〕

程浩：頗疑所謂「桑丘」，乃是《左傳》習見的魯地「乘丘」。文獻中「桑丘」與「乘丘」經常混訛。如《史記・楚世家》載西元前 400 年三晉伐楚「至乘丘而還」，《六國年表》以及《資治通鑑・周紀一》載同年魏、韓、趙伐楚

〔註617〕王寧：〈清華簡六子產釋文校讀〉，復旦大學出土文獻與古文字研究中心：http://www.gwz.fudan.edu.cn/Web/Show/2851，2016/7/4。

〔註618〕王瑜楨：《清華大學藏戰國竹簡（陸）鄭國史料三篇研究》，頁 450。

〔註619〕朱忠恒：《清華大學藏戰國竹簡（陸）集釋》，頁 166、167。

則作「至桑丘」。又如陰陽家有「桑丘子」，今本《漢志》作「乘丘子」，亦因二字形近所致。如果「桑丘仲文」確如所說為「乘丘仲文」，那他就是個魯國人。〔註620〕

汪敏倩：「輔」指「府吏」，即古代官署中的辦事人員。「子產之師」與「子產之輔」一指處理各項國家事物的人才，另一指子產處政時下設之政府班子裡的辦事人員。前者主要處斷政事，後者主要執行，兩者存在區別。〔註621〕

按：乃：就、於是。《史記・屈原賈生列傳》：「乃令張儀佯去秦，厚幣委質事楚。」「喪、桑」同為「陽」部、「中、仲」皆為「冬」部、㝅從民，民、文皆「文」部、坿從土，土、杜皆「魚」部，筆者從「讀桑丘仲文、杜逝」之說。《古文字通假字典》：「白（鐸並 bai）讀為伯（鐸幫 bo），幫並旁紐。趞曹鼎：『邢白入右趞曹立中廷。』裘衛盉：『裘衛乃矢告于白邑父、榮白、定白……』」〔註622〕忢亦見於《上海博物館藏戰國楚竹書・柬大21》：「忢（願）聞之。」〔註623〕《清華七・越公其事19》：「孤用忢（願）見」〔註624〕筆者從「白讀伯、忢讀願」之說。《古文字通假字典》：「埶（月疑 yi）讀為設（月審 she）。郭店楚簡《尊德義》簡三〇～三一：『故為政者，或論之，或羕之，或由中出，或埶之外，侖隸〈求〉其類焉。』又郭店楚簡本《老子》丙簡四：『埶大象，天下往。』」〔註625〕「甫、輔」皆「魚」部可通，筆者從「埶讀設、甫讀輔、𣎴讀蔑」之說。《漢語大詞典》：「輔：輔佐之臣。《禮記・文王世子》：『虞、夏、商、周，有師保有疑丞，設四輔及三公。』」〔註626〕

翻譯：於是有桑丘仲文、杜逝、肥仲、王子伯願（輔政）；於是設置六位輔佐之臣：子羽、子刺、蔑明、卑登、佔之攴、王子百

乃	歡（竄）	辛	道	斂	語

〔註620〕程浩：〈清華簡新見鄭國人物考略〉，《文獻》，2020年1月，頁30。

〔註621〕汪敏倩：《清華簡〈子產〉篇疏證與研究》，頁80。

〔註622〕王輝：《古文字通假字典》，頁298。

〔註623〕先秦甲骨金文簡牘詞彙資料庫：http://inscription.asdc.sinica.edu.tw/c_index.php。

〔註624〕先秦甲骨金文簡牘詞彙資料庫：http://inscription.asdc.sinica.edu.tw/c_index.php。

〔註625〕王輝：《古文字通假字典》，頁640。

〔註626〕《漢語大詞典》第9卷，頁1253。國學大師：http://www.guoxuedashi.com/hydcd/464008s.html。